DAS SCHWERT DES KÖNIGS

DIE HÜTER DES STEINS

TANYA ANNE CROSBY

Übersetzt von
ANGELIKA DÜRRE

OLIVER-HEBER
BOOKS

Verlag: Oliver-Heber Books, Traverse City, MI, USA

Deutsche Erstausgabe 2016

Übersetzt von Angelika Dürre

Redaktion: Christina Löw

0 9 8 7 6 5 4 3 2 1

 Erstellt mit Vellum

„Tanya Anne Crosby hat sich zum Ziel gesetzt, uns Freude zu machen und das erreicht sie mit Humor, einer temporeichen Geschichte und der richtigen Menge an Romantik."

„Romantik angefüllt mit Charme, Leidenschaft und Intrigen ..."

„Frau Crosby setzt genau die richtige Menge Humor ein ... Fantastisch, aufreizend!"

Für meine Tochter Alaina ... mein Engel.

Mögest du dich durchsetzen und die Welt im Sturm erobern.

VORWORT

Es ist wahrscheinlich kein großes Geheimnis für meine Fans, dass ich ein Liebhaber von *Outlander* und *Game of Thrones* bin. Mit dem allergrößten Respekt für diese Kult-Autoren werden Sie dezente Anspielungen in meinen Büchern finden. Aber ich wollte meinen eigenen Jaime. Jaime Lannister ist wahrscheinlich am meisten verantwortlich dafür. Zu Beginn dachte ich, er wäre der abscheulichste Charakter ohne jegliche Chance auf Rettung. Aber dann begab er sich auf seinen Weg zur Erlösung. Ich habe das gleiche Gefühl bei ihm wie bei Bram Stokers Dracula. Sie sind die ultimativen Antihelden und doch ... vielleicht rettet die Liebe sie zum Schluss?

Im Gegensatz dazu ist Jamie Fraser der ideale Held – irgendwie unschuldig, aber unbeschreiblich sexy und gutaussehend. Er ist doch wirklich ein Kerl nach dem Geschmack einer Frau, oder? Aber ich habe mich gefragt: „Wie könnte ein Jaime aussehen, der sich charakterlich zwischen diesen meisterlich erschaffenden Figuren bewegt?" Nicht so abscheulich wie ein Lannister, aber wohl auch nicht unschuldig. Wahrscheinlich nicht so tugendhaft wie Jaime Fraser und vielleicht ein bisschen missverstanden. Wie bei allen Geschichten und Charakteren beginnt alles mit einem einfachen „Was wäre wenn?" So wurde Jaime Steorling geboren. Übrigens, falls Sie sich an diesen Nachnamen aus meinem allerersten Buch erinnern: Sein Vater, Michel, ist in *Angel of Fire* aufgetaucht. Wie Sie sehen werden, ist Jaime kein Lannister und er hat auch nicht den Ehrgeiz, jemals ein Jamie Fraser zu werden. Aber ich hoffe, Sie mögen ihn trotzdem.

PROLOG

DUBHTOLARGG, SOMMER, 1125

„*C*atrìona ist weg!" Diese Worte sorgten bei Lael für ein äußerst unsanftes Erwachen.

„Was soll das heißen – weg?"

„*Weg*", sagte ihr Bruder mit tödlicher Ruhe.

Lael sprang aus dem Bett und warf dabei die Decken zur Seite. Sie war nun hellwach.

„Gestohlen", sagte er zur Erklärung, damit sie ihn nicht falsch verstand. Dann nahm er eines ihrer geschärften Messer von dem Balken an der Wand und ließ es in die Scheide an seinem Gürtel gleiten. Er nahm ein weiteres ihrer Messer und steckte es in seinen Stiefel. Er bereitete sich auf den Krieg vor. Sie begrüßte den Morgen also mit der Nachricht, dass ihre geliebte Schwester von Schottlands Marionettenkönig gestohlen worden war.

Engländer-liebender Hundesohn.

Sie lief hinter Aidan her, während dieser den Proviant zusammensuchte. „Wie? Warum?", wollte sie wissen, während auch sie Vorräte hervorholte. Sie hatte offensichtlich vor, zusammen mit Aidan Catrìona zu verfolgen. David und seine Leute konnten noch nicht weit sein. Im schlimmsten Fall hatten sie einen halben Tagesritt Vorsprung. Laels Fähigkeiten als Fährtenleserin würden sehr nützlich sein; sie war die Beste in ihrem *Clan*.

Außerdem gab es keinen Grund für sie, zurückzubleiben, nur um Däumchen zu drehen. Obwohl sie die Zweitälteste der Geschwister war, verkörperte sie die Mutterrolle nicht so sehr wie Cat. Sie hatte weder Cats überschwängliches Temperament noch Sorchas angeborene Liebenswürdigkeit. Alle ihre Schwestern besaßen von Geburt an großartigere Tugenden als sie. Von dem Tag an, als Lael ihren ersten Atemzug tat, wusste sie, dass sie anders war als ihre Geschwister, und sie erkannte ihre Bestimmung an dem Tag, als ihr Vater starb.

Sie war eine Kriegerin bis auf die Knochen.

„Ich weiß es nicht. Aber ich habe vor, es herauszufinden", versprach ihr Bruder.

„Ich komme mit!", erklärte Lael.

„Nein!"

„Doch, Aidan, das werde ich! Du kannst mich nicht zwingen, hierzubleiben. Cat ist auch meine Schwester. Ich kann außerdem genauso gut kämpfen wie du!"

Ihr Bruder, ihr *Laird*, drehte sich zu ihr um und durchbohrte sie mit einem Blick, den sie nur allzu gut kannte. „Ich brauche dich *hier*, Lael."

„Nein!" Lael weigerte sich. „Du brauchst mich an deiner Seite."

Ihre größte Angst war, dass Aidan sie brauchen würde, und sie nicht da wäre, um ihn zu beschützen. Und es beruhigte sie *kein Stück*, dass jeder einzelne Mann in Aidans Begleitung genauso wie sie sein Leben für ihren Bruder opfern würde. „Ich kämpfe viel besser mit meinem Schwert als jeder einzelne Mann, den du mitnehmen würdest, *und* ich kann besser mit Pfeil und Bogen umgehen als du."

Aidan hatte tiefe Falten im Gesicht, sagte aber nichts. Er packte Essen aus der Speisekammer für einige Tage ein.

Sorcha, ihre jüngste Schwester, kam in die Halle und rieb sich die Augen. „Es tut mir Leid, Aidan", klagte sie. „Ich habe sie nicht gehört."

Cailin und Keane kamen schlurfend mit langen Gesichtern durch die Tür. „Mach dir keine Sorgen, Süße", säuselte Cailin und lief zu Sorcha. „Es ist nicht deine Schuld." Cailin tätschelte Sorcha an der Schulter. „Aidan wird sie finden. Sei nicht traurig."

Lael knabberte an ihrer Unterlippe und überlegte. Sie wusste, dass Aidan nicht darauf warten würde, dass sie angezogen war. Aber sie war entschlossen, zu gehen –

selbst wenn sie in ihrem Unterhemd, ihrem einzigen weiblichen Kleidungsstück, reiten musste. Sie fühlte sich verletzlich und entblößt; aber es war ihr egal.

„Wie lange, glaubt ihr, sind sie schon weg?", fragte Keane. In diesem Moment sah er viel männlicher aus als je zuvor. Aber er und Cailin waren beide viel zu jung, als dass sie Aidan hätten nützen können. Nur Lael war ihm an Können und Erfahrung ebenbürtig – und im Gegensatz zu Keane müsste sie den Clan nicht führen, falls ihrem ältesten Bruder etwas passierte. Nein, sie war die logische Wahl als die Person, die ihren Bruder bei dieser Mission begleiten musste. Wenn sie noch einmal schnell in ihr Zimmer käme, um sich anzuziehen, dann könnte sie hinter ihm her reiten und ihn schnell einholen.

Aidan schien geistesabwesend, streckte nun aber sein Kinn vor und richtete sich gerade auf. Er nahm den Beutel und schritt entschlossen zum Tisch, wo sein Schild lag. Lael merkte, dass er sich die Schuld gab. Nach dem Tod ihres Vaters hatte ihr Bruder geschworen, dass er nie wieder einen Fremden unter ihrem Dach nächtigen lassen würde. Aber David Mac Maíl Chaluim war am Tag zuvor angekommen und hatte behauptet, dass er und seine Männer auf dem Pass bei Dubhtolargg von Räubern angegriffen worden seien. Er hatte gesagt, dass er kaum noch Proviant hätte. Er würde nur bei *Freunden* Hilfe suchen. Und dann hatte er sich wie ein Dieb in Cats Zimmer geschlichen und sie aus ihrem eigenen Bett gestohlen.

Sorcha weinte nun und schien untröstlich. „David ist ein furchtbarer Mann!", rief sie. „Warum hast du ihn hier übernachten lassen, Aidan? Warum?"

Nie wieder, schwor sich Lael.

Sie würde nie wieder irgendjemandem vertrauen, ob er sich nun Freund nannte oder nicht. Und was *König* David betraf: Er war nicht ihr König und sie schwor, sein unwürdiges Herz herauszureißen, wenn sie ihm das nächste Mal begegnete. „Ich komme schon", sagte sie und folgte Aidan auf dem Weg zur Tür.

An seinem Schritt merkte sie, dass er zum Zerreißen angespannt war und bereit, seinen ganzen Zorn an ihr auszulassen. Dieses Mal würde sie nicht tatenlos zusehen, wie sich ihr Bruder wieder einmal allein in Gefahr begab. Er konnte sie nicht vor jedem Schaden beschützen. An dem Tag, an dem ihr Vater starb, war sie noch zu jung gewesen, um zu helfen. Aber jetzt war sie kein Kind mehr und erfahren genug, um ihren Bruder zu schützen. Entschlossen folgte sie Aidan auf den Steg. „Wer geht sonst noch mit dir?"

„Lachlann, Fergus, sein Sohn – ich weiß nicht, wer sonst noch. Lachlann ruft sie gerade zusammen." Er sprach leise und kurz angebunden. Sie kannte ihren Bruder gut genug, um zu wissen, dass seine Ruhe trügerisch war. Wenn er David einholte, konnte es gut sein, dass Schottlands König dann einen Kopf kürzer sein würde. Aber bis es soweit war, brauchte Aidan *sie* und Lael *musste* ihm helfen.

Wähle deine Worte mit Bedacht, Lael.

Wer kopflos umherirrt, hat keinen Kopf mehr. Sie konnte die Worte ihres Vaters wie ein Echo aus der Vergangenheit hören.

In diesem Moment war ihr Bruder vielleicht nicht in Rage, aber er war trotzdem blind vor Zorn. Sie *musste* seinen Rücken decken. Sie *musste* es einfach tun. Aidan war alles, was sie noch hatte. Wenn er starb, wer würde dann auf sie aufpassen? Wer würde den Schicksalsstein weiter behüten? Wer würde Dubhtolargg beschützen? Keane war noch ein Kind, egal wie erwachsen er vielleicht manchmal schien.

„Aidan!", rief Lael ihm hinterher und fühlte sich dabei so hilflos wie am Tag ihrer Geburt. Sie stampfte mit dem Fuß auf.

Am Dock drehte er sich zu ihr um und ließ seinem Zorn endlich freien Lauf; und zwar tat er dies vor Lachlann, der mit den Pferden am Strand wartete. „Ich sagte Nein!", rief er zornig. „Ich brauche dich hier, Lael."

Laels Gesicht brannte, denn ihr Bruder hatte sie noch nie so angebrüllt. Sie blieb stehen und sah zu, wie er weiterlief und davonstürmte. Sie war sprachlos vor Zorn.

In diesem Moment schwor sie, David mac Maíl Chaluim zu töten. Wenn Hass allein einen Mann das Leben kosten könnte, dann war er schon tausendfach tot.

Sie sah zu, wie ihr Bruder das Ende des Stegs erreichte und sich auf sein Pferd schwang. Die Morgensonne spiegelte sich auf seinem Schild, als er diesen nach hinten drehte. In diesem Moment schwor Lael zwei Dinge: Sie würde sich, erstens, niemals wieder davon abbringen lassen, ihrem Herzen zu folgen. Und sollte es, zweitens, David mac Maíl Chaluim irgendwie schaffen, den Zorn ihres Bruders zu überleben, dann würde sie ihn mit bloßen Händen umbringen.

KAPITEL EINS

DUBHTOLARGG, SPÄTSOMMER 1126

"*J*ch werde am Kampf um Keppenach teilnehmen."

Die Melodie der Leier brach mit einem plötzlichen Missklang ab.

Der lange Tisch musste noch abgeräumt werden, aber es traute sich niemand, damit zu beginnen. Niemand rührte sich, die Krüge hingen auf halber Höhe in der Luft und die dicken, gelben Kerzen waren schon recht weit heruntergebrannt und flackerten in der Stille nach Laels Erklärung.

Am Tisch sah man sich mit langen Gesichtern an, wobei das längste ihrem Bruder gehörte. Auf Aidans stolzem Gesicht zeichneten sich tiefe Falten ab, die durch die eng anliegenden festen Zöpfe an seinen Schläfen noch tiefer erschienen. Er hatte für diese Gäste zwar sein Gesicht nicht mit Waid bemalt, aber er war doch mit einem Schwert zum Abendessen erschienen, was auffällig genug war. Das Silber des Knaufs glänzte über der Tischplatte. Er war auf Hochglanz poliert wie ein häufig gestreichelter Talisman. Die Knö-

7

chel an seiner Hand traten wie´hervor, denn er hielt den Griff des Bechers mit *uisge* fest in der Hand. Sie merkte, dass er zornig war … aber sie wusste auch, dass ihr Bruder niemals die Fassung vor ihren Gästen verlieren würde, und ebenso wenig das kleine Kind, das so friedlich in Lìlis Armen schlief, verängstigen wollte

Aidans geliebte Frau blickte in das Gesicht ihrer Tochter und drehte sich dann um, um ihren kleinen Sohn aus der Halle zu schicken. Die vierzehn Jahre alte Sorcha, die mit jedem Tag erwachsener wurde, spürte die bevorstehende Auseinandersetzung und eilte vor, um den kleinen Kellen an die Hand zu nehmen und aus der Halle zu bringen. Während sie flohen, sah Lìli besorgt zu Lael. Sie verstand jedoch intuitiv, dass ihre Gegenwart hier am Tisch nicht besonders hilfreich war. Also stand sie auf und verabschiedete sich von ihren Gästen. Es war keine Überraschung für Lael, dass sie keinen Protest einlegte, obwohl Keppenach weiterhin das gesetzliche Erbteil ihres Sohnes von dessen Vater war.

„Wie immer", versicherte Lìli den MacKinnon-Männern, „seid ihr in unserem Haus willkommen. Aber verzeiht mir, dass ich euch verlasse und dieses kleine Mädchen ins Bett bringe, bevor sie wieder aufwacht und alles zusammenschreit." Sie sah zu Aidan, einen flehenden Blick in ihren blauen Augen. Dann wendete sich zu Broc Ceannfhionn – Broc, dem Blonden, wie er passsenderweise gerufen wurde, obwohl er jetzt den MacEnraig Namen neu etablieren wollte. Lili lächelte. „Sie hat das Temperament ihres Vaters", sagte sie als Warnung, allerdings nicht für Lael. Das wusste Lael besser als jeder andere, sogar besser als Lìli selbst.

Lael war erleichtert, als sie gingen. Trotzdem würde sich Aidans neue Frau an die endgültigen Entscheidungen, die hier getroffen wurden, gebunden fühlen. Wegen des schlafenden Kindes hatte man sich bei den

Diskussionen noch zurückgehalten. Nun, da Lael eine Entscheidung gefällt hatte, gab es kaum eine Chance, dass ihre Gäste sich einfach verabschieden würden – egal, wie ihr Bruder sich entschied.

Lael war eine erwachsene Frau, die ihre eigenen Entscheidungen treffen konnte.

Sie war kein Kind, das man nach Belieben herumkommandieren konnte.

Broc, der Letzte des MacEnraig-Clans, hatte sein Anliegen gut vorgetragen und Lael beabsichtigte, ihn zu unterstützen. Sie verstand recht gut, was es bedeutete, die letzte Hoffnung seiner Leute zu sein. Er besaß das Schwert des *Righ Art*, das Schwert des *Hochkönigs*, des *Chiefs* aller *Chiefs*, das heilige Schwert, das jahrhundertelang unter den Sìol Ailpín, den zersplitterten *Highland Clans*, die alle behaupteten vom ersten Ailpín-König abzustammen, verloren gewesen war. Aber nun hatte er das Schwert gefunden und es lag hier auf ihrem Tisch. Laels Augen suchten nach den Markierungen auf dem Schwert, Wörter, die zu Anbeginn der Zeit in den Stahl geritzt worden waren: *Cnuic `is uillt `is Ailpeinich.*

Hügel und Bäche und MacAilpín.

Dieser Leitspruch zeigte eine Blutslinie an, die so alt war wie die Highlands selbst. Er besagte, dass kein Stück der Erde vor der ersten MacAilpín-Herrschaft existiert hatte

Aidan bewegte sein Kinn voller Zorn, während er zusah, wie seine Frau eilig den Tisch verließ und Lael geduldig wartete, bis sie weg war. Erst als sie hörte, wie die schwere Tür ins Schloss fiel, öffnete er seinen Mund, um zu sprechen.

„Du wirst dich diesem Kampf nicht anschließen", sagte Aidan. Er sprach leise, aber mit einer Entschlossenheit in der Stimme, die Lael erst einmal zuvor gehört hatte. Es war nicht die Art ihres Bruders, Regeln aufzustellen, und doch schien es keinen anderen Weg zu geben. Er verbot ihr, zu gehen. Aber Lael war eine Frau mit einem eigenen Willen und sie würde keinen Befehlen gehorchen – selbst denen ihres Bruders, des *Lairds*, nicht.

In der Mitte der Halle knackte das Feuer im Kamin. Dies war das einzige Geräusch in der zornigen Stille.

Alle drei MacKinnon-Männer, einschließlich Broc Ceannfhionn, sagten nichts. Sie merkten instinktiv, dass dies nicht der richtige Zeitpunkt war, sich zwischen Bruder und Schwester zu stellen. Vor zwei Tagen waren sie in das Tal zurückgekehrt, um Aidan ein letztes Mal um seine Unterstützung zu bitten – denn Keppenach lag in den Ausläufern der *Am Monadh Ruadh,* der roten Hügel, in denen Laels Leute ihr Zuhause gefunden hatten. In dem langen Winter gab es in der Burg nur eine kleine Garnison unter der Fahne des Löwen von König David. Aber nun hatten sie eine Nachricht erhalten, die davon kündete, dass eine Armee im Anmarsch war, die von niemand anderem als von Heinrichs teuflischem Schlächter geführt wurde.

Wenn sie die Burg einnehmen wollten, dann mussten sie es jetzt tun oder nie. Und nur damit konnten sie sicherstellen, dass derjenige, der die Burg kontrollierte, ein Freund ihres Clans war und kein Feind.

Da sie ihren Bruder gut kannte, wählte Lael ihre Worte mit Bedacht.

Sie starrte in das Kaminfeuer und versuchte, sich zu sammeln. Dabei überlegte sie, wie viele Auseinandersetzungen diese alte Halle seit ihrem Bau wohl schon erlebt hatte. „Ich werde kämpfen", sagte sie in einem ähnlich bestimmten Ton wie ihr Bruder. „Du kannst mich nicht aufhalten. Ich habe das Recht, für den zu kämpfen, den ich mir selbst aussuche."

„Nein! Ich werde es nicht erlauben", rief ihr Bruder

und schlug mit der Faust auf den Tisch. Durch die Wucht des Schlags klapperten selbst die Becher am anderen Ende der Tafel. Seine grünen Augen funkelten wild. Er würde in dieser Sache nicht nachgeben; sie aber auch nicht.

Lael schob ihren Becher *uisge* beiseite. „Ich möchte, dass Keppenach verteidigt wird, Aidan. Es ist zu nah, als dass wir es ignorieren könnten."

„Nein", beharrte er und durchbohrte sie mit einem Blick, den sie sehr gut verstand. Er sprach Bände. Bei so vielen Zuhörern konnte er vieles nicht sagen, da es diese nichts anging. Der heilige Stein, der im Bauch des Berges versteckt war – der wahre Schicksalsstein, der ihnen anvertraut worden war –, befand sich in Gefahr. Zum Schutz dieses alten Steins wollte Aidan keine Aufmerksamkeit auf das Tal ziehen. Aber dies war genau der Grund, aus dem Lael mit MacKinnons Männern kämpfen wollte. Ihr Bruder *musste* realisieren, dass der Krieg schon vor der Haustür stand, ob er es wollte oder nicht. König David würde keine Ruhe geben, bis nicht ganz Schottland unter seiner Herrschaft war. Wie lange würde es dauern, bis die Schlachtrufe im Tal zu hören sein würden? Diesem Mann konnte man nicht vertrauen. Das und viel mehr hatte er schon bewiesen.

„Ich bin die Tochter meines Vaters", beharrte Lael. „Ich kann mir nicht vorstellen, dass er es gutheißen würde, wenn wir warten, bis der Tod vor unserer Tür steht."

„Aber er hat genau das getan", erinnerte ihr Bruder sie knapp, denn ihr Vater war in eben dieser Halle gestorben.

„Aber das hier wäre anders", beharrte Lael. Für jeden, der in diesem Tal lebte, war es vorbestimmt, dass sich die Geschichte wiederholen würde, und das wollte sie nicht noch einmal erleben. Sie hatten drei Mal um Frieden verhandelt und waren ebenso oft verraten worden. Aber nicht noch einmal! Noch nicht einmal, um den Stein von Scone zu beschützen. Lael wollte keinen ihrer Geschwister bei der Verteidigung eines Stück Steins verlieren; egal, ob der Stein verflucht war oder nicht. Egal, ob seine Entdeckung bedeutete, dass das Blut von Königen vergossen würde – solange es nicht das Blut ihrer eigenen Leute war.

Aidan und sie starrten sich an. Keiner war bereit, nachzugeben.

Stille verdunkelte die Halle. Jedes Stück Holz, jeder Stein, jedes Möbelstück, jeder, ob Mann, Frau oder Kind, wurde davon umhüllt.

Laels Herz wurde schrecklich schwer. Ihr ganzes Leben lang hatte sie jeden von Aidans Wünschen befolgt. In diesem Fall jedoch konnte sie ihr Entscheidungsrecht nicht aufgeben.

Sie hatte sich schon entschieden – egal, was kommen mochte

Sie wusste es in dem Moment, als sie sah, dass ihr Bruder auf eine Steinmauer starrte. Diese war symbolisch für ihren Entschluss.

Sein Kinn bebte vor Zorn und er senkte den Kopf zu seinem Becher, der noch unberührt vor ihm stand. In dem Moment, als sie ihre Absicht kundgetan hatte, war ihm offensichtlich der Durst vergangen. Sie sah, wie er tief Luft holte und dann seinen Kopf hob. Seine grünen Augen durchbohrten sie mit ihrem Blick wie Dolche. Er sah einen der MacKinnon-Männer nach dem anderen an und schaute dann wieder zu Lael. Erst dann begann er zu sprechen. „Wenn du kämpfst, Lael, dann tust du es ohne meine Zustimmung. Ich werde nicht zu deiner Hilfe kommen und ich weiß noch nicht, ob ich es dir erlauben werde, in dieses Tal zurückzukehren – und du weißt, warum."

Offensichtlich beunruhigt schob Broc Ceannfhionn

seinen Stuhl zurück und erhob sich. „Ich wollte keine Zwietracht säen", sagte er schnell.

Aidan sah ihn zornig an. „Und doch hast du es getan." Dann blickte er wieder zu Lael und entließ seinen Besuch damit ein und für alle Mal.

Lael blinzelte und schluckte den Riesenkloß in ihrem Hals herunter. Dies hatte sie alles nicht bedacht. Aidan war *immer* ihr größter Verbündeter gewesen, ihr Mentor, und irgendwie hatte er ihr Vater und Mutter ersetzt. Er war ihr *Laird*, ihr bester Freund und seine Worte hatten sie tief getroffen. Aber ihr Stolz hielt sie davon ab, nachzugeben. Sie glaubte sich in dieser Sache außerdem im Recht.

Ja. Sie *würde* kämpfen und Keppenach an seinen rechtmäßigen Erben, Broc Ceannfhionn, zurückführen. Vielleicht wäre dann das Vermächtnis seines Vaters für immer für Lìlis Sohn verloren. Aber das wäre besser, als wenn die Burg David half, ihr Land weiter zu unterdrücken. Und das auch noch durch einen Mann, der mehr England verkörperte, als er je Schotte gewesen war.

Der teuflische Schlächter war König Heinrichs Mordwaffe. Er war nicht mehr als einer der Lords der Grenzregion, der sein Land verlassen hatte, um England zu dienen. Durch die Übergabe Keppenachs an den Schlächter hatte David von Schottland seine Loyalität zu England sehr, sehr deutlich gemacht.

Lael stand und stützte sich dabei auf den Tisch, da sie ganz weiche Knie bekommen hatte. Sie nahm ihre Schultern nach hinten und hob ihr Kinn. „So soll es sein."

Dann verließ sie die Halle und merkte kaum, dass Broc und seine Männer sich erhoben hatten und ihr folgten. Niemand außer Una, ihrer geliebten Priesterin, sah ihre Tränen.

Die alte Frau nickte. Aber als Lael an ihr vorbeigegangen war, blickte die Weisheit des Alters aus ihrem guten Auge. „Möge Gott mit dir sein, Kind", sagte sie mit einer müden und alten Stimme.

Lael nickte ihr zu. Ihr Hals war wie zugeschnürt und sie konnte nicht sprechen. Also richtete sie sich gerade auf und ging weiter. Sie lief hinaus in die dunkle, neblige Nacht.

KAPITEL ZWEI

BURG KEPPENACH, DIE IDEN DES WINTERS,
1126

*D*as Geschrei des Krieges und das Rasseln der Schwerter waren verstummt, als die Sonne über dem rauchenden Burghof aufging. Schwarze Bänder wehten von den Dächern. Ein geschwärzter Amboss stand vor den Überresten eines abgebrannten Gebäudes, das vielleicht dem Schmied gehört hatte.

Krieg war böse, hässlich und grausam. Was Lael aber am meisten überraschte, war die Tatsache, dass er genauso roch wie der verräterische Hinterhalt in ihrem Tal, als sie erst zehn gewesen war. Die Übelkeit in ihrem Magen hatte mehr Gründe als nur das Wissen, dass man sie hängen wollte. Nein, egal welchen Standpunkt sie einnahm, sie hatte zu dieser Zerstörung beigetragen. Sie hatte gegen den Willen ihres Bruders ihr Schwert gegen Männer erhoben, die ihr eigentlich nichts getan hatten – zumindest bis jetzt noch nicht.

Una hatte ihr einmal gesagt: *Erst wenn die Angst verschwunden ist, kann das Leben beginnen.*

Wenn das stimmte, dann hatte Lael nicht einen Tag

15

in ihrem Leben wirklich gelebt. Und nun würde sie sterben, weil sie Angst gehabt hatte. Angst, zu warten und ihren Feinden die Gelegenheit zu geben, ihren Leuten Leid zuzufügen. Wegen eben dieser Angst hatte sie an diesem Morgen einen furchtbaren Schlachtruf ausgestoßen und ob sie an die Sache glaubte oder nicht, ihr war übel von dem Gemetzel.

Wie schwarzer Schnee war die Burg von Asche bedeckt. Die Morgensonne blendete Lael. Ihre Hände waren am Rücken zusammengebunden und um ihren Hals lag ein robuster Strick. Der Tod würde sie trübsinnig im Angesicht von Keppenachs Ruinen finden.

Die Burg war auf den Resten einer römischen Verteidigungsanlage errichtet worden. Nun war die Festung von innen wie von außen gleich hässlich. Alle Bäume innerhalb einer Achtelmeile um die Burg herum waren verbrannt worden. Laels Leute waren dafür nicht verantwortlich, sondern jene, die Keppenach verteidigt hatten. Bevor die Schlacht überhaupt begonnen hatte, waren sie hingegangen und hatten ihr eigenes Land verwüstet und dabei alles zerstört, was den Gegnern ein Versteck geboten hätte. Dies schloss auch die reetgedeckten Katen ein, die einst die Landschaft um Keppenach geziert hatten. Von den Häusern war nur ein Haufen Asche übrig.

Glücklicherweise waren die meisten Dorfbewohner mit ihren wenigen Habseligkeiten in die Berge geflüchtet und waren schon weg, als die ersten Geschosse von der Burg geschleudert wurden … Das einzige, was noch stand, war das Wohngebäude des *Lairds*. Dies war ein hässlicher Turm mit Zinnen, die sich wie Zähne zum Himmel streckten, und der von einer bröckeligen Mauer umgeben war.

Laels Bruder hatte diese steinernen Ungeheuer einst ‚Monumente der Angst‘ genannt. Lael nahm sie jedoch als Erscheinungsformen von Arroganz wahr; sie waren von Männern erbaut worden, die sich für besser als andere hielten. Das erkannte man schon daran, dass die Hütten des Dorfes außerhalb der Burgtore standen und somit ohne Schutz waren. Es hatte den Anschein, als wäre dem *Laird* der Burg das Schicksal seiner Leute in Kriegszeiten völlig egal.

Allerdings hatte er vielleicht Angst, dass sich seine eigenen Leute gegen ihn auflehnen und ihm im Schlaf die Kehle durchschneiden würden.

Das erschien Lael viel wahrscheinlicher. Denn Keppenach hatte zuletzt Rogan MacLaren gehört, einem Mann, der seinen eigenen Bruder ermordet hatte, um das Erbe seines Vaters an sich zu reißen. Und wenn die Gerüchte stimmten, dann hatte sein Vater vor ihm diese Ländereien durch kriminelle Machenschaften in seinen Besitz gebracht. Dies war die Sorte an Leuten, die Lael so weit wie möglich von Dubhtolargg hatte fernhalten wollen. Aber es sollte nicht so sein. Und selbst jetzt, während sie sich auf ihren Tod vorbereitete, marschierte der Schlächter in Richtung seiner neuen Burg. Er war ein viel gefährlicherer Feind als jeder, der diese Ländereien vorher regiert hatte.

Außer ihr waren Broc und drei weitere Männer, die die Nacht überlebt hatten, ebenfalls zum Hängen verurteilt worden. Einer war schon tot, denn er war gefoltert worden, während Lael und ihre Freunde hilflos zusehen mussten.

In einer Ecke der Burg wurden die Toten wahllos gestapelt. Bei einigen rauchte die Kleidung noch. Als Lael dies sah, musste sie unwillkürlich daran denken, dass diese Soldaten, von denen einige noch Jungen gewesen waren, einfach nur gekämpft hatten, weil jemand es ihnen befohlen hatte. Sie hatten nicht einmal ihr Leben gegeben, weil sie diese Burg liebten – denn wie hätten sie das gekonnt? Nein, sie waren einfach nur Schachfiguren gewesen.

Dies war wirklich keiner ihrer großartigsten Momente. Und doch konnte sie immer noch keine echte Reue empfinden, weil der Gedanke an diese Burg ihr Herz mit einer schrecklichen Furcht erfüllte. Dieses Gefühl empfand sie aber nicht für sich selbst, denn in wenigen Momenten würde sie tot sein. Sie dachte jedoch an Sorcha, ihre jüngste Schwester, deren Lieblichkeit ihr Herz immer mit Freude erfüllt hatte. Lìlis Kinder: Kellen mit seiner Freundlichkeit, ähnlich wie seine Mutter, und das jüngste Baby Ria, deren Geburt wie ein heller Stern gewesen war. Ein Stern, der in jede dunkle Ecke des Tals schien. Lael hatte einen Kloß im Hals, denn sie würde sie alle nicht wiedersehen. Aber was sie am traurigsten machte, war das Bild ihres Bruders, als sie ihn das letzte Mal sah, und sein angeekelter Gesichtsausdruck, bevor sie die Halle verließ. Sie hatte Dubhtolargg in derselben Nacht mit MacKinnons Männern verlassen und ihren Bruder nicht wiedergesehen.

Im Moment sehnte sie sich jedoch nach nichts mehr als den tröstenden Worten ihres Bruders. Irgendwie hatte Aidan immer alles in Ordnung gebracht. Das war seine Art.

Ihre Augen waren voller Tränen, während sie an eine Episode dachte, als sie zehn gewesen war und Aidan ungefähr dreizehn, nachdem ihr Vater von Padruig mac Caimbeul ermordet worden war. Er hatte die Arme um ihre Schultern gelegt und gesagt: „Mach dir keine Sorgen, Kleine. Ich werde dich beschützen. Ich bringe das wieder in Ordnung."

Und das hatte er getan.

Das tat er immer.

Aber dieses Mal wohl nicht.

„Es tut mir Leid", sagte Broc neben ihr. Sie hörte in seiner Stimme, dass er es ehrlich meinte, und nickte ihm zum Trost zu, denn er war, wie ihr Bruder, ein aufrichtiger Mann.

Lael stand auf ihren Zehenspitzen, damit die Schlinge sie nicht schon vor der Hinrichtung strangulierte. Sie versuchte, die richtigen Worte zu finden: „Mach dir keine Gedanken um mich, Broc Ceannfhionn. Du hast mehr zu verlieren als ich." *Eine Frau und Kinder.* Dinge, die Lael nie kennenlernen würde.

Auf der Mauer standen einige von Davids Männern und starrten zornig auf sie herab. Sie warteten auf den Henker. Wie die anderen neben ihr verlagerte Lael ihr Gewicht von einem Fuß auf den anderen, um ihre Waden und Oberschenkel zu entlasten.

„Die arroganten Bastarde hätten es am liebsten, wenn wir uns aus reiner Erschöpfung selbst hängten", beschwerte sich Broc.

„Warum warten sie?", fragte einer seiner Männer. „Wenn sie uns hängen wollen, dann sollen sie es doch tun und gut ist!"

Lael wusste, worauf sie warteten.

Mehr als alles andere fürchtete sie den Anblick des neuen *Lairds*, denn sie konnte den Gedanken an das Grauen, das vor ihren Leuten lag, wenn der Schlächter so nahe war, kaum ertragen.

„Sie warten auf den Schlächter", verkündete Broc und sprach damit aus, was Lael dachte. Auch er wusste, dass die Konsequenzen des heutigen Tags viel weitreichender waren als das Hängen von vier Männern und einer Frau. Sie wollten, dass die fünf auf dem Galgen standen, um zu realisieren, dass ihre Taten völlig umsonst gewesen waren. Jeder von ihnen sollte vor seinem Tod das Gesicht des Schlächters sehen und wissen, dass er gekommen war, um im Namen Englands und David mac Maíl Chaluims Chaos und Verwüstung zu stiften

„Es ist der Schlächter!", hörte sie einen Mann von der Mauer rufen. „Ich sehe seinen Adler!"

„Den des Königs auch", fügte ein anderer hinzu. „Er hat beide."

Welcher König?, überlegte Lael. *Aber war es nicht egal?*

Der Moment, vor dem sie sich fürchtete, war nun da. Angst fuhr ihr den Rücken hinunter und ihre Knie gaben nach. Ihr war übel.

„Öffnet das Tor!", hörte sie jemanden rufen. „Prüft die Stricke!"

Alle Bewegungen waren nun verschwommen und dann war jemand hinter ihnen und bewegte die Schlaufen, um sicherzustellen, dass sie fest waren.

Vor dem Tor wehte Jaimes Adler-Standarte im Wind.

Mit großem Getöse hob sich das Fallgitter.

Sein Pferd wollte bei dem Geräusch schon fast durchgehen, aber Jaime hielt die Zügel fest und schaute sich die Burg an, die nun ihm gehören sollte.

Nun, da alles vorüber war, kam er als der Herr über Keppenach. Diese Tatsache löste ein äußerst ambivalentes Gefühl in ihm aus. Dass die Söhne Donnal MacLarens nicht überlebt hatten, um die Burg zu erben, war vielleicht Pech. Aber es war schon hart für ihn, als der neue *Laird* von Keppenach ausgerufen zu werden, während sein eigenes Erbe nur noch eine Ruine war, die von Dornen überwuchert und vom Wald einverleibt worden war.

Bis zu diesem Moment war ihm nicht klar gewesen, wie sehr es ihn berührte.

Die Tore öffneten sich wie ein Schlund, um ihn einzulassen, und noch immer zögerte er.

Zwanzig Krieger warteten auf den Befehl, einzumarschieren, und irgendwo waren weitere siebzig auf dem Weg, um bei der Sicherung der Burg zu helfen. Jaime blieb draußen, um das Äußere der steinernen Burg mit ihrem einzelnen niedrigen, hässlichen Turm und ihrer bröckelnden Verteidigungsmauer zu begutachten. Sie sah aus wie ein einarmiger Krieger, der schon unzählige Schlachten geschlagen hatte, und dem es nun egal war, wie seine Rüstung aussah. Von innen stieg noch Rauch auf und zeugte von der Schlacht, die letzte Nacht hier stattgefunden hatte. Halbverbrannt und wild flatternd wehte der Löwe im Wind und zeigte, wer der Sieger der Schlacht war.

Aber das wusste Jaime ja schon.

Boten waren ihm in der Nacht entgegengekommen. Scheinbar gab es jetzt noch Verräter in der Burg, die auf ihre Hinrichtung warteten. Aber genau aus diesem Grund stürmte Jaime nicht durch das Tor. *Diesen* Teil hasste er mehr als alles andere. Es war eine Sache, einen Mann im Getümmel der Schlacht zu töten. Es war etwas ganz anderes, über ihn Gericht zu halten und sein Leben zu beenden.

Er war nicht der Teufel, zu dem er in Geschichten immer gemacht wurde.

Sein Vater war ein Ritter im Dienste König Heinrichs gewesen und seine Mutter die Tochter eines Lords im Grenzland. Die beiden verliebten sich, heirateten aber nie. Kurz nachdem sie zusammenkamen, wurde sein Vater in die Normandie geschickt, um in Heinrichs Krieg gegen Robert zu kämpfen. Seine Mutter war schwanger, als sie in eine lieblose Ehe mit einem Verbündeten seines Großvaters gezwungen wurde. Mit letzter Kraft gebar sie Jaimes Schwester, danach entledigte sich sein Stiefvater ihrer und schickte Jaime und seine Schwester zu deren Großvater ins Hinterland. Mit zwölf glaubte Jaime nicht, dass viel aus ihm werden könnte – denn was sollte der Sohn eines Ritters ohne Grundbesitz und der Tochter eines Mannes, der niemandem Lehenstreue geschworen hatte, schon erreichen können?

Aber das Schicksal war eine launische Geliebte.

Er kam in den Dienst von David, als Davids Bruder Edgar das Land südlich des Forth Rivers innehatte und sein Bruder Alasdair mac Maíl Chaluim als König des Nordens regierte. Damals war er vielleicht dünn und zottelig, aber David erkannte trotzdem seinen Wert. Er holte Jaime von seinem Großvater weg und schickte ihn als Ziehsohn zu Heinrich von England. Dort bewährte sich Jaime auf wie auch neben dem Schlachtfeld. Als die Zeit kam, dass David das Land, das Edgar ihm hinterlassen hatte, einnehmen wollte, holte er Jaime nach Norden. Es war eine grausame Geschichte. Schlachten mussten gegen Männer gewonnen werden, die weder England noch Schottland die Treue geschworen hatten. Aber am Ende holte sich David sein Erbe.

Was Jaimes Landbesitz betraf, war die Geschichte noch trostloser als die von Keppenach. Nach dem Tod seines Großvaters schnappte sich Donnal MacLaren, der ehemalige Verbündete seines Großvaters, Jaimes Landbesitz, da er sich sicher war, dass ein einfacher Jüngling ihn nicht daran hindern würde. Jaime erinnerte sich noch gut an den bärenstarken Mann seiner Jugend, der die Hände unter jedem Rock hatte. Als Jaime kam, um sein Erbe im Namen von David mac Maíl Chaluim einzufordern, hatte der gierige Bastard ihn von der Burgmauer herunter ausgelacht und einen *tailard* genannt. Er schwor, dass Jaime mit einem Teufelsschwanz geboren worden war, weil sein Vater Engländer war. In Wahrheit war aus seinem Vater ein geachteter Mann geworden, der nach bescheidenem Anfang aufgestiegen war und mit dem Silberwolf in der Schlacht von Tinchebray gekämpft hatte. Dort starb er so ehrenhaft wie möglich im Dienste seines Königs.

Mit der Zustimmung Davids und Angesichts dieser Beleidigung seines Vaters verbrannte Jaime, mit Davids Zustimmung, den ganzen Landstrich– auch die Wintervorräte und zuletzt die Burg selbst Zum Schluss versuchte, Jaime mit dem mürrischen alten Dummkopf zu verhandeln. Donnal weigerte sich. Da er umzingelt war und keine andere Möglichkeit mehr hatte, als aufzugeben, flehte Jaime den Mann an, die Unschuldigen unter seiner Herrschaft freizugeben – darunter auch Jaimes dreijährige Schwester. Der fette Bastard verhöhnte ihn von der Burgmauer.

„*Tailard!*" Er konnte das Gelächter immer noch hören. „*Glaubst du, dass ich auch nur einen Pfifferling auf deine Verwandtschaft gebe? Hör zu und schau her!*" Und dann ließ er ein Feuer im Burghof errichten und alle Unschuldigen herbeiholen, Jaimes Schwester eingeschlossen. Dann sollte Jaime die Burg verlassen. Aber das konnte Jaime nicht tun, denn er war im Namen des Königs da. Als er sich also weigerte, setzte Donnal seine Worte in die Tat um. An jenem Abend heulten die Sterbenden wie Banshees über dem Moor, ein Geräusch, das Jaime bis heute verfolgte. Er wurde von einem solchen Zorn ergriffen, dass dieser bis in seine Seele reichte. Als er den Beweis des Todes seiner Schwester hatte, suchte er ihre sterblichen Überreste, die über die Mauer geworfen worden waren, zusammen und steckte die Burg in Brand – wobei er darauf achtete, dass jeder einzelne Bewohner verbrannte. Aber was Jaime betraf, so war dies noch längst nicht genug Gerechtigkeit für den Mord an Unschuldigen gewesen.

Zu seinem Entsetzen hatte er heute wieder den Geruch von verbranntem Fleisch in der Nase. Es verfolgte ihn wie ein Gespenst. Er hing seinen Erinnerungen nach und beobachtete, wie der schwarze Rauch sich in den bewölkten Himmel schlängelte. Ein Sonnenstrahl fiel ihm ins Auge und er wendete sich ab und schaute auf das umliegende Land.

. . .

DIE HÜTTEN WAREN DEM ERDBODEN GLEICHGEMACHT. Die Bäume im näheren Umkreis waren bis auf die Stümpfe heruntergebrannt und rauchten noch wie Schornsteine. Weiter draußen erinnerten ihn die kahlen Bäume an missgelaunte alte Männer, die mit ihren dünnen Beinen voller Gicht dem Schicksal die Stirn bieten wollten. Es war mitten im Winter. So weit im Norden war er noch nie gewesen.

Von drinnen hörte er die Erklärung des Richters, der das Urteil im Namen des Königs, aber ohne Gerichtsverhandlung verkündete. „Für Verbrechen gegen David mac Maíl Chaluim, Prinz der Cumbrier …"

Jaime war hin- und hergerissen zwischen seinem Unmut über das Fehlen eines ordentlichen Prozesses und seinem Sinn für das Praktische. Er war erst spät zur Schlacht hinzugekommen und hatte keine Ahnung, was diese Männer getan haben sollten. Vielleicht hatten sie solche Gräueltaten verübt, dass sie genau das bekamen, was sie verdienten. Zögerlich arbeitete er sich weiter vor und trat endlich durch das Tor. Dabei schaute er sich die Gefangenen genau an. Wenn er eines Tages für jeden Todesfall unter seiner Herrschaft zur Rechenschaft gezogen würde, dann sollte er sich wenigstens an ihre Gesichter erinnern.

Die Sonne fiel direkt auf den Galgen und sein Blick blieb auf dem letzten Gefangenen haften. Aber sein müdes Hirn brauchte einen Moment länger, um zu realisieren, was er da sah.

Sie würden eine Frau hängen?

Krähen erhoben sich von der Burgmauer.

Der Richter war sehr eifrig und wollte sie endlich hängen sehen. Er erhob seine Stimme für die versammelte Menge. „Für Verbrechen gegen David mac Maíl Chaluim, Prinz der Cumbrier, Earl von Northampton und Huntingdon, Hochkönig der Schotten und Nachfahre von Kenneth MacAilpín … Hiermit verurteile ich euch fünf zum Tod durch den Strang!"

Sämtliche Hoffnung auf eine Begnadigung waren mit dieser Verkündigung dahin. Lael unterdrückte ein Schluchzen in ihrem Hals.

Er war die Ursache für alles!

David mac Maíl Chaluim.

In diesem Moment hasste sie ihn mit jeder Faser ihres Körpers. Ein schreckliches Bedauern überkam sie und setzte sich wie Blei in ihrer Brust fest. *Bedauern, dass sie David nicht getötet hatte, nachdem er ihre Schwester gestohlen hatte. Für all die Dinge, die sie hätte sagen oder tun sollen. Für jedes Mal, wo sie an ihren Schwestern ohne ein freundliches Wort vorbeigegangen war. Dafür, dass sie ihr Herz nie der Liebe geöffnet hatte.*

Ach, was sollte das ganze Geschwätz über Liebe; sie würde hier als Jungfrau sterben. Sie musste beim Schlucken würgen.

Bis zu diesem Moment hatte sie sich noch vorgestellt, wie ihr Bruder durch das Tor reiten würde. Egal, was er geschworen hatte. Aber die Zeit war um. Sie fingen von links nach rechts mit dem Hängen an.

Ach! Sie war noch nicht bereit zu sterben!

Was hatte Una gesagt? Ihre Priesterin behauptete, dass die Zeit in dieser Welt eine Illusion sei, dass die ganze Welt eins sei und die Grenze zwischen Leben und Tod nur für diejenigen existierte, die sich weigerten, die Wahrheit zu erkennen. Wenn Lael jemals an Unas Worte geglaubt hatte, dann musste sie es jetzt tun – *denn dies würde entweder das Ende sein oder nur das Ende von dem, was sie kannte.*

IN DIESEM MOMENT sah sie plötzlich alles mit überraschender Klarheit. Das Klopfen ihres Herzens dröhnte in ihrem Kopf wie das Schlagen von Trommeln. Der metallische Geruch ihres eigenen Blutes stieg ihr in die Nase.

Sie sah geradeaus nach vorn.

Anstelle der noblen Schimmelstute trabte ein pechschwarzer Wallach durch das Tor. Auf ihm saß ein Reiter, dessen Miene ebenso düster war. Der Mann hatte rabenschwarzes Haar und war von seinen geölten Lederstiefeln bis zu seinem ledernen Brustpanzer gänzlich in Schwarz gekleidet. Davids wilder Löwe in Schottlands Farben, Hellgelb und Rot, schmückte seine Brust.

Er sah sie an und Lael hielt seinem Blick stand. Sie konnten sie töten, aber sie konnten ihr nicht ihre Ehre nehmen. Sie weigerte sich, *ihm* ihre Angst zu offenbaren. Er war der leibhaftige Tod und hatte seine dunklen Engel in Form von berittenen Kriegern mitgebracht, um alles zu zerstören, was ihnen in die Quere kam.

Die Sekunden fühlten sich an wie Stunden.

Sie merkte, wie der Henker näherkam, und stellte sich auf die Zehenspitzen, als ob sie der Schlinge dadurch entkommen könnte.

Am anderen Ende des Podiums wurden die ersten Falltüren geöffnet und das Grauen fuhr ihr durch die Glieder, als sie die würgenden Geräusche des ersten Mannes hörte. Dann war der Nächste dran und der Strick knarrte eine Zeitlang oder vielleicht nur einige Sekunden unter dem Gewicht des stürzenden Mannes. Der Dritte fiel mit einem überraschten Schrei und sein schweres Gewicht sorgte dafür, dass sein Genick sofort brach. In der gruseligen Stille, die dann folgte, hörte Lael, wie sie versuchten, Brocs Falltür zu lösen, denn das Holz war aufgequollen und klemmte.

Sie schloss die Augen, heiße Tränen drohten hervorzuschießen. Aber nein! Sie weigerte sich, zu weinen. Sie hatte diesen Weg gewählt und bei Gott, wenn sie noch einmal die Chance hätte, würde sie es alles genauso machen. Sie zwang sich, die Augen zu öffnen, um mit Würde zu sterben. Der Henker stand vor Broc. Ihr Hals zog sich zusammen und schnürte ihr die Luft ab, bevor die Schlinge ihre Arbeit tun konnte.

„Bitte", flehte Broc neben ihr. „Lasst die Frau leben. Ich flehe Euch an. Lasst sie gehen. Stattdessen sterbe ich gern!"

„Als wenn du eine Wahl hättest", sagte Davids Henker kichernd. Er drehte sich zu dem Mann neben ihm und scherzte: „Die scheißen sich gleich beide die Hosen voll, oder?" Dann prustete er vor Lachen. Der andere Mann gluckste schrecklich. Es hörte sich weit weg an und kam gar nicht wirklich in Laels benebeltem Hirn an.

Ihre Ohren klingelten und sie hörte die unterschiedlichsten und leisesten Geräusche ganz deutlich, als wären sie in ihrem Kopf verstärkt worden. Sie versuchte, sich zusammenzureißen und Broc Ceannfhionns Blick zu erhaschen, um ihm etwas von ihrer Stärke für den Weg ins Jenseits mitzugeben.

Seine blauen Augen blickten sie kurz an, dann verschwand er mit einem würgenden Schrei aus ihrem Blickfeld. Tränen schossen ihr in die Augen und sie unterdrückte ein Schluchzen, aber sie sah nicht zu, wie er nach unten fiel. Sie wollte nicht sehen, wie sein Gesicht hochrot wurde oder seine Gedärme im Moment des Todes entleerten.

Die Götter waren gnädig, jeder Gott, alle Götter. Sonst könnte sie dies nicht mit Würde durchstehen.

Ihr Blick fiel auf den Schlächter, der wie der Sensenmann auf seinem schwarzen Pferd saß.

Ihr Herz hämmerte. Sie hörte Gelächter. Geschwätz von den Burgmauern. „Verzeih mir, Aidan", flüsterte sie. Und dann stand der Henker endlich vor ihr und zog an den Balken unter ihr. Sie war sich Brocs Todeskampf an ihrer Seite kaum bewusst. Plötzlich gab es ein unmenschliches Geräusch und der schwarze Dämon flog auf die Plattform zu. Sie sah seine stahlgrauen Augen nur einen Moment, bevor er sein riesiges Schwert schwang. Über seinen Augenbrauen glühte eine lange Narbe, sein Teufelszeichen. Lael musste schlucken. Und wie es das Schicksal so wollte, war sein Gesicht das Letzte, was sie sehen sollte, bevor sie die Augen schloss.

KAPITEL DREI

*J*eder klare Gedanke verschwand aus Jaimes Kopf, während er über den Burghof raste und sein Schwert zog, als er an der Plattform ankam.

Wenn sie schon bereit waren, eine Frau zu hängen, welche anderen Ungerechtigkeiten wurden sonst noch im Namen von David mac Maíl Chaluim verübt?

Mit einem Schrei sprang der Henker vom Galgen. Jaime schwang zornig sein Langschwert und durchschnitt das Seil des Mannes, der neben der Frau hing. Für die anderen war es zu spät und auch der blonde Riese fiel zu Boden.

Die Frau stand vor ihm und starrte ihn an. Sie war bereit, dem Schicksal ins Auge zu sehen. Der Blick aus ihren grünen Augen versprühte Hass; aber sie sprach kein Wort. Er schnitt ihren Strick durch und als dies geschehen war, gaben ihre Knbie nach. Danach schnitt er die Toten ab. Sie fielen neben dem Riesen zu Boden. Als er fertig war, suchte er den Burghof nach den Verantwortlichen ab. Sein Pferd tänzelte schnaubend unter ihm. „Was hat das zu bedeuten?", fragte er so laut, dass alle es hören konnten.

„Die dún Scoti-Schlampe ist des Verrats schuldig!", rief jemand von der Mauer.

Jaime blickte hoch, um den Rufer auszumachen. Instinktiv wusste er, dass es derjenige war, den David als seinen Verwalter eingesetzt hatte.

Die des Verrats angeklagte Frau blieb auf den Knien und sah zu Jaime hoch. Ihre grünen Augen funkelten vor Hass, bis der Mann neben ihr anfing zu husten. Mit geweiteten Augen sprang sie auf und katzengleich von der Plattform zu ihm hinunter. Sie vergrub ihr Gesicht am Hals des blonden Riesen wie ein Wolf an seiner Beute. Nur einmal blickte sie durch ihre schwarzen Haarsträhnen auf und Jaime sah dabei, dass sie die Schlinge des Mannes zwischen ihren Zähnen hatte und versuchte, diese zu entfernen.

Jaime glitt aus seinem Sattel. „Bindet sie los!", befahl er.

Er ging, um der Frau zu helfen, die Schlinge vom Hals des Mannes zu zu öffnen. Dabei erwartete er halb, dass sie ihn beißen würde. Er legte seine Hand zwischen die beiden und zog an dem Seil, um seinen Zug am Hals des Mannes zu lockern. In der Zwischenzeit war der Richter nach vorn gekommen und half, ihre Fesseln zu lösen.

„Lael", krächzte der Mann und musste schon bei dem Wort würgen. Seine blauen Augen waren noch verschwommen. Glücklicherweise hatte der Strick ihn jedoch nicht getötet. Ein Schlag gegen die Brust ließ die Luft zurück in seine Lungen fließen. Seine Kumpane hatten nicht annähernd so viel Glück. Die anderen hatten sich vollgeschissen. Jaime konnte es riechen, aber er fühlte trotzdem ihren Puls, um sicherzugehen. Nachdem sich seine schlimmsten Ahnungen bestätigt hatten, sah er zur Burgmauer und erblickte den Mann, der heruntergerufen hatte.

„Was nützen mir die Männer tot? Ich hatte ausdrücklich darum gebeten, dass gewartet wird, bis ich komme!"

„Wir *haben* gewartet, *mein Herr*", konterte der Mann und sprach *mein Herr* auf die englische Art aus, als wolle er Jaime daran erinnern, dass er ein Ausländer war. „Die dún Scoti-Schlampe hat ein Messer durch das Herz eines meiner Männer gerammt." Er zeigte auf einen Haufen Leichen, die armselig und würdelos übereinandergeworfen worden waren. Von Jaimes Platz aus war es schwer, zu sagen, welche seine Feinde und welche seine eigenen Männer waren.

Das Gesicht der Frau verzog sich vor Zorn. „Das habe ich getan, weil er sich an mir vergehen wollte", spie sie. Selbst auf den Knien hielt sie sich wie eine Königin, trotz zerzauster Haare und schmutzigem Gesicht.

Jaime konnte zwar nicht sagen, warum, aber er glaubte ihr.

Er dachte an seine eigene Mutter und an die Schwester, die er kaum gekannt hatte, und er hoffte, dass auch sie in einer solchen Situation den Mut gehabt hätten, den Kerl zu erdolchen. Aber dann schob er diesen traurigen Gedanken beiseite. Jetzt war weder die Zeit noch der Ort dafür.

Er bedeutete seinem Knappen vorzutreten. Dieser war der Sohn des Lehnsherrn seines Vaters gewesen. Jetzt hatte sich die Situation aber gewendet und der Sohn von FitzStephen war Jaimes Lehnsmann. Mit nur siebzehn war Luc noch zu jung für das Schlachtfeld. Jaime dagegen hatte schon mit sechzehn seine ersten Kampferfahrungen gesammelt. Nicht alle Männer waren für den Krieg geeignet. In diesen unruhigen Zeiten waren Jugend und Alter Luxusgüter, die sich nicht jeder Mann und auch nicht jede Frau leisten konnten.

Er blickte wieder zu der Frau mit den grünen Augen. Aber sie hatte sich abgewendet.

Er hatte vor, diesen Fall noch weiter zu untersuchen; aber in diesem Moment war er müde und durstig und außerdem tat ihm von dem langen Ritt der Hintern weh.

Er steckte sein Schwert wieder in die Scheide und befahl: „Sorgt dafür, dass diese Männer ordentlich beerdigt werden, und bringt ihn in eine ordentliche Zelle." Dabei sah er auf den blonden Riesen, der immer noch an seiner eigenen Zunge würgte. Sein Blick schweifte abschätzend über das Burggelände. „Bringt die Frau irgendwo sicher im Turm unter. Lasst zwei *meiner* Wachen bei ihr und berichtet mir dann."

Als er seine Befehle erteilt hatte, ging Jaime weg und widerstand der Versuchung, noch einmal auf die kniende Wolfsfrau – so erschien sie ihm zumindest – zu schauen. *Oh, bei Gott!* Er musste sich nicht vergewissern, ob seine Befehle ausgeführt wurden. Seine Neugier ließ ihm jedoch keine Ruhe, sodass er sich noch einmal lang genug umdrehte, um einen weiteren Befehl zu geben – einen, der ihn selbst überraschte:„Als erstes", befahl er Luc, „organisierst du ein Bad für die Frau!"

Organisiere ein Bad für die Frau?

Von allen Sachen, die er hätte sagen können, waren diese Worte die letzten, die Lael aus dem Mund des Schlächters erwartet hätte.

Organisiere ein Bad für die Frau?

Als sie in einer Kemenate im Turm eingesperrt war, hatte sie fast vor, dem Schlächter zu trotzen, indem sie sich weigerte, zu baden. In diesem Moment war ihr die Wanne voll dampfendem Wasser allerdings teurer als Säcke voll Gold. Außerdem konnte sie mit Gold zurzeit sowieso nichts anfangen.

Nachdem sie stundenlang mit der Schlinge um den Hals im kalten Nebel gestanden hatte, empfand sie ungewohnte Schmerzen in ihren Knochen. Noch zögerte sie und als sie das Wasser mit der Hand testete, war sie hin- und hergerissen.

Sie brachten Broc in eine Gefängniszelle. Aber wenigstens lebte er noch.

Und doch schmerzte es sie, dass sie ein warmes Bad bekommen hatte, allein weil sie eine Frau war, und Broc Ceannfhionn eine kalte, feuchte Zelle.

Nur wenige Sekunden später und sie wären beide hinüber gewesen. Sie waren beide vom Schlächter gerettet worden. Allerdings hinterließ die Kombination der Worte Dankbarkeit und Schlächter einen bitteren Beigeschmack in ihrem Mund.

Lael wendete sich von der Wanne ab und inspizierte den Raum. Dabei überlegte sie, wem er wohl gehört mochte. Er war nicht groß oder schön und der Wind pfiff durch die Ritzen zwischen den alten Steinen.

Der *Laird* dieses Anwesens war tot. Ihr Bruder hatte ihn im Kampf getötet. Rogan MacLaren war ein grausamer Mann gewesen. Er hatte seinen eigenen Neffen, Lìlis Sohn, gequält und bedroht. Und dann hatte er Lìli gezwungen, Aidan zu heiraten – mit der Absicht, ihn zu ermorden. Und das alles hatte er scheinbar mit Davids Zustimmung getan. Nach Laels Meinung reichte das schon aus, damit Aidan bei der Verteidigung Keppenachs hätte mitkämpfen müssen. Aber ihr Bruder hatte sich dagegen entschieden. Zum ersten Mal in zwanzig Jahren waren sie getrennte Wege gegangen.

Lael hatte sich noch nie so allein gefühlt wie in diesem Moment.

In der Nordwand befand sich das einzige Fenster des Raums, das mit Gittern versehen war. Die Läden waren jetzt geschlossen, aber die Kemenate war trotzdem zugig. Außer einem alten Holzbett gab es keine Möbel. Die Matratze war zu alt und mit muffigem Stroh gefüllt; aber zumindest war es eine Matratze. Dann entdeckte Lael eine Truhe in einer Ecke und zu ihrer Überraschung erkannte sie diese.

Sie ging hin und schaute sie sich genau an: Es war tatsächlich die reich verzierte Truhe, die Aveline von Teviotdale mit nach Dubhtolargg gebracht hatte, als sie kam, um als Lìlis Zofe zu dienen. Sie war recht pompös angereist und hatte mehr Gepäck gehabt als Lìli. Später erfuhren sie, dass Aveline Rogans Mätresse gewesen war und Lìli im Auftrag ihres Geliebten bespitzeln sollte. Anstatt froh zu sein, dass sie dem Tyrann entkommen war, heulte das Dummerchen so lange, bis Aidan ihr erlaubte, nach Keppenach zurückzukehren, um Rogans Baby hier auf die Welt zu bringen. Und dann war sie verschwunden; kein Mensch wusste, wohin. Sie wussten nur, dass sie angeblich nie ihr Ziel erreicht hatte, weil Avelines Vater Reiter geschickt hatte, um sich nach seiner Tochter zu erkundigen. Aber das letzte Mal, dass irgendjemand von Dubhtolargg sie gesehen hatte, war gewesen, als sie Aveline am Tor von Keppenach ablieferten. Und hier gab es einen weiteren Beweis dafür, dass sie angekommen war. Es war diese Truhe, wegen der sie Sorcha fast auf die Finger geschlagen hätte, weil sie diese einfach nur berührt hatte. Glücklicherweise hatte Aveline es nicht getan, denn an jenem Tag hätte ihr Lael dafür die Hand abgeschnitten. Es war kein gutes Zeichen für Aveline, dass all ihre Habseligkeiten hier waren, aber sie selbst nicht.

Lael stand da und sah sich den Raum mit anderen Augen an.

Avelines Gefängnis?

Aber warum? Das Mädchen war Rogans Sklavin gewesen. Sie hätte alles für den Schuftgetan. Hatte sie ihn irgendwie gereizt?

Jetzt war ihre Neugierde wirklich geweckt. Lael

bückte sich, um Avelines Truhe zu öffnen, und sah, dass sie mit Kleidung und voller Spielereien war. Eine weitere Truhe, von der sie annahm, dass diese auch Aveline gehört hatte, war mit weiteren dieser Kleinigkeiten, Bändern, einer Bürste, einem Kamm und einem Spiegel gefüllt.

Laels Finger strichen über die Ränder des Kamms und des Spiegels und testeten die Schärfe des Metalls. Da sie ihre Dolche nicht mehr hatte, könnten diese bei Bedarf nützlich sein. Sie hielt den Spiegel hoch und schwang ihn. Die Muskeln in ihrem Unterarm spannten sich an, während sie überlegte, wie hart man wohl zuschlagen müsste, um die Haut zu verletzen. Die Ränder waren viel zu stumpf, um viel Schaden anzurichten; aber sie könnte damit mindestens ein Auge ausstechen.

Sie legte die Waffen in Avelines protzige Truhe zurück, schloss den Deckel und stand auf, um sich weiter umzusehen und jede Ecke zu inspizieren. Da sie von Natur aus gründlich war, sah auch unter dem Bett nach und fand ganz hinten eine kleine hölzerne Kiste. Das Bett war jedoch viel zu niedrig, als dass sie darunter kriechen konnte. Also kam sie an die Kiste nicht heran und beschloss, sie für später aufzuheben. Sie richtete sich vom Boden auf und wischte sich die Hände an ihrer Kleidung ab.

Währenddessen lockte sie weiterhin das Wasser hinter ihr. Der Dampf zog durch den kühlen Raum. Offensichtlich traute man ihr nicht genug, um ein Feuer für sie zu entfachen. *Schlaue Männer*, denn Lael würde alle Mittel nutzen, um ihre Freiheit wiederzugewinnen. Dafür würde sie auch den Bergfried niederbrennen.

Organisiere ein Bad für die Frau?
Schon klar!

Sie war schließlich kein *Schwachkopf*. Sie hatte den

Blick in den stahlgrauen Augen des Schlächters genau gesehen, als er sie dort auf ihren Knien begutachtete. Warum sonst hätte er ein Bad für sie beschaffen lassen und das Gefängnis für Broc befohlen, wenn er nicht gehofft hatte, sich ihres Körpers bedienen zu können? Er hatte das dampfende Wanne wohl kaum aus der Güte seines großen Schlächter-Herzens bestellt.

Aber sie musste schon zugeben, dass er kein unattraktiver Mann war. Mit diesem durchdringenden Blick, den gemeißelten Gesichtszügen und dem markanten Kinn wirkte er sehr männlich. Als er mit erhobenem Schwert und der düsteren Miene und seinen stahlgrauen Augen auf sie zugeritten kam, war sie unheimlich erschrocken. Aber aus irgendeinem Grund hatte sie keine Angst vor ihm gehabt, noch nicht einmal als er das riesige Schwert in Richtung ihres Gesichts schwang. Es war, als würde ihr eine innere Stimme versichern, dass alles gut werden würde.

Trotzdem würde sie sich nicht vormachen, dass dieser Mann auch nur einen freundlichen Knochen in seinem Körper trug. Wenn er glaubte, dass er ohne ihre Zustimmung auch nur einen Finger an sie legen dürfte, dann hatte er sich getäuscht.

Sie überdachte noch einmal, warum er sie wohl in dieser Kemenate im Turm untergebracht hatte, und holte den Spiegel wieder aus der Truhe hervor. Dann legte sie ihn unter ihre Matratze, damit sie ihn notfalls schnell erreichen konnte. Sie schwor, dass sie kein williges Opfer sein würde.

Lael ignorierte weiterhin das Bad und öffnete die Fensterläden. Sie untersuchte das Gitter vor dem Fenster und schaute sich die Abstände zwischen den Stangen genau an. Aber durch dieses Fenster war eine Flucht unmöglich, solange sie sich nicht in einen Geist verwandeln konnte.

Wenn sie noch viel länger wartete, würde das Wasser kalt sein.

Genervt schloss sie die Fensterläden wieder und schaute sehnsüchtig auf die Wanne. Als sie darüber nachdachte, wie viele Diener in mühsamer Arbeit Eimer um Eimer die Treppen hochgeschleppt hatten, gab sie der Versuchung endlich nach. Wenn sie es nicht nutzte, sagte sie sich, wäre die Arbeit der Diener umsonst und Zeitverschwendung gewesen. Außerdem taten ihr die Gelenke weh und ihr Körper fühlte sich geschunden an. Sie zog sich rasch aus und entdeckte dabei noch ein oder zwei weitere Schnittwunden, was die Blutflecken auf ihrer Kleidung erklärte. Sie seufzte und schüttelte den Kopf über ihren Zustand. Dann warf sie ihre schmutzigen Kleider beiseite und stieg in die Wanne. Dabei stöhnte sie auf, als ihre Wunden zu brennen begannen.

Obwohl es ihm schwerfiel, die Gedanken an die Frau, die in seinem Turm eingesperrt war, zu verdrängen, wollte Jaime eine rasche Inspektion des Geländes vornehmen.. Die Sicherheit seiner Männer war wichtiger als alles andere. Er würde ihr Leben nicht unnötig aufs Spiel setzen. Bevor er sich zur Ruhe begab, musste er wissen, dass Keppenach sicher war.

Nach einer oberflächlichen Kontrolle fragte er sich, welche Schäden neu waren und welche vorher schon durch Vernachlässigung entstanden waren. Die verbrannten Gebäude waren das Ergebnis der Belagerung, wenn man diese überhaupt als solche bezeichnen konnte. Aber es gab auch Spalten in der Ringmauer, die unmöglich von Waffen aus der letzten Nacht stammen konnten. Da waren nur Pfeile, Schwerter und Äxte verwendet worden.

Soweit er sehen konnte, war der Feuerschaden in

der Burg selbst nicht so schwerwiegend wie außen. Daraus schloss er, dass das Feuer sich von innen nach außen ausgebreitet hatte. Der Schaden auf der Innenseite stand eigenartigerweise in keinem Verhältnis zu allem anderen: Ein Gebäudeabschnitt unterhalb der Brüstung hatte Feuer gefangen, aber der Rest der Burg schien unberührt. Seiner Erfahrung nach konnten selbst Brandpfeile nicht so gezielt Feuer entfachen. Wenn die Angreifer ein Sperrfeuer davon abgeschossen hätten, wären dies an der ganzen Anlage zu sehen gewesen. Aber das war hier nicht der Fall. Tatsächlich hatte es den Anschein, als sei ein unvorsichtiger Kerl auf der Brüstung fahrlässig mit seiner Flamme umgegangen und hatte einen angezündeten Pfeil auf das Strohdach unter ihm fallen lassen.

Als er zum Tor kam, fand er dort kaum Anzeichen für einen erzwungenen Zutritt. Die Leute, mit denen er sprach, sagten ihm, dass sich die Angreifer durch einen Tunnel unter dem Bergfried Zutritt verschafft hätten. Dies war offensichtlich ziemlich missglückt und zudem ohne Voraussicht durchgeführt worden, weshalb Jaime zu dem Schluss kam, dass sie gar nicht wirklich vorgehabt hatten, die Burg einzunehmen. Anscheinend hatten sie die Information erhalten, dass Jaime im Anmarsch war, und hatten daraufhin überstürzt gehandelt. Dies waren offensichtlich keine ausgebildeten Krieger. Sie waren einfach nur Männer.

Wer aber war die Frau?

Er wollte es wissen, musste sich aber erst einmal um dringendere Angelegenheiten kümmern. Er wusste, dass diese Highlander ein sturer, aufbrausender und opportunistischer Haufen waren. Sie konnten David nicht einfach seine Burg *übergeben* und sie würden auch nicht aufgeben, bis sie ihm diese wieder entrissen hätten. Aber Jaime war nicht so dumm, dass er sich oder Keppenach in einem angreifbaren Zustand gelassen hätte. Sobald sich die Gelegenheit bot, würde er die Tunnel inspizieren. In der Zwischenzeit würde er die Wachen mit seinen eigenen Männern verstärken.

Er atmete tief durch, als er über diese große Aufgabe nachdachte. Und wieder schaute er zu den Zinnen hoch – zu einer zackigen Burgmauer, die gen Himmel ragte wie ein alter Mann mit Zahnlücken.

Eigentlich war Keppenach eine armselige Burg, um die es sich kaum zu kämpfen lohnte. Jaime verstand jedoch ihren Wert: Sie lag am unteren Ende der Berge auf einem kleinen Hügel. Dahinter fiel das Land langsam in ein Tal ab, das von Tannenwäldern umgeben war. Es war ein idealer Platz, der dem *Laird* den Schutz der Berge und der Wälder bot sowie die reiche Ernte von dem guten Ackerland weiter unten.

Dies war einst eine robuste Burg gewesen und dazu wollte Jaime sie wieder machen.

Er untersuchte das Fundament, das an einigen Stellen immer noch fast zwei Meter dick war. Es hatte Jahrhunderte überdauert und die alte römische Arbeit aus Stein war viel besser als das grobe Gemisch aus Holz und Mörtel, das danach folgte. Diese Entdeckung wollte Jaime sich zunutze machen. Er würde die Mauer und die Burg Stück für Stück wieder aufbauen. Und er würde einige Veränderungen am Entwurf vornehmen. Zumindest würde er am unteren Ende des Hügels einen Festungsgraben ausheben lassen. Die Verteidigung einer Burg war am schwächsten an ihrem Eingang und diese Burg stellte dahingehend keine Ausnahme dar.

Sein Knappe fand ihn, als er die Tore inspizierte, wobei er das Holz und jede einzelne Verriegelung überprüfte. „Mein Herr", berichtete er. „Die Gefangenen sind verwahrt."

Jaime bückte sich und strich mit den Fingern unten über das verrottete Holz. „Gut", sagte er abwesend. Das

Fallgitter selbst war aus Eisen. Der Mechanismus war allerdings verrostet und alt und musste geölt werden. Tatsächlich brauchte der ganze Aufbau neue Bolzen und vielleicht auch neue Planken, die mit einem von ihm entwickelten Holzschutz behandelt werden würden. Mit ausreichend Männern und gutem Wetter sollte die ganze Arbeit nicht länger als einen Tag dauern. Im jetzigen Zustand würde das Tor einem Rammbock nicht standhalten und es war ihr Glück, dass der Feind so wenige Männer gehabt hatte. Eine größere Armee würde die Burg schnell einnehmen.

„Mein Herr", fügte Luc hinzu. „Ich habe mir die Freiheit genommen und das Gemach des *Lairds* für Euch in Beschlag zu nehment. Gibt es sonst noch etwas, das ich für Euch tun kann?"

Jaime merkte, dass der Junge sich große Mühe gab, sich in Abwesenheit seines Vorgesetzten zu behaupten. Er sah den Jungen genau an. „Wie lief es mit MacLarens Verwalter?"

„Er hat sich nicht beschwert, aber seinem Gesicht nach zu urteilen, hat er sich bis auf die Knochen geärgert."

Jaime erinnerte sich an die arrogante Miene oben auf der Burgmauer und blieb ungerührt. „Schade, aber er hatte sowieso kein Recht auf das Gemach des *Lairds*."

„Sagt das mal dem verrückten Hund, mein Herr. Diese Schotten sind ein mürrisches und überhebliches Völkchen."

Jaime stand auf und wischte die Finger an seiner Hose ab. Er zog eine Augenbraue hoch und verzichtete darauf, klarzustellen, dass auch er von Geburt Schotte war; zumindest Halbschotte. Seine Männer merkten es kaum. Das lag wahrscheinlich daran, dass er sich nicht wie einer fühlte. „Maddog? Ist das sein Name?"

„Ja, mein Herr." Luc nickte wieder. „So scheint es."

„Was hat er für Verbindungen?"

„Keine, von denen ich weiß. Er wurde hier geboren und diente Rogan und seinem Bruder vor ihm und deren Vater davor. Aber das ist alles, was ich herausfinden konnte Scheinbar hatte er die Hoffnung, in König Davids Dienst Karriere zu machen, nun da die MacLarens alle tot sind."

Jaime ignorierte die Genugtuung in diesem einfachen Tatsachenbericht. Donnals Enkel waren wohl kaum für die Sünden ihres Großvaters verantwortlich. „Gut zu wissen. Wie viele MacLaren-Männer sind noch da?" Sein Blick wanderte automatisch nach oben, wo eine Gruppe MacLaren-Wachen stand und sihnen mit ernsten Gesichtern zusah. Bis jetzt hielten sie sich von seinen Truppen fern und beobachteten in kleinen Gruppen, was Jaime tat. Seine eigene Verstärkung, die von seinem langjährigen Hauptmann angeführt wurde, war noch mindestens einen Tagesritt hinter ihnen. Also würde er seinen Männern raten, auf sich Acht zugeben, damit sie sich nicht mit einem Dolch im Rücken wiederfanden.

„Ich habe dreiundvierzig gezählt und da waren alle dabei: Kinder, Küchenhilfen und der Schmied, der ein lahmes Bein zu haben scheint."

„Wie viele davon sind in der Lage, zu kämpfen?"

Luc zuckte mit den Schultern. „Vielleicht dreißig davon."

Jaime seufzte wieder. Er war hundemüde. Sein Atem bildete eine Wolke, die in der Luft hängenblieb, was ihm die Gewissheit gab, dass der Regen der letzten Tage, der sie den ganzen Weg nach Norden geplagt hatte, nun bald als Schnee fallen würde. Es war verdammt kalt in den Highlands! „Es kommen noch dreißig plus zwanzig und siebzig mehr von unseren Leuten, oder?"

Bewunderung war in den blauen Augen des Jungen zu sehen. „Ja, obwohl wir den Schlächter haben und einige behaupten, er habe die Kraft und Gerissenheit von zehn Männern." Er grinste und Jaime musste sich zurückhalten, dem Jungen nicht die Haare zu zerzausen.

„Schmeichelei bringt dich bei mir nicht weiter, Wolfsjunge."

Das stimmte nicht ganz und das wussten sie beide. Luc war in vielerlei Hinsicht der kleine Bruder, den Jaime nie gehabt hatte. Es hatte eine Zeit gegeben, als ihre Väter auch wie Brüder gewesen waren. Die einfache Tatsache, dass Lucs Vater alt war und umgeben von zu vielen Töchtern lebte und sein eigener Vater schon seit vielen Jahren tot war, hätte Jaime eifersüchtig machen können. Aber dies war nicht der Fall. Weston FitzStephen hatte fast so viel dafür getan, dass Jaime in Heinrichs Dienst Karriere machte wie David, und nun würde Jaime den Gefallen erwidern. Der Junge machte es ihm sehr leicht. Luc war selbstbewusst ohne Angst und treu. Manchmal war Jaime sehr stolz auf ihn. Manchmal trieb er ihn aber auch zur Weißglut.

Ein wenig wie die Frau im Turm.

Sie hatte beim Anblick seines erhobenen Schwertes noch nicht einmal geblinzelt und das reizte Jaimes Neugier. Von dem Moment an, als er sie weggeschickt hatte, musste er sich zurückhalten, nicht die Turmtreppe zu erklimmen und herauszufinden, wer sie war und was sie in der Gesellschaft dieser Männer zu suchen hatte. Sie erinnerte ihn an Boadicea, die Königin des Iceni-Stamms vergangener Tage, welche die Revolte gegen die Römer angeführt hatte. Mit dem hübschen Gesicht der Frau im Kopf ließ er das Tor hinter sich und ging zur Burg. Es ärgerte ihn, dass er sich auf nichts anderes mehr konzentrieren konnte.

Luc folgte ihm.

„Wo hast du den blonden Teufel hingetan?", frage Jaime. Er wollte nicht, dass der Junge mitbekam, wie sehr ihn die Frau beschäftigte.

„Ins Gefängnis, wie gewünscht, mein Herr."

Jaimes Blick schweifte über den Burghof und er sah zwei MacLaren-Männer, die in der Nähe des Galgens die Köpfe zusammensteckten. „Und was ist mit der Frau?"

„Ich habe sie, wie ihr befohlen habt, in die Kemenate neben dem Gemach des *Lairds* bringen lassen." In seinem Ton schwang der Hauch eines Lächelns mit.

Jaime wollte mit dem Jungen schimpfen, aber Luc schaute ihn unbeirrt an. Der Junge hatte wahrlich die Respektlosigkeit seines Vaters geerbt. Jaime ließ sich jedoch nicht reizen und schwieg. Man hörte nur ihre Schritte auf dem gefrorenen Dreck.

Er hatte gehofft, dass die Inspektion ihn von einigen Sorgen befreien würde. Stattdessen gab sie ihm zu denken. Die Tatsache, dass die Burg seit MacLarens Tod viele Monate herrenlos gewesen war, zeigte sich darin, wie heruntergekommen sie nun war. Wenn man es recht betrachtete, war sie in nicht viel besserem Zustand als sein Erbe. Zumindest gab es bei Dunloppe keine Burg mehr, die es zu schleifen galt Trotz des ganzen Geredes über den früheren Glanz Keppenachs hatte David ihm mit dieser Burg eigentlich einen Bärendienst erwiesen.

„Gibt es sonst noch etwas, das ich für Euch tun kann, mein Herr?", fragte Luc in einem viel zu liebenswürdigen Ton für Jaimes momentane Laune.

„Ja", sagte Jaime knapp. „Kümmere dich um die Pferde, sorge dafür, dass die Ställe wetterfest gemacht werden, und dann lasse den Galgen abbauen."

„Und dann?", fragte der Junge mit einem Leierton in der Stimme.

Jaime knurrte. „Dann gehst du und hängst dich auf", schlug er vor; aber der Junge kicherte nur.

„Sehr wohl, mein Herr", gab er gutmütig nach und ging in Richtung Ställe oder was davon noch übrig war.

KAPITEL VIER

*C*ameron MacKinnon hob seinen Kopf und inspizierte seine Umgebung. Seine Wimpern waren von seinem eigenen Blut verklebt.

Chreagach Mhor war noch zu weit weg, aber die Stute war sowieso nicht auf dem Weg dorthin. Sie war sicher auf den Beinen und so anmutig wie eine Tänzerin. Sie gehörte Lael von den dún Scoti. Er hatte sie genommen, denn sein eigenes Pferd war durch einen Brandpfeil in den Kopf getötet worden. Wenn er tatsächlich alt werden sollte, was in seinem gegenwärtigen Zustand nicht sehr wahrscheinlich war, würde er niemals das fürchterliche Wiehern vergessen, welches das Tier vor Schmerzen und Schrecken von sich gegeben hatte.

Durstig und erschöpft und brach er auf dem zähen Pferd zusammen. Er hielt sich an der blutgetränkten Mähne fest und kämpfte gegen einen weiteren Schwindelanfall an. Sein Körper brannte trotz des Schneetreibens. Seine Wunden bluteten stark und ließen das Leben aus ihm herausrinnen. Ihm fehlte der Wille, um weiterzureiten. Glücklicherweise wusste die silberne Stute genau, wo sie hingehen musste, und hielt auf den schneebedeckten *Am Monadh Ruadh* zu.

Sie war wie eine treue Taube auf dem Weg nach Hause.

Mit letzter Kraft blickte er zum bedeckten Himmel auf. Die Sonne war verschwunden, ebenso wie seine Energie und Entschlossenheit.

Er konnte kaum begreifen, was passiert war. Sie hatten sieben Männer durch die Geheimtür geschickt, um Keppenachs Haupttor aufzuschließen. Bis dahin hatte scheinbar noch niemand realisiert, dass dies der Anfang einer Belagerung im eisigen Regen war. Dies war eigentlich die Zeit, wenn ein Mann sich ordentlich Speck anfuttern sollte, um für den mageren Winter vorbereitet zu sein. Heimlich, still und leise hatten sie den verbliebenen Dorfbewohnern empfohlen, sich in die Hügel zurückzuziehen. Außerdem hatten sie die Karren weggeschickt, um die Garnison dünn besetzt zu halten, während diese auf eine Verstärkung wartete, die niemals kam. Als sie hörten, dass der Schlächter im Anmarsch war, befahl Broc den Angriff.

Aber irgendwie war die Schlacht vorbei gewesen, bevor sie überhaupt richtig begonnen hatte.

Nach nur einem Warnruf flogen Pfeile von den Burgmauern, die alle in Richtung ihres Verstecks flogen, als hätten MacLarens Bogenschützen genau gewusst, wohin sie zielen mussten. Innerhalb von Minuten brannten die Hütten der Dorfbewohner. Die Überlebenden mussten den Rückzug antreten und ließen die Verwundeten zurück, die endlose Salven von Brandpfeilen auf sich zogen. Man hatte ihn für tot gehalten und unter seinem Pferd liegengelassen. Aber Cameron kroch aus der Schusslinie und lief in einen kleinen Wald. Er sah aus wie ein rotbemalter Gargoyle, als er halbtot auf Laels Stute kletterte. Danach hatte er keinen seiner Männer mehr erblickt und war geflohen, ohne sich vorher um seine Wunden zu kümmern. Inzwischen wusste er, dass das ein Fehler gewesen war. Er hätte bleiben und wie ein Mann kämpfen sollen. Jetzt war er sich nicht sicher, was passieren würde.

Vielleicht verdiente er es, zu sterben.

Er hatte seinen Vetter im Stich gelassen.

„Krieg ist kein Spiel", hatte Broc zu ihm gesagt, aber Cameron hatte die Warnung zu dem Zeitpunkt nicht sonderlich ernst genommen. Und dann hatte Broc ihn mit seinem enormen Stolz allein gelassen.

Der Tod war Cameron nicht fremd. Seine Eltern waren beide gestorben, als er noch ein Junge gewesen war. Er war allerdings auch kein Unschuldslamm und hatte gesehen, wie böse Männer unschuldigen Menschen schreckliche Dinge angetan hatten. Zu seinem Bedauern hatte er auch manchmal mitgemacht. Aber er hatte Krieg noch nie aus der Nähe erlebt gehabt. Und nun, da er ihn erfahren hatte, wünschte er, es wäre nicht so gewesen. Seine Angeberei und sein falscher Stolz erschienen ihm wie Blasphemie.

„Broc", krächzte er durch seine aufgerissenen Lippen, dann brach er auf Laels Stute zusammen. Jeder Schritt des Tieres fühlte sich an wie ein Dolchstich durch seine Knochen.

In dem Moment donnerte es – Cameron schien es wie ein zorniges Geräusch, das voller Verachtung war.

Die Schwärze wartete auf ihn.

Gnädig und still.

Und immer noch wehrte sich Cameron dagegen, die Augen zu schließen; aus Angst, dass er sie nie wieder öffnen würde. Aber im Gegensatz zu dem Mann, für den er sich sonst hielt, schämte er sich jetzt nicht der Tränen, die der Junge in ihm vergoss.

Fünf Tote waren bekannt. Wie viele noch?

Egal, wie die Antwort lautete; Broc realisierte, dass

er für jeden Toten verantwortlich war. Er allein hatte diesen Angriff angezettelt.

Mit halb zugeschwollenen Augen – von den Schlägen, die er hatte einstecken müssen, nachdem man ihn vom Galgen abgeschnitten hatte – blickte er sich in seinem Gefängnis um.

So wie es aussah, hatte sein Informant die Wahrheit gesagt: Keppenachs Gefängnis wurde selten benutzt. Es war feucht, dunkel und voller Unrat. Bis auf das Loch, in dem er sich befand, war das Verlies leer – wenn man den aufgedunsenen Körper eines Marders nicht zählte, der sich irgendwie in die Zelle neben ihn manövriert hatte.

Bei dem Ruf, den MacLaren besaß, konnte man leicht glauben, dass er gleich jeden Angeklagten aufknüpfte, anstatt sie hier auf eine Verhandlung warten zu lassen. Der Verwalter war seinem Beispiel schnell gefolgt und hatte ihre Hinrichtung nur wenige Stunden nach ihrer Gefangennahme organisiert. Unter dem Wehrturm festgesetzt zu sein, war umso quälender, wenn man wusste, dass die Freiheit nicht mehr als hundert Yards durch fast vergessene Tunnel entfernt war.

Obwohl Broc noch ein kleines Kind gewesen war, als er sich das letzte Mal hier befunden hatte, konnte er sich durch seine Träume noch immer daran erinnern. Die alte Alma hatte ihn von Keppenach fortgebracht, nachdem Donnal MacLaren und seine kaltherzigen Söhne die Burg an sich gerissen hatten. Er hatte gewusst, dass seine Eltern tot waren. Ihre abgeschlachteten Leichen hatte er auf dem Boden liegen sehen; aber mehr erzählte man ihm nicht. Er wurde dann zu entfernten Verwandten gebracht und vergaß die Bilder in seinem Kopf – er sperrte sie weg. Aber nach nur einem Blick auf Keppenach aus der Ferne kamen die Erinnerungen zurück.

An einem unbewachten Ende des Tunnels und von

Gestrüpp verdeckt lag der äußere Eingang zu Keppenachs unterirdischen Gängen. Die hölzerne Falltür war von Eichen und knorrigen Ulmen zugewachsen, deren Wurzeln an der lange unbenutzten Tür zerrten.

Am anderen Ende führte der Tunnel in eine kleine Kapelle voller Spinnweben, die sein Vater einst erbaut hatte, um Davids Vater, Malcom mac Dhonnchaidh, zu besänftigen. Seltsam versteckt lag das Gotteshaus auf der Rückseite des Turms in der Nähe des Brunnens. Sie wurde oft übersehen – außer von denen, die Wasser holten.

Angeblich waren beide Tunneleingänge seit der Nacht von Brocs Verschwinden verschlossen gewesen. Aber das Holz war voller Würmer und recht morsch. Drei komplette MacLaren-Generationen waren in weniger als zwei Dutzend Jahren zu Tode gekommen. Aber der Verrat war ohne äußere Einwirkung geschehen und daher wurden die versteckten Tunnel übersehen. Sie lagen nun seit so vielen Jahren unbenutzt und vergessen. Unter Maddogs vorübergehender Leitung der Festung hätte es ein einfacher Überfall sein müssen. Aber jemand hatte sich die Zeit genommen, die innere Tür zu bearbeiten und neue Schlösser an beiden Tunneltüren und der Tür zur Kapelle anzubringen. Es war eine schwere Fehlentscheidung gewesen, dort entlang gehen zu wollen, und als sie versuchten, durchzubrechen, hatten sie die Aufmerksamkeit der Wachen erregt.

Und nun stand er hier in Ketten, verschmiert mit Schlamm, der nach Exkrementen stank. Übermannt von Schuldgefühlen ließ er seinen Kopf hängen. Nicht nur hatten gute Männer ihr Leben gelassen und er und Lael ihre Freiheit eingebüßt. Er hatte auch das Schwert der Könige verloren.

War es das wert gewesen?

Die Antwort war gewiss *Nein*.

Der Preis, den er gezahlt hatte, war viel zu hoch gewesen.

Bei dem Gedanken an seine Freunde am Galgen wurde ihm schlecht. Lang Gil hatte eine Frau gehabt, die seine starken Arme bei der Feldarbeit brauchte. Sein Sohn, Wee Glen, war zwar kein Kind mehr und größer als die meisten anderen, aber er war immer noch jünger als Cameron gewesen. Vater und Sohn waren nun beide tot. Es war der Albtraum eines jeden Vaters, zusehen zu müssen, wie sein Sohn vor ihm starb.

Traute er sich, über Camerons Schicksal nachzudenken?

Wenn Broc überhaupt für etwas dankbar war, dann dafür, dass der Schlächter das Verfahren unterbrochen hatte, bevor Lael an der Reihe war. Es sah zwar nicht danach aus, als würde er jemals ihrem Bruder Rede und Antwort stehen müssen, dasss er sie nicht in Sicherheit gebracht hatte. Aber vielleicht würden sie Lael gegen Lösegeld freilassen. Er glaubte nicht, dass Aidan dún Scoti seine Familie im Stich lassen würde – egal, wie zornig er gewesen war.

Bei Gott! Er hatte das Schwert verloren.

Die Bedeutung dessen wurde seinem müden Hirn erst langsam klar. Mit dem Verlust des Schwertes seines Vaters, dem Schwert, das vom ersten Ailpín König getragen worden war, hatte er die Ehre seiner Familie verloren.

Sola Virtus Nobilitat.

Nur die Tugend adelt.

Das war der Leitspruch seines Clans. Wie oft hatte sein Vater ihm erklärt, dass die Gier nach Macht niemals die richtige Grundlage für Herrschaft war? Wie in Gottes Namen hatte er glauben können, dass er ein Anführer sein könnte? Hatte er nichts von den MacKinnons oder seinem Vater gelernt? Keiner dieser großartigen Männer hatte den Kampf gesucht.

„Schau doch. Gleich weint er wie ein kleines Kind", spottete einer der Wachposten und stieß sich von der Mauer ab, an der er gelehnt hatte. Als wenn der Uringestank in diesem Gewölbe noch nicht stark genug war, kam er nun zu Brocs Zelle herüber, hob seinen *Breacan*, nahm seinen kleinen Freund in die Hand und begann vor Broc auf den Boden zu pinkeln.

Er war zwar besiegt, aber Broc würde niemals seinen Stolz oder seinen Kampfeswillen aufgeben. Er grinste trotz der Schmerzen in seinem Gesicht. „Ich habe schon größere Schwänze an kleinen Babys gesehen", verspottete er den Mann.

Vorne fehlte diesem ein halber Zahn; aber er grinste. Dann schüttelte er seinen Schwanz ein wenig. „Ja? Nun, mal sehen, ob du so etwas *jemals* wieder siehst", krächzte er. „Ich denke, du wirst über längere Zeit hier drinnen pinkeln." Und ohne darüber nachzudenken, wischte er seine mit Urin bespritzten Hände an seinem MacLaren-*Breacan* ab.

Broc schaute angeekelt zu. *Dreckiges Schwein.* Der Idiot war zwar auch ein Highlander, aber er befand sich auf der Seite des Feindes. Verdammter David mac Maíl Chaluim! Mit einem Knurren zog Broc an den Ketten und zuckte vor Schmerz zusammen. Bei Gott! Die Wände waren so nass, dass selbst seine Ketten rostig und rau an den Kanten waren. Trotzdem waren sie viel zu dick, um aus ihnen herauszubrechen, denn diese Ketten waren so breit wie seine Arme. Sie schnitten ihm ins Fleisch.

Die beiden Wachen hatten nur wenig Angst vor einem Mann, der in Ketten lag und in einer Zelle eingesperrt war, daher scherzten und lachten sie munter.

Broc ließ sich nicht reizen. Er hielt den Mund. Aber er wollte unbedingt wissen, was aus seinem Vetter geworden war. Wie war es Cameron ergangen? Hatte er die Nacht überlebt? Der Junge war vielleicht alt genug, zu kämpfen. Aber er war viel zu jung, zu sterben. Dann dachte er an seine süße Frau Elizabet, seine hübschen Töchter und seinen Sohn. Er kämpfte mit den Tränen – Tränen, die kein echter Mann jemals vergießen sollte.

Elizabet war schwanger mit einem Kind, das er wohl nie kennenlernen würde. Vielleicht würde es ein Junge? Oder vielleicht doch noch ein Mädchen?

Er fühlte sich geschlagen und lehnte sich an die Mauer, wobei das rostige Metall durch sein volles Körpergewicht in seine Handgelenke schnitt. Selbst für seine Größe waren die Eisen viel zu weit oben an der Wand befestigt und machten es so unmöglich, sich auszuruhen. Ihm graute bei dem Gedanken, wie sich ein Mann oder eine Frau von geringerer Größe fühlen würde, und er sagte ein stilles Dankesgebet, dass Lael in den Turm geschickt worden war. Sie war nicht so klein wie seine Frau, aber sie hätte die Ketten auch nicht aushalten können.

Eine der Wachen pupste und alle lachten. Plötzlich öffnete sich die Tür und das Lachen erstarb. Vier neue Wachen kamen in den Tunnel. „Ihr könnt gehen", sagte einer der Neuankömmlinge.

Broc schaute in der Hoffnung hoch, dass er gemeint sei. Aber seine Sehnsucht wurde schnell enttäuscht.

„Nein!", protestierte eine der MacLaren-Wachen. „Maddog hat gesagt ..."

„Es ist mir egal, was Maddog gesagt hat! Ihr nehmt keine Befehle mehr von Rogans Verwalter an. Ihr bekommt die Befehle nun von Keppenachs neuem *Laird*."

„*Dem Schlächter?*" Der eine MacLaren-Wachsoldat spuckte, als wäre dies ein Schimpfname.

„Nennt ihn, wie ihr wollt. Aber er ist nun euer neuer *Laird* und wenn ihr euch beschweren wollt, müsst ihr zu eurem König gehen. Und jetzt verschwindet!"

Still vor sich hin schimpfend verließen die beiden

MacLaren-Wachen den Tunnel, als noch zwei der Männer des Schlächters hereinkamen und dem dunklen Gang in Richtung Waldeingang folgten. Dann kamen noch zwei, die durch die Tür zur Kapelle verschwanden. Und schließlich war Broc allein mit den beiden neuen Wachen, die ihn weder ärgerten noch überhaupt zur Kenntnis nahmen.

LAEL ERWARTETE FAST, DASS JEMAND DURCH DIE TÜR stürmen würde, und beeilte sich daher. Unter den Umständen war es wohl nicht ratsam, allzu lange in der Wanne zu trödeln – egal, wie groß die Versuchung war.

Ihre eigene Kleidung war so schmutzig, dass sie nach dem Bad Avelines Truhe nach sauberen Kleidern durchsuchte.

Die meisten Gewänder des Mädchens waren viel zu *zart*.

Sie runzelte die Stirn, als sie das transparente Material in den Händen hielt. Die ersten zwei Kleider sortierte sie sofort aus und entschied sich dann für ein einfaches lila Gewand aus weicher dicker Wolle. Dann fiel ihr ein, dass sie ja um einiges größer als Aveline war, was man auch daran erkennen konnte, dass das Kleid ein gutes Stück über Laels Knöcheln endete. Missbilligend schaute sie auf ihre nackten Füße.

Beim guten Auge des Cailleach! Wenn sie sehr eitel gewesen wäre, hätte sie sich vielleicht die Mühe gemacht, den Saum herauszulassen. Aber es konnte ihr ja egal sein, was andere von ihrem Kleid hielten – solange es die wichtigsten Stellen bedeckte.

Ihre Haare waren dagegen eine ganz andere Geschichte. Sie holte den Kamm aus Avelines Truhe und begann die Knoten in ihrem schwarzen Haar zu entwirren. Ihr Vater hatte es immer ihre Krone genannt. Die Erinnerung an seine tiefe Stimme machte sie traurig. Sie konnte sich kaum noch an sein Gesicht oder das ihrer Mutter erinnern. Sie war neun gewesen, als ihr Vater gestorben war, und zehn beim Tod ihrer Mutter. Aidan hatte sie praktisch großgezogen und sie wiederum war ihren Schwestern und dem kleinen Bruder eine Mutter gewesen. Zusammen waren sie stark. Auf sich allein gestellt war sie schwach, wie sie nun bemerkte.

Was würde Aidan jetzt tun?

Sie wusste es nicht. Allerdings war sie sich einer Sache ganz sicher: An ihrer Stelle hätte er nie gekämpft, denn er hätte Vergebung anstelle von Rache gewählt.

Machte ihr Verhalten sie zu einem schrecklichen und bitteren Menschen?

Sie trug so viel Hass in ihrem Herzen, dass sie es kaum noch aushalten konnte. Aber sie war zwiegespalten. Obwohl sie es nicht schaffte, den kaltblütigen Verrat an ihrem Vater zu verzeihen, konnte Rache sie scheinbar auch nicht trösten.

Sie fühlte sich leer und gleichzeitig voller Reue.

Und doch ... ihr Vater war ein guter Mann gewesen. Aber was hatte ihm das zum Schluss eingebracht? Er hatte seine Verbündeten zu einem Fest nach Dubhtolargg eingeladen. Und so wie Kenneth Mac Ailpín es einst mit den Söhnen der sieben Piktenstämme getan hatte, so waren die schottischen Bastarde darangegegegangen und hattenLaels Familie unter deren eigenem Dach beim Trinken ermordet. Lael konnte sich an Gelächter und ausgelassenes Treiben erinnern. Und dann dachte sie wieder an die markerschütternden Schreie, unter anderem an ihre eigenen.

Sie blinzelte die Tränen weg, wappnete sich wieder und dachte an David mac Maíl Chaluim. Er war dem Beispiel seiner Ailpín-Vorfahren gefolgt und hatte auch unter ihrem Dach genächtigt. Aber anstatt ihre Kehlen durchzuschneiden, hatte er ihre Schwester Catrìona direkt aus deren Bett gestohlen und sie mit der Absicht nach Süden entführt, sie den Engländern als Schutzbefohlene ihres verhassten Hofs zu übergeben So wollte er erreichen, dass Aidan ein Bündnis einging, dem er sonst nicht zugestimmt hätte. Und als wenn das nicht genug gewesen wäre: David hatte auch den Plan unterstützt, Aidan an Lìleas MacLaren zu verheiraten. Lìli hatte gezwungen werden sollen, ihren Mann zu ermorden und so Aidan als Bedrohung für Schottlands Thron auszuschalten.

Ja, sie hasste David mac Maíl Chaluim. Und wenn sie ihn jemals zu Gesicht bekam, würde sie *sein* Blut persönlich vergießen. Sie brauchte keine Messer, um einen Mann zu töten. Ihr Hass allein war so scharf und fein geschliffen wie eine Klinge. Wenn sie jedoch die Möglichkeit dazu hätte, würde sie sein Herz herausschneiden.

Als sie mit dem Flechten ihrer Haare fertig war, setzt sie sich einen Moment lang in Ruhe hin und überlegte, warum der brennende Hass in ihrem Herzen diese Kemenate so gar nicht erwärmte. In der Tat! Ohne ein Feuer war es recht frostig.

Sie stand auf, um ihre Stiefel zu holen, und zog die verschlammten Schuhe wieder an. Dann ging sie zum Bett zurück und überlegte, wie lange es wohl dauern würde, bis der Schlächter zu ihr kam. Sie hatte schon längst mit ihm gerechnet.

Hatte er vor, Lösegeld für sie zu fordern?

Vielleicht. Es machte durchaus Sinn – obwohl sie sich nicht sicher war, dass ihr Bruder zahlen würde, da er sie doch ganz klar gewarnt hatte, dass sie sich nicht einmischen sollte. Sie wollte gerne glauben, dass er sie auslösen würde. Aber Lael hatte ihn noch nie so wütend gesehen. Seine grünen Augen, die ihren eigenen so ähnlich waren, hatten ihr Herz glatt durchbohrt. Die

Möglichkeit, dass er ihr jetzt vielleicht niemals verzeihen würde, machte ihr Herz schwer. Dieses Gefühl verstärkte sich noch, da sie ja in diesem Kampf so gänzlich gescheitert war. Ihr Versuch, Keppenach einzunehmen, war von vornherein ein hoffnungsloses Unterfangen gewesen.

Draußen erklangen Rufe von der Burgmauer und Lael stand schnell auf. Jemand musste gekommen sein. Sie betete zu Gott, dass es Aidan sein würde.

Inzwischen bestand der Niederschlag zur einen Hälfte aus Regen und zur anderen aus Eis und man spürte ihn bis auf die Knochen. Fünf Reiter in voller Rüstung riefen zur Wache hoch, dass sie das Tor öffnen sollte.

„Wer ist da?", antwortete Keppenachs Torwache.

„Bist du blind, Kerl? Ich trage die Standarte deines Königs!"

Als er sein Visier gerichtet hatte, um den Regen abzuhalten, beäugte die Wache misstrauisch den wilden Löwen. Auch wenn es wahrhaftig der König war, so würde der Schlächter sie einen Kopf kürzer machen, wenn sie jetzt, da die Burg noch nicht wirklich gesichert war, jemanden einfach so hineinließen. Ein Mann konnte eine Standarte stehlen und behaupten, jemand anderes zu sein. Die Angst vor dem Schlächter war viel größer als die Furcht, den König von Schottland einen Moment warten zu lassen. Dieser wurde eben nass, bis der neue *Laird* gerufen war. Während sie auf den Schlächter warteten, tanzte die goldene Standarte mit dem blutroten Löwen im Wind.

Da er den Aufruhr gehört hatte, war Jaime schon auf dem Weg zur Burgmauer, wo er David mac Maíl Chaluim im Sattel sitzend vorfand. Er trug seine Standarte selbst.

Der König war mit nur vier Reitern gekommen und kaum angemessen gekleidet. Aber man erkannte ihn an seiner Haltung, seinem langen schwarzen Haar und den scharf geschnittenen Gesichtszügen.

Eins musste man David lassen: Er neigte nicht zu Prunk. Heinrich wäre mit seinem kompletten Gefolge gekommen; aber David zog ein kleines Gefolge vor. Die Tatsache, dass er seine Standarte selbst trug, konnte eine List sein, um von sich abzulenken. Aber es konnte auch ein Zeichen sein, dass David sich selbst nicht so wichtig nahm.

Jaime sah die Torwache mit hochgezogener Braue an und befahl, das Gitter sofort zu öffnen. Kopfschüttelnd stieg er die Treppen hinunter und beeilte sich, Schottlands König zu begrüßen. Sie hatten sich schon lange nicht mehr gesehen.

Die Tore waren noch nicht richtig geöffnet, als Jaime unten ankam. Aber der ungeduldige David versuchte schon, sein Pferd durch die kleine Lücke zu manövrieren. Jaime atmete tief durch. Wenn der Mann nur etwas mehr Geduld hätte und seine Abneigung gegen das Vergießen von Blut etwas besser in den Griff bekäme, dann hätten seine politischen Machenschaften auch nicht so viel Unfrieden unter den Highland-Stämmen gestiftet. So führte seine Ungeduld, mit der er Angelegenheiten erledigen wollte, jedoch dazu, dass er für jeden Schritt vorwärts oft zwei Schritte zurückging. Da er in dieser Hinsicht glücklicherweise nach Heinrich kam, ließ David immerhin mit sich reden.. Diejenigen, die ihn kannten, würden ihm bis in den Tod folgen. Jaime wäre der Erste, der dem König zu Hilfe eilen würde, und wenn es sein musste, würde auch er sein Leben für ihn geben.

„Bei Gott!", rief David gereizt. „Wo zum Teufel habe ich Euch hingeschickt, Steorling?"

Jaime grinste. „Einige würden sagen: In die Hölle, wo ich hingehöre."

David lachte und seine gute Laune schien schnell wieder hergestellt. Dann fing er aber an, heftig zu husten und Jaime dachte, dass er wohl durch das schlechte Wetter erkrankt sein könnte. „Um Gottes willen! Das ist ja nur noch ein armseliger Steinhaufen", beschwerte sich der König. Er sah zum Turm hinauf. „Erinnert mich daran, dass ich mir das nächste Mal mein eigenes Bett mitbringe." Sein Bart tropfte vom Regen und er wischte ihn mit der Faust ab. „So, wie es aussieht, gibt es drinnen kein Bett, das nicht voller Flöhe ist."

„Ihr habt Euch ja noch nicht mal die Mühe gemacht, Euch voll zu bewaffnen, Euer Gnaden. Wie wollt Ihr Euch dazu aufraffen, ein ganzes Bett zu transportieren?"

David gluckste und stieg vom Pferd. Dabei setzte er seinen Stiefel in eine Pfütze voller Schlamm. Der Dreck spritzte an seiner eng anliegenden karierten Hose hoch. Er ging Jaime entgegen und umarmte ihn wie einen lange verlorenen Bruder. Jaime erwiderte die Umarmung und ignorierte das eiskalte Pieken des Kettenhemds, das sein König unter seinem gefrorenen Waffenrock trug, um seine normannische Kleidung vor diesen halbnackten Highlandern zu verstecken. Es wäre dumm, mit einer so bescheidenen Eskorte zu reiten und sich dann durch das Blinken der Rüstung zu verraten.

„Sehr gut, gut gemacht!", sagte der König und klopfte Jaime kräftig auf den Rücken. Sein breites Lächeln war ehrlich. Mit zweiundvierzig Jahren war David mac Maíl Chaluim nun genauso alt wie Jaimes Vater, als dieser gestorben war. Er ergraute langsam an den Schläfen und auf seiner Stirn stand der Schweiß, was Jaime Sorgen bereitete.

„Ich verdiene kein Lob, Euer Gnaden. Die Schlacht war schon vorbei, als ich kam", beichtete Jaime. „Letzte Nacht haben MacLarens-Leute sieben Männer dabei erwischt, wie sie das Tor öffnen wollten."

Genauer gesagt: sechs Männer und eine Frau.

„Und wo sind die Bastarde jetzt?"

„Einer starb im Gefecht. Einer wurde gefoltert und ist auch tot. Darüber möchte ich später noch mit Euer Gnaden reden", meinte Jaime. „Weitere drei wurden gehängt."

„Bleiben noch zwei", rechnete David laut und sah Jaime fragend an.

„Einen habe ich ins Gefängnis werfen lassen", fuhr Jaime fort. Dann schwieg er und überlegte, wie er David den Rest erklären sollte. „Der andere ist im Turm."

Davids Stimme wurde bei der nächsten Frage lauter: „Im Turm?" Er blieb stehen und drehte sich zu Jaime. Diese Situation hatte Jaime vermeiden wollen, denn er wollte nicht, dass jemand hörte, was er außerdem zu sagen hatte.

„Ich bitte um Eure Nachsicht, mein Lehnsherr", flehte Jaime. „Ich habe Euch viel zu berichten. Aber das würde ich gern unter vier Augen machen."

„Hmmm", sagte David nun mit etwas leiserer Stimme. „Das hört sich ernst an." Seine gute Laune schien bei dieser Aussicht zu schwinden. „Ich gehe davon aus, dass Ihr alles im Griff habt."

„Das habe ich", versicherte Jaime und neigte seinen Kopf, um zu flüstern: „Scheinbar viel besser als Ihr, Euer Gnaden. Geht es Euch nicht gut?"

David flüsterte zurück: „Vielleicht bin ich ein bisschen hungrig. Keine Angst. Ein gutes Mahl und eine ausgiebige Nachtruhe werden mir guttun. Morgen reise ich wieder ab."

„Ihr seid gerade rechtzeitig gekommen. Wir sind

alle sehr hungrig nach dem langen Marsch gen Norden. Wir sind übrigens auch gerade erst eingetroffen. Folgt mir", forderte er den König auf und führte ihn zum Turm.

„Wo ist Kieran? Ist er schon da?"

„Nein. Er kommt wahrscheinlich Morgen mit siebzig weiteren Männern, einschließlich ein paar aus den Häusern Moray und MacBeth."

David runzelte die Stirn, als sie nach drinnen gingen. „Wir werden sehen. MacBeth, der Hundesohn, hat noch nie Wort gehalten. Leider kann ich ihm seinen Verrat nicht beweisen, denn sonst hätte ihn von meiner Hand das gleiche Schicksal ereilt, das er meinem Großvater zuteilwerden ließ."

Jaime war sich der Feindschaft zwischen David, Moray und MacBeth sehr wohl bewusst. Die beiden hatten eine Rebellion angeführt, die den Tod seines kränklichen Großvaters zur Folge gehabt hatte. Jaime hatte gedacht, dass es den König vielleicht freuen würde, wenn er wüsste, dass Moray einige seiner Männer an Keppenach versprochen hatte. Aber der König schien eher für Hasstiraden empfänglich zu sein. Also sagte er nichts weiter. „Ich bestelle Euch ein Bad vor dem Essen", versprach Jaime, als sie die große Halle betraten.

David lächelte wieder. „Sehr gut. Ich werde mich wohl niemals an das Klima hier im Norden gewöhnen. Es verursacht mir höllische Schmerzen in den Knochen."

Es war normalerweise nicht so einfach, den König von etwas abzulenken. Jaime war aber erst einmal dankbar für den Aufschub. Da er wusste, dass Luc inzwischen das Gemach des *Lairds* hergerichtet haben würde, führte er den König zu diesem, obwohl er es eigentlich für sich selbst hatte nehmen wollen. Er war sicher, dass dies der einzige Raum in der ganzen Burg war, der sauber genug für einen König war. Er würde sich in der Zwischenzeit ein anderes Bett suchen. Und nun, da er David ein gutes Essen versprochen hatte, hoffte er, dass entsprechende Vorräte auf Keppenach vorhanden waren.

Als sie an der Kemenate danebenen vorbeikamen, vor deren Tür zwei Wachen standen, zog der König eine schwarze buschige Augenbraue hoch. Glücklicherweise sagte er aber nichts. Jaime öffnete die nächste Tür und ging voraus in das Gemach, um sicherzustellen, dass alles in Ordnung war. Keppenach mochte für den Moment sicher sein, aber ihm schwante, dass noch Gefahren lauerten – für seinen König und Lehnsherr wollte er kein Risiko eingehen.

Im Gemach schnappte Jaime nach Luft. Der Zustand überraschte ihn. Nachdem er durch die heruntergekommenen Hallen gegangen war, war er nun verblüfft, dass dieser Raum nicht nur sauber, sondern auch viel besser eingerichtet war, als jede andere Kammer in der Burg. Selbst die große Halle, wo man die Gäste empfing, erschien armselig im Vergleich. MacLarens Verwalter hatte sich wohl nur mit der Erhaltung dieses einen Gemachs befasst – der Rest war ihm egal gewesen. Besagtes Gemach des *Lairds* war mit Wandteppichen geschmückt und das gut gebaute Bett schien groß genug, als dass man das halbe Dorf hätte unterbringen können. Wenn sich im Rest der Burg nicht ein Kunstwerk befand, so waren sie hier im Überfluss, als würden sie gehortet.

David kratzte sich am Kinn und war scheinbar genauso überrascht wie Jaime.

„Das Bad wird gleich fertig sein", sagte Jaime und verzichtete darauf, zu erklären, dass es nicht lange dauern könnte, da die Wanne ja nebenan stand. Was auch immer die Frau war, sie war nicht ängstlich und Jaime war etwas unbehaglich zumute, weil er sie so nah an Davids Gemach untergebracht hatte. Er blieb noch einen Moment, falls David noch Fragen an ihn richten wollte. Später würde noch genug Zeit für Antworten sein, wenn Jaime herausbekommen hatte, wer die Frau war und was er mit ihr machen würde.

Mit der Absicht, ihre Identität aufzudecken, verließ er den König und suchte nach Rogans Verwalter, um direkt mit ihm zu sprechen. In diesem Moment schien Maddog der Mann mit all den wichtigen Antworten zu sein. Und Jaime wollte herausfinden, warum die Hälfte des Inhalts der Burg im Schlafgemach des *Lairds* aufbewahrt wurde.

KAPITEL FÜNF

*A*ls sie die Stimmen im Burghof hörte, öffnete Lael schnell die Fensterläden. Aber leider konnte sie unten nichts erkennen. Die Metallstäbe standen viel zu dicht beieinander, weshalb sie nicht richtig nach draußen sehen konnte.

Sie hasste es, so hilflos zu sein, und das Warten machte sie verrückt.

Sie rüttelte an den Stäben und musste feststellen, dass diese vollkommen in Ordnung waren und stabil in ihren Verankerungen saßen. Die Tür zu ihrer Kemenate war robust und von außen verriegelt. Die Wände waren zwar schlecht verputzt, aber doch fest. Es gab einfach keinen Ausweg aus diesem Gefängnis.

Aber es musste einen Weg geben!

Sie war schlau genug, um diese Männer zu überlisten, und sie würde ihren Verstand nutzen. Wenn sie nur einen der Stäbe lockern könnte, nur einen, dann könnte sie versuchen, in der Nacht zu fliehen. Sie musste nur aufpassen, dass sie sich dabei nicht das Genick brach. Lael schloss die Läden wegen des eisigen Windes wieder und wünschte dem Schlächter einen frühen Tod.

Wie ihr Bruder Aidan in ähnlichen Situationen lief

sie auf und ab. Verzweifelt suchte sie nach einer Lösung.

Nach einer gewissen Zeit hörte sie männliche Stimmen im Flur, die Englisch sprachen. Aber sie konnte nicht verstehen, was sie genau sagten. Sie lauschte ihren Schritten. Gelächter. Mehr Gerede. Dann hörte sie, wie die Tür zum nächsten Zimmer geöffnet und dann wieder geschlossen wurde. Einen Moment waren die Stimmen undeutlich. Dann aber vernahm sie die Worte so klar, dass sie unmöglich durch die Steinwand selbst kommen konnten.

„Euer Bad wird gleich fertig sein", hörte sie den Schlächter zu seinem neuen Gast sagen. Sie sah über ihre Schulter zur Wanne und realisierte, dass sie bestimmt gleich kämen, um diese zu holen. Bestimmt gab es keine zweite. Lael wünschte sich, dass sie das Bad mit Säure füllen könnte; außerdem hätte sie jetzt gern etwas von Lilis oder Unas Wissen über Alchemie gehabt. Ihre listige Priesterin würde sie bestimmt mit Weisheiten versorgen, wenn sie nur darum bat.

Sie war immer noch überrascht, dass sie die Worte so klar verstehen konnte und nahm daraufhin die westliche Wand in Augenschein. Lael fand eine Reihe von kleinen Löchern in einem Stein, wo wohl irgendwann eine Befestigung gewesen war. Auf Zehenspitzen tastete sie nach dem entsprechenden Stein. Er war zu weit oben, als dass sie ihn hätte näher überprüfen können. Sie brauchte etwas, worauf sie sich stellen konnte. Als sie gerade versuchte, die Stärke des Bettes einzuschätzen, klopfte jemand an die Tür. Lael hatte kaum Zeit, von der Wand zurückzutreten, bis sich die Tür öffnete. Der blonde Junge, der sie hierher gebracht hatte, stand ihr gegenüber. Mit einem Gesicht, das für einen englischen Knappen viel zu engelhaft war, spazierte er gefolgt von zwei Wachen in die Kemenate. Lael war sich sicher, dass der Junge nicht älter als ihre Schwester Cailín war und etwas in ihr wollte ihn ausschimpfen und zum Essen nach Hause schicken.

Wie dumm, dachte sie. *Er ist mein Feind und nicht mein Kind.*

„Mein Herr möchte mit Euch sprechen", erklärte der Junge und blickte schüchtern zu Boden, obwohl Lael vollständig bekleidet und ihre Haare geflochten waren. Sie machte sich nicht vor, dass er ihr durch sein Benehmen Respekt zollen wollte. Er war wahrscheinlich nur ein Junge mit zu wenig Selbstvertrauen, um einer erwachsenen Frau gegenüberzustehen. Und Lael war mit ihren dreiundzwanzig Jahren definitiv eine erwachsene Frau – egal, was ihr Bruder dazu meinte.

Sie zog eine Augenbraue hoch. „Wo ist denn nun dein *Laird*?", fragte sie ihn. „Wenn er doch mit mir sprechen will, warum schickt er dann einen Jungen? Glaubt er, dass mein Zorn beim Anblick deines hübschen Gesichts verfliegt?"

Sie hatte die Worte ausgesprochen, ohne nachzudenken.

Ihr Bruder hatte Recht: Eines Tages würde sie sich noch um Kopf und Kragen reden.

Sie hatte wahrlich keine Lust, dem Schlächter in der Abgeschiedenheit dieses Quartiers gegenüberzutreten; denn hier könnte er mit ihr machen, was er wollte. Sie war kein Schwächling, aber sie war dem Mann, dem sie auf dem Galgen gegenübergestanden hatte, nicht gewachsen.

Der Junge wurde rot und hob den Finger an den Mund, um sie zum Schweigen zu bringen. „Mein Lord hat darum gebeten, dass wir Euch in die Halle bringen."

Lael kniff ihre Augen misstrauisch zusammen. Aus dem Raum nebenan hörte sie plötzlich grölenden Gesang. Sie glaubte, die Stimme zu kennen; es war aber nicht der Schlächter. Dessen Stimme würde sie nicht so bald vergessen – aber diese trällernde Stimme *kannte* sie von irgendwoher.

Lael wollte etwas sagen, aber der Junge hob seine zitternde Hand sofort wieder an den Mund. Sie hatte den Eindruck, als fordere er sie auf, still zu sein. Wer auch immer nebenan war, es war offensichtlich jemand, den sie nicht stören sollten. Und aus diesem Grund wollte Lael ihn umso mehr behelligen. Wenn sie Glück hatte, war es jemand, der die Macht hatte, sie zu befreien. Sie öffnete den Mund, um zu schreien. Der Junge wich vor ihr zurück. Die Wachen in seiner Begleitung blieben jedoch standhaft. Sie kamen auf sie zu – schneller und geräuschloser, als sie es von Männern ihrer Statur erwartet hätte. Ein unwirscher Kerl schlug seine Hand über ihren Mund. Der andere nahm ihre Arme und verdrehte sie so sehr, dass es schmerzte. Ihr Schrei wurde durch salziges, schwieliges Fleisch gedämpft und ihre Hände wieder gefesselt. Sie biss dem Mann in den Finger, den dieser schnell wegzog, um dann ein Messer zu ziehen. Dieses musste er nicht an ihren Hals legen, um sie zum Schweigen zu bringen. Sie war schließlich nicht dumm.

Der Junge lächelte sie betrübt an. „Kommt Ihr?", fragte er.

Lael zog ihre schwarzen Augenbrauen hoch und schaute mit großem Respekt auf das fein geschliffene Schwert in der Hand des Wachsoldaten. Sie wusste viel über Messer und sie wollte nicht herausfinden, ob der Mann mit dem Schwert so gut schneiden konnte, wie er es schwingen konnte. „Habe ich eine Wahl?", fragte sie.

Der Junge schüttelte den Kopf und verneinte.

Lael lächelte ihn sarkastisch an und meinte: „Dann ist es natürlich umso gütiger, dass du gefragt hast." Sie sah alle mit einem stechenden Blick an.

Im Zimmer nebenan sang der Mann nun den

schmutzigen Refrain. Er war sich der Zuhörer gänzlich unbewusst und Lael zerbrach sich den Kopf, woher sie diese Stimme kannte.

Es war das Schwert des *Righ Art*.

Er erkannte das *claidheamh-mor* in demselben Moment, in dem er es sah.

Über die Generationen hinweg waren Geschichten des fein geschliffenen, stählernen Schwerts weitergegeben worden. Es war das *Schwert des Königs*, das seit Jahrhunderten bei den Sìol Ailpín verloren gegangen war. Einige behaupteten, dass es nach dem Verrat MacAilpíns in die Höllenfeuer geworfen worden war. Aber hier lag es nun auf dem Tisch, eingewickelt in geöltes Leder.

Gierig strich der Mann mit dem Finger über das gravierte Metall. Das uralte Schwert war aus gehärtetem Damaszenerstahl von Meisterhand geschmiedet worden. Man sagte, dass es in der Hand eines jeden Mannes, der es führen konnte, eine teuflische Zerstörung anrichten würde. Das Leder am Griff schien das Original zu sein und war zwar schon schwarz geworden, aber noch gut erhalten. Die Waffe war schwerer, als man meinen sollte. Ein großes zweihändiges Schwert, das von der schwitzenden Hand des ersten schottischen Königs getauft worden war und vom Blut seiner Feinde geweiht. *Dies* war das heilige Schwert des Kenneth MacAilpín, das er verwendet hatte, um die Könige von sieben Piktenstämmen zu töten. Mit diesem Schwert hatte er ihre Söhne im Namen der Einheit geopfert, damit *Scotia* als gestärkte Nation aufsteigen würde.

Er sah sich das Schwert genau an, vom Griff bis zur Spitze. Es bestand aus fast vierzig Zoll blaugefärbtem Metall, das den alten Wikingerschwertern nachempfunden war. Die meisterliche Waffe besaß eine Macht, die viel weiter ging als die scharfe Klinge: Man behauptete, dass jeder *Chieftain* von rechtmäßiger Herkunft, der das Schwert führte und auf dem Stein von Scone gekrönt wurde, über ein ungeteiltes Land regieren würde.

Cnuic `is uillt `is Ailpeinich.

Mit seinem Zeigefinger fuhr er die ehrfurchtgebietende Inschrift nach und genoss das Gefühl des kalten Metalls an seiner tauben Haut, die schon zu oft verbrannt worden war. Bei den heutigen Schmieden würde sich keine größere Kunstfertigkeit finden lassen. Und nun gehörte das Schwert ihm ... um damit zu tun, was er wollte.

Ein plötzliches Grinsen ließ das harte Gesicht des Mannes weicher erscheinen.

Was soll ich damit tun?

Vielleicht sollte er es David mac Maíl Chaluim schenken? David würde ihn bestimmt fürstlich entlohnen. Oder sollte er es jemandem verkaufen, der mit den Engländern nichts zu tun hatte? Nun war es ja schließlich sein Schwert, sein Schatz, den er verschenken oder behalten konnte, wie es ihm gefiel.

War es denn auch nur im Entferntesten möglich, dass ein Mann wie er ein solches Schwert dazu verwenden könnte, sein Leben zu verbessern? Um selbst auf dem Stein von Scone zu sitzen? Um sich über andere Männer zu erheben und eine ganz neue Nation zu regieren? Ein Staat, der von Highlandern, Männern wie ihm, geformt wurde?

Niemand mochte David mac Maíl Chaluim. Der Mann hatte viel zu viele Jahre bei seiner englischen Familie verbracht. Auch seine Frau war eine verdrießlich aussehende Engländerin und David hatte dem englischen König den Lehenseid für Ländereien und Titel geschworen. Wie konnte ein Mann zwei Herren dienen? Das war seiner Meinung nach unmöglich. David war nur Heinrichs Marionette und Schottland brauchte jemand Besseren, der die aufgewühlte Nation vom Joch Englands befreien würde.

Während er darüber nachdachte, wickelte er das Schwert wieder vorsichtig ein, um es vor neugierigen Blicken zu schützen.

Das Schwert war wertvoll.

Vorerst musste er ein geeignetes Versteck finden, wo es bleiben konnte, bis er eine Entscheidung bezüglich seines Verbleibs getroffen hatte. Er war vielleicht ein einfacher Mann, aber es war ein wunderbares Gefühl, so viel Macht zu besitzen. Doch für die Ehre Schottlands und für die Liebe seiner Leute würde er das tun, was für sein Volk am besten war – selbst wenn dies bedeutete, das Schwert an David mac Maíl Chaluim zu übergeben.

Hügel und Bäche und MacAilpín. So ein Unfug! Ihm fiel ein neuer Leitspruch für das Schwert ein: *Cha togar m' fhearg gun dìoladh. Keiner kann mir ungestraft Leid zufügen.* Wie die Distel. Wenn ein Mann versucht, eine zu pflücken, leidet er anschließend Schmerzen an der Hand.

Cha togar m' fhearg gun dìoladh.

Es gefiel ihm, wie das klang.

Eine Stimme störte ihn in seinen Gedanken. „Der *Laird* lädt alle zum Abendessen."

Der Schmied ging schnell rüber, um das Schwert zu bedecken. „Ich habe keinen Hunger", antwortete er dem Knappen, der in seiner verrußten Tür erschienen war.

„Du wirst erwartet", sagte der Junge mit fester Stimme und mehr Arroganz, als einem Sassenach zustand. „Wir speisen heute Abend zu Ehren des Königs. Alle müssen teilnehmen."

David mac Maíl Chaluim war angekommen.

Vielleicht war dies ein Omen und seine Gedanken stellten nur verrückte Träumereien dar. „In Ordnung", gab der Schmied nach. Er zog seinen rußverschmierten Arbeitskittel aus und warf ihn schnell auf die Arbeitsbank und über das Schwert.

Der Junge hatte gar keine Zeit, neugierig in der Waffenschmiede herumzustöbern. So merkte er auch nicht, dass Afric etwas zu verbergen hatte. Außer seinem Sohn war dem Mann sowieso nichts Wertvolles geblieben. Die Wände fehlten zum Teil und das Dach war verbrannt. „Hast du dich am Bein verletzt?", fragte der Junge, als Afric in Richtung Tür humpelte.

„Das ist eine alte Wunde", entgegnete Afric mürrisch.

„Ach so. Ich dachte, sie sei vielleicht neu." Der Knappe blieb in der Tür stehen. Nach einer kurzen Zeit schlug er mit der offenen Hand gegen den Türrahmen. „Nun, du brauchst keine Angst zu haben, guter Mann. Wir werden dir sehr bald mit dem Wiederaufbau helfen", versicherte er und ließ den Schmied dann allein.

LAEL STRAUCHELTE, ALS SIE DIE TREPPE HINUNTERSTIEG.

Wie ein König saß der Schlächter am Tisch des *Lairds*, sein Stuhl wurde von verblichenen Wandteppichen gerahmt. Sie zog die Schultern hoch und streckte ihr Kinn nach oben. Dabei ignorierte sie die kalte Zugluft, die ihr um die Knöchel wehte.

Feierten sie ihren Sieg? Oder die Ankunft des neuen Laird? Schade, dass sie nicht Davids Beerdigung feierten.

Alle Augen waren auf sie gerichtet.

Sie war in ihrem ganzen Leben noch nie von so vielen Männern umgeben gewesen: fette und dürre, kahl werdende und solche mit zotteligem Haar, zahn-

lose, kleine und große. Es gab nur eine Handvoll Dienerinnen, die diese rülpsende Meute füttern musste.

Ungehobelte Rohlinge.

Sie wünschte sich nicht zum ersten Mal, dass sie
ihre Messer dabei hätte, zumindest eins Ohne sie fühlte
sie sich nackt, wehrlos und verwundbar.

Fast hätte sie die Nerven verloren. Auf der letzten
Stufe blieb sie stehen und hasste sich dafür, dass sie so
machtlos war. Sie war es nicht gewohnt, dass so viele
Männer sie mit offenem Mund anstarrten. Zu Hause
kam selten jemand zum Abendessen, den sie nicht
schon von Geburt an kannte. Falls sie jemand bewunderte, zeigte er es nicht so respektlos.

Aber nicht alle Blicke, die sie aushalten musste,
zeigten Bewunderung. Tatsächlich fühlte sie eine Bös-
artigkeit in dem Raum. Das lag wahrscheinlich daran,
dass sie sie heute Morgen fast gehängt hätten. Sie überlegte, wie viele dieser Männer wohl auf der Burgmauer
gestanden hatten, um sie sterben zu sehen. Selbst wenn
irgendeiner es als Unrecht empfunden hatte, dass Rogans Verwalter sie ohne Gerichtsurteil hängen wollte,
so hatten sie doch ihren Mund geschlossen gehalten.

Nur ein Mann war eingeschritten.

Ihre Augen suchten nun nach ihm.

Er sah einen kurzen Moment hoch und widmete
sich dann wieder seinem Teller. Dabei zeigte er einen
Anflug von Langeweile und beachtete sie nicht, obwohl
sie auf sein Geheiß hierher gebracht worden war. Ohne
Zweifel wollte er Lael wissen lassen, wie unwichtig
sie war.

Einer der Männer in ihrem Rücken gab ihr einen
ungeduldigen, kleinen Stoß. Lael atmete tief ein und
stolperte die letzte Stufe hinunter, mit zwei Wachen
neben und drei weiteren hinter ihr.

Die Halle wurde still, als sie sich dem Podium
näherte.

Sie wünschte sich mit aller Macht, dass sie nicht gefesselt gewesen wäre, damit sie dem Grinsen in den Gesichtern, an denen sie vorbeiging, ein Ende hätte bereiten können. Wie konnten sie es wagen, sie in dieser Halle vorzuführen, als sei sie die Trophäe des Schlächters?

Aber bin ich das etwa nicht?

Ihr Blick fiel auf den neu ernannten Herrn der Burg, den teuflischen Schlächter. Man sagte, dass er sein schottisches Blut aufgegeben hatte, obwohl seine Mutter Schottin gewesen war. Dann sei er seinem Vater in den Dienst der englischen Krone gefolgt. Einige meinten, er diene Heinrich von England. Andere behaupteten, sein wahrer Lehnsherr sei der Teufel persönlich. Denn er habe seine Seele verkauft und trage den Beweis auf seiner Stirn: Eine lange, gezackte Narbe, die er an dem Tag in der Schlacht erhalten hatte, als er seine Burg bis auf den Boden niedergebrannt hatte. Er hätte an diesem Tag eigentlich sterben müssen, denn Lael hatte gehört, dass sein Schädel gespalten worden war, als sie ihn mit einem riesigen Stein von der Burgmauer beworfen hatten. Er wäre aber blutüberströmt wie ein Ungeheuer aufgestanden, hätte die Fackel an den Turm gehalten und alle darin verbrennen lassen. Andere behaupteten, er wäre von Donnal MacLaren mit einem Pfeil getroffen worden.

Dass er nun David mac Maíl Chaluim diente, machte keinen großen Unterschied, denn David war nur Heinrichs Marionette. Und doch, wenn man sein Aussehen bedachte, sollte sein Lehensherr vorsichtig sein, falls der Schlächter sich wie eine Viper erhebe und dort zuschlagen würde, wo man es am wenigsten erwartete.

Er ignorierte ihr Kommen geflissentlich und saß auf dem Stuhl des *Lairds*, als sei er dort hineingeboren worden. Der Schlächter hatte lange, schwarze Haare.

Seine stahlgrauen Augen waren abgewendet und verbargen alle Geheimnisse. Aber irgendwie fühlte Lael seinen Blick trotzdem.

Ja, beschloss sie, eins wusste sie mit Sicherheit schon allein beim Anblick dieses Mannes: Er war es gewöhnt, das zu bekommen, was er wollte. Nun, was auch immer er von ihr wollte, Lael hatte geschworen, sich ihm zu verweigern.

KAPITEL SECHS

*D*ie dún Scoti-Frau überraschte Jaime. Er hatte nicht erwartet, dass die grünäugige Furie so *gut* aussehen könnte.

Für ihre Grüße war das Kleid viel zu kurz. Es umschmeichelte allerdings ihre schlanke Erscheinung wie ein gieriger Liebhaber und umspielte ihre Knöchel, die lange und anmutige Beine vermuten ließen, welche scheinbar nie strauchelten. Am Ende der Treppe hatte sie einen Moment gewartet, aber in ihrem Blick lag keine Angst. Nein, sie hatte sich erst einmal umgesehen – wie es jeder erfahrene Krieger getan hätte.

War sie gekommen, um eine Schlacht zu schlagen?

Der Gedanke amüsierte ihn.

Er verspürte ein Ziehen im Unterleib, als er plötzlich ein Bild von ihr vor Augen hatte, wie sie in seinem Bett zwischen zerknüllten Laken lag. Mit Stirnrunzeln schob er die ungebetene Vision beiseite und versicherte sich, dass diese Frau nicht für ihn bestimmt war.

Sie ist eine Kriegsgefangene und keine verkaufte Braut.

Nichtsdestotrotz erlaubte er sich noch einen Moment der privaten Bewunderung für die Frau, die sie dún Scoti nannten. Wenn er es nicht besser wüsste und den erbitterten Ruf ihres Bruders nicht kennen würde, hätte er genauso gut annehmen können, dass sie die dún Scoti-Königin persönlich wäre – denn diese Frau beugte sich keinem Mann.

Stolz. Gefährlich. Mutig. Schön. Diese Worte kamen ihm in den Sinn, als sie die Halle betrat, und er spürte ein leises Bedauern darüber, dass sie sich vor Schrecken abwenden würde, wenn sie ihn aus der Nähe sah. Bei manchen Frauen war das der Fall, wenn sie Donnal MacLarens Abschiedsgeschenk sahen. Normalerweise war es ihm egal. Im Gegenteil, er war recht dankbar, dass es so war, denn dadurch konnte er klar und scharf denken. Es hielt ihn davon ab, nach Dingen zu streben, die er nicht haben konnte.

Stille legte sich über die Halle, als man sie an den Tisch des *Lairds* führte. Dort blieb sie stehen und sah ihn voller Missachtung an.

Aber sie wendete den Blick nicht ab.

Eine unerwartete Wärme durchströmte ihn, als er bemerkte, wie ihr Gesicht eine rosa Färbung annahm. Aber er machte sich nichts vor, was den Grund betraf. Sie war offensichtlich zornig. Er erkannte ihren Zorn an ihrer Haltung und dem Funkeln ihrer klaren grünen Augen. Die lila Farbe ihres Kleides betonte ihre sonnengebräunte Haut und ihr schwarzes Haar war zu einem Zopf geflochten, der ihr über eine Schulter fiel. Sie hatte die Anmut und Haltung eines Engels. Aber an dieser Frau war nichts Zerbrechliches. Ihre Arme waren sehnig, schlank und stark. Sie hob ihre Schultern mit einem Hochmut, der sich mit dem von Heinrichs Kaisertochter messen konnte. Diese war mit vierzehn im Petersdom gekrönt und an den Kaiser des Heiligen Römischen Reichs verheiratet worden. Hier stand nun eine Frau vor ihm, deren Wille, wie der Matildas, ungebrochen war.

Ob sie schon einen Mann gehabt hatte?

Jaime glaubte es nicht. Er kannte nicht sehr viele

Männer, die eine so feurige Schönheit lieben konnten, ohne der Versuchung zu erliegen, ihren Willen zu brechen. Er war sich ehrlich gesagt nicht sicher, dass er jener Mann sein könnte. Er wusste nur, dass es sündhaft wäre, sie ändern zu wollen.

Leider hatte er schon viele Sünden begangen.

Und die ganze Zeit über hatte sie sich von seinem Anblick nicht abgewendet. Sie hielt seinem Blick stand und blinzelte nur, wenn es nicht vermeiden ließ.

Jaime trank einen Schluck Bier, um seinen Hals durchzuspülen.

Neben ihr berührte Luc ihren Arm, wahrscheinlich, um sie daran zu erinnern, wo sie war. Denn Luc verstand offensichtlich etwas, das ihr nicht bewusst war. Egal, wie sie Jaimes Herz berührte, er würde trotzdem die Arbeit verrichten, wegen der er hierher geschickt worden war: In erster Linie sollte er die Highlander für David mac Maíl Chaluim unterwerfen. Dabei konnte er es sich nicht erlauben, dass irgendeine Frau ihm in die Quere kam. Und doch musste er immer noch grinsen, als sie vor Luc zurückwich.

„Willkommen in Keppenach, Lael von den dún Scoti."

„Das ist *nicht* mein Name", erwiderte sie aufgebracht. „Ich bin weder *Schottin* noch komme ich von einem Hügel oder aus einem Tal."

Er lehnte sich in seinem Stuhl zurück und legte eine Hand an sein Kinn, als wolle er überlegen. „Nein?"

„Nein."

„Also, wie soll ich Euch dann nennen?"

„Lael."

„Einfach Lael?"

Ihre Augen waren wie Dolche aus Kristall. „Ja, einfach Lael", antwortete sie. „Das ist der Name, der mir gegeben wurde, und ich freue mich immer, ihn zu hören."

Nervöses Gelächter ertönte in der Halle.

Freches Weibsstück.

Jaime mochte sie trotz der Alarmglocken, die in seinem Kopf läuteten, weil es ganz und gar keine gute Idee wäre, sich mit dieser Frau einzulassen. Sie war nicht für ihn bestimmt und je nachdem, wie sie sich benahm, würde sie entweder zu ihrem Bruder zurückgeschickt werden, oder er wäre gezwungen, sie zu töten. Er würde Ersteres vorziehen, aber sie schien auf Letzteres erpicht zu sein. Jaime starrte sie an, weigerte sich, seinen Blick zu lösen und sie lächelte hochmütig zurück. Dann schob sie ihre Handgelenke nach vorne, um ihre Fesseln zu zeigen. Mit gespielter Lieblichkeit sagte sie: „Sagt mir, *Laird*, heißt Ihr so Eure Gäste willkommen?"

Die Verwendung seines Titels sollte keine Ehrung bedeuten; sie erstickte fast an dem Wort. Aber er amüsierte sich vielmehr darüber, wie sie über sich selbst sprach. *Gast?* Schlaues Weibsstück. Sie hatte sich mit Gewalt Zugang verschafft, mit der Absicht, die Tore zu öffnen, um die Burg zu erobern. Und jetzt besaß sie die Kühnheit, sich als Gast zu bezeichnen.

„Meistens", entgegnete Jaime nach einer Weile. Auch wenn dies das erste Mal war, dass er auf dem Stuhl eines *Lairds* saß. Außerdem war dies das erste Mal, dass ihm diese Burg mit ihren Ländereien als Zahlung überlassen worden war. Dennoch, da sie sein allererster Gast war – sowohl männlich als auch weiblich –, war dies eine durchaus passende Erwiderung auf eine solch freche Frage.

Zur Antwort neigte sie den Kopf ein wenig wie eine gutmütige Königin. „Oh, wie gnädig Ihr doch sein könnt." Sie lächelte nett und unwillkürlich machte Jaimes Herz einen Sprung. Das Lächeln war wohl kaum ernst gemeint, aber es war trotzdem hübsch. *Verdammt*, er hatte doch ihre Messer gesehen. Es waren allesamt

Waffen, die einem Mann das Herz so leicht herausschneiden konnten wie dieses Lächeln.

LAEL MACHTE SICH BEREIT FÜR DEN ZORN DES Schlächters.

Sie hatte keine Ahnung, was in sie gefahren war. Ihr Bruder hatte schließlich keine Idiotin großgezogen, aber scheinbar hatte sie alle seine Lektionen hier und heute vergessen. Im Moment war sie von Männern umgeben, die dem Schlächter ergeben oder im schlimmsten Fall Rogan MacLaren treu waren, und doch schaffte sie es nicht, den Mund zu halten.

Der Junge an ihrer Seite schluckte. Es wurde immer stiller in der Halle. Danach hörte man keinen Mucks mehr. Es wurden keine Krüge auf die Tische geknallt, noch nicht einmal ein Räuspern war zu hören.

Benutze deinen Verstand, sagte sie sich. *Benutze deinen Verstand.*

Es gab eine Zeit, in der man die Muskeln spielen ließ, und eine Zeit für Vernunft und sie merkte instinktiv, dass weder Gewalt noch ein freches Mundwerk sie an diesem Tag weiterbringen würden. Sie käme mit den Waffen einer Frau viel weiter. Die Stille hielt nun allerdings schon so lange an, dass sie Angst bekam.

Und doch war sie von seinem Gesicht fasziniert. Die Narbe, von der so viel erzählt wurde, war nichts weiter als eine dünne, weiße, gezackte Linie, die vom oberen Ende seiner Nase über seine linke Augenbraue verlief. Sie teilte die schwarze Braue über seinen stahlgrauen Augen in zwei Hälften.

„Eure Dankbarkeit beschämt mich", sagte der Schlächter mit beißender Stimme. „Man sollte meinen, dass Ihr ein bisschen Wertschätzung empfinden würdet, nachdem Ihr stundenlang mit einem Strick um den Hals dastehen musstest, oder nicht?"

Seine Stimme war sanft, aber Lael wusste es besser. Der Mann war ein Söldner seines Königs. Die tiefe Stille in der Halle war ein Zeichen für die Angst, die er seinen Männern einflößte.

Aber welcher Mann war nicht für Komplimente empfänglich?

„Ich bitte um Verzeihung", säuselte sie und zügelte ihre Wut. Hinter dem Lächeln biss sie die Zähne zusammen. Sie imitierte den freundlichen Gesichtsausdruck anderer Frauen, denn charmant zu sein, fiel Lael nicht leicht. Mit Zweideutigkeit konnte sie auch nichts anfangen. Ihr süßlicher Ton verursachte ihr Sodbrennen. „Ich bin Euch sehr dankbar", sagte sie und klimperte mit den Wimpern. „Aber Ihr habt doch sicherlich keine Angst vor einem kleinen Frauchen?", forderte sie ihn heraus. „Ich habe schon so viele Geschichten von Eurem Heldenmut gehört. Selbst in Dubhtolargg erzählt man sich davon. Mir wurde sogar berichtet, dass Ihr einen Mann mit bloßen Händen in zwei Teile reißen könnt."

Er starrte sie an und ein leichtes Lächeln umspielte seine vollen Lippen. „Und wenn ich furze, gibt es einen heftigen Nordwind", fügte er hinzu – wahrscheinlich, um sich über sie lustig zu machen.

Lael blinzelte überrascht und schaffte es irgendwie, nicht zu lachen. „Ja, selbstverständlich", sagte sie, nachdem sie sich schnell wieder gefangen hatte. „Über was sollten Männer beim Trinken sonst reden, wenn nicht über das Furzen?"

Der Schlächter brach in schallendes Gelächter aus und überraschte sie mit diesem Beweis von Humor. „Ja, ja. Das stimmt schon." Seine stahlgrauen Augen leuchteten vor anhaltender Heiterkeit. „Es scheint, als hätten sowohl Frauen als auch Männer ein angeborenes großes Interesse an Ärschen."

Lael widerstand dem Verlangen, sich nach ihrem

eigenen umzudrehen, und war sich plötzlich des idioti-
schen Kleidchens bewusst. Seine gute Laune schien
echt zu sein und doch runzelte sie die Stirn. Es war ihr
gar nicht Recht, dass sie ihn mochte.

Leider war es nun zu spät: Sein Gesicht veränderte
sich vor ihren Augen von dem eines Teufels zu dem
eines Mannes, der besser aussah als die meisten seines
Geschlechts. Er hatte ein winziges schwarzes Mut-
termal unter seinem rechten Auge und dies hob sich
jedes Mal, wenn er lächelte. Sie war über diese Entdeckung nicht glücklich. Und diese teuflische Narbe verschwand vor ihren Augen. Sie war jetzt viel weniger
sichtbar.

Und doch, wenn Lael dadurch ihre Freiheit erlangen könnte, hätte sie es mit dem Teufel persönlich
aufgenommen. Sie streckte ihre Hände vor. „Was sagt
Ihr? Die Halle ist voller Krieger und ich bin nur eine
einfache Frau ohne eine Waffe in greifbarer Nähe." Sie
konnte nicht anders. „Außer natürlich … Ihr habt *Angst*
… vor *mir*?"

Sie ließ die Frage so stehen.

Es war eine offene Herausforderung, die in einem
Raum voller Männer ausgesprochen worden war. Bei
einigen dieser Männer war sich Jaime ihrer Loyalität
noch nicht sicher. Alle schauten nun, was er tun würde.
In ihren grünen Augen funkelte, trotz ihres süßen Ton-
falls, nur unmissverständliche Feindseligkeit.

Einfache Frau, was?

Ohne eine Waffe?

Weder das eine noch das andere stimmte. Jaime war
sich der Intelligenz in einem Gesicht noch nie zuvor so
bewusst gewesen. Bei Gott, sie trug fein geschliffene
Waffen bei sich und wusste sie zu benutzen. Alles an
dieser Frau zeugte von einer scharfen Intelligenz und

Sinnlichkeit. Sie war sich ihres Wertes bewusst und es war ihr klar, wie sie ihre Tugenden einsetzen musste. Und auch wenn er sie heute Morgen mit einer sehr engen Schlinge um den Hals vorgefunden hatte, war dies keine besiegte Frau. Sie schien auch nicht übermäßig dankbar zu sein, dass er sie vor dem Galgen gerettet hatte – wenngleich sie das Gegenteil behauptete. Sie sagte jedoch die Wahrheit. Sie war in dieser Halle umzingelt und Jaime konnte schneller über den Tisch springen, als sie blinzeln könnte, wenn sie eine falsche Bewegung machte. Trotz aller Gerissenheit fühlte er, dass sie vernünftig war, und er wusste instinktiv, dass sie nicht unüberlegt handeln würde. Diese Frau vor ihm würde nur im Zorn handeln, wenn man sie entsprechend provozierte. Aber das bedeutete nicht, dass er nun weniger wachsam sein durfte, da sie jede sich bietende Gelegenheit nutzen würde. Sie würde nicht voreilig etwas unternehmen, aber sie war auch nicht dumm. Die Fesseln waren im Moment jedoch unnötig.

Er machte eine Geste in Lucs Richtung. „Nimm sie ihr ab!"

Jaime versuchte, ihre schlanke Taille, die er leicht mit zwei Händen hätte umfassen können, zu ignorieren. Es wäre kein Problem für ihn, sie hoch zu heben und auf sich zu setzen und dann zu zusehen, wie sie ihn liebte. Der Mann, der ihr Vertrauen und ihr Herz gewann, würde eine leidenschaftliche Geliebte in seinem Bett haben. Dies wusste er instinktiv.

Luc zog fast unmerklich eine Augenbraue hoch, aber Jaime ignorierte die stille Nachfrage und wendete sich wieder seinem schönen *Gast* zu.

Luc trat vor, um ihr die Fesseln abzunehmen.

„Danke", sagte sie und belohnte ihn mit einem weiteren reizenden Lächeln, nachdem ihre Handgelenke frei waren. Die Reaktion seines Herzens kam sofort. Es schlug heftig in seiner Brust und für einen kurzen Moment vergaß sich Jaime. Einen winzigen Augenblick lang glaubte er fast, sie sei ein Gast zum Abendessen. Tatsächlich hätte er sie fast eingeladen, neben ihm Platz zu nehmen und seinen Becher zu teilen. Es war lächerlich – insbesondere, da der Platz schon für seinen Lehensherrn und König reserviert war.

„Habt Ihr Hunger?", hörte er sich fragen. Die Worte hatten seinen Mund verlassen, bevor er sich zusammenreißen konnte. Und doch war es eine ganz normale Frage, versicherte er sich selbst. Auch ein zum Tode Verurteilter hatte ein Recht auf eine letzte Mahlzeit.

Vergeblich versuchte er, sich die Frau als einen Messer schwingenden Drachen vorzustellen, wie Maddog sie dargestellt hatte. Sie erschien in jeder Beziehung eine Dame zu sein, mit einer für ihre Jugend großen Anmut.

„Am Verhungern", sagte sie ganz schnell. „Ich habe seit fast zwei Tagen nichts gegessen – und Broc auch nicht", fügte sie sofort hinzu. Und für einen winzigen Moment sah Jaime wieder den Zorn in ihren grünen Augen. Sie hatte nun zum ersten Mal ihren blonden Freund genannt. Trotzdem konnte er den fanatischen Blick nicht vergessen, als sie versuchte, den Mann aus der Schlinge zu befreien.

Waren sie ein Liebespaar?

Was sonst könnte eine Frau dazu bewegen, ihr Leben im Kampf an der Seite eines Mannes zu riskieren? Sie hatte für ihn gekämpft. Wahrscheinlich würde diese Frau dann auch für ihn sterben.

„Bringt der Dame einen Becher!", befahl Jaime.

Zwei Mägde rannten los, ohne ihn auch nur anzusehen. „Ihr *Freund*, Broc, bekommt auch etwas zum Essen", versicherte er ihr. Und das stimmte. Kurz vor ihrer Ankunft in der Halle hatte er für den Gefangenen ein herzhaftes Mahl bestellt und befohlen, dass die Ketten entfernt würden. Jaime hatte nur einen kurzen

Moment im Tunnel verbracht, aber das war schon zu lang gewesen. Ob schuldig oder nicht, Jaime konnte den Gedanken nicht ertragen, einen Menschen in einem solchen Drecksloch gefangen zu halten. Er ließ sofort eine andere Zelle vorbereiten, um den Gefangenen dorthin zu verlegen. Der Tunnel unter dem Turm war weder für Mensch noch Tier geeignet.

LAEL SAH DEN SCHLÄCHTER ZWEIFELND AN.

Hatte er Broc wirklich eine Mahlzeit geschickt?

Sie war darauf vorbereitet gewesen, ihm mit gleicher Münze zurückzuzahlen, egal, welche Beleidigungen er von sich gab. Aber seit sie diese Halle betreten hatte, war er ihr ausschließlich mit Höflichkeit begegnet. Und seine Taten unterschieden sich in jedem Fall von seinem Ruf.

Lud er sie wirklich zum Abendessen ein?

Verwirrt blickte sie auf den Platz neben ihm und überlegte. Sie konnte es kaum fassen, dass er sie als Ehrengast zum Essen einlud, wenn man sie vor wenigen Stunden noch hatte hängen wollen. Sie vermutete jedoch, dass der Mann sich hier und heute eine gewisse Güte erlauben konnte, denn es bestand kaum eine Möglichkeit, ihm seine Großzügigkeit als Schwäche auszulegen. Es stimmte. Der Ruf des Schlächters eilte ihm sogar bis Dubhtolargg voraus. Er war schließlich der Schlächter.

„Ho!", rief eine dröhnende Stimme und unterbrach die Stille in der Halle, als seien Gläser zerbrochen. Lael zuckte bei dem Geräusch sichtlich zusammen „Wie ein Bad doch die Seele eines Mannes trösten kann, nicht wahr?"

Es war dieselbe Stimme, die sie oben gehört hatte – aber dieses Mal erkannte Lael sie gleich. Die Zeit verlangsamte sich und in ihrem Kopf verzerrte sich die

Stimme zum Brüllen eines Tieres. Bei allen Göttern ihrer Vorfahren! Ihre Ruhe hatte sie komplett verlassen Diese Stimme gehörte niemand anderem als König David von Schottland. Sie hätte sie auch im Schlaf erkannt. Wie oft hatte sie davon geträumt, ihm gegenüberzustehen, damit sie ihm ein Messer in sein kaltes Herz stoßen konnte?

Wegen David stand sie hier!

Er war der Urheber ihrer Not!

Es war seine Schuld, dass so viele Leute tot waren!

Ihre Leute wollten in Frieden leben. Aber nein. Er hatte alte Wunden wieder aufgerissen und Lael an den furchtbaren Tag erinnert, den sie niemals vergessen würde. Wenn es *einen* Mann gab, der ihre Feindschaft verdiente, dann war es *derjenige*, der sich *mac na h-Alba'* nannte, der letzte wahre Sohn Schottlands. Jenem Mann waren die Folgen seiner Taten völlig egal. Lael hatte geschworen, ihn mit bloßen Händen umzubringen!

Ihr Verstand setzte aus und sie handelte nur noch instinktiv. . Sie drehte sich ohne Vorwarnung um und traf den Jungen neben ihr mit einem Faustschlag am Hals. Er fiel nach hinten und schnappte nach Luft. Die anderen Wachen waren völlig überrumpelt, sodass sie sich ihren Weg an allen dreien vorbei bahnen konnte. Dann stürzte sie sich auf den großen Mann mit dem dicken Bauch, der gerade die Halle betreten hatte. „Ihr!", schrie sie.

David mac Maíl Chaluims Augen weiteten sich. „Ihr!", brüllteer zurück, aber er wich nicht aus. Er blieb stehen, wo er war, als Lael mit den einzigen Waffen, die sie hatte, auf ihn sprang.

Jaime konnte kaum glauben, was er sah.

Niemand – weder Mann noch Frau –mit klarem

Verstand würde es jemals wagen, den König anzugreifen. Er hätte niemals im Leben die Reaktion dieser Frau erahnen können.

Er hechtete über den Tisch und die Köpfe der Männer, die vor ihm auf dem Boden lagen. Selbst bevor irgendjemand realisiert hatte, was passiert war, stand Jaime schon hinter dem Mädchen und hielt sie davon ab, noch mehr Schaden anzurichten – aber nicht, bevor sie David noch eine ordentliche Ohrfeige verpasst hatte. Man hörte das Klatschen in der ganzen Halle und ihre langen, schlanken Finger hinterließen Striemen auf seinem rötlichen Gesicht.

David selbst würde niemals eine Frau schlagen. Also versuchte er, sie zurückzuhalten und zu Jaime hinzuschieben. Dann eilten endlich die Wachen zu seiner Rettung.

„In Gottes Namen!", rief der König. Und dann: „Verdammt noch mal!" Sein Gesicht war rot und nahm eine lila Farbe an, als hätte ihn der Schlag getroffen.

Jaime merkte, dass sich seine Finger in den Arm der Frau gruben, aber sein Zorn bäumte sich auf wie eine heulende Bestie. Sie musste ihm aus den Augen und zwar sofort, bevor er ihr den Kopf abreißen konnte. Er schob sie zu seinem Knappen. „Bring sie ins Gefängnis. Schließe sie ein und wenn du sie noch einmal herauslässt, verlierst du auch deinen Kopf."

Die gute Stimmung zwischen ihnen war wie weggeflogen. Der Junge war blass geworden und antwortete: „Ja, mein Lord."

Lael war über sich selbst erschrocken und erlaubte ihnen, sie festzuhalten, während David sich wieder herrichtete. In der Halle, in der man nur Momente zuvor eine Stecknadel hätte fallen hören können, ertönte nun erschrockenes Geschwätz.

Lael blinzelte. So impulsiv hatte sie in ihrem ganzen Leben noch nicht reagiert. Sie konnte es sich nicht erklären, außer dass sie von einem tiefen Zorn übermannt worden war, wie sie ihn noch nie erlebt hatte. *Aber sie fragten nicht nach.* Sie fesselten ihre Hände wieder mit einem Seil und zogen dieses so fest, dass sie ihr fast die Blutzufuhr abbanden.

Ihr ganzer Zorn, ihre ganze Angst, diese vielen Monate voller Wut – alles richtete sich gegen David – und hier stand er nun in Fleisch und Blut. Er war der Fluch ihres Daseins, die Geißel ihrer Leute.

„Ich habe versucht, Euch zu erklären, dass sie Unheil bringt!", rief Maddog, der räudige Köter. „Sie hat einen meiner Männer abgestochen, wie ich es Euch erzählt habe. Im einen Moment war sie süß wie Honig …"

„Halt die Klappe", knurrte der Schlächter. Mehr bekam Lael nicht mit, da sie nun aus der Halle geschleift wurde.

KAPITEL SIEBEN

*F*est verstaut unter Unas Arm glomm der *keek stane* mit seinem schwachen grünen Leuchten und in diesem Licht kletterte sie die Leiter hinunter in die Grotte. Irgendwo in Bodennähe schlug sie mit ihrem treuen Stab nach dem Untergrund suchend in den Nebel.

Man kann sich nie sicher sein, dachte sie mit einem wissenden Lächeln.

Die Realität war eine Frage der Auffassung und die Zeit war nur eine Illusion. Gestern könnte vor 100 Jahren gewesen und Morgen mit einem Augenblinzeln vorbei sein. Obwohl ihr Körper bereits gebeugt und ihre Haut so runzelig wie die einer vertrockneten Pflaume war, hatte sie manchmal die Energie eines Kleinkindes. *Aber nicht heute, nicht heute.* In diesem Moment fühlte sie jede Sekunde, die sie auf der Erde verbracht hatte, in ihren Knochen. Eigentlich wandelte sie hier schon viel zu lange.

Sie kicherte in sich hinein. Wie konnte man mit einem so uralten Gesicht überhaupt daran denken, eitel zu sein? Das war eine heftige Mahnung, selbst wenn sie Brìghdes Schuhe trug. Brìghde regierte gutmütig im

Sonnenlicht. Ihr schönes Lächeln ließ mit ihrer Wärme zarte Pflänzchen aus der Erde wachsen.

Ja, aber es war der Winter, den sie am meisten liebte. Der Winter sprach in wahren Versen und machte einem nichts vor. Es war eine Zeit, in der von einer üppigen Landschaft nur knorrige Äste blieben und die Erde nackt unter dem Herbstmond kniete. Die Menschen rückten zusammen, weil sie es tun mussten. Eigentlich, dachte sie mit einem inneren Murren, sollten sie es immer tun. Aber irgendwie bemerkten sie es nicht, solange die Sommersonne sie betörte.

Sie wusste all dies, weil sie ja wahrlich Cailleach war, die Mutter des Winters und Beschützerin der Highlands. Aber im Sommer war sie als Brìghde bekannt und eine Zeitlang nannte man sie auch Biera. Jetzt hieß sie für alle, die sie liebten, einfach Una und diesen unbedeutenden Namen fand sie am besten. Denn er ließ es zu, dass sie alle Sorgen vergaß.

Der kalte Nebel löste sich vor ihr auf, als sie den Raum durchquerte. Ihre betagten Knochen knarrten wie alte Türen.

Oh, sie freute sich so sehr auf den Schlaf, um vielleicht von dem Tag zu träumen, an dem sie kein zweites Gesicht mehr tragen musste.

Heute fühlte sie sich müde, leer und sogar älter als die *Am Monadh Ruadh*. Noch bevor dieser Tag vorbei war, würde sie es umso mehr empfinden.

Sie schaffte es kaum in den tiefsten Teil der Grotte, aber für die Aufgabe, die sie durchzuführen hatte, musste sie näher am *Clach-na-cinneamhain*, dem Schicksalsstein, sein.

Erfüllt von Mächten, die den Glauben der Menschen weit überstiegen, lag der geäderte Basaltstein auf einem steinernen Altar in der Mitte der Höhle. Er war von Nebel umgeben. Und dort, unter dem Stein und an den Altar genagelt, hing eine Metallplatte mit einer komplizierten Gravur. Die Buchstaben waren durch das Alter schon abgenutzt, aber immer noch klar sichtbar; selbst für Unas alte Augen. Dort stand:

Wenn die Schicksalsgöttinnen nicht fehlgeleitet wurden

UND DIE STIMME DES PROPHETEN NICHT UNGEHÖRT verklingt

SO SOLL, WO AUCH IMMER DIESER HEILIGE STEIN SICH befindet,

DAS BLUT VON ALBA HERRSCHEN.

ABER DEM WAR JETZT NICHT MEHR SO. ZUM WOHL DER Menschheit hatte Una den Schicksalsstein in dieses Grab gebracht, auf dass er nie wieder von der Sommersonne gewärmt würde. Für die Macht, mit der dieser Stein ausgestattet war, würden Männer die scheußlichsten Dinge im Namen Albas vollbringen. Das wusste sie nur allzu gut, denn sie war Zeugin der schlimmsten Taten geworden. Leider Gottes sah sie viel mehr mit nur einem guten Auge als die meisten Menschen mit zweien.

Sie stellte den Kristall vorsichtig auf dem Schicksalsstein ab. Dann holte sie tief Luft und bereitete sich auf das Ritual vor. Allein der Gedanke daran machte ihr schon Sorgen, denn jeder Blick in den Edelstein entzog ihr mehr Lebenskraft. Und doch waren dies gefühlvolle Momente, wenn sich die Schicksale der Menschen mit nur einer Handbewegung ändern konnten.

Sie rückte den Kristall so, dass nur sie ihn sehen konnte, und die konkave Seite vom Eingang weg zeigte. Man wusste ja nie. Für die meisten war der *keek stane* vielleicht nur ein recht hübscher Kristall. Aber für diejenigen, die das zweite Gesicht hatten, offenbarte er manchmal zu viel. Es waren tatsächlich diese verworrenen Visionen, die Una mehr als alles andere suchte; denn nur diese offenbarten Wege, die sie vielleicht noch ändern konnte. Der Kunstgriff bestand darin, diese von den restlichen zu unterscheiden, und dafür brauchte sie zwei mächtige Steine mit entgegengesetzten Kräften.

„Una!", hörte sie die kleine Sorcha von oben rufen, wahrscheinlich aus Unas Arbeitszimmer. Una antwortete jedoch nicht.

Sie wusste instinktiv, dass Sorcha nicht herunterkommen würde, denn dies war allen außer Una und Aidan, dem Anführer des Clans, verboten. Eines Tages würden Unas müde Knochen ruhen müssen und irgendwann vor dieser Zeit würde sie eine Nachfolgerin wählen, welche die alten Traditionen weiterführte. Bis dahin war dieser Raum heilig. Niemand würde es wagen, sie hier zu stören, noch nicht einmal die frühreife junge Sorcha. Also wartete sie ab, bis Sorcha wieder ging, und fokussierte den *keek stane* mit ihrem guten Auge. Für einen Moment fühlte sie sich in eine andere Zeit versetzt. Bei Gott! Sie brauchte keinen Kristall, um die Vergangenheit zu betrachten, denn diese zog in den sich wiederholenden Träumen vor ihrem inneren Auge vorbei.

Blut. Verrat. Tod.

Hier, an diesem Ort, vor langer, langer Zeit – auch wenn es für Una gar nicht so lang her war – hatte Kenneth MacAilpín die Könige von sieben Piktenstämmen zusammengerufen. Cat, Fidach, Ce, Fotla, Circinn, Fortriu und Fib waren von Männern wie Black Tolargg und Drust vertreten worden. Jeder von ihnen war von adligem Geschlecht und doch bereit gewesen, vor Kenneth MacAilpín zu knien. Dafür gab sich Una die Schuld, denn sie war diejenige gewesen, die sie dazu überredet hatte. MacAilpíns Mutter war eine Prinzessin der Pikten gewesen und sein Vater stammte aus einem alten Geschlecht der Dalriadic-Könige. Es war ihr nur natürlich erschienen, dass er als Nachfahre zweier Nationen derjenige sein sollte, der die Clans vereinen könnte. Aber sie war von der Hoffnung geblendet worden.

Blut. Verrat. Tod.

Während sie mit ihrer faltigen Hand über den kühlen, harten Schicksalsstein strich, erinnerte sie sich ...

Hoffnungsvoll hatte sie *Lia Fàil*, den Schicksalsstein, gesegnet und ihn als den Thron zukünftiger Könige ausgerufen – und zwar nicht nur für die Gälen, die ihn von Irland mitgebracht hatten, sondern für alle Clans ihres geliebten Alba. Auf diesem Stein hatten sie MacAilpín im Beisein seines hoffnungsvollen Volkes gekrönt und anschließend ein wunderbares Fest gefeiert. MacAilpín hatte auf das Schwert des *Right Art* einen Eid geschworen und die Clans hatten eine Woche lang den gewonnenen Frieden zelebriert.

Aber Una hatte vergessen, wie wankelmütig Männerherzen sein konnten. Als die Männer wieder nüchtern wurden und von den Braten nur noch die Knochen übrig waren, kehrten ihre Eitelkeiten und Launen zurück.

MacAilpín hatte Angst gehabt, dass ein anderer ihm den Thron streitig machen würde. Unter dem Vorwand, die Grenzen der verteilten Lehen besprechen zu wollen, hatte er die Väter und Söhne aller sieben Stämme hierher, nach Dubhtolargg, zum Essen eingeladen. Als sie eingetroffen waren, wartete er ab, bis sie alle recht viel getrunken hatten und grölend über Witze lachten. Dann erst offenbarte sich der furchtbare Verrat und sie fielen in tiefe Löcher, die man unter ihren Sitzplätzen ausgehoben und mit tödlichen Klingen versehen hatte. All jene, die die Klingen überlebten, schlachtete er von oben ab und ermordete so jeden einzelnen. Er plünderte die Leichen und stahl ihre Schätze. Das war MacAilpíns Verrat und Una hatte ihn nicht aufhalten können. Was hätte eine Frau gegen eine Armee von Männern ausrichten können?

Nichts. Sie hatte geweint und den Schicksalsstein unter Tränen wieder an sich genommen. Und jeden Tag verfluchte sie ihn, sodass der Mann, der zu Unrecht auf dem Thron gesessen hatte, zum Krieg gegen die eigene Familie verdammt war. Wie MacAilpín die Pikten ermordet hatte, so würden auch seine eigenen Nachkommen zu Tode kommen. *Gerechtigkeit.* Oder so schien es zumindest zu der Zeit. Aber es war nur ein Akt der Trauer gewesen, nicht mehr und nicht weniger. Jetzt konnte der Fluch nicht mehr rückgängig gemacht werden. Die wahre Tragödie war allerdings, dass Schottland verloren war, ob mit oder ohne Stein, und nun konnte Una nur noch versuchen, den angerichteten Schaden zu minimieren. Also stand der Schicksalsstein hier und an diesem Ort würde er auf ewig bleiben. Aber was würde aus Aidan und seinem Clan werden? Waren diese armen Leute dazu verdammt, den gleichen Verrat immer wieder zu erleben, bis sie vernichtet waren?

Ihr Herz wurde von uralter Trauer erfüllt, als sie an Padruig mac Caimbeuls unverschämte Heimtücke dachte. Diese hatte MacAilpíns Verrat doch sehr geglichen. Sie war sich nicht sicher, ob er die Leute mit seinem Treuebruch hatte verhöhnen wollen. Auch er war als Freund gekommen und als er gegangen war, klebte Blut an seinen Händen – das Blut von Aidans

Vater und von vielen seines Clans. Lange nachdem sie gegangen waren, entdeckte Una Lael unter dem Tisch, wo sie sich am Körper ihres toten Vaters festklammerte und wie ein Baby heulte. Noch nicht einmal ihre Mutter konnte sie mit gutem Zureden von ihrem Vater lösen.

Unas Augen wurden feucht und sie blinzelte die Erinnerung weg. Währenddessen bewunderte sie traurig den Stein. Ach, leider ging auch der gütigste Zauber in den Händen der Menschen manchmal schief.

Aber das war nun genug Träumerei für einen Tag.

Als sie sicher sein konnte, dass Sorcha weg war, stellte sie ihren Stab beiseite und lehnte ihn an den Schicksalsstein. Dann legte sie ihre Hände auf den *keek stane* und war endlich bereit, zu beginnen. Ihre Stimme war zuerst ein Flüstern, erfüllte dann aber die ganze Grotte.

Der Sand soll durch das Glas laufen,

WEITER UND WEITER, DIE ZEIT DARF NICHT VERSCHNAUFEN,

ZEIGE MIR NUN EINEN NEUEN PLATZ

ABER LÖSCHE DIE ERINNERUNG ANDERER AN DIESEN SCHATZ!

IM GANZEN RAUM FLOSS DER NEBEL IMMER DICHTER zusammen und ballte sich wie eine Sturmwolke vor dem Altar. Der *keek stane* leuchtete nun in einem helleren Grün und warf ein blasses Licht in die neblige Masse. Gesichter bildeten sich in der Wolke und blickten Una aus einer vergangenen Zeit heraus an.

Reine grüne Augen. Laels Gesicht. Das Schwert des

Righ Art, von einer blutigen Hand in die Luft gestreckt. Ein Haufen Toter. Sie keuchte laut.

Blut. Verrat. Tod.

Das Herz der Priesterin klopfte stark und mit zitternder Hand wehte sie den Nebel weg, als habe es einen unsichtbaren Wind gegeben. Ihre knochigen Finger verschränkten sich flehend. „Verschont das Kind", flehte sie. Dann schloss sie die Augen und sah die kleine Lael als Elfjährige vor sich.

Sie standen zusammen am Grab ihrer Mutter unter der Vogelbeere. „Una", flüsterte das Erinnerungskind neben ihr, „ich werde sie eines Tages *alle* töten."

Una fühlte die Präsenz des Geistes, als wäre Lael in dem Moment tatsächlich da. Ihr kamen die Tränen, selbst in ihrem Phantomauge. Die Sonne glitzerte auf dem Dolch, den sie in ihrer gespensterhaften Hand hielt. Es war die Klinge ihres Vaters und Una war gezwungen, eine Warnung auszusprechen: „Sei vorsichtig, Kind. Rache ist ein zweischneidiges Schwert."

„Ach Lael, was hast du nur getan, Mädchen?"

Wie der Schlächter gesagt hatte, saß Broc da und schlang sein Essen hinunter, als sie Lael in den Tunnel mit dem Kerker zerrten. Er sah sehr besorgt aus, stellte seinen Teller beiseite und kam an das Gitter, um sie anzuschauen.

Sie konnte noch nicht wieder sprechen.

Lael war sich in dem Moment auch ihrer Gefühle nicht sicher. Sie empfand jedoch weder Triumph noch Genugtuung. Wenn sie den Mund gehalten hätte und nicht handgreiflich geworden wäre, hätte sie vielleicht nicht nur ihre, sondern auch Brocs Freilassung aushandeln können. Stattdessen war sie nun zu Broc in den Kerker gebracht worden und hier würden sie bis zum Ende ihrer Tage verrotten. David würde es seinem

Lehnsmann nicht erlauben, Gnade walten zu lassen. Nicht nach dem, was sie getan hatte.

Ihr Bruder hatte immer behauptet, sie sei eine Furie; aber sie hatte sich in ihrem ganzen Leben noch nie so unüberlegt verhalten. Außerdem hatte sie David beschuldigt, selbstsüchtig zu sein. Sie hatte jedoch viel willkürlicher gehandelt, als er es jemals tun könnte. Dennoch war bei ihr – im Gegensatz zu David – der Grund dafür wenigstens ehrenhaft gewesen. Selbst jetzt konnte sie nichts Gutes über den König von Schottland sagen. Doch trotz allem, was sie über ihn wusste – trotz all der Gräueltaten, die er gegen die Menschen, die sie liebte, verübt hatte –, hatte David einfach nur dagestanden und sie angestarrt. Er hatte sich noch nicht einmal verteidigt und sie fühlte sich unwohl deswegen. Am schlimmsten aber war der entsetzte Blick des Schlächters gewesen. Er hatte sie angesehen, als wäre sie verrückt.

Und vielleicht bin ich das ja auch.

Die Männer, die sie festhielten, zerrten sie weg, vorbei an Brocs Gitter und blieben an der nächsten Zelle stehen. Einer schloss die Tür auf, während die anderen beiden sie festhielten. In diesem Moment hatte sie keine Kraft mehr, aber das konnten sie ja nicht wissen.

„Autsch!", beschwerte sie sich. „Ihr tut mir weh!"

„Daran hättest du denken sollen, bevor du unseren König angegriffen hast!"

Als er das hörte, ließ Broc seine Stirn gegen das Gitter sinken „Oh Nein, Lael", sagte er. Er ersparte ihr weitere Vorwürfe, solange die Männer des Schlächters noch da waren.

„Er ist *nicht* mein König", beharrte Lael und wurde wieder etwas mutiger. „Meine Leute knien nicht vor den Söhnen MacAilpíns. Ich bin nicht aus Schottland!"

„So?" Die Tür zur Zelle wurde geöffnet und einer

der Wachposten schob sie hinein. „Und wer zum Teufel sind denn deine Leute?", fragte er und schlug die Zellentür hinter ihr zu. „Kommst du vielleicht aus dem Feenland?"

Die anderen Wachen brüllten vor Lachen.

„Wenn das nämlich nicht der Fall ist", bohrte der Mann weiter, „wenn du in den Highlands geboren wurdest, bist du genauso schottisch wie ich, du verrückte Schlampe."

Bei diesen Worten hätte sich Lael normalerweise gegen die Tür geworfen. Aber sie wollte sich jetzt nicht mehr zornig und unvernünftig verhalten. „Nein. Bin ich *nicht*."

Sie wollte es sie wissen lassen: Dass sie aus einem Geschlecht stammte, das so alt war wie die Highlands selbst. Ihre Leute waren vor langer Zeit geflohen, um frei zu bleiben. Sie hatten eine Plünderungswelle nach der anderen sowie die endlosen Verhandlungen der Stämme nach der Rückkehr der Söhne Aeds und Constantines aus Irland vor 200 Jahren überstanden. Ihre Leute waren die letzten der Bemalten – jene, die die Römer Pikten nannten. Sie erkannten weder Schottland noch dessen Könige an. Sie waren Überlebende und sie würden *niemals* ihre alten Traditionen aufgeben. Sie würde an ihrem Glauben festhalten bis zu ihrem Tod, denn sie war ein Kind des alten Alba, eine Schwester des Windes und eine Tochter des Waldes. Außerdem waren ihre Clansleute die Hüter des wahren Schicksalssteins, der tief in den *Am Monadh Ruadh* aufbewahrt wurde. Sie war *keine* Verrückte!

„Lael", sagte Broc und versuchte, sie zu beruhigen.

Sie drehte sich zu ihrem Freund um. Plötzlich fühlte sie sich sehr einsam, so weit weg von ihrer eigenen Familie. Seine Augen flehten sie an. Aber er erkannte sie auch nicht wieder. Tränen schossen ihr in die Augen. Sie sehnte sich nach dem Trost und Schutz ihres Bruders. So groß wie Broc auch war, er konnte ihr jetzt kaum helfen. Er konnte ja noch nicht einmal sich selbst helfen! Nein, sie hatte versagt.

„Sie wissen nicht, wer ich bin, Broc Ceannfhionn", flüsterte sie mit heiserer Stimme. „Und du auch nicht."

KAPITEL ACHT

*A*nscheinend war es nicht genug gewesen, dass sie sie heute Morgen fast gehängt hatten. Das dumme Weib hatte ausgerechnet den Mann angegriffen, der sie umgehend hätte begnadigen können.

Mit Zornes- oder Fieberröte im Gesicht verließ David die Halle und murmelte irgendetwas über ruinierte Hemden.

Nun konnte Jaime nicht mehr viel für die Frau tun.

Ihr Schicksal lag in Davids Händen.

Jaime hatte geschworen, Davids Gesetze durchzusetzen. Aber für den Fall, dass es etwas nützen könnte, ließ er ein Abendessen in das Gemach des *Lairds* bringen. Ein gutes Mahl würde den Zorn des Königs etwas beruhigen und je schneller er es bekam, desto besser. Aber er hatte keine Ahnung, warum er so versessen darauf war, die Giftnudel zu retten, wo sie doch offensichtlich den Tod selbst herbeiwünschte. Sie war zwar seine Gefangene, aber der Gedanke, dass ihr Blut an seinem Schwert kleben würde, stieß ihm sauer auf.

Als die Halle sich wieder beruhigt hatte, stieg er die Treppe hinauf, um nach David zu sehen. Es war ihr Glück, dass der König ein gerechter Mann war. Wenn Jaime ihm etwas Zeit gab und seinen Bauch mit Essen und Bier füllte, dann würde sein Zorn sich vielleicht soweit beruhigen, dass ihre Familie die Frau freikaufen könnte – vielleicht sogar mit einem Versprechen auf einen Lehenseid. Als Jaime ankam und an die Tür klopfte, war die Stimme des Königs schon wieder viel ruhiger. „Herein", rief er.

Jaime öffnete die schwere Eichentür und fand den König am Feuer neben einem Tisch voller Speisen sitzen. Er hielt den Bierkrug auf halber Höhe zu seinem Mund und wartete, bis Jaime eingetreten war, und die Tür hinter sich schloss. Er sah müde und besorgt aus und erschien viel älter als seine zweiundvierzig Jahre. Es kam Jaime vor, als hätten die letzten zwei Jahre ihn viel mehr altern lassen als die zehn Jahre davor. Sobald er sicher war, dass Jaime keine Begletung mitgebracht hatte, sagte er: „Sie ist vollkommen durchgedreht!"

Jaime nickte und schaute finster drein. „Sie ist wirklich eine Verrückte", stimmte er zu. Da er Angst vor der nun folgenden Diskussion hatte, ging er hinüber zum Bett des *Lairds* und sah nach den dicken Fellen dort. David folgte ihm mit seinem Blick.

Jaime hatte zuvor nur einmal kurz von der Tür in das Schlafgemach geschaut und fand nun, dass es wirklich sehr üppig ausgestattet war. Die Bettdecken waren edel und gut verarbeitet. Zweifellos würden sie ihn im Winter wärmen, im Gegensatz zu seinen Gefangenen unten in den Zellen. Die kalten Steine würden ihre Knochen morsch werden lassen.

Sie musste tatsächlich verrückt sein – oder sie hatte einen Grund, wütend auf David und Jaime zu sein. Jaime dachte einen Moment darüber nach und hegte den Verdacht, dass es vielleicht so sein könnte.

Sie schien David zu kennen und er sie auch. Jaime war kaum über jeden Umgang informiert, den der König mit seinen Untertanen pflegte.

„Das Zimmer ist sehr gut ausgestattet", sagte der

König und missinterpretierte Jaimes Gedankengang. „Ich gehe davon aus, dass sich MacLaren auf meine Kosten verwöhnt hat."

Jaime zuckte mit den Schultern. „Ich habe den Mann nicht gekannt." Tatsächlich hatte er niemals Donnal MacLarens jüngsten Enkel getroffen. Er kannte nur seinen Ruf. Aber was diesen betraf, so konnte Jaime wohl kaum den ersten Stein werfen.

Der König sog hörbar den Atem ein. Die Intensität des Seufzers schien dem Zimmer den letzten Sauerstoff zu entziehen. Die Kerzen flackerten und gingen fast aus. „Ich wünschte, ich hätte ihn auch nicht gekannt", gestand der König.

Jaime wendete sich von den Fellen ab und fragte sich, wie vertraut König David wohl mitRogan MacLaren gewesen sein mochte. Recht oft war David aber nicht so mitteilsam, wie Jaime es sich wünschen würde. Der König hatte einen großen Plan, schien aber nicht besonders erpicht darauf, über diesen zu sprechen. Dennoch hatte Jaime, da er seinen Charakter kannte, bereits vor langer Zeit beschlossen, treu zu seinem König zu stehen. Er diente David nicht nur, er vertraute, respektierte und aye, er liebte den Mann

Zu guter Letzt hatte er festgestellt, dass David – im Gegensatz zu anderen – bei allem, was er tat, in dem Glauben handelte, seinen Untertanen Frieden zu bringen. Jaime war sicher, dass er eines Tages heiliggesprochen werden würde, denn im Nachhinein würden seine Geduld und Güte noch offensichtlicher werden. In der Zwischenzeit würde der Enkel Malcom mac Dhonnchaidhs die Feindschaft derer ernten, die das alles nicht verstanden.

Vor dem Turmfenster sammelte sich Schnee auf der Fensterbank. Das Fenster bestand aus römischem Glas, was ein seltener Luxus auf Burgen war. So etwas hatte Jaime außerhalb der Gemächer des Königs in London oder alten römischen Klöstern noch nirgendwo gesehen. So weit im Norden und auf einer solch armseligen Burg hätte er das Glas bestimmt nicht erwartet. Er überlegte einen Moment, ob die anderen Fenster auch so verziert waren.

„Komm", forderte David ihn auf. „Setz dich und trinke etwas." Er zeigte auf einen leeren Stuhl am Tisch und hustete ein wenig. Aber es war nicht mehr so heftig wie vorhin.

Jaime war in Gedanken noch bei der Frau, schritt aber herüber und setzte sich. David schob einen leeren Becher herüber und füllte ihn mit Bier.

„Ich habe dem Schwachkopf Säcke voll Gold zukommen lassen", verriet David. „Und das hat er damit gemacht." Er zeigte mit dem Arm in das Riesenzimmer und war offensichtlich angeekelt von dem, was er sah. „Der Rest der Burg ist so verwahrlost wie der Arsch eines Esels", knurrte er. „Es ist ganz klar, dass der Mann nur an sich selbst gedacht hat."

Ein winziges Lächeln erschien auf Jaimes Lippen. „Er hatte zumindest seine Prioritäten festgelegt", sagte er.

„Gieriger Bastard", antwortete David, leerte seinen Becher und schenkte sich neu ein. „Sein Großvater hatte das, was du ihm angetan hast, verdient."

Jaime zuckte zusammen und starrte auf seinen Becher.

„Bezüglich dieses Themas hoffe ich, dass Laels Bruder Rogan aufgespießt hat, und zum Verrotten liegengelassen hat."

Lael.

Jaime bemerkte, dass er ihren Namen kannte, obwohl er nicht dabei gewesen war, als sie ihn preisgegeben hatte. „Ich nehme an, dass Ihr sie gut kennt?"

David sah ihn an und hob eine Augenbraue. „Trink aus", befahl er und wich der Frage aus.

Jaime hatte zwar keine Lust auf ein Saufgelage, nahm aber trotzdem seinen Becher, denn er merkte, dass David etwas Problematisches zu sagen hatte. Er wurde den Gedanken nicht los, dass er es irgendwie geschafft hatte, die Frau vor dem Galgen zu retten, nur um das Blut von ihrem Kopf an seinem Schwert kleben zu haben. Aber warum sollte er sich Sorgen darüber machen, was mit dem Wechselbalg passieren würde? Die Furie ging ihn nichts an.

„Ich vertraue dir", sagte David. „Mehr als den meisten und bestimmt mehr als Montgomerie, dem verdammten Verräter!"

Jaime nickte ernsthaft. Piers de Montgomerie war einer der ersten Barone gewesen, die David nach Norden geschickt hatte, um dort ein schottisches Lehen anzunehmen. Es war noch unklar, auf wessen Seite der Mann sich befand. Scheinbar hatte er sich aufgemacht und ein Brodie-Mädchen geheiratet, womit er auf der Seite ihrer Brüder und somit gegen David stand. Dies war leider ein Risiko, das David eingehen musste, wenn er einen starken Anführer nach Norden schickte. Keiner konnte dieses Land regieren, wenn er nicht seine Leute an die erste Stelle setzte.

„Es freut mich sehr, dass du nun bekommst, was du verdienst", sagte der König nach einer Weile.

Jaime hob seinen Becher. „Dafür danke ich Euch, Euer Gnaden."

David wies seine Dankbarkeit mit einer Handbewegung zurück. „Unter uns sind keine Formalitäten notwendig", beharrte er. „Draußen vielleicht, aber hier drinnen stinken meine Furze genauso wie deine", sagte er und legte eine Hand auf seinen Bauch. „Besonders nach einer Portion Haggis."

Jaime lachte und dachte an Laels Worte. „Prost auf die Furzerei", sagte er und hob seinen Becher.

Er nahm einen tiefen Zug und verschluckte sich

plötzlich an dem Feuer, das sich hinten in seinem Hals entzündete. Fluchend spuckte er die Flüssigkeit zurück in den Becher.

David grölte vor Heiterkeit. „Bei Gott!", rief er. „Ich habe schon gesehen, wie du Blut und Gedärme von deinen Lippen gewischt hast, ohne das Gesicht zu verziehen, und jetzt kriegst du den *uisge* nicht runter." Er prustete vor Lachen, musste dann aber wieder husten.

Es lag Jaime auf der Zunge, zu fragen, unter welcher Krankheit er denn nun litt. Aber er war abgelenkt von der Flüssigkeit. Nun konnte er Dampf unter seiner Nase sehen. „Was zur Hölle ist das? Ein *Hexentrank?*"

Der König lächelte. „*Uisge beatha* – das Wasser des Lebens. Eine alte Frau südlich von Dundee hat behauptet, es würde mich heilen, aber du bist ein Schotte wie ich auch, Jaime. Erinnert du dich nicht an das Rezept?"

Jaime war sich sicher, dass er so etwas noch nie getrunken hatte; sonst wären ihm Haare auf der Zunge gewachsen. „Die Lords im Grenzgebiet sehen sich nicht als Schotten", erinnerte er seinen König.

Und das stimmte. Neben Donnal MacLaren hatte sein Großvater sowohl Schotten wie auch Engländer überfallen. Jaime sah sich im Wesentlichen auch als Engländer; aber darüber wollte er jetzt nicht diskutieren.

David hob seinen Becher. „Alles Gauner!", rief er aus. „Aber egal, wie nichtsnutzig sie auch sind, es waren die Lords aus dem Grenzgebiet, die mir zu Hilfe kamen."

„Wenn es ihnen in den Kram passte", behauptete Jaime.

Seiner Meinung nach war jeder, der nicht für den König war, gegen ihn – und die Lords im Grenzgebiet neigten dazu, sich auf die Seite des Mannes zu stellen, der den größten Sack voll Gold mitbrachte. Zum größten Teil sahen sie sich als Könige ihrer Ländereien und fühlten sich niemandem verpflichtet. Als sein Großvater starb, dauerte es nur eine Woche, bis Donnal MacLaren gegen ihn gezogen war.

„Mein Vater war Engländer, genauso wie Eure Mutter", argumentierte Jaime. Er zog es vor, sich mit Menschen zu vergleichen, welche die Bedeutung von Loyalität verstanden.

David stellte seinen Becher auf dem Tisch ab. „Pah! Du kanntest deinen Vater ja kaum. Deine Mutter war Schottin", bekräftigte er und schenkte sich noch einmal nach. „Jaime, ich habe dich für diese Aufgabe gewählt, weil du ein Scheißschotte bist. Es ist an der Zeit, dass du dich daran erinnerst!"

Selbst wenn Jaime Lust gehabt hätte, zu streiten, so konnte er es nicht. Er hatte seinen Vater nur einmal getroffen, als er sechs Jahre alt war. Es war ein unangenehmes Treffen gewesen und danach hatte seine Mutter ihm die erzählt. In vielerlei Hinsicht war David viel eher Jaimes Vater gewesen als sein eigener Erzeuger. Egal, er fühlte sich nicht wie ein Schotte. Die glücklichen Erinnerungen, die er hatte, stammten aus der Zeit als Davids Ziehsohn und seiner Ausbildungszeit unter Heinrich.

David stürzte seinen Whiskey hinunter und sah auf Jaimes vollen Becher, den dieser noch in der Hand hielt. „Trink aus", forderte er ihn erneut auf.

„In Gottes Namen", fluchte Jaime. Ihm graute vor dem Geschmack des ranzigen *Whiskeys*. Allerdings fürchtete er mehr, dass das Gespräch wieder auf die Frau im Kerker kam. Er wusste instinktiv, dass David seit dem Moment, als sie ihn in der Halle angegriffen hatte, überlegte, was er mit ihr machen sollte. Zögerlich nahm er einen Schluck und dieses Mal ging der Alkohol leichter herunter.

David grinste. „Guter Junge", sagte er.

Jaime lächelte und musste zugeben, dass die Wärme,

die sich in seinem Bauch ausbreitete, nicht nur von dem Trank kam. Mit etwas Wehmut gestand er sich ein, dass Davids Freundlichkeiten ihn sich wie ein kleiner Junge fühlen ließen – ein Gefühl, das er als erwachsener Mann schon fast vergessen hatte.

David schien seine Gedanken zu lesen. „Dein Vater wäre stolz auf dich gewesen, Jaime, und deine Mutter auch." Er sah Jaime über den Rand seines Bechers an. „Habe ich dir jemals erzählt, dass sie eine Freundin meiner Maude war?"

Jaime nickte und trank noch einen Schluck *Whiskey.* Er schmeckte gar nicht so schlecht. Eigentlich hinterließ er einen recht angenehmen Geschmack im Mund.

„Sie war bei unserer Hochzeit", sagte David und begann die Geschichte wieder zu erzählen, obwohl Jaime sie schon unzählige Male gehört hatte. Der König gab sich der Erinnerung hin. „Wir waren in deinem Alter", eröffnete er. „Genau neunundzwanzig, obwohl ich auch genauso gut hätte zehn sein können. Bei Gott, es ist nicht einfach, der Ehemann eines Mädchens mit einem so starken Willen zu werden. Aber wie hätte sie anders sein können? Sie war schließlich die Erbin von Huntingdon und Northampton."

Jaime hob den Becher zu Ehren von Davids Königin. „Und nicht zu vergessen, sie ist die Großnichte des Eroberers persönlich. Mit einem solchen Stammbaum musste sie ja die Gemahlin eines großen Königs werden."

David runzelte die Stirn. „Umschmeichle mich nicht, Steorling. Das ist nicht deine Art und ich habe schon genug Arschkriecherei erlebt." Er hustete leise und räusperte sich. „Weißt du, was ich lieber mag?"

Jaime öffnete schon den Mund, um etwas zu erwidern, aber der König fuhr fort, ohne auf seine Antwort zu warten „Ich mag Männer und Frauen, die Herz haben. Das ist, was ich weiß." Er rülpste und stellte seinen

Becher ab. Er wirkte nun nüchtern. „Die Frau in deinem Kerker ist fürwahr so eine ..."

Bei der Nennung seiner Gefangenen richteten sich die Härchen an Jaimes Nacken auf.

„Sie ist genauso verrückt, wie du behauptest", fuhr David fort und nahm keine Notiz von der Schlacht, die sich in Jaimes Kopf abspielte. „Ihr Bruder und sie stammen von einem Clan mit Verbindungen zu Mac-Ailpín. Wenn das Schicksal nur ein wenig anders gelaufen wäre, würde Aidan dún Scoti den wilden Löwen tragen. Es ist also kein Wunder, dass die Frau so überheblich wie eine Königin ist." Plötzlich kam Jaime ein Gedanke. Wenn es stimmte, dass sie einen königlichen Stammbaum hatte, dann war Lael ein größeres Risiko für David, als Jaime sich hatte vorstellen können. Und er erkannte, dass David nicht nur vor sich hin redete, sondern tatsächlich eine Entscheidung gefällt hatte, von der er jetzt wahrscheinlich nicht mehr abzubringen war. Er hob den Krug an seine Lippen und trank, während er auf den Entschluss des Königs wartete.

Wenn er das Mädchen zum Tode verurteilte, hatte Jaime kein vernünftiges Argument mehr, um sie zu retten. Zugegebenermaßen hatte sie an der Seite eines bekannten Verräters gekämpft und noch dazu den König höchst selbst angegriffen. Das Mindeste, was er tun konnte, war, sie persönlich zu köpfen. Es gefiel ihm gar nicht, dass sie mit dem Schwert eines anderen Bekanntschaft machen würde. Der *Whiskey* brannte wie die Hölle hinten in seinem Rachen Es kam ihm gerade recht, denn der Gedanke, das Blut dieser Frau zu vergießen, jagte ihm einen kalten Schauer über den Rücken.

David sah ihn wieder über den Rand seines Bechers an. „Ja, und so habe ich beschlossen, dass du die Frau heiratest", gab er bekannt.

Jaime verschluckte sich ein zweites Mal an dem Whiskey. Er nahm den Krug von den Lippen. „Was habt Ihr gesagt?"

Davids Gesichtsausdruck war absolut ernst. „Ich habe gesagt, dass ich entschieden habe, dass du die Frau heiratest", wiederholte er ruhig.

Jaime konnte kaum vernünftig denken und das lag nicht an dem Getränk in seinem Becher. „Euer Gnaden", sagte er. „Es ist anders bei diesen Schotten. Sie hat das Recht, sich zu weigern."

„Ja, aber das wird sie vielleicht nur am Anfang tun. Und dann wird sie es für Broc Ceannfhionn tun. Keine Angst. Die dún Scoti haben andere Maßstäbe in Sachen Keuschheit als wir."

David wollte, dass er die Frau, eine bekannte Verräterin, heiratete, anstatt sie zum Tode zu verurteilen. Seine Erleichterung wurde ein wenig durch seine Verwirrung gemäßigt. „Trotzdem, Euer Gnaden, wenn wir sie zwingen, kann sie die Verbindung jederzeit widerrufen. Was haben wir dann davon?"

David wischte Jaimes Protest mit einer Handbewegung beiseite. „Aye. Deswegen bleibt Broc Ceannfhionn im Gefängnis, bis du sie geschwängert hast. Sie hat für den Idioten gekämpft. Um ihn zu retten, wird sie auch die Beine breit machen. Und nach dem zu urteilen, was ich von ihr weiß, würde sie ihr Kind nicht verlassen."

„Bei Gott!" Jaime spuckte aus. Er wollte ihr Leben retten, aber wollte er die Frau *heiraten*? Er hatte ihre Messer gesehen, alle ihre Messer. Sie war nicht die Art von Frau, der er in seinem Bett oder sonst wo vertrauen konnte.

Er wurde blass bei dem Gedanken, der ihn überkam, denn er mochte seinen Schwanz recht gern und wollte ihn nicht verlieren.

David redete weiter. „Ich habe schon nach meinem Priester geschickt. Er ist hier ganz in der Nähe." Und dann war er schon wieder bei einem anderen Thema. „Bei Gott, ich weiß, dass die Missionierung wichtig ist, aber ich mag diese endlosen Predigten nicht. Manchmal stelle ich mir vor, dass ich ihn zurück nach Rom schicken sollte. Ich war mir sicher, dass er die Reise nach Dubhtolargg nicht überleben würde", brummte er weiter.

Aber Jaime verstand nicht ein Wort von dem, was David sagte. Er war völlig baff und dachte noch an Lael und ihre Messer. „Und was ist, wenn sie sich dann doch weigert?"

Das Gesicht des Königs verdüsterte sich. Er kniff die Augen zusammen. Wieder stellte er seinen Becher auf den Tisch und diesmal ließ ihn ganz los. „Du kannst dir sicher sein, Jaime, dass ich das, was dann folgt, auch nicht will. Aber wenn Lael sich weigert, köpfen wir morgen alle beide. Wir enthaupten Broc zuerst, damit sie sieht, dass wir es ernst meinen. Und dann köpfen wir sie ebenfalls."

Jaime trank den Rest seines *uisge* und stellte dann den Becher auf dem Tisch ab. Außer dem Getränk musste er den Vorschlag erst einmal hinunterschlucken.

David beobachtete seine Reaktion. „Hast du irgendwelche Einwände?"

Jaime zog eine Augenbraue hoch. „Und wenn?"

Der König kniff die Augen zusammen und sagte bedeutungsschwer: „Dann schärfe dein Schwert."

David kannte Jaime gut genug, um zu wissen, dass er darauf bestehen würde, die Arbeit des Scharfrichters selbst zu erledigen. Und er war schlau genug, Jaime eine Entscheidungsmöglichkeit zu geben. Aber er hatte nicht wirklich eine Wahl und Jaimes Entschluss stand bereits fest.

„In Ordnung. Ich heirate die Frau", stimmte Jaime zu.

David lächelte wieder. „Guter Mann!", rief er aus und nahm seinen Becher wieder in die Hand. „Lass sie heute Nacht mal darüber nachdenken, was sie angerichtet hat, und bring sie morgen Früh zu mir. Wenn ich keinen Frieden zu meinen Bedingungen erzwingen kann, schicke ich eine Nachricht an Aidan dún Scoti, die er nicht missverstehen kann."

KAPITEL NEUN

„*I*ss, Lael. Sonst ergeht es dir wie dem Marder."

„Ich habe keinen Hunger", beharrte Lael.

Sie war niedergeschlagen und lehnte sich in dem Drecksloch zurück. Es war feucht und schmutzig. Mit dem Rücken gegen die Wand sah sie mit finsterem Blick auf das arme dünne Tier, das irgendwie in die Zelle gekrochen war, und dem Gestank nach zu urteilen, vor mehr als einer Woche verendet war. Solange lag ihr letztes Bad auch schon zurück, dachte sie, als sie ihre Nase in die Richtung des Tiers hielt, das sich schon in einem fortgeschrittenen Zustand der Verwesung befand.

Zumindest hätten sie das Ding inzwischen aus der Zelle entfernen können. „Wie kannst du bei dem Gestank essen?", fragte sie Broc, obwohl dieser gar nicht mit der Nahrungsaufnahme beschäftigt war. Als er erfahren hatte, dass sie keinen Bissen hatte zu sich nehmen können, hatte er seinen Teller an das Gitter geschoben, damit sie sich auch davon bedienen konnte. Aus offensichtlichen Gründen hatte Lael aber keinen Appetit und bei dem Gestank bekam sie erst recht nichts hinunter. Ab und an nahm Broc etwas von dem nicht identifizierbaren Essen auf dem Teller und es schauderte Lael, da sie fand, dass es verdächtig wie der tote Marder aussah, der beängstigend nah zu ihren Füßen lag. Ach! Er konnte ihretwegen alles haben.

„Sei froh dass sie dir keine Fußeisen angelegt haben", sagte er und zeigte ihr seine blutigen, aufgeschrammten Fußgelenke. Noch schlimmer war die Verbrennung vom Strick an seinem Hals. Sie sah aus wie eine blutrote Kette, die Lael daran erinnerte, wie nahe sie beide dem Tod gewesen waren.

„Bastarde", bemerkte sie und meinte es auch so. Ihr Herz schrie eigentlich nach Tränen, aber sie konnte nicht weinen. Das war vielleicht auch ganz gut so, denn die verfluchten Wände vergossen mehr Tränen als Aveline von Teviotdale.

Broc zeigte mit dem Finger auf sie. Selbst in diesem schummerigen Licht sah man den Fettglanz des Fleisches darauf. „Ich habe dich noch nie in einem Kleid gesehen. Es steht dir", sagte er und änderte so das Thema, als würden sie bei *uisge* und Pastete zusammensitzen.

Lael zuckte mit den Schultern.

Broc würde nicht verstehen, was sie dazu getrieben hatte, Hosen als ihre bevorzugte Kleidung zu wählen. Sie wollte nicht, dass Männer sie am Kleid oder an den Haaren packten. Lael versuchte das Bild zu vertreiben, wie Padruigs Männer die Frauen ihres Clans geschändet hatten. Nachdem sie diese Gräueltaten bezeugen musste, hatte sie ihr ganzes Leben mit der Ausbildung zur Kriegerin verbracht. Sie konnte sich tatsächlich kaum daran erinnern, wann sie das letzte Mal ihr Haar offen oder ein fließendes Kleid getragen hatte. Aber es war nett, dass er ihr ein Kompliment gemacht hatte. Sie überlegte, was der Schlächter wohl von ihrem Kleid gehalten hatte. Dann schob sie den Gedanken schnell beiseite. *War es nicht egal, was der*

Mann dachte? „Nun, vielleicht trage ich es zu meiner Hinrichtung", sagte sie vergnügt und lächelte ein wenig.

Broc schüttelte seinen Kopf. „Nur Mut! Ich denke, wenn sie uns hängen wollten, hätten sie es schon längst getan."

Lael sah ihn direkt an. „Vielleicht hat er seine Meinung geändert", behauptete sie.

„So?" Broc blickte sie mit hochgezogener Augenbraue an. „Willst du mir denn nicht sagen, warum sie dich hierher gebracht haben? Ich finde, dass ich das wissen sollte."

Lael schaute Broc an. In dem Dämmerlicht wirkte sein goldener Bart wie Feenstaub. Sie zuckte mit den Schultern. „Ich habe jemanden geohrfeigt."

„Irgendjemanden?"

„David."

Er verzog das Gesicht und schien noch nicht wirklich zu verstehen. „David?"

„Mac Maíl Chaluim", stellte sie klar, falls er sie immer noch nicht verstanden hatte.

Einen Moment lang war er scheinbar zu schockiert, um zu sprechen. Doch dann zog er die Augenbrauen hoch und fing an zu feixen, woraufhin die Wachen böse zu ihnen hinüber sahen. „Nee, oder!", quiekte er und ließ sich auf die Seite fallen. Dabei hielt er sich den Bauch vor Lachen. Er prustete laut. „Oh nein, Lael. Sag, dass das nicht wahr ist!"

„Aber es stimmt", beharrte Lael.

Sie nahm ein kleines Steinchen aus dem Dreck und warf es auf den toten Marder. Möge die Mutter des Winters sie retten! Sie konnte Brocs Fröhlichkeit über diese Angelegenheit nicht ganz nachvollziehen. Wenn sie jedoch beide dem Tode geweiht waren, dann hatte sie zumindest den Mann geohrfeigt, der es am meisten verdient hatte. Aber ihre Freude darüber wurde sofort durch die einfache Tatsache gedämpft, dass David vielleicht derjenige sein würde, der zuletzt lachte.

Brocs Schultern zuckten immer noch vor ausgelassener Heiterkeit. Zu einem anderen Zeitpunkt hätte Lael vielleicht mitgelacht. Sie ließ sich leicht von anderen anstecken. Aber diesmal nicht.

„Ach, du lieber Gott!", rief er aus. „Das ist eine Geschichte, die man seinen Enkelkindern noch erzählen kann!" Dann stand er auf und lehnte seinen Kopf an die feuchte Wand, um sich zu beruhigen und durchzuatmen. „Schade, dass ich es wohl niemals werde zum Besten geben können", sagte er etwas ernsthafter und schlug sich gegen die Brust.

Als wenn diese Feststellung allein Fröhlichkeit auslösen könnte, brach er wieder in Gelächter aus und Lael sah ihn finster an. „Sie werden uns köpfen", sagte sie, für den Fall, dass ihm dies nicht klar geworden war.

„Ich weiß, ich weiß." Er lachte weiter und grunzte dabei. Es hörte sich an wie ein Schwein, das sich zufrieden im Schlamm wälzt.

„Das ist nicht lustig", entgegnete sie.

„Doch", antwortete er. „Es ist witzig. Bei Gott, Lael, du musst das alles mit etwas Humor sehen."

Lael schüttelte stur den Kopf. „Nein."

Ihrer Meinung nach waren die Streiche ihres Bruders Keane und ihrer Schwester Cailin *lustig*. Die beiden hatten immer Flausen im Kopf. Bei Aidan und Lilis Hochzeit hatten sie fast die Whiskeyfässer in die Luft gejagt. Es wäre vielleicht amüsant gewesen, zuzusehen, wie sich Davids komischer Priester in die Hose gemacht hätte, oder wie MacLarens Männer in Deckung gesprungen wären. Im Gegensatz dazu fand sie es nicht sonderlich witzig, die Zelle mit einem verwesenden Tier zu teilen, während sie auf ihren eigenen Tod wartete. „Du bist ein sehr seltsamer Mann, Broc Ceannfhionn."

Endlich hörte er auf zu lachen. „Das habe ich schon mal gehört. Das hat man mir früher bereits gesagt. Und trotzdem hätte ich auf meine Henkersmahlzeit verzichtet, wenn ich dafür hätte sehen können, wie du David mac Maíl Chaluim ohrfeigst."

Sie sah auf den Teller am Gitter. „Du würdest nicht viel hergeben", versicherte sie ihm und lächelte ein wenig zögerlich. „Aber es fühlte sich gut an", gab sie zu. „Wenn auch nur für einen Moment."

„Das glaube ich dir aufs Wort."

Beide wurden still und Lael beschloss, dass es an der Zeit war, das arme Tier, mit dem sie nur widerwillig die Zelle teilte, zu begraben. Seufzend nahm sie ein wenig Dreck in ihre Hand. Sie verzog das Gesicht, als sich der Gestank dadurch verschlimmerte, dass sie die Erde aufgenommen hatte. *„Diabhul!"*, rief sie. „Ich glaube, aus den Steinen leckt Abwasser." Sie betrachtete die braunen Flecken an den Wänden und schauderte.

Broc blickte hoch an die durchnässte Decke, „Da oben ist irgendwo ein schlechter Brunnen." Und dann fragte er: „Tut es dir leid?"

Lael neigte den Kopf fragend und verzog das Gesicht. „Dass ich David geschlagen habe?"

„Nein", sagte Broc nun etwas ernsthafter, obwohl in seinen Augen noch ein Funken Heiterkeit zu sehen war. „Ich meine, dass du mit mir gekämpft hast."

Lael schüttelte den Kopf, schaute aber weg. Sie würde ihre Entscheidung niemals bereuen, nur weil sie eine Schlacht verloren hatten. Aber ein Teil von ihr bedauerte, dass sie sich ihrem Bruder widersetzt hatte. So wie es aussah, würde sie Aidan wahrscheinlich nicht wiedersehen und sie würde ihn nie mehr um Vergebung bitten können.

Nein, scheinbar würde sie ihre Reue mit ins Grab nehmen müssen und die letzte Erinnerung, die ihr Bruder an sie haben würde, wäre der schreckliche Tag in der Halle, als sie sich zornig angestarrt hatten. *Das* tat ihr außerordentlich leid, aber das behielt sie für sich. Das war keine Last, die Broc tragen sollte.

„Ich würde es wieder tun", gab sie zu und hoffte, dass ihre Worte den Freund beruhigen würden. „Ich glaube an dich, Broc", sagte sie wahrheitsgemäß und blickte zu dem blonden Riesen hinüber. Sie sah die Furcht in seinen klaren, blauen Augen. Sie wusste, dass es teilweise die Angst um sie war und er gab sich natürlich die Schuld, dass er zugelassen hatte, dass sie in seiner Schlacht mitgekämpft hatte. „Ich glaube immer noch an dich", bekräftigte sie.

Er drehte seinen Kopf zu ihr. Die Lachfalten waren nun ganz verschwunden. Er seufzte tief. „Also, ich kann nicht behaupten, dass *ich* es wieder tun würde."

Lael musste nicht nach dem Grund fragen. Ihr wurde klar, dass er wahrscheinlich die gleichen Gefühle hatte wie sie – außer, dass er sich zudem für alle, die er in diesen Feldzug geführt hatte, verantwortlich fühlte. Keiner konnte wissen, wie es dem Rest ihrer Gruppe ergangen war. Aber sie wussten beide, dass man einen ihrer Männer gefoltert und so herausbekommen hatte, wo der Rest der Gruppe versteckt war. Und letzte Nacht hatten Broc und sie hilflos in Ketten gelegt zusehen müssen, wie die Pfeile abgeschossen wurden und den Himmel hell erleuchteten. Brocs jüngster Vetter und engster Clansmann Cameron war unter denen, die sie vor dem Tor hatten zurücklassen müssen. Trotz seines Eifers hatte Cameron noch nie in einer Schlacht gekämpft und außer dem Schnitzen wusste er wohl kaum, was er mit dem Dolch anstellen sollte.

Aidan hätte nie erlaubt, dass Keane sich in eine solche Gefahr gab, insbesondere wenn er so unwissend und schlecht ausgerüstet gewesen wäre. Das konnte man schon daran erkennen, wie vehement er versucht hatte, Lael aus der Schlacht herauszuhalten – und sie war viel versierter mit ihren Messern, als Aidan es je gewesen war. Aber er hatte ja auch nicht wie sie jeden Tag und jede Minute geübt. Als Anführer des Clans konnte er sich Rachegelüste nicht leisten und Lael hatte Vergeltung immer als ihre Aufgabe gesehen.

Sie wusste nicht, was sie Broc sonst noch sagen könnte. Also schwieg sie.

Lael hatte bereits ein kleines Loch gegraben, bevor sie merkte, wie tief sie in Gedanken versunken war, und sie hoffte nun, dass ihr Freund durch ihre Stille noch mehr Schuld empfand. Wenn sie einen Weg finden könnte, dass er sich besser fühlte, dann *musste* sie dem nachgehen, obwohl sie Schwierigkeiten hatte, ihren eigenen Worten zu glauben. „Ich bin sicher, den anderen ist es besser ergangen als uns, Broc."

Broc nickte und sie sprach weiter. „Ich muss einfach glauben, dass sie die Nacht überlebt haben."

Sie schaute auf die Wachen; der eine schlief schon halb und der andere starrte dumm auf einen Tropfen an der Decke über seinem Kopf. Lael fragte sich träge, warum er sich nicht bewegte. Dann schob sie den Gedanken beiseite und grub weiter. Ab und an sah sie auf den Marder und überlegte, wie sie ihn am besten in das Loch befördern könnte, wenn das kleine Grab dann fertig war. Sie hatte bestimmt nicht vor, die grauselige Kreatur zu berühren – egal wie sehr sie diese weder sehen noch riechen wollte.

Nachdem sie noch einmal zu den Wachen hinüber geschaut hatte, begann sie sich zu beeilen. Denn ihr kam der Gedanke, dass die Wachposten sie vom Graben abhalten würden, um zu verhindern, dass sie einen Tunnel unter die Zelle graben würde. Wenn sie das tatsächlich schaffen könnte, ohne dass sie es merkten, und wenn der andere auch einschlafen würde … dann könnte sie vielleicht unter den Eisenstäben buddeln und durch die langen Tunnel, durch die sie hineingekommen waren, entkommen. Es war auf jeden Fall möglich.

Mit gerunzelter Stirn sah Broc ihr beim Graben zu und hatte möglicherweise denselben Gedanken wie sie. Er schaute vorsichtig zu den Wachen und flüsterte dann: „Glaubst du das wirklich?"

Lael schaute ihn über ihre Schulter hinweg an. Ihre Nerven lagen blank. „Dass sie überlebt haben? Ja, Broc, das tue ich." Sie grinste um seinetwillen. „Außerdem ist dein Vetter viel zu dünn, um ein lohnendes Ziel zu sein. Wahrscheinlich flogen ihm die Pfeile um die Ohren."

Broc kicherte leise. „Ja. Aber er würde es nicht gern hören, dass du das gesagt hast. Ich glaube, er mag dich."

„Nein, er mag Cailin. Das hat er mir selbst gesagt."

„Deine Schwester?"

Lael nickte und wühlte ein wenig schneller. Sie überlegte, ob es wohl im Entferntesten möglich sein könnte, dass sie sich aus der Zelle graben könnte. Dann stießen ihre Finger auf etwas Festes, das unter dem Dreck verborgen war. Ihr Mut sank. Sie dachte, dass es ein Zwischenboden sein könnte, der nur zu dem Zweck gebaut worden war, um Gefangene an der Flucht zu hindern. Dann kratzte sie mehr Erde weg und strich bald darauf mit den Fingern über den Rand einer scheinbar hölzernen Kiste.

„Was ist es?"

Lael zuckte mit den Schultern. Sie klopfte mit den Knöcheln auf das Holz. Es hörte sich hohl an. „Ich weiß nicht", flüsterte sie und setzte ihre Arbeit fort, um eine weitere Ecke der Kiste auszubuddeln. Ohne zu sprechen, legte sie einen immer größeren Abschnitt frei, bevor die Wachen sie zufällig erwischen konnten.

Broc blieb still und sah mit offensichtlicher Erwartung zu. Er bewegte sich jetzt, um sie mit seiner Körperfülle vor den Blicken der Wachen zu schützen. Lael hielt die Luft an, während sie weiterarbeitete. Ein schreckliches Gefühl überkam sie, denn so langsam wurde ihr klar, was sie hier entdeckt hatte, obwohl ihre Leute erst einmal eine Frau so beerdigt hatten – *ihre Mutter.* Als sie elf war. Die Erinnerung kam zurück und ihr wurde schwindelig. Sie arbeitete jedoch weiter und entfernte die Erde.

In dem stinkenden Tunnel lag eine Stille, die sowohl mit Erwartung wie auch mit Schrecken erfüllt war.

Vor Laels innerem Auge erschien ein Bild mit dem Gesicht ihrer lieben Mutter, das hinter dem Deckel der Kiste lag, und sie holte tief Luft.

Sie begann nun ernsthaft zu graben und es war ihr egal, ob sie dabei Krach machte oder nicht. Lael sah ein kleines Astloch in der Kiste, steckte einen Finger hindurch und drückte dadurch etwas Erde hinein. Dann blickte sie durch das Loch. Ein schrecklicher Gestank umhüllte sie. Er war noch viel schlimmer als der des Marders. Sie arbeitete weiter auf den Knien wie eine Besessene.

„Lael", zischte Broc warnend.

„Da ist jemand drin", wisperte sie zurück.

„He!", rief einer der Wachposten in dem Moment. Endlich bemerkte er die Aufregung in ihrer Zelle und sprang von seinem wackeligen Stuhl hoch. Er rannte zur Tür und alarmierte dabei die andere Wache. „He! Was zum Teufel machst du da?"

Es ist ein Sarg.

Lael war sich dieser Tatsache ganz sicher.

Sie war viel zu verbissen, um nun aufzuhören.

Ihre Finger untersuchten bereits die aufgeweichten Ränder der Holzkiste, um zu probieren, unter den Deckel zu kommen. Sie setzte sich auf die Kiste und rutschte nach hinten. Lael merkte, dass sie noch weiter nach unten reichte. Das Holz war nass und morsch und sie fühlte, wie es unter ihrem Gewicht nachgab.

Die andere Wache kam schnell mit den Schlüsseln herbei. Sie klimperten laut. „Was zum Teufel?", fragte er.

In genau diesem Moment bekam Lael ihre Finger unter den Deckel, zog mit aller Kraft daran und ächzte vor Anstrengung, da sie bemerkte, dass ihr nicht mehr viel Zeit blieb. Der Schlüssel wurde schon im Schloss gedreht. *Klick. Klick.* Eines ihrer Knie brach plötzlich durch das Holz, als der Deckel – nass und voller Wurmlöcher – unerwartet aufsprang. Durch die Wucht wurde sie zurückgeschleudert und prallte mit dem Kopf gegen die Metallstäbe. Das blecherne Geräusch brachte ihre Ohren zum Klingeln und sie blieb einen Moment benommen liegen.

„Beim Teufel!", rief die eine Wache.

„Mutter Gottes!", sagte die andere.

Broc stöhnte und dann übergab er sich plötzlich heftig.

Lael setzte sich noch immer etwas schwindelig auf und sah in den hölzernen Sarg. Und dann tat sie etwas, das sie in all den Jahren nie getan hatte: Sie schrie wie am Spieß.

Als alles vorbei war, lagen neunzehn Leichen auf dem Scheiterhaufen. Die Toten, die sie vor den Toren gefunden hatten, waren auch dabei. Jeder Mann verdiente ein anständiges Ende und es war Jaime klar, dass diejenigen, die für Broc Ceannfhionn gekämpft hatten, auch nur das getan hatten, was ihnen befohlen worden war.

Alle noch verbleibenden Männer waren jetzt im Burghof versammelt. Seine eigenen und MacLarens Leute, Freunde wie Feinde bereiteten sich vor, den Toten die letzte Ehre zu erweisen. Gegensätzliche Gefühle schwirrten durch Jaimes Kopf.

Gemäß seinem Befehl entzündete Luc eine Fackel und hielt sie an den Holzstoß inmitten des Burghofs. Es dauerte einen Moment, bis es sich richtig entzünden ließ, aber dann fegte die Flamme über die Scheite wie ein Buschfeuer. Das kalte und nasse Holz zischte und schickte Glut in den Wind.

Während David in Vorbereitung auf eine frühe Abreise am nächsten Morgen schlief und ganz unbesorgt war angesichts der beunruhigenden Nachrichten, mit denen er Jaime überfallen hatte, stand Jaime da und beobachtete, wie die Flammen sich langsam an die Leichen herantasteten. Irgendwo auf der Burgmauer spielte jemand eine traurige Melodie auf einer Sackpfeife. Der eindringliche Refrain hob und senkte sich mit dem Wind. Jaime freute sich nicht gerade auf den Gestank, der da kommen würde. Dabei wurde ihm schlecht und er bekam Schmerzen in der Brust.

Aber dies war das erste Mal in seiner militärischen Laufbahn, dass er nicht schon irgendeine Strategie für einen baldigen Rückzug plante. Es war normalerweise seine Aufgabe, Davids Festungen zurückzuerobern, sie zu sichern und dann dafür zu sorgen, dass Davids Günstlinge eine bewachte Burg bekamen. Einige von ihnen waren fette, schmierige Lords, die man kaum auf dem Schlachtfeld antraf, aber deren Taschen gut genug gefüllt waren, um Männer für Davids Sache zu gewinnen. Aber diesmal nicht. Dieses Mal war es Jaime befohlen worden, zu bleiben. Dieses Mal hatte er guten Grund, das Vertrauen dieser Männer gewinnen zu wollen und nicht nur ihre Kapitulation anzunehmen. Er musste unbedingt einen Weg finden, all diese Leute unter seinem Kommando zu vereinen. Als Erstes war er entschlossen, alle Reste der Schlacht, die hier geschlagen worden war, vor dem nächsten Sonnenaufgang zu beseitigen.

Einige seiner Männer hatten die Aufgabe, den

Galgen auseinanderzunehmen. Dieser war scheinbar eine dauerhafte Einrichtung gewesen und entsprechend aufwändig konstruiert. Damit vermittelte er eine Botschaft, die Jaime nicht mehr überbringen wollte. Er hatte anderen die Aufgabe erteilt, die verkohlten Trümmer zu beseitigen. Es war schon zu spät in diesem Jahr, um noch Schilfrohr für die Dächer zu sammeln. Also hatte er sie angewiesen, zunächst das Holz des Galgens zu verwenden. Die restlichen beschädigten Gebäude sollten ausgeräumt und die Vorräte, die noch verwendbar waren, woanders hingebracht werden. Als Erstes würde die Werkstatt des Schmieds neuaufgebaut werden. Keine gute Armee konnte ohne einen vernünftigen Schmied überleben und er hatte schon selbst gesehen, was für eine ausgezeichnete Arbeit der Mann leisten konnte. Jaime wollte, dass er hier an seinem Wohnort blieb und zufrieden war. Seine erste Aufgabe würde es sein, Schlösser für die Tore herzustellen.

Auf der anderen Seite des Burghofs stand Maddog mit verschränkten Armen. Jaime spürte das Feuer im Blick des Mannes, versuchte aber, ihn zu ignorieren. Er stellte jedoch fest, dass seine Mutter diesem einen passenden Namen gegeben hatte, denn mit seinen dicken Wangen und den schwarzen Knopfaugen sah er tatsächlich ein wenig, wie eine Dogge aus. Es würde ihm nicht gut bekommen, wenn er Jaime dazu zwang, ihn zur Kenntnis zu nehmen; denn Jaimes Laune war bestenfalls mürrisch.

Was die restliche Arbeit betraf, so war es eigentlich Jaimes Art, die Ärmel hochzukrempeln und selbst mitanzupacken. Aber es war jetzt wichtiger, dass er sich hier als *Laird* etablierte. Er war es nicht gewohnt, sich abseits zu halten. Trotzdem war er sich darüber im Klaren, dass er seinen Schild erst beiseitelegen konnte, wenn diese Leute verstanden, welchen Rang er einnahm.

Glücklicherweise hatten sich ihm schon die meisten von MacLarens Männern ohne Protest angeschlossen. Nur Maddog und ein paar von seinen Anhängern blieben aufsässig und halfen nur, wenn es ihnen ausdrücklich befohlen wurde. Falls notwendig, wusste Jaime sehr gut, wie er sie unterwerfen konnte. Aber für den Moment würde er Nachsicht walten lassen, da ihm klar war, dass er mit Milde mehr erreichen würde. Wenn es eine Sache gab, die er gut verstand in Bezug auf geschlagene Männer, dann war es der Fakt, dass ihr Stolz nicht so leicht zu brechen war wie ihr Rückgrat – und dass diese Highlander mit wesentlich mehr Stolz geboren wurden als die meisten Männer.

„Ich habe dich für diese Aufgabe gewählt, weil du ein Scheißschotte bist. Es ist an der Zeit, dass du dich daran erinnerst."

Selbst Jaimes Sprache war inzwischen Englisch. Er hatte seinen schottischen Dialekt schon fast vergessen – ähnlich wie die Pikten, die dieses raue Land einst durchquerten. Wenn er betrunken war, kam manchmal der verräterische Tonfall hervor. Aber das geschah selten. Im Großen und Ganzen war er Engländer, dort geboren und aufgewachsen, erzogen von Männern, die eher Englisch als Schottisch waren – und dazu gehörte auch David. Wenngleich der König Anlass genug hatte, zu seinen Wurzeln zurückzukehren, so besaß Jaime ausreichend Gründe, seine zu vergessen.

Zu guter Letzt stieg ihm der Geruch von verbranntem Fleisch in die Nase. Es brachte Erinnerungen zurück, die er lieber vergessen hätte. Die Tatsache, dass dieses Mal keine Schreie zu hören waren, machte es nicht besser – ebenso wenig wie die Tatsache, dass er seine zukünftige Braut in seinem dreckigen Kerker gefangen hielt. Aber das hatte er so nicht voraussehen können.

Bei Gott! Manchmal zweifelte er an Davids Verstand. Manchmal verstand er die Beweggründe seines Königs nicht, aber zum Schluss – egal, ob Jaime diesem zustimmte oder nicht – verstand er, was David zu jeder Entscheidung antrieb, die er traf. Und das war etwas, gegen das Jaime nichts einwenden konnte: *das übergeordnete Wohl*. Alles in allem war David mac Maíl Chaluim ein guter Mann, der fast völlig vergebens versuchte, ein Volk zu vereinen, das scheinbar noch nicht einmal zwei Hände koordinieren konnte, um Hosen anzuziehen. Deswegen trugen sie wahrscheinlich Röcke.

Was zum Teufel hatte sie bei den Männern in der Schlacht zu suchen gehabt?

Die Frage plagte ihn mehr, als sie sollte – insbesondere jetzt, da er wusste, dass sie seine Frau werden sollte. Welcher Mann würde es einer Frau erlauben, sich zu bewaffnen? In dem Moment, in dem er die Frage stellte, schimpfte er sich schon selbst. Sie war zwar so schön wie eine Blume, aber die Frau war wohl kaum sanft.

Lael.

Ihr Name ist Lael.

Einfach Lael.

Gemäß dem Dekret des Königs war sie keine Gefangene mehr, die man getrost vergessen konnte. Auch würde ihr Name nicht einfach Lael bleiben. Nein, aber auch unabhängig davon hätte er sie nie vergessen können – ihre aufregenden grünen Augen, die so hell waren, dass sie einen an die ersten Grashalme im Frühling erinnerten.

Er starrte in die Flammen und hatte dabei eine Vision von Lael, die eine Armee führte und stolz auf ihrem weißen Pferd ritt: Eine Kriegerprinzessin mit wallendem ebenholzfarbenem Haar und Augen, die so verführerisch waren, dass ein Mann sterben würde, um an ihrer Seite zu kämpfen.

Er musste sich ins Gedächtnis rufen, dass sie für Broc Ceannfhionn gekämpft hatte, und nicht anders herum. Für seine loyalen Dienste hatte David ihn mit einer verräterischen Xanthippe verbandelt. *Möge der Teufel ihn hängen!* Wenn David ihm den Tod wünschte, hätte er ein schnelles Köpfen befehlen sollen, anstatt ihm Nächte voller Sorgen zu bescheren, in denen er fürchten musste, mit einem Messer im Hals zu erwachen – oder eben nicht mehr die Augen zu öffnen.

„Ist noch Platz für einen mehr?", fragte Luc und erschien an seiner Seite.

Jaime war ganz untypischerweise abgelenkt. „Noch einen?"

Der Junge grinste zu ihm hoch. „Auf dem Scheiterhaufen", sagte er und zeigte auf das Feuer.

Jaime sah den Jungen wegen seiner endlos guten Laune genervt an und dieser war so vernünftig, sich zurückzuhalten. Es gab eine Zeit und einen Ort für Scherze und dies war weder das eine noch das andere. Er zog eine Augenbraue hoch. „Hast du vielleicht Lust, ihnen Gesellschaft zu leisten?"

„Nein, mein Lord", antwortete Luc und es war ihm offenkundig nicht ganz wohl dabei. Jaime gab ihm einen Moment, sich aus der Sache herauszuwinden und wollte ihm helfen, seinen Rang zu erkennen. Dies war nun schließlich ihr Zuhause, unter Männern, die sie beide lieber tot gehabt hätten. Nur weil ihre Väter Kameraden gewesen waren und Jaime den Jungen mochte, war das noch kein Grund, dass er sich und andere wegen mangelnder Besonnenheit in Gefahr brachte. „Es ist … aber … nun, sie haben im Kerker … eine Leiche gefunden", stammelte der Junge.

Jaime nahm an, dass dies vielleicht noch einer der Angreifer aus der Schlacht in der gestrigen Nacht war, den man jetzt erst gefunden hatte. „Schaff ihn herbei und lege ihn auf den Scheiterhaufen", befahl er und

drehte sich dann wieder m, um das Feuer zu begutachten zum Feuer um. Langsam erfasste es die Toten.
„Es ist noch Zeit", sagte er.

„Ähm. Es ist kein Mann", antwortete Luc.

Jaimes Blick wanderte zurück zu seinem Knappen.
Ein Schrecken durchfuhr ihn. Er hatte sofort Angst um
Lael und sah sie vor seinem inneren Auge, wie sie
wegen ihrer spitzen Zunge von den Wachen aufgespießt worden war.

Er wartete nicht ab, um mehr zu hören. Er ließ den
Knappen mit offenem Mund neben dem Scheiterhaufen stehen und sprintete in Richtung Kapelle.

KAPITEL ZEHN

*D*ie Leiche war Aveline von Teviotdale.

Es war die schrecklichste Entdeckung, die Lael je gemacht hatte. Sie hatte erst kurz zuvor an das Mädchen gedacht und es war, als hätte sie ihre Gegenwart gespürt, bevor sie die Leiche gefunden hatte.

Das Teviotdale-Wappen prangte auf dem mit Blut befleckten Tuch, in welches das Mädchen gewickelt war. Die Verwesung war schon zu weit fortgeschritten, als dass man die Umstände oder den Zeitpunkt des Todes hätte genau bestimmen können. Ihr Mund war starr, als habe sie geschrien, und mit einem Lappen gestopft. Ihre Hände waren wie verknotet und ihre Finger zu Klauen verbogen, als hätte sie versucht, sich ihren Weg aus der Kiste freizukratzen. Tatsächlich befanden sich Kratzspuren und Blutflecken an dem Deckel.

Hatte Rogan das Mädchen lebendig begraben?

Allein der Gedanke daran entsetzte Lael.

Bevor sie begannen den Sarg freizuschaufeln, steckten sie Lael zu Broc in die Zelle. Aber egal, wie wenig sie bei der scheußliche Exhumierung zuschauen wollte, es blieb ihr kaum etwas anderes übrig. Die Grabenden konnten am meisten sehen und Lael hielt sich in der hintersten Ecke der Zelle an Broc fest. Aber trotz ihres Entsetzens konnte sie sich nicht überwinden, wegzuschauen. Selbst als er ihren Kopf wegdrehen wollte, weigerte sie sich.

„Jetzt wissen wir, warum die Türen zur Kapelle verriegelt waren", sagte einer der Gräber. Ein weiteres halbes Dutzend Zuschauer drängte sich in dem Tunnel und sah bei der Ausgrabung zu.

Erst vor wenigen Monaten war Aveline ihr Gast in Dubhtolargg gewesen. Und obwohl Lael den weinerlichen Gast nicht sonderlich gemocht hatte, hätte sie dem armen Mädchen niemals, *wirklich niemals*, ein solch furchtbares Ende gewünscht. Aveline hatte Aidan angefleht, sie zurück zu Rogan zu schicken. Sie war heulend zu Laels Bruder gekommen und hatten ihn gebeten, sie von ihren Pflichten als Lìlis Dienerin zu entbinden, weil sie unbedingt ihr Kind hier in Keppenach beim Vater des Kindes zur Welt bringen wollte. Lael konnte es kaum ertragen, dass sie vielleicht eine Rolle gespielt hatte bei der Rückführung des Mädchens an ihren entsetzlichen Wohnort, denn auch Lael hatte Aidan fast angebettelt, Aveline nach Hause gehen zu lassen.

Erst jetzt wurde ihr klar, dass Rogan ein größeres Monster gewesen war, als irgendjemand hätte ahnen können. Oh, sie hatten gewusst, dass er kein besonders guter Mann gewesen war. Aber dies war eine Sünde, die so groß war, dass Lael sie ihm nicht zugetraut hätte.

Sie erinnerte sich an die Nacht, als ihr Bruder ihn getötet hatte, und sie war nun sehr froh, dass Aidan seine Leiche für die Wölfe hatte liegen lassen. Der arrogante Bastard hätte Lìli und ihren Jungen fast umgebracht. In dem Moment, als Lael die Angst in den Augen des kleinen Kellen gesehen hatte, während dieser vor Rogan weglief, hatte sie die neue Familie ihres Bruders akzeptiert.

Aber da hatte sie noch nichts von Avelines Schicksal gewusst.

Scheinbar hatte Rogan sie vor jener Nacht entweder ermordet oder an einem Ort lebendig begraben, wo niemand ihre Schreie würde hören können. Und um sicher zu gehen, dass niemand seine Tat entdeckte, hatte er die Tür zur Kapelle verriegelt. So hatte er verhindert, dass jemand zufällig aus dem Gotteshaus in den versteckten Tunnel kam.

Kein Wunder, dass die Türen verriegelt waren.

„Oh Gott, sie hat ein Baby", sagte einer der Gräber und Lael musste würgen, da sie ja wusste, dass das Mädchen schwanger gewesen war. Sie konnte es nicht mehr hören und vergrub ihren Kopf an Brocs Schulter, um die Geräusche auszublenden. In genau diesem Moment erschien der Schlächter. Sie konnte ihn fühlen, bevor sie ihn sah. Seine Gegenwart war unverkennbar von dem Moment an, als er durch die Tür kam. Er war fast so groß wie Broc und sein Kopf berührte die Decke des Tunnels. Seine Leute machten ihm Platz wie Bäume, die der Wind neigt. Er sagte kein Wort. Aber er blickte sie kurz mit finsterem Blick an.

Lael holte Luft und hielt sich an Broc fest. Ihr war schwindelig und übel. Der Schlächter ging vorbei und blieb dann stehen, um in die Zelle nebenan zu schauen. Einen Moment lang beobachtete Lael ihn ungestört. Sie konnte einfach nicht anders. Er musste fast würgen, als er näher an das Grab trat, um es zu untersuchen. Erst dann sah er wieder zu Lael.

Ihre Haut kribbelte, als wenn er sie tatsächlich berührt hätte.

„Wer hat sie gefunden?", fragte er die Männer.

„Das dún Scoti-Weib", antwortete einer seiner Lakaien. „William sagt, dass die Schlampe versucht hat, zu fliehen."

Er reagierte so blitzschnell, dass Lael es kaum wahrnahm. Plötzlich hielt er den Arm des Mannes und die Schaufel hing in der Luft. Er murmelte etwas, das sie nicht verstand. Sie löste sich von Broc. „Ich habe nur versucht, den Marder zu vergraben. Der lag in meiner Zelle." Sie zeigte auf das Tier, das einer der Gräber an die Seite gekickt hatte, um nicht darauf zu treten.

Und wieder wendete der Schlächter sich ab. Das Gefühl war rein körperlich. Er sah den Mann, dessen Arm er festhielt, wütend an.

Jaime war wegen Lael so angestachelt.

Man konnte sie einsperren, sie aber nicht quälen oder Schlampe nennen. Er hatte seine Männer bereits wegen der Behandlung von Broc Ceannfhionn ermahnt. Seiner Meinung nach war dieser immer noch ein Mann und selbst David, der in diesem Konflikt so viel zu verlieren hatte, würde nicht wollen, dass ein Mensch im Namen des Friedens misshandelt würde.

Bei Gott! Einer der Gründe, warum sie in diesem Konflikt steckten, war, dass David die Politik dem Krieg vorzog.

Unglücklicherweise hatte er das Gefühl, dass Davids Politik für das Schicksal des Mädchens in der Kiste verantwortlich war.

Während sein Mann den Zustand des aufgedunsenen Körpers erklärte, kommunizierten Laels Augen mit Jaime in einer Sprache, die er nur zu gut kannte. Sie war seine Feindin und sollte bald seine Frau werden. Aber in diesem Moment war sie nichts weiter als eine ängstliche Frau mit einer Verletzlichkeit in ihrem

Blick, dessen sie sich gar nicht bewusst war. Der blonde Riese an ihrer Seite bat um Gnade für sie.

Ob sie ein Liebespaar waren?

Das würde sicherlich einiges erklären.

Jaime musste sich zwingen, sich auf die makabre Entdeckung in der Zelle daneben zu konzentrieren. Er war erleichtert, dass sie nicht nur lebendig war, sondern es ihr auch relativ gut ging – wenn ihre Worte ein Anzeichen dafür waren. Noch Momente zuvor hatte er das Schlimmste angenommen und gedacht, sie hätte eine der Wachen zu sehr gereizt. Er sah sie von oben bis unten an, um sicherzustellen, dass sie wirklich unversehrt war. Und Gott sei Dank war sie es – außer dass sie wieder so schmutzig war wie ein Londoner Straßenkind.

Er stand da und hörte seinem Mann halb zu, als dieser erklärte, wie sich alles zugetragen hatte. Dabei konnte er eigentlich an nichts anderes denken, als wie erleichtert er war, seine Braut unversehrt vorgefunden zu haben.

„Genug!"

„Mein Lord?"

„Öffnet die Zelle", befahl Jaime. „Bringt *Lael* zurück in den Turm."

Weil sie sich nicht schnell genug bewegten und da standen, als hätten sie ihn nicht richtig verstanden, sah er sie böse an.

„*Jetzt*", forderte er.

Zwei Männer sprangen vor, um seinen Anweisungen Folge zu leisten, und ein Dritter fragte: „Was sollen wir mit der Leiche machen, *Laird*?"

Er zwang sich, Lael für den Moment zu vergessen, und sah etwas genauer in die nächste Zelle und auf das, was gefunden worden war.

Dort lag ein verschrumpelter, schwarzer Körper in

einer unmenschlichen Haltung, als wenn das arme Mädchen versucht hatte, sich durch eine Ritze hindurchzudrücken. Ihr Mund war weit geöffnet und ihr Hals nach hinten gebogen, sodass die augenlosen Höhlen in die Ecke ihres kleinen, dunklen Grabs blickten. Ihr hellgrünes Kleid hatte Flecken, die nach Jaimes Wissen von ihrem eigenen Blut stammen mussten. Eine Schaufel lag neben ihrer Taille und der Stoff ihres Kleides war zerrissen. Dort befand sich ein weiteres kleines, aber eindeutiges Bündel.

Plötzlich kam ihm die Galle hoch. Er hatte schon mehr Blut und Gedärme auf dem Schlachtfeld gesehen als die meisten anderen. Aber kein Tod war je so grotesk gewesen wie dieser. Wer auch immer das Mädchen begraben hatte, war nicht bei Verstand gewesen und psychisch krank.

Aus irgendeinem Grund dachte er an Rogans Verwalter, aber das Mädchen war viel zu verwest, als dass die Tat erst vor kurzem hätte geschehen sein können. Maddog musste sich allerdings noch wegen vieler anderer Dinge rechtfertigen, unter anderem wegen seiner Inbesitznahme des Schlafgemachs des *Lairds*. Es war ein Glück für ihn, dass Vermessenheit wohl kaum das gleiche wie Mord war, und Jaime hatte keine Zweifel, dass jemand das Mädchen absichtlich lebendig begraben hatte.

Er seufzte tief und dachte an Teviotdale. Ihr Vater war ein Schwein von einem Banditen im Grenzgebiet. Aber kein Mann verdiente es, seine Tochter so sterben zu sehen. Es war besser, dem Mädchen wenigstens die Würde des Scheiterhaufens zuteilwerden zu lassen. „Passt auf, dass nichts von Wert in der Kiste bleibt. Nehmt ihr den Umhang ab, damit wir ihn ihrem Vater geben können. Dann ergreift die Kiste im Ganzen und legt sie auf den Scheiterhaufen."

„Ja, mein *Laird*."

Seine Männer kümmerten sich nun wieder um die Grabung und Jaime wendete sich Broc Ceannfhionn zu. „In welcher Beziehung stehst du zu Lael?"

Beide Männer starrten einander einen unangenehmen Moment lang an und Broc streckte sein Kinn sichtbar nach vorn. Seine blauen Augen schauten abschätzend, „Wenn Ihr ihr auch nur ein Haar krümmt, Schlächter, werde ich Euch umbringen, entweder in dieser Welt oder in der nächsten."

„Ich habe nicht die Absicht, ihr etwas anzutun. Aber ich erwarte eine Antwort auf meine Frage."

Es blieb still.

„Das kann Euch doch egal sein", sagte Broc schließlich und seine blauen Augen funkelten scharfsinnig. „Was geht Euch das an, *Schlächter*?"

Eine unglaubliche Welle der Eifersucht überkam Jaime bei dem Gedanken, dass Broc oder sonst irgendein Mann die Frau berühren würde, die bald seine Ehefrau sein sollte. Etwas in ihm verstand, dass es Brocs größter Impuls war, die Frau zu beschützen. Aber er sah es nicht ein, sich einem Kriegsgefangenen gegenüber zu erklären – und diesem hier schon gar nicht. Er hatte Glück gehabt, dass Jaime ihm den Galgen erspart hatte.

Die beiden starrten sich an wie Bullen in einem Gehege.

Broc hatte jedoch Glück, dass Jaime die Sache nicht weiter verfolgte. Er sah ein, dass es sinnlos war, sich mit Broc in einem geistigen Wettstreit zu messen. Denn er erkannte die sture Stärke im Blick des Mannes. Das unabdingbare Ende würde sein Tod sein und Jaime wollte diese Entscheidung jetzt nicht fällen. Noch nicht.

Stolzer Bastard.

Jaime hielt den Blickkontakt noch einen Moment länger aufrecht und gab dann fürs Erste nach. „Dann hoffst du besser, dass sie deine Zuneigung teilt", warnte er, drehte sich um und ließ den Blonden mit diesen Worten stehen.

An der Drohung konnte dieser sich erst einmal die Zähne ausbeißen und überlegen, was er wohl damit meinte.

Jaime für seinen Teil war äußerst aufgebracht, dass David ihn mit einer einfachen, jedoch unerwarteten Anordnung dazu gezwungen hatte, sich mit ihm unbekannten und unwillkommenen Gefühlen auseinanderzusetzen. Nicht alle bezogen sich auf seine dún Scoti-Braut.

Plötzlich wollte er viel mehr als eine kapitulierende Ehefrau.

Er wollte ein Zuhause.

Er wollte, was sein Vater niemals hatte.

Er wollte wahrlich der neue *Laird* von Keppenach sein.

"Ich bin der König!"

"Nein, bist du nicht."

"Pah! Nimm das! Ich bin wegen dieses Schwertes zu Recht König! Jetzt nimm das!"

Der Sohn des Schmieds spielte Krieg und streckte das schwere, vergoldete *claidheamh-mor* in die Luft. Er war außerordentlich erfreut, dass er das schwere zweihändige Schwert schwingen konnte. Trotzdem fiel die schwere Spitze zu Boden und wurde von der Asche verschmutzt.

Er war nicht so groß wie die meisten Jungen, aber er hatte starke Muskeln, da er seinem Vater bei dessen wichtiger Arbeit half. Ein Schmied war ein sehr geachteter Handwerker und er würde eines Tages in die Fußstapfen seines Vaters treten.

Nun hatte er erst einmal keine Lust mehr, das

claidheamh-mor zu halten, und so trug er das alte Schwert zurück zum Arbeitstisch, um es abzuwischen, bevor sein Vater merkte, dass er es entgegen seiner Anweisung berührt hatte.

Unter Ächzen beförderte er das eiserne Schwert auf den Arbeitstisch. Mit dem Griff zuerst schob er es auf das ölige Tuch. Sein Vater war unterwegs, um sich seinen Schleifstein zurückzuholen. Dieser war ein seltenes Exemplar von den Wikingern, den er von seinem Vater geerbt hatte, damit er die Schwerter der Könige besser schärfen könnte. Weil der Stein einem mächtigen Kriegerkönig gehört hatte, der mit seinen Wikinger-Kriegern über die kalte Nordsee gesegelt war, war er der Richtige, hatte sein Vater behauptet.

Er kletterte auf den Tisch und begann das Schwert zu polieren. Da sein Vater wahrscheinlich schon auf dem Rückweg war würde er gerade rechtzeitig fertig werden.

„Was machst du da, Baird?"

Erschrocken sprang der Junge vom Arbeitstisch seines Vaters.

Rogans Verwalter stand in der Tür und machte den bereits dämmerigen Raum noch dunkler. Das Dach der Werkstatt fehlte fast vollständig. Die Dachbalken waren vom Feuer der vergangenen Nacht geschwärzt und der Raum roch noch nach verbranntem Holz, obwohl die letzten hartnäckigen Flammen gelöscht worden waren. In der hinteren Ecke konnte man den Himmel im Zwielicht sehen. Der Boden war mit Asche bedeckt. Aber diese Seite des Zimmers war verschont geblieben und sein Vater hatte bereits begonnen, sein Werkzeug und sämtliche Waffen und Rüstungen, die gerettet werden konnten, hierhin zu bringen. Der Rest war auf einem Haufen auf der Seite ohne Dach und würde eingeschmolzen werden. Hinter ihm lag das neue Schwert offen und funkelte in den letzten Sonnenstrahlen des Zwielichts. „Nichts", antwortete der Junge.

Maddog schaute düster und betrat nun den Raum. Er hatte Verdacht geschöpft. „Erzähl mir nichts, Baird. Ich kann sehr wohl sehen, dass du etwas versteckst. Was hast du da hinter deinem Rücken?"

Baird konnte Rogans Verwalter nicht leiden. Er war laut und böse und seine Zähne waren so schmutzig wie sein Bart. Baird hatte das Gefühl, als würden immer Essensreste in Maddogs langen, zotteligen Haaren hängen. Manche Leute behaupteten, dass er und Rogan Brüder gewesen wären, und Baird mochte es wohl glauben, denn in ihrer Art waren sich die beiden sehr ähnlich, wenn auch nicht äußerlich.

Leider war ein Junge für sich allein dem gemeinen Maddog nicht ebenbürtig. Daher trat er vom Arbeitstisch weg und hoffte, dass sein Vater nun zurückkommen und versuchen würde, den Eindringling aufzuhalten. Baird hatte nur noch seinen Vater und er hatte schon erlebt, dass Maddog andere für weit weniger als den Schatz auf der Werkbank umbrachte.

Maddog sah ihn sonderbar an und schlenderte durch das Zimmer auf den Arbeitstisch zu.

Bairds Schultern sanken angesichts der absehbaren Niederlage.

Seit dem Tod MacLarens hatte Maddog Keppenach mit eiserner Hand regiert und alle Vorräte so gierig gehortet, dass die meisten erfreut waren, als Davids Schlächter gekommen war, um sie zu retten. Man erwartete einen langen Winter und Maddog war gemeiner als MacLaren es jemals gewesen war. Einmal hatte Maddog Baird auf den Kopf geschlagen, nur weil dieser an ihm vorbeigegangen war. Für die meisten Leute war es niemals verwunderlich gewesen, warum

MacLaren ihm das Kommando übergeben hatte, wenn er von Keppenach abwesend war. Denn Maddog war ein erbarmungsloser Vollstrecker und es wurde behauptet, dass ihm ein Stück MacLaren-Land für seine treuen Dienste versprochen worden war. Pech für Maddog, denn jetzt waren alle MacLarens tot.

„Mein Vater hat gesagt, dass niemand es anrühren soll", traute sich der Junge zu sagen.

Aber genauso, wie Baird die Anweisungen seines Vaters ignoriert hatte, so tat Maddog es nun auch. Der Mann legte seine fetten, schmierigen Finger auf die funkelnde Klinge und schaute sie sich genauer an. Er hinterließ seine Fingerabdrücke auf dem funkelnden, blauschimmernden Metall, das Baird gerade erst geputzt hatte. Und dann blickte er vorwurfsvoll über seine Schulter. „Das nennst du nichts?

Baird hob eine schmächtige Schulter. „Mein Vater hat gesagt, dass es keiner anrühren soll", wiederholte er und plötzlich drehte Maddog sich zu ihm um und stand ihm gegenüber.

Baird erkannte den Ausdruck in seinen kalten, dunklen Augen, ging einen Schritt weiter zur Tür und machte dann einen Hechtsprung Richtung Freiheit.

Maddog schnappte ihn auf der Schwelle. „Keine Angst", sagte er schroff und legte seine schmutzige Hand auf Bairds Mund. „Wir werden deinem Vater nichts erzählen." Dann kicherte er, als Baird vergeblich versuchte, sich mit Fußtritten zu befreien.

Zum zweiten Mal in ebenso vielen Tagen wurde die Badewanne in den Turm gebracht und gefüllt. Die Diener kamen mit doppelt so vielen Wachen. Niemand trödelte. Aber diesmal ließen sie frische Wäsche da.

Lael wusste kaum, was sie von alledem halten sollte. Die Wachposten hatte sie natürlich erwartet. Aber die

Tatsache, dass sie wieder in den Turm gebracht worden war, und ihr nicht nur ein zweites Bad gewährt wurde, sondern auch weiche Tücher, um sich abzutrocknen – ganz zu schweigen von der Ungestörtheit, in dem Luxus zu schwelgen ... Nun, es machte alles keinen Sinn. Sie war ihre Gefangene und nicht ihr Gast, nicht wahr?

Trotz der Tatsache, dass der Schlächter scheinbar nicht in der Lage war, ihr mit etwas anderem als Hass zu begegnen, passten diese Maßnahmen nicht zu der Feindschaft, die in seinen Augen zu lesen war.

Was Aveline betraf, so musste dies das letzte Gefängnis des Mädchens gewesen sein – zumindest, bis Rogan es für angebracht gehalten hatte, sich ihrer zu entledigen. Er hatte sie wahrscheinlich hier versteckt, um ihren wachsenden Bauch geheim zu halten. Und zum Schluss war ihr Schicksal das Schlimmste gewesen, von dem Lael je gehört hatte – eine Frau lebendig mit ihrem Kind zu begraben. Es ließ Lael erschaudern, versetzte ihr einen Stich ins Herz und sie bekam das Bild von der armen Aveline in dem winzigen Sarg nicht aus dem Kopf: Wie sie vergeblich versuchte, zu atmen und vor Angst und Schrecken durchdrehte. Lili würde es sicher leidtun, davon zu hören. Trotz Avelines Faulheit und ihres ermüdenden Temperaments schien es Lael, als habe die Frau ihres Bruders das Mädchen wirklich gerngehabt.

Missmutig überlegte sie, ob sie wohl die Gelegenheit bekäme, die geliebte, süße Frau ihres Bruders zu trösten, oder ob sie Aveline ins Grab folgen würde. Manchmal bekamen Gefangene eine *letzte Mahlzeit*; war dies vielleicht ihr *letztes Bad*?

Sie konnte die düsteren Gedanken einfach nicht abschütteln, beeilte sich mit ihrer Pflege und badete schnell. Dann ging sie wieder zu Avelines Truhe und öffnete den Deckel.

Plötzlich schossen ihr Tränen in die Augen – nicht, weil sie um Aveline als eine Freundin trauerte, sondern aus dem Grund, dass keine Frau solch ein furchtbares Ende verdiente. Und jetzt wurden all diese Habseligkeiten, die Dinge, die das Mädchen geschätzt hatte und all diese Kleinode, die Lael nichts bedeuteten, unwichtig werden. Sie waren Zeichen eines Lebens, das sie nicht verstand. Möglicherweise würden sie bei einer Frau ein Zuhause finden können, die wohl niemals ihre Geschichte erfahren würde?

Mit einem Seufzer nahm sie das oberste Gewand aus der Truhe. Es war das, was sie zuvor verworfen hatte, weil ihr das Material viel zu fein erschien Aber dieses Mal schüttelte sie es aus und prüfte das Gewand etwas genauer. Es schien ein Hochzeitskleid zu sein, denn es war viel zu verziert und noch unbenutzt – wenn der tadellose Zustand als Zeichen dafür gewertet werden konnte. Es war aus Seide, glaubte sie, und in das kostbare Material waren geometrischen Figuren wie Karos und Vierecke eingewebt. Die Ärmel waren sehr schön und weit geschnitten, sodass sie unter den Armen ein wenig wie die Flügel von Feen flatterten. Sie versuchte, sich Aveline in dem Kleid vorzustellen, und war sich sicher, dass diese schön darin ausgesehen haben würde.

Sie war nun wieder traurig und ließ das Kleid fallen. Dann aber faltete sie es ordentlich zusammen und legte es auf das Bett. Sie beschloss, dass sie dieses nicht tragen könnte, und zog das erste andere Gewand, das sie mit den Fingern zu fassen bekam, heraus. Irgendwie erschien es ihr geschmacklos, die weltlichen Güter einer toten Frau zu durchwühlen.

Dieses nächste Kleid war aus weicher Wolle, ähnlich dem, das sie jetzt trug – außer dass das Neue sauber und grün war, eine Farbe, die Aveline scheinbar mochte. Also entschied sie sich zu Ehren des Mädchens, das sie kaum gekannt hatte und niemals wirklich kennen würde, für das grüne Kleid – und es war ihr egal, dass auch dieses ein gutes Stück über ihren Knöcheln endete. Sie zog gerade den Stoff herunter, als sie Schrittee vor ihrer Tür poltern hörte.

KAPITEL ELF

*M*ehr als alles andere stieg Jaime die Treppen im Turm aus Sorge hoch. Sobald er aber vor Laels Zimmer stand, zögerte er und fühlte sich in der Gegenwart seiner Wachen so unbeholfen wie ein bartloser Jüngling.

Er schaute kurz nachdenklich zum Gemach des *Lairds*. Es gab keinen Grund, David im Moment zu stören. Im Moment konnte nicht mehr getan werden, als bereits getan worden war. Morgen Vormittag war noch früh genug, um den König über ihre grauselige Entdeckung im Kerker zu informieren.

Er wusste wahrlich nicht, warum er hier hochgekommen war.

Vielleicht, um sich zu versichern, dass seine *zukünftige* Braut nicht traurig war? Aber das war absurd. Natürlich war sie traurig. Sie war eine Gefangene, die gerade dem Galgen entkommen war, und von da aus direkt in ein Gerangel mit David geraten war, bevor sie Zeugin eine der makabersten Exhumierungen wurde, die Jaime jemals gesehen hatte. Lael war wahrscheinlich abwehrend und zornig, vielleicht sogar betrübt, falls sie das tote Mädchen gut gekannt hatte.

Aber da er nun einmal wusste, was sein würde,

musste e er einen Weg finden, den Unfrieden zwischen ihnen in Ordnung zu bringen. Wenn er sie nur davon überzeugen könnte, ihn als Mann und nicht als Eroberer oder Feind zu sehen ... Jaime war zwar kein Unmensch, aber er war auch kein Mann der schönen Worte – und niemand hatte ihm jemals vorgeworfen, dass er nett sei. Er erteilte Männern Befehle. In erster Linie war er Soldat. Und davor ... Er wusste es einfach nicht mehr. Der Junge in ihm war für immer verloren – verloren an dem Tag, als sie die Leiche seiner Schwester über Dunloppes Mauer warfen.

Kenna wäre jetzt neunzehn.

Er hob seine Hand und wollte klopfen, doch noch immer zögerte er.

Nach all diesen Jahren verursachte ihm das Schuldgefühl darüber, dass er seine Schwester unbeschützt zurückgelassen hatte, immer noch Magenschmerzen. Er hatte sie im Stich gelassen und danach hatte er sich geschworen, dass er nie wieder die Verantwortung für einen anderen Menschen übernehmen würde.

Es lag bestimmt nicht daran, dass er kein Pflichtbewusstsein besaß. Seine Loyalität gegenüber seinem König und seinem Land waren unerschütterlich. Aber seine Verpflichtung war einfach nicht in Einklang zu bringen mit der Sorge für Frau und Kinder. Und doch hatte er schon eine Unzahl an Gefühlen durchlebt, seit er von Davids Plan erfahren hatte. Er hatte nie die Absicht gehabt, eine Ehefrau zu nehmen, und er wusste auch nicht, was er mit einer anfangen sollte. Aber tief in seinem Herzen war er dankbar, dass Laels Leben verschont worden war – selbst wenn dies bedeutete, dass er sich nun persönlich um sie kümmern musste.

Würde sie das Gleiche empfinden?

Oder würde sie lieber sterben, als die Frau des Schlächters zu werden?

Er würde es bald herausfinden.

Schließlich klopfte er entschlossen an die schwere Tür. Zu seiner Überraschung wurde sie sofort geöffnet. Sie stand so in der Tür, dass sie es verhinderte, dass er eintreten konnte, und sah ihn misstrauisch an. Ihre Miene war giftig. „Was für eine Freude", sagte sie säuerlich. „Seid Ihr gekommen, um mich persönlich zu baden, *Schlächter*?"

Jaime merkte, wie bei ihrer Frage ungewohnte Schamesröte in ihm aufstieg. „Meine Dame, auf ein Wort?"

Sie kniff ihre grünen Augen zusammen. „Ich bin weder eine Dame noch bin ich die Eure", antwortete sie. „Auf jeden Fall, *Schlächter*, möchte ich weder jetzt noch jemals mit Euch sprechen."

Der Beiname begann Jaime auf die Nerven zu gehen.

Es war eine Sache, zu hören, wie der Name hinter seinem Rücken geflüstert wurde. Aber es war etwas anderes, wenn seine Braut ihm den Namen bei jeder Gelegenheit ins Gesicht schleuderte. Er drückte die Tür auf. „Nichtsdestotrotz", sagte er gleichmütig. „Ich muss privat mit Euch sprechen. Und wie ich sehen kann, seid Ihr wieder wohlauf und so müsst Ihr meinem Wunsch nachgeben."

„Muss ich?" Sie gab die Tür frei, bevor er eine Chance hatte, zu antworten. Und wäre er weniger geschickt gewesen, wäre er zu ihren Füßen in die Kemenate gefallen. Aber so wankte er nur ein wenig und schluckte seinen Ärger hinunter. Denn er wusste, dass es ihm nichts bringen würde. Er dachte wieder daran, wie nahe David war, trat ein und schloss die Tür hinter sich.

Diese Kemenate, die dem des *Lairds* so nahe lag, war mit Ausnahme eines Bettes und verschiedener Truhen fast unmöbliert. Luc hatte die Truhen sicher überprüft und alles, was man zum Angriff hätte verwenden können, entfernt – aber das Zimmer war anscheinend leer und immer so gewesen. Die Ecken waren voller Spinnweben und der Schlitz, der als Fenster diente, war grob mit Fensterläden zum Schutz gegen die Nacht versehen worden. „Ich bin nicht hier, um Euch etwas zu tun", versicherte er ihr.

Sie hob ihr Kinn und trat zurück in die Kemenate hinein, wobei ihr zu kurzes Kleid ihre Knöchel berührte.

Jaime folgte ihr.

„ICH HABE KEINE ANGST VOR EUCH", sagte LAEL UND richtete sich zu ihrer vollen Größe auf.

Sie hatte sich nur einmal in ihrem Leben vor Männern geduckt und würde es nie wieder tun.

Er konnte vielleicht ihr Leben nehmen, aber er konnte weder ihren Willen noch ihren Stolz brechen. Sie war die Tochter der Piktenkönige und er war nichts außer einem schwachen Schlächter.

Er zog eine teuflische Augenbraue hoch. Die dünne, weiße Narbe verschwand darin und ein winziges Lächeln erschien an seinen Mundwinkeln. Verwirrt runzelte Lael die Stirn.

Dies war der Mann, dem man nachsagte, dass er seine eigene Burg niedergebrannt hatte – ihr Retter und ihr Eroberer. Manchmal sah er sie mit Zorn in seinem Blick an und manchmal mit etwas, das sie nicht deuten konnte. Einen Moment lang schien er sich mit ihr zu beschäftigen und dann wiederum sah er sich neugierig im Zimmer um und schaute zu dem geschlossenen Fenster. Er öffnete den Mund, um zu sprechen, schloss ihn dann aber wieder und ging zum Fenster. Dann drehte er ihr den Rücken zu und öffnete die Läden. Als er an einer Stange nach der anderen rüttelte, wurde Schnee hineingeweht. Einige der Stangen überprüfte er gleich doppelt.

Dieser feine Hinweis, dass sie immer noch seine Gefangene und nicht sein Gast war – egal, wie viele Bäder er ihr schickte –, stachelte Lael an und sie versicherte ihm: „Ich habe alle probiert. Also spart Euch die Mühe. Sie sind sicher." Aber er sollte schon wissen, dass sie ihr Schicksal niemals freiwillig akzeptieren würde. Wenn sich eine Gelegenheit zur Flucht bot, würde sie diese ohne Vorbehalt nutzen.

Er warf ihr einen Blick über die Schulter zu und das silbrige Glitzern in seinen Augen verschlug Lael den Atem. Nach außen wirkte er zwar ruhig, aber sie spürte eine unverwechselbare, tieferliegende Spannung. So, wie er sie ansah, hatte sie das Gefühl, als sei sie eine Mahlzeit, die darauf wartete, verschlungen zu werden.

Als er sich wieder umdrehte und aus dem Fenster schaute, sah Lael zur Matratze und überlegte, wie schnell sie wohl den Spiegel, den sie dort versteckt hatte, wiederfinden könnte. Aber sie bewegte sich nicht. Da war irgendetwas an der Art, wie seine Schultern gebaut waren, das Lael das Gefühl gab, als habe er Augen auf der Rückseite seines Kopfes. Und selbst wenn sie es schaffte, den Spiegel zu finden, bevor er sie aufhielt, und den stumpfen Griff zwischen seine Schulterblätter zu rammen, so war ihr doch klar, dass Wachposten vor der Tür standen. Und selbst wenn nicht, wohin könnte sie schon gehen? Die Eingänge wurden wahrscheinlich alle bewacht und außerdem konnte sie Broc Ceannfhionn nicht im Stich lassen.

Weder Angst noch unsterbliche Neugier waren die genauen Gründe dafür, dass sie wie angewurzelt stehenblieb. Sie wollte eigentlich gar nicht wissen, was der Mann von ihr wollen könnte, und doch brachte sein Schweigen sie viel eher aus der Fassung als seine Gegenwart. Lael beobachtete ihn argwöhnisch und überlegte, was er wohl von ihr wollte. Und je länger er da stand, desto unruhiger wurde sie. Er war ein Mann – das stand wohl außer Frage – und sie waren allein in einer Kammer *mit einem Bett*. Und unerklärlicherweise, trotz der Probleme, die sie ihm seit seiner Ankunft bereitet hatte, und ungeachtet der Umstände, die sie hierher geführt hatten, fühlte sie sich nicht von ihm bedroht. Und doch ...

Ganz ruhig stand er da und sah aus dem Fenster und Lael traute sich, einen Schritt näher an die Matratze zu treten ...

Er unterschätzte sie und sie würde diese Tatsache gern für sich nutzen. Wenn er sie für einen weniger raffinierten Gegner hielt, nur weil sie eine Frau war, dann würde dies sein letzter Fehler sein. Er würde dort liegen und aus seinem Rücken würde ein Spiegel hervorschauen. Dann würde er überlegen, was passiert sein könnte. Und sie würde danach einen Weg finden, um mit den Wachen fertigzuwerden.

Bevor sie nach dem Spiegel greifen konnte, drehte er sich zu ihr um. Lael blieb wie angewurzelt nur wenige Zentimeter vom Bett entfernt stehen. Sein Blick fiel auf ihr Lager und einen Moment lang hatte sie Angst, dass er ihre Gedanken gelesen hätte; aber vielleicht dachte er an etwas *anderes*.

Er war schließlich ein Mann und niedere Instinkte gehörten zu seinem Geschlecht.

Ihr Herz pochte schmerzhaft. Zu Hause würde es kein Mann wagen, sie anzufassen. Ihr Bruder würde ihn aufspießen. Aber dieser Mann war ein *Laird* mit seiner eigenen Burg. Er musste sich nur David gegenüber verantworten – wenn überhaupt jemandem. Denn er schien ihr ein Mann zu sein, der sich nicht oft dem Willen anderer unterwarf. Wie dem auch sei, der König Schottlands würde sich niemals auf ihre Seite gegen seinen kostbaren

Schlächter stellen – da war sich Lael vollkommen sicher.

„Was wollt Ihr?", fragte sie endlich.

Er antwortete ihr mit Schweigen und wieder wanderte sein Blick zum Bett.

Ungebetene und verstörende Bilder erschienen in ihrem Kopf und sie sah sie beide sich auf jenem Lager umarmen. Und obwohl er die Fensterläden bereits geschlossen hatte, zitterte sie und sagte sich, dass die kühle Nachtluft der Grund dafür sein musste. Sie blinzelte die sinnlichen Bilder weg und sah ihn direkt an.

Das Bad war schon längst kalt geworden, aber die Wanne stand immer noch mitten im Zimmer und wartete darauf, geleert zu werden. Sie erinnerte sich daran, dass – egal, was andere über das Temperament des Schlächters sagten – er sie bislang in keinerlei Hinsicht misshandelt hatte. Und er hatte auch Broc wahrlich keinen Schaden zugefügt. Tatsächlich hatte sich ihre Behandlung seit seiner Ankunft in Keppenach sehr verbessert. Insbesondere seit sie scheinbar nicht mehr in unmittelbarer Gefahr waren, gehängt zu werden. „Habt Ihr vor, Lösegeld für mich zu erpressen?"

Verneinend schüttelte er den Kopf.

Panik stieg in ihr hoch. „Warum nicht?", drängte sie.

Er sah sie an, als wäre sie ein krankhaftes Kuriosum und dann beantwortete er die ihre mit einer Frage seinerseits: „Sagt mir, Lael ... Was bringt eine hübsche Frau wie Euch dazu, ihr Leben zu riskieren und an der Seite eines Verräters zu kämpfen ... und Land und Familie zu verraten?"

Lael blinzelte. *Er findet mich hübsch?*

Egal. Er ist dein Feind! Sie legte eine Hand auf ihre Brust und war von der Frage total verwirrt. „Sprecht Ihr mit *mir*?"

Er zog die Augenbrauen hoch. „Seht Ihr hier vielleicht noch jemand anderen?"

„Sollen wir das glauben?", fragte sie fassungslos. „Ist es das, was die Engländer mit ihren Gefangenen machen? Ihnen ein Bad zukommen lassen und sie dann mit Rätseln foltern?"

Er lachte und überraschte sie wieder mit dem rauchigen Ton.

Mutter des Winters, sei gnädig! Diskutierte sie hier tatsächlich mit dem Schlächter und er lachte dabei? Dies war der Mann, von dem behauptet wurde, er habe seine eigene Burg niedergebrannt.

Er trug nicht länger sein schwarzes Kettenhemd und hatte auch keine sichtbaren Waffen bei sich – das war sein Glück, denn Lael hatte bereits viele andere Männer entwaffnet. Was konnte er möglicherweise über sie wissen? Scheinbar hatte David ihm inzwischen einiges erzählt.

„Wenn Ihr mich meint", sagte sie nach einiger Zeit. „Wie ich bereits sagte, habe ich kein Land zu verraten. Ich liebe Schottland nicht und nehme es für mich auch nicht in Anspruch." Leider konnte sie nicht behaupten, dass sie ihre Familie nicht verraten hätte, denn das hatte sie. Ihr Bruder glaubte das auf jeden Fall. „Wie ich Ihnen schon sagte, ich falle nicht vor David auf die Knie, ob er sich nun Gott oder König schimpft."

Er musterte ihr Gesicht, als würde er darin etwas suchen. „Was ist mit Broc? Geht Ihr vor ihm auf die Knie?", fragte er einen Moment später.

Die Frage überraschte Lael total. „Natürlich nicht!"

„Und doch habt Ihr für ihn gekämpft."

„Er ist der rechtmäßige Eigentümer von Keppenach", behauptete Lael und es war ihr egal, dass sie ihn damit vielleicht beleidigte. Ihrer Meinung nach gehörte ihm dieses Land nicht und es gehörte auch nicht David, als dass er es hätte vergeben können.

„So? Mit welchem Recht soll das sein?"

„Mit dem Recht des Schwertes!"

Der Schlächter neigte den Kopf. „Welches Schwert?"

Auch diese Frage überraschte Lael und in dem Moment wurde ihr klar, dass er das *Schwert des Königs* vielleicht noch nicht gesehen hatte. Sie war sich der Bedeutung dessen nicht ganz sicher, plante jedoch nicht, diejenige zu sein, die es ihm offenbarte. Das Schwert gehörte Broc und weder David noch dem Schlächter. „*Sein* Schwert", antwortete sie schnell. Es war nicht ganz die Wahrheit, aber auch keine Lüge.

Die Miene des Schlächters verdunkelte sich. Plötzlich wurde sein Gesicht wieder zu dem Dämonengesicht, das sie gesehen hatte, als er zuerst durch das Tor gestürmt war. „*Sein* Schwert?", fragte er. „Meinst Ihr vielleicht das zwischen seinen Beinen?"

Lael blinzelte und dann verstand sie. Sie ging noch ein Stück näher an das Bett und es juckte ihr in den Fingern, den kalten Stahl zu finden, der dort versteckt lag.

„Ich kämpfe für das, was richtig ist", informierte sie ihn mit zusammengebissenen Zähnen, während ihre Finger über die Laken strichen.

Unerwartet kam er einen Schritt auf sie zu und sie wich zurück. „Broc ist ein Verräter", sagte er zornig. „Ihr könnt Schottland wahrlich nicht für Euch beanspruchen, aber *er tut es* und dabei ist David tatsächlich *sein* rechtmäßiger König."

Lael erlangte ihre Fassung wieder und weigerte sich, auch nur einen Schritt weiter zurückzugehen. Wenn er es wagen würde, sie anzufassen, würde sie die provisorische Klinge finden und sie ihm zwischen die Zähne schieben. „Keppenach gehört Broc Ceannfhionn. Donnal MacLaren hat Mac Eanraig-Land gestohlen!"

Er lächelte wieder, aber dieses Mal war es bösartig. „Nein, *meine Dame*, Ihr macht einen Fehler. Keppenach gehört mir", verkündete er. „*Und Ihr auch.*"

Laels Schultern hoben sich von allein und sie sagte mit Bestimmtheit: „Ich gehöre keinem Mann!"

Er kam nicht weiter auf sie zu. Lael war inzwischen allerdings bereit, auf der Suche nach ihrer Waffe auf das Bett zu springen. Er stand einfach mit düsterer und zorniger Miene da. Seine Lippen waren vor Unmut dünn zusammengepresst und aus seinen Augen sprühte der Zorn. Plötzlich drehte er sich um, ging zur Tür und riss diese weit auf. Zu den Wachposten sagte er: „Passt auf, dass sie die Tür nicht einmal einen Spalt weit öffnet." Er drehte sich zu ihr und fügte hinzu: „Morgen werden wir sehen, vor wem Ihr kniet, *meine Dame*." Und dann schlug er die Tür hinter sich zu und ließ Lael zurück, sodass sie sich über die Bedeutung seiner Worte selbst Gedanken machen musste.

DIE WIESEN UNTERHALB DER BERGE WAREN VON EINER dünnen, weißen Decke überzogen. Wie gesprenkelt lugten im Tal Büschel von Heidekraut durch den neu gefallenen Schnee. Aus dieser Höhe sahen sie aus wie im Eis gefangene Männer, deren kleine braune Köpfe über dem Frost herausragten.

In der Hoffnung, ihre Rückkehr zu erspähen, erklommen Cailin und ihr Bruder Keane fast jeden Tag, seit ihre älteste Schwester fortgegangen war, die Klippen, um auf den Weg, der nach Dubhtolargg führte, zu schauen. Nun, da der erste Schnee gefallen war, würde der Weg demnächst bis zum Frühling unpassierbar werden. Ihrem Bruder Keane schien diese Tatsache nichts auszumachen und da er Lael für unbesiegbar hielt, fegte er seine Sorgen beiseite und rannte zu den Wasserfällen.

„Weder Wind noch Schnee werden mich vom Schwimmen abhalten!", behauptete er und schlug sich auf die Brust wie ein Tier. Er blieb am Rand stehen, warf seinen Kopf in den Nacken und heulte. Dann sprang er in Caoineags See.

Cailin blieb nichts anderes übrig, als ihm zu folgen.

Eine dünne Schneedecke war noch lange nicht genug, um sie davon abzuhalten, zu beweisen, dass sie genauso furchtlos war wie ihr älterer Bruder.

Einer nach dem anderen landeten sie mit einem heftigen Platschen im See und verfehlten nur knapp den Vorsprung, an dem Keane sich letzten Herbst am Kopf verletzt hatte.

Bei dem Unfall hatte Keane das Bewusstsein verloren und wäre fast gestorben, wenn Lìli ihn nicht so liebevoll gepflegt hätte. Es war ein Glück, dass sie sie hatten, und Cailin hatte ihren Bruder Aidan noch nie so zufrieden erlebt – wenn man die Probleme mit Lael einmal außer Acht ließ.

Und doch, obwohl Cailin es nur ungern zugab, beneidete sie ihre beiden älteren Schwestern heimlich, denn Cailin hatte das Tal noch nie verlassen.

Keane taucht im See auf und wischte sich das eiskalte Wasser aus dem Gesicht. „Du bist nicht so weit gesprungen wie ich", ärgerte er sie und Cailin runzelte die Stirn.

Ihre Wettbewerbe gingen immer häufiger zu ihrem Nachteil aus. Im Laufe des Sommers war Keane fast so groß wie Aidan geworden, aber nur halb so schön. Sie sah sich um und wollte es ausdiskutieren, aber die Stelle, an der sie sich befand, war noch nicht einmal in der Nähe des Ortes, an dem er angelangt war. „Du hast gemogelt", stritt sie und begann es jetzt wirklich zu glauben, denn Keane war noch nie so weit weg von ihr gelandet. Ihre Beine waren vielleicht nicht so lang wie die ihres Bruders, aber ihr geringeres Gewicht war immer ein Vorteil für sie gewesen. Er musste gelandet und dann zu der Stelle, an der er jetzt stand, geschwommen sein. „Betrüger", sagte sie.

Keane wollte gerade anfangen zu diskutieren, verstummte aber schnell beim Tuten des Hirtenhorns.

Patschnass vom Schwimmen huschten Cailin und Keane zu ihren Umhängen und liefen stolpernd den Hügel hinauf, um zu sehen, wer gekommen war. Zweimal Tuten bedeutete Eindringlinge, aber das Zweite hörte mittendrin auf und war ein säuerlicher Ton, um die Dämmerung zu begrüßen.

Die Geschwister erstarrten beim Anblick eines einsamen Pferdes, das den Weg entlang gelaufen kam. Von ihnen aus gesehen schien die weiße Stute ohne Reiter zu sein.

Weiter oben auf dem Hügel rannte Fergus zu dem kanternden Pferd. Er nahm es an den Zügeln, verharrte nur einen kurzen Moment und führte dann das Pferd den Hügel hinab. Dabei rannte er, die Zügel fest in den Händen, und schrie nach Aidan. Der Rest der Wachposten blieb auf den vorgesehenen Posten und beobachtete das Ganze mit in die Seiten gestemmten Armen.

Cailin erkannte die Gangart des Pferdes ihrer Schwester fast sofort. Irgendwie hatten sie nicht bemerkt, wie es den Berg hinaufgetrabt war. „Es ist Wolf!", rief sie.

Es machte keinen Sinn, ein Pferd nach einem anderen Tier zu benennen, aber Lael hatte wegen der gelben Augen der Stute darauf bestanden. Man konnte seine Gangart nicht verwechseln, obwohl das Tier scheinbar sehr erschöpft war. Erst als Wolf schon halb den Hügel hinab gekommen war, sah Cailin die dunkle Form, die über dem Hals des Pferdes zusammengesunken hing.

Keane und Cailin blickten einander voller Schrecken an und stürzten dann in Richtung des Stegs, wohin Fergus mit dem Pferd im Schlepptau unterwegs war.

Sie kamen fast zur gleichen Zeit an. Wolf stolperte erschöpft und fast lahm hinterher, Lael befand sich jedoch ganz sicher nicht auf ihrem Rücken.

Die weißen Flanken der Stute waren mit Blut befleckt, aber der Reiter lag mit dem Gesicht nach unten über ihrem Hals und sein mattes, goldenes Haar war blutverkrustet.

Ungebeten stürzte Keane nach vorn, um Fergus zu helfen, den apathischen Körper vom Pferd zu heben.

„Ist sie verletzt?", fragte Cailin in Sorge um Wolf.

„Nein", sagte Fergus. „Es ist sein Blut."

Der kräftige Hauptmann ihres Bruders zog den Jungen vom Rücken der Stute und setzte ihn schnell auf dem Boden ab.

Plötzlich erkannte sie sein Gesicht und Cailin fiel neben ihm auf die Knie. „Cameron", flüsterte sie und das Herz schlug ihr bis zum Hals.

Sie hatten sich nur zweimal getroffen, aber trotz der Blutergüsse, der Schwellungen und all dem Schmutz und Dreck hätte sie ihn niemals verwechselt. Er hatte ihr beim Trinken in der Halle schöne Augen gemacht und sie fand, dass er ein gutaussehender junger Mann war – wenngleich er in diesem Moment zerbrechlich und eher wie ein Junge wirkte.

Was war mit ihrer Schwester? Cailin machte sich Sorgen. Sie sah zu dem Pferd, das Fergus gerade von Kopf bis Fuß untersuchte, und schaute dann mit einem aufkommenden Gefühl des Schreckens zu ihrem Bruder. „Was ist mit Lael?", traute sie sich zu fragen.

Keiner antwortete, denn wer konnte das schon wissen? Das Tier war ohne sie zurückgekommen und hatte den Weg nach Hause instinktiv gefunden.

„Ist er tot?", fragte Keane.

Cailin legte ihr Ohr an Camerons Brust, hielt dabei ihre Hand fest auf seinem Bauch und lauschte, ob sein Herz schlug. Sie konnte wegen der Stimmen kaum etwas hören, als Sorcha mit dem Rest der Kinder von der gesprenkelten Wiese angelaufen kam. Aber da war er ... Sie schüttelte den Kopf als Antwort auf Keanes Frage und sah zu ihrer jüngsten Schwester. „Geh und hol Lìli und Una!"

„Beide?", fragte Sorcha.

„Ja, beide", bestätigte Cailin. Wenn Cameron überhaupt eine Chance hatte, diese Nacht zu überstehen, dann würde er all ihr Heilungswissen brauchen. Und vielleicht wusste Una, was mit ihrer Schwester passiert war.

Sorcha nickte. „Was soll ich sagen?"

Cailins Stimme klang düster. „Sag ihnen, sie sollen Feenzauber mitbringen", trug sie ihr auf und Sorcha machte sich sofort auf den Weg.

Zumindest für Cailin schien ihre Medizin so etwas zu sein, denn sie wusste nur wenig über Kräuter. Sie hatte weder Sorchas angeborene Warmherzigkeit, noch Laels Veranlagung für den Krieg. Auch hatte sie nicht die fürsorgliche Art ihrer Schwester Catrìona und sie konnte nur schwer Blut sehen. Warum sie in diesem Moment nicht schreiend davonlief, konnte sie nicht genau verstehen.

„Hilf mir", befahl sie ihrem Bruder. „Wir bringen ihn in mein Zimmer."

„Nein", widersprach Keane. „Warte auf Aidan."

„Streite nicht mit mir, Keane, während dieser Junge hier im Sterben liegt!" Dies war nicht der richtige Zeitpunkt für ihren Bruder, um einen Sinn für Anstand zu entwickeln. Wenn er ihr nicht half, würde sie es allein machen. Sie stellte sich hinter Camerons Kopf, ergriff den Jungen an den Armen und war bereit, ihn notfalls allein zu tragen.

Aidan erschien plötzlich an ihrer Seite und ragte über ihnen allen auf. Sein Gesicht war wie eine Maske. „Bei den Sünden *Sluags*!"

„Er kam auf Wolf hier angeritten!", sagte Fergus mit mürrischer Stimme.

„Was ist mit Lael?", fragte Aidan und Fergus schüttelte den Kopf.

Für einen kurzen Moment verzog sich das Gesicht ihres Bruders schmerzhaft, dann verflog dieser Ausdruck und ohne ein weiteres Wort bückte er sich und zog Cameron MacKinnons Arme weg von Cailin. Dann trug er ihn persönlich zum *Crannóg*.

Cailin sprang auf und rannte mit den Armen fuchtelnd hinterher.

Arroganter Sassenach-liebender Hundesohn.

Lange nachdem der Schlächter ihre Kemenate verlassen hatte, lag Lael im Dunkeln grübelnd auf dem Bett und starrte auf das verschlossene Fenster.

Nicht nur hatten sie es wieder abgelehnt, ihr ein Feuer zu entfachen, sie hatten ihr noch nicht einmal eine einzige Kerze gegeben, um die nächtlichen Schatten zu vertreiben. Der Sichelmond schien durch die Läden auf den Boden vor ihrem Bett. Sie vermisste ihre Messer. Auch wenn sie zwar schlechte Bettgenossen waren, so hätten sie ihr doch einen Weg aus diesem Schlamassel geboten.

Man musste ihnen zumindest anrechnen, dass sie ihr eine dicke Decke dagelassen hatten. Sie war besonders groß und sah aus, als könnte sie ein halbes Dutzend Männer auf einen Schlag wärmen. Die Decke aus Fell und Lael überlegte, wie viele Tiere wohl gestorben waren, um den *Laird* von Keppenach zu wärmen – den vorherigen *Laird*, gestand sie sich ein, obwohl sie dem neuen nicht weniger Abneigung entgegenbrachte.

Zumindest ging es ihr besser als Broc. Es war ihr zuwider, über ihren Freund im Kerker nachzudenken, wie er dort im Dreck neben Avelines Grab zitterte.

Keppenach gehört mir.
Und Ihr auch.

Seine Worte machten sie noch immer wütend.

Was konnte er wohl damit gemeint haben? Wollte er sie als seine Leibeigene behalten? Eine Gefangene in diesem verhassten Turm? Und sobald er diese Sätze ausgesprochen hatte, war er einfach ohne ein weiteres Wort gegangen. Er hatte sie mit jener einfachen Drohung zurückgelassen: Morgen werden wir sehen, wer vor wem kniet, *meine Dame.*

In der Tat. „Das werden wir sehen", flüsterte Lael zu sich selbst. Wer sonst sollte sie hören? Etwa der König, der nebenan schlief? Sie konnte ihn durch die dicken Steinmauern schnarchen hören. *Fetter Langweiler.*

Sie konnte jedoch nicht schlafen und war das Alleinsein nicht gewöhnt.

Zu Hause hatte sie kaum einen Moment für sich gehabt. Sie hatte sich oft hinter *Caoineags* See versteckt, wo sie sonst niemand finden konnte. Dort saß sie stundenlang und schärfte ihre Messer. Es bescherte ihr einen inneren Frieden, dort mit einem Schleifstein zu sitzen und diesen an ihren perfekt geschliffenen Klingen entlang zu ziehen.

Sie überlegte, ob sie den See jemals wiedersehen würde, jemals wieder *Caoineag* weinen hören würde. Manche behaupteten, dass der Tod den Clan heimsuchte, wenn sie weinte. Weinte sie jetzt? Oder vielleicht würde es keine Trauer um Lael geben, da Aidan sich von ihr abgewandt hatte?

Wie dem auch sei.

Die Weinende gab es sowieso nicht. Um diese Jahreszeit waren die Winde unbeständig und Lael hatte sie tatsächlich in all den Jahren im Tal niemals gesehen.

Auch war Una nicht wirklich die Mutter des Winters. Obgleich sie schon einhundert Jahre alt erschien, als Lael noch ein Kind gewesen war, und auch jetzt mindestens dieses Alter zu haben schien, so bestand die alte Priesterin trotzdem nur aus Fleisch und Blut – mit all den Problemen eines menschlichen Körpers. Auch sie würde als solcher eines Tages sterben.

Jeder starb.

Einige taten es frühzeitig, bevor ihre Zeit gekommen war.

Vielleicht hatte der Schlächter seine Meinung geändert und würde sie morgen wieder an den Galgen bringen. Bei diesem morbiden Gedanken zog Lael das Laken über ihren Kopf und wurde von einer unerwarteten Welle der Trauer erfasst.

„Was soll ich tun?", fragte sie Una aus der Ferne und wünschte sich mit aller Macht, dass die Gerüchte stimmen würden und Una tatsächlich *Cailleach Bheur*, die Beschützerin ihrer Leute war. Vielleicht könnte die gewiefte alte Priesterin ihre Macht ausüben und versuchen, Lael zu befreien. Es schien, als könnte sie die Aufgabe leider nicht allein bewältigen. Lael zitterte unter der Decke und nachdem sie eine Zeitlang ihrem eigenen Atem gelauscht hatte, schlief sie ein.

KAPITEL ZWÖLF

*D*er König saß an Jaimes Platz am Tisch des *Lairds* und spielte mit dem schmutzigen Tuch, in dem vor Kurzem noch Aveline von Teviotdales armselige Überreste eingewickelt gewesen waren. Der blutbefleckte wollene Umhang lag ordentlich gefaltet auf dem Tisch und das weiße Einhorn sah schäbig auf der tiefgrünen Wolle aus.

„Ich habe ihren Vater letzten Sommer kennengelernt", erzählte David. „Er nahm an einer meiner Ratssitzungen teil. Es kam mir schon komisch vor, dass er seine einzige Tochter unverheiratet ziehen lassen würde, um MacLarens Bett wie eine schmutzige Hure zu teilen."

Jaime hörte zu. Er hatte schon vor längerer Zeit festgestellt, dass er in Davids Gesellschaft viel mehr herausfand, wenn er einfach nichts sagte – und da David gerne schwatzte und Jaime nicht, passte ihm dieses Arrangement recht gut.

„Armes, dummes Mädchen", klagte David. „Ihr Vater ist ein Vollidiot und jetzt ist er einer ohne Erben, da sein Sohn sich lieber mit Männern abgibt." Er seufzte ahnungsvoll. „Wie lange ist das Mädchen schon tot?"

Jaime zuckte mit den Schultern. „Ein Jahr, vielleicht länger."

Sie hatten den Umhang gewaschen, aber die Blutflecken waren dennoch geblieben. Trotzdem wollte David den Umhang Avelines Vater zurückgeben. So unglücklich sich die Ereignisse auch entwickelt hatten, wenn Teviotdale noch die Hoffnung hegte, seine Tochter lebend zu finden, dann konnte er es jetzt dabei bewenden lassen.

Was den betraf, der das arme Mädchen in die Kiste gelegt hatte … es gab einfach keine Möglichkeit, mehr herauszufinden. Selbst im Tod warf Rogan MacLaren noch lange Schatten auf seine Garnison. In seinem ganzen Leben hatte Jaime keine so aufsässigen Männer kennengelernt. Trotzdem hätten sie sich bei Jaime und dem König einschmeicheln können – doch sie sagten und verrieten nichts. Es war, als wenn sie glaubten, dass MacLaren gar nicht tot wäre, oder dass er vielleicht aus dem Grab auferstehen könnte, und ihre geschwätzigen Zungen herausschneiden würde. Jaime erklärte es sich damit, dass keiner MacLarens Leiche gesehen hatte.

David hingegen war sich des Ablebens des alten *Laird*s ziemlich sicher. Er war zwar mit dem dún Scoti-Chieftain zerstritten, aber er vertraute in jedem Fall auf Aidans Wort.

Jaime jedoch musste über einen Mann nachdenken, der es seiner Schwester erlaubt hatte, sich in eine Schlacht verwickeln zu lassen, die nicht gewonnen werden konnte – unabhängig davon, wie gut sie mit Waffen umgehen konnte. Hätte er die Gelegenheit gehabt, er hätte alles in seiner Macht stehende getan, um Kenna zu beschützen. Es war das Schicksal von Brocs Männern gewesen, zu verlieren und selbst wenn ihre kleine Rebellentruppe es geschafft hatte, Maddog die Burg zu entreißen, hätten sie diese auf keinen Fall halten können. Scheinbar hatte Broc noch nicht einmal MacKinnons Unterstützung, während David den Rückhalt Englands hatte, das Land und die Lehen südlich des River Forth hielt sowie die Unterstützung weiterer Enklaven im Norden besaß. Stück um Stück kam Schottland, wenn auch zum Teil zögerlich, unter seine Herrschaft.

Ungewollt dachte Jaime an seine zukünftige Braut, die im Turm eingesperrt war, und überlegte, ob sie einlenken oder bis in den Tod kämpfen würde.

Mit verschränkten Armen sah er auf die Menge, die sich hinter den großen Türen der Halle versammelte. Die meisten Kläger hofften wahrscheinlich, dass Jaime ihre Beschwerden anhören würde, solange der König noch anwesend war. Es war Pech für sie, dass David scheinbar nur an dem Teviotdale-Mädchen und dem Eheversprechen zwischen Jaime und der dún Scoti-*Königin* interessiert war. Und so vertrödelten sie scheinbar den Vormittag und warteten auf Davids faulen Priester. Der König wollte sich eigentlich schon auf den Weg gemacht haben. Das Einzige, was ihn zurückhielt, war, dass er sicher sein wollte, dass Jaime seiner Anordnung Folge leisten würde. Obwohl er scheinbar bereit war, Jaime halb Schottland zu übergeben, vertraute er ihm nicht genug, um Keppenach zu verlassen, ohne das Ehegelöbnis gehört zu haben.

„Ihr Kind war ohne Sünde", klagte David. „Beide hätten in geweihter Erde bestattet werden sollen. Mein Priester wird einiges dazu zu sagen haben, fürchte ich." Mahnend hob er den Finger in Jaimes Richtung.

Jaime hatte keine Lust, sich um Davids geschwätzigen Geistlichen zu sorgen. „So weit im Norden ist der Boden fast gefroren", sagte er und bot David eine gute Entschuldigung. Das stimmte natürlich nicht ganz, aber bald würde es so sein. Es war schon schlimm genug, dass Jaime eine Frau heiraten sollte, die David ihm ausgesucht hatte. Er hatte keine Lust, auch noch seinen predigenden Geistlichen zu ertragen. „Euer Gnaden, er hat doch bestimmt Wichtigeres zu tun, oder nicht?"

Ein winziges Lächeln erschien auf Davids Lippen, das erste Zeichen guter Laune seit Jaime ihn mit der Nachricht über die Entdeckung im Kerker geweckt hatte. „Wenn ich dich nicht besser kennen würde", sagte er, „würde ich glauben, dass du begierig bist, die Angelegenheit zu erledigen?"

Jaime runzelte die Stirn. Die Annahme nervte ihn in erster Linie, weil sie stimmte. „Es ist ein weiter Weg nach Norden gewesen", brachte er vor. „Und ja, ich möchte die Sache erledigen, damit ich mich besser auf den Wiederaufbau dieser Burg konzentrieren kann." Wenn er überhaupt Begeisterung verspürte, dann nur die, dass er nicht das Blut der Frau von seinem guten Schwert würde wischen müssen.

David sah ihn eine ganze Zeitlang an und deutete dann mit gekrümmten Zeigefinger auf ihn. „Unterschätze die Frau nicht", warnte er. „Den Fehler habe ich bei ihrer Schwester Catríona gemacht. Das hat auch meine Position bei Iain MacKinnon und den Brodies verschlechtert. Du kannst dir vorstellen, dass sie nicht weniger gerissen als diese hier ist."

„ Euer Gnaden, Ihr könnt sicher sein, dass ich nicht –"

Ein Handgemenge lenkte ihre Aufmerksamkeit auf die Tür. Dort standen zwei von Jaimes Wachsoldaten und hielten einen kräftigen Mann davon ab, die Halle zu betreten. Es war der Schmied, erkannt Jaime sofort. Er hatte sich den Abend zuvor, nachdem er die Tore kontrolliert hatte, ein wenig mit dem Mann unterhalten, um neue Verriegelungen in Auftrag zu geben. Die Tore waren im Moment seine größte Sorge. Sollte MacKinnon doch noch kommen, würden diese ihn in ihrem jetzigen Zustand nicht aufhalten können. Aber

Jaime hatte den Schmied nicht so temperamentvoll in Erinnerung. Offensichtlich war irgendetwas seither passiert.

„Warte, bis du dran bist!", brüllte der Wachsoldat dem Mann ins Gesicht.

„Nein!", schrie der Schmied zurück. „Ich muss ihn sehen." Er versuchte noch einmal, sich mit Gewalt Zutritt zu verschaffen, und bei seiner Kraft hatte er fast Erfolg.

Jaime nahm seine Verantwortung diesen Leuten gegenüber ernst. Je schneller er ihre Probleme lösen konnte, desto eher würde wieder Ordnung in Keppenach herrschen. Er sah zu David, um sicher zu sein, dass dieser zu der Verhandlung bereit war. David war mit dem Umhang, dem Priester und dem Eheversprechen beschäftigt und zuckte nur mit den Schultern. Also winkte Jaime den Mann heran. „Lasst ihn los", befahl er den Wachsoldaten. „Komm herein", wies er den Mann an.

Der Schmied sah den Wachposten, der ihn festhielt, vorwurfsvoll an, riss sich los und schlüpfte an ihm vorbei in die Halle. Er kam mit zielstrebigen Schritten direkt auf das Podium zu. Jaime sah jedoch nur Sorge in seiner Miene. „Es geht um meinen Sohn", erklärte er. „Baird ist weg!"

David lehnte sich über den Tisch und war plötzlich verärgert. „*Deshalb* störst du deinen *Laird* und deinen König?"

Angesichts der Verärgerung Davids riss sich der Schmied zusammen und blickte flehend zu Jaime.

„Ist dein Sohn vielleicht einfach zum Kerker gegangen?", erkundigte sich der König. „Kleine Jungs mögen Heimlichkeiten."

Der besorgte Vater schüttelte den Kopf. „Nein", sagte er und versäumte es, David korrekt anzusprechen, was diesen noch wütender machte. Es stand ihm ins Gesicht geschrieben, aber der Schmied schien es nicht zu bemerken. „Ich hatte meinem Sohn gesagt, er solle dableiben. Und ich kenne meinen Sohn", sagte er noch verzweifelter, als der König sich von seinem Stuhl erhob.

„Verdammt!" David explodierte. Er schlug mit der flachen Hand auf den hölzernen Tisch. Das Geräusch echote in der ganzen Halle. Obgleich David darauf bestand, dass Jaime keinen formellen Umgang verwenden sollte, wenn sie allein waren, wusste er, dass der König durch den Mangel an Respekt, den diese rauen Highlander ihm entgegenbrachten, beleidigt war. Er hatte in seiner Jugend eine gute Portion an Respektlosigkeit von William Rufus, Heinrichs Bruder, erleiden müssen und zugesehen, wie sein Bruder Edgar als König noch mehr erdulden musste, da Rufus den Schotten häufig die ihnen zustehende Achtung versagte.

„Irgendetwas ist immer", erklärte der König und begann zu husten. „Steorling, bitte!", flehte er.

Jaime stand auf und machte sich klar, dass David kaum ausgeruht war und viel zu gereizt, um sich mit irgendetwas zu befassen. Er ging auf den fehlgeleiteten Schmied zu und hoffte, ihn aus der Halle zu entfernen, bevor David ihn zum Tod durch den Strang verurteilte.

„Mein *Laird*, der Priester des Königs ist angekommen."

„Endlich!", rief David aus. „Bringt ihn her, herein mit ihm." Erleichtert setzte sich der König wieder.

Jaime zog den besorgten Vater zur Seite. „Komm", wies er den Mann an. „Sag mir, wo du deinen abhanden gekommenen Jungen zuletzt gesehen hast."

Scheinbar noch verzweifelter scharrte der Mann mit den Füßen. Er öffnete den Mund, um zu sprechen, und rang scheinbar mit den Worten. Dann ließ er den Kopf hängen und starrte zu Boden. „Seht ... ich ... nun, ich habe – etwas gefunden", sagte er. Dann sah er Jaime an und zögerte scheinbar, weiterzusprechen.

Jaime wartete geduldig, um zu hören, was der Mann noch zu sagen hatte. Aber in diesem Moment kam der Priester voller Prunk und mit all seinen himmlischen Ehren herein. Der Schmied war plötzlich vergessen, als Jaimes Gedanken wieder zu Lael zurückkehrten.

Zu seiner Erleichterung trat Rogans Verwalter vor. Seine Miene war nicht mehr so abweisend wie vorher. „Macht Euch keine Gedanken, *Laird*", sagte er. „Ich werde Afric helfen, seinen Sohn zu finden." Dankbar für Maddogs Angebot, ihn zu unterstützen, trat Jaime beiseite. „Danke", sagte er und übergab den Schmied in die Obhut Maddogs.

„Komm", forderte der Wachsoldat Lael auf und winkte sie aus dem Zimmer.

Glücklicherweise hatte sie in ihren Kleidern geschlafen. Mit steinernen Mienen und Blicken, die ins Nichts sahen, führten sie sie in den Flur, die Treppen hinunter und dann noch weitere Stufen und ignorierten ihre vielen Fragen.

„Wo bringt ihr mich hin?"

Nur ihre Schritte in dem leeren Flur durchbrachen die Stille „Ach!", rief sie aus. „Ich hoffe, dass eure Zungen in euren Mündern verrotten."

Sie kam zu der Erkenntnis, dass Keppenach ein grimmiger Ort war.

Obwohl der Turm nur wenig Ähnlichkeit mit den Tunneln im Kerker hatte, war er trotzdem schrecklich. In den Fluren gab es weder Wandteppiche noch Felle. Auf dem Boden lag weder sauberer noch schmutziger Schilf. Es gab nur wenig Möbel und lediglich ein paar Fenster ließen ein Minimum an Licht herein. Sie schaute sich ihre Umgebung mit Widerwillen an und fragte sich, wie ihre geliebte Schwägerin so hatte leben können.

Für manche Leute war Dubhtolargg mit seiner uralten Halle aus Holz und den umliegenden Hütten primitiv im Vergleich – aber es war ein Zuhause und es gab nicht ein Zimmer oder eine Kate, die nicht mit Liebe und Wärme erfüllt waren. Hier existierte nur wenig, das diese Gefühle hervorrufen konnte.

„Wo bringt ihr mich hin?", fragte sie noch einmal.

Wieder bekam sie nur stures Schweigen zur Antwort. Als einer der Wachen in dem Versuch, sie die Treppe hinunter zu geleiten, auf ihre Schultern drückte, entzog sie sich seinem Griff.

„Blöde Sassenachs", murmelte sie.

Es war viel zu still im Turm und das zerrte an ihren Nerven. In diesem Moment hätte sie sogar Davids arrogante Stimme in Kauf genommen.

Erst als sie in der großen Halle ankamen, wurde ihr klar, warum die Burg so verdammt ruhig gewesen war: Die gesamte Bevölkerung Keppenachs wartete vor der Tür – wahrscheinlich, um ihre Verurteilung mitzuerleben.

Nichtsdestotrotz hielt Lael ihren Kopf hoch und schwieg, als sie in die große Halle geführt wurde. Sie sah, dass Schottlands zweifelhafter König bereits auf dem Platz des *Laird*s saß, während der Schlächter vor dem Tisch neben Davids Prälaten stand. Dem gleichen tollpatschigen Priester, den er im vergangenen Sommer geschickt hatte, um sich darum zu kümmern, dass Lìli und ihr Bruder ordentlich verheiratet wurden. Sie erkannte den kahl werdenden Schwachkopf. In seinen Händen hielt er ein Kreuz und ein Stück Band.

Die Härchen in ihrem Nacken richteten sich auf.

Jaimes Herz machte einen Satz beim Anblick seiner unwissenden Braut.

Er fühlte, dass David ihn ansah, ignorierte den

König aber. Auch weigerte er sich, die winzige Erregung, die in ihm aufstieg, anzuerkennen. Obwohl er sich selbst sagte, dass er nur seine Pflicht tat, ganz tief in seinem Inneren merkte er, dass dies nicht der Fall war. Er brauchte nur nein zu sagen. David würde ihn nicht zwingen. Der König war schlau genug, um zu wissen, dass er seine Barone beschwichtigen musste – insbesondere jene, auf die er zählte, um den stürmischen Norden zu zähmen.

Er beobachtete sie, wie sie stolz in seine Halle kam, und in dem Moment fühlte er ein überwältigendes Verlangen, ihr wildes Herz zu bändigen. Schon allein der Gedanke, sie in seinen Armen zu halten, brachte das Blut in seinen Adern zum Kochen.

Obwohl das hellgrüne, wollene Kleid hoch über ihren Knöcheln aufhörte, trug sie es wie eine heidnische Königin. Ihre langen, ebenholzfarbenen Locken fielen offen über ihren Rücken, obwohl sie diese an ihren Schläfen in winzige Zöpfe geflochten hatte, um so ihre glänzenden schwarzen Haare zu zähmen. Ihre funkelnden grünen Augen lagen tief in einem fein gemeißelten Gesicht, das eine Statue zu Ehren der Götter hätte sein können. Sie war schöner als jede Frau, die er je gesehen hatte, selbst als ihre grünen Augen ihn mit Verachtung durchbohrten.

Der König sprach sie zuerst an: „Ich nehme an, dass Ihr wisst, warum ich mich zu Eurer Begrüßung nicht erhebe, liebste Lael."

Sie riss ihren Blick von Jaime los und wendete sich David von Schottland zu. Jaime merkte erst dann, wie sehr sie ihn innerlich berührte, denn er spürte das Abwenden ihrer Augen seltsamerweise physisch.

Sie lächelte den König gelassen an, eine Geste, die im krassen Gegensatz zu dem bösen Funkeln in ihren juwelenartigen Augen stand – dann sah sie auf ihre Hände, die erneut gefesselt waren und wie im Gebet aussahen. „Ich nehme an, Euer Gnaden wissen, warum ich Euer Sassenach-Herz nicht herausschneide", antwortete sie anmutig.

Jaime versuchte, angesichts ihres feurigen Temperaments nicht zu lächeln, aber seine Lippen verrieten ihn und er drehte sich weg, um sich zu räuspern und ein unerwartetes Lächeln zu unterdrücken. Sie war schön wie eine Rose, aber doppelt so stachelig. Bei Gott, fast gehängt zu werden und zwei Tage im Kerker hatten sie nicht im Mindesten gemildert. Sie war noch mehr als Keppenach eine Herausforderung, der er sich mit Riesenfreude stellen würde.

Bei ihrer Antwort lief Davids Gesicht vor Wut rot an, aber man musste ihm zugutehalten, dass er sitzen blieb. Er schob Avelines Umhang angeekelt beiseite. „Genug der Nettigkeiten", rief er. „Ihr seid aus einem Grund hier und nur aus einem einzigen." Er durchbohrte sie mit einem wütenden Blick und sagte spitz: „Tatsächlich seid Ihr auch nur aus einem Grund noch *am Leben*, und zwar wirklich nur aus einem einzigen – nämlich allein durch meine Gutmütigkeit."

ALLEIN FÜR DEN EFFEKT stellte sich Lael auf ihre Ballen.

„Eurer?", fragte sie und traute sich dann, den Schlächter anzusehen.

Der Dämon lächelte fast unmerklich, jedoch nicht mit seinen Lippen. Seine Augen glitzerten belustigt.

„Das glaube ich nicht", sagte sie und blickte David wieder an. „Wenn meine Augen mich nicht getrogen haben, dann wart nicht Ihr es, der wie ein Engel des Teufels durch jenes Tor geritten kam. Es war Euer Schlächter." Sie weigerte sich, ihn noch einmal anzusehen, denn das Lächeln in seinen rauchigen Augen verunsicherte sie. Sollte er doch amüsiert sein, wenn er das so wollte. Lael sträubte sich dagegen, gemeinsame Sache mit ihm zu machen. Er war weder ihr Freund noch ihr Verbündeter. Und sie wollte sein Lächeln nicht teilen.

David straffte sichtbar sein Kinn. „Nichtsdestotrotz. Wie Ihr schon sagt, er ist *mein* teuflischer Schlächter – mein Recke – und so reitet er in *meinem* Auftrag", argumentierte er lächerlicherweise. „Daher war ich es, der Euch vor dem Galgen bewahrt hat, seid Euch dessen gewiss, Lael dún Scoti." Er schaute selbstgefällig und neigte den Kopf auf diese übereifrige Art und Weise, über die sie sich immer so ärgerte. Dann tippte er mit einem Finger auf den Tisch. „Wenn ich ihm auftragen würde, Euch hier und jetzt zu hängen, was glaubt Ihr, würde er tun?"

Obwohl die Möglichkeit ihr einen kalten Schauer über den Rücken jagte, zuckte Lael mit den Schultern und warf ihm den Blick zu, den ihr Bruder so hasste, weil er ihn für angriffslustig hielt. „Ich weiß es nicht", antwortete sie süßlich. „Warum fragen wir ihn nicht?" Dann blickte sie direkt zum Schlächter, um zu sehen, was er sagen würde.

Zu ihrem völligen Verdruss stand der Mann einfach da und sah sie mit einem neuen Glitzern in den stählernen Augen an.

Als sie wieder zu David schaute, grinste auch dieser. „Offensichtlich liebt Ihr mich genauso wenig wie ich Euch", stellte er fest. „Also, lasst uns zur Sache kommen. Ihr seid ja schließlich eine schlaue Frau", sagte er. „Ich schlage nun Folgendes vor: Heiratet Euren teuflischen Engel und dafür entlasse ich Broc Ceannfhionn in die Freiheit."

Einen Moment lang war Lael sich nicht ganz sicher, ob sie den Mann richtig gehört hatte. Jedoch ein Blick auf den Schlächter überzeugte sie davon, dass sie ihn korrekt verstanden hatte. Er stand nämlich dort und sah sie mit einem Grinsen auf diesen sündhaft schönen Lippen an.

„Ihr wollt, dass ich den Schlächter heirate?", fragte sie nach, um sicher zu gehen.

Der König zuckte mit den Schultern „Es gibt einige, die ihn bei diesem Namen nennen, ja."

Lael öffnete den Mund, um erneut zu sprechen. Sie sah mit ganz neuem Verständnis zum Priester. Dieser blickte auch recht selbstgefällig drein. Er stand da und wippte vor und zurück auf seinen Fersen, als würde er sich davon abhalten müssen, einen Siegestanz aufzuführen. Und nun wurde dieses kribbelnde Gefühl einer Vorahnung, das sie gehabt hatte, als sie die Halle betrat, nur allzu klar. Sie hatten sie in Fesseln zu ihrer eigenen Hochzeit gebracht.

„Das werde ich nicht tun!", erklärte sie.

„Doch, das werdet Ihr", sagte David gleichmütig und winkte mit der Hand zu jemandem, der hinter ihr stand. Lael drehte sich um und sah vier Wachsoldaten, die Broc Ceannfhionn in die Halle begleiteten. Schmutzig und in Ketten zwangen sie ihn direkt hinter der Tür auf die Knie und umringten ihn dann, wobei sie die Hände an den Schwertgriffen hatten. Broc war geknebelt, aber er schüttelte den Kopf hartnäckig, um ihr zu verstehen zu geben, dass sie nicht nachgeben sollte. Bei Gottes Gnade, er konnte ja nicht wissen, was sie von ihr wollten. Sonst wäre ihm klar, dass sie niemals weiterleben könnte, wenn sie zuließ, dass er starb, um ihren Stolz zu retten. Ach, aber das war alles, um was es hier ging – da sie ja nicht mit dem Schlächter verheiratet bleiben musste, selbst nachdem das Eheversprechen gegeben worden war. Per Gesetz hatte sie das Recht, ihn jederzeit zu verlassen.

„Ihr werdet es tun", wiederholte David, „oder Broc wird getötet." Er nickte noch einmal, um seine Aussage zu bekräftigen. „Und danach seid Ihr dran und ich schicke Eurem Bruder Euren Kopf auf einem Schild."

Hinter sich konnte sie hören, wie Broc gegen seine Wächter kämpfte. Aber die Geräusche wurden sofort unterdrückt.

Entsetzt angesichts dessen, wie sich die Dinge entwickelt hatten, sah Lael ungläubig zum neuen *Laird* von Keppenach. „Würdet Ihr eine Frau heiraten, die Euch nicht haben will?"

Das Gesicht des Schlächters war zur Maske erstarrt. Eine Zeitlang antwortete er nicht, tat es dann aber doch. „Ehrlich gesagt, nein", erwiderte er und überraschte sie damit. „Aber, meine Dame, Ihr habt doch eine Wahl, oder nicht?"

König Davids Miene wurde noch selbstgefälliger, wenn das überhaupt möglich war. „Also was soll es sein?", drängte er.

Hinter ihr protestierte Broc Ceannfhionn weiter. Sie konnte hören, wie er versuchte, aufzustehen und als sie sich drehte, sah sie, wie eine der Wachen ihm auf den Rücken schlug, um ihn unten zu halten. Der gleiche Mann zog sein Schwert und hielt es Broc an den Hals. Ein anderer ergriff Broc an seinen goldenen Locken und drückte ihn nach unten.

Lael Herz zog sich zusammen. Sie flüchtete sich in den Zorn. Die Sehnen in ihrem Hals spannten sich an. Sie konnte guten Gewissens nicht Nein sagen; aber sie würde dafür sorgen, dass sie es bereuten.

„*Falls* ich der Heirat mit *ihm*" – sie konnte noch nicht einmal seinen Beinamen aussprechen – „zustimme, dann schenkt Ihr Broc die Freiheit? Hier und jetzt sofort?"

Der König lächelte dünnlippig. „Es ist nicht ganz so einfach, meine Liebe. Erst einmal werdet Ihr den *Laird* von Keppenach heiraten und sein Kind bekommen …

und *dann* werden wir Broc freilassen. Also, was soll es nun sein?"

Den teuflischen Schlächter heiraten oder Broc vor ihren Augen sterben sehen, um anschließend selbst auf dem Block des Scharfrichters zu landen. *Das war ihre Wahl.*

Sie hatte ihr Leben lang geübt, wie ein Mann zu kämpfen und über den äußeren Fallstricken ihres Geschlechts zu stehen ... und das war nun das Ergebnis?

Sie konnte *ihn* nicht ansehen und weigerte sich auch, diesem wissenden Blick zu begegnen. „Eher würde ich *ihn* im Kampf um meine Freiheit herausfordern", beharrte sie. „Wenn er tatsächlich Euer Recke ist, dann lasst ihn eine Waffe wählen und ich werde hier und jetzt mit ihm kämpfen."

In der Halle erhob sich Gelächter und Lael verlor sofort den Mut. Immerhin hatte sie schon die Klinge mit diesen Männern gekreuzt und sie hielten sie für wenig mehr als einen Besitzgegenstand. Sie waren wahrlich schon Engländer und Schottland war nicht mehr als ein Name, den sie alle vergessen hatten, ebenso wie sie nicht mehr wussten, woher sie stammten. Ihre Vorfahren waren starke Männer und Frauen gewesen, deren Wert an dem gemessen wurde, was sie für ihren Clan tun konnten. Ihre eigenen Leute würden das nie vergessen und ihr Bruder hätte sie nie auf diese Art und Weise erniedrigt.

Davids Lächeln schwand. „Ist Euch Brocs Leben so wenig wert?"

Zorn durchströmte sie. „Warum glaubt Ihr, dass ich verlieren würde? Wäre es Euch vielleicht genehm, Euren Recken im Wettkampf zu testen, und nicht nur schwatzen? Löst meine Fesseln und gebt mir ein Schwert und ich werde meine *und* Broc Ceannfhionns Freiheit erkämpfen!" Sie schaute zum Schlächter und mit diesem Blick warf sie den Fehdehandschuh. „Außer, er hat Angst?"

Es wurde plötzlich so still, dass Lael das Atmen jedes einzelnen Mannes in der Halle ausmachen konnte, mit der Ausnahme eines Mannes.

Der Schlächter blieb still und unbeeindruckt.

David tippte mit seinen Fingern auf dem Tisch herum, während die Halle still blieb und überlegte, wie die Antwort wohl ausfallen würde.

David sah erschöpft zum Schlächter, aber dessen Augen blieben auf Lael fixiert. Nach einem Moment sagte dieser: „Ich werde mein Schwert nicht im Kampf gegen eine Frau ziehen." Die Heiterkeit war aus seiner Stimme verschwunden und das allein fühlte sich für Lael schon wie ein Hauch von Sieg an.

Sie hob ihr Kinn. „Ich habe schon bessere Männer als Euch geschlagen", traute sie sich und sah die Wut, die in seinen Augen aufleuchtete. Für die meisten war er scheinbar ruhig, aber Lael bemerkte, wie er die Muskeln in seinen Unterarmen anspannte und die Hand zur Faust ballte und dann wieder öffnete.

„So? Und wie viele habt Ihr getötet?", fragte er gezielt und seine Stimme war nur wenig mehr als ein Flüstern. „Wie vielen Männern habt Ihr gegenüber gestanden, in die Augen gesehen und dann Euer Schwert in ihr Herz gestoßen?"

Die Halle wurde noch stiller, wenn das überhaupt möglich war, und selbst David hörte auf, auf den Tisch zu tippen.

Die Antwort war, dass es in Wahrheit nur sehr wenige waren, von denen sie keinen wirklich zielgerichtet getötet hatte. Bis zu der Nacht, in der MacLaren in ihr Tal gekommen war, hatte sie tatsächlich nur wenig Grund gehabt, das Blut eines Mannes zu vergießen, denn ihr Bruder hatte immer für ihre Sicherheit gesorgt.

Aber sie konnte und hatte es schon getan ...

Und doch hatte sie verstanden, was er damit sagen wollte: Er konnte seinerseits die Anzahl der von ihm Getöteten nicht mehr zählen.

Das war alles, was er sagte, aber das war schon eine ausreichende Drohung.

Die Halle blieb still und die Miene des Schlächters unterminierte sein Schweigen, denn der Mann hatte nichts Selbstgefälliges an sich – und in dem Moment realisierte sie, dass er alles nehmen würde, was sie ihm freiwillig gab, und dass er sie niemals freilassen würde.

David gab den Wachen hinter ihr ein Zeichen und sie brachten Broc Ceannfhionn zu einer Bank neben einem der Tische, wo sie ihn besser sehen konnte. Sie zwangen ihn, sich über den Tisch zu beugen. Lael sah, dass Broc dieses Mal nicht kämpfte. Sie wusste, dass er es nicht tun würde. Bei nur einem einzigen Wort von ihr würde der Mann, den sie zu respektieren gelernt hatte, nicht mehr leiden. Er würde als Märtyrer für seine Sache sterben und Spielleute würden von seinem Mut singen und ihn dann als Symbol des schottischen Freiheitskampfes hochleben lassen.

Aber dann würde er eine Frau und Kinder zurücklassen. Seine Felder würden ohne seine kräftige Arme brachliegen. Jegliche Chance, dass er mit dem rechtmäßigen Schwert emporsteigen würde, wäre auf einen Schlag zunichte. Bis jetzt wusste David noch nichts vom *Schwert des Königs*. Aber wenn Broc davonkam und dann mit vielen Männern zurückkehrte, könnte er immer noch seinen rechtmäßigen Platz an sich reißen – genau diesen, auf dem David mac Maíl Chaluim im Moment saß.

„Was soll es denn nun sein?", beharrte David.

Ja oder Nein.

Sie hatte wahrlich die Wahl. „Ich muss nur die entsprechenden Worte sagen?"

„Und ein Kind bekommen", erinnerte der König sie mit seinem albernen Nicken.

Mehr als alles andere wollte Lael ihm ins Gesicht schlagen. Was den Mann betraf, der ihr angetraut werden sollte, so schaute sie ihn immer noch nicht an – nicht jetzt.

Es war klar, dass sie sie unterschätzt hatten. Also ja, sie würde ihre verhassten Worte sagen, aber dann würde sie unter Verwendung von Listen einen Weg finden, sowohl sich als auch Broc zu befreien.

Dies ist nicht das Ende.

„In Ordnung. Ich nehme den Handel an, aber nur unter einer Bedingung: Wenn dies mein Zuhause werden soll und ich wahrlich Keppenachs Herrin werde, will ich nicht in einer Zelle im Turm gefangen sein. Ich muss dann freie Hand haben."

„Ihr seid in keiner Position, um Forderungen zu stellen", stritt der König.

„Nichtsdestotrotz", beharrte Lael, „sind dies meine Bedingungen."

Irgendetwas in seinem Blick sagte Lael, dass er ihren Gedankengang erwartet hatte, und kein Stück nachgeben würde. „Darf ich Euch daran erinnern: Eure Weigerung bedeutet, dass ich Euch hier und jetzt köpfen lassen kann?"

Ihr Bruder hatte schon immer gesagt, dass sie stur war. „Wenn Ihr mir meine Freiheit nehmen wollt, dann könnt Ihr mich auch hier sofort töten."

Der König seufzte ominös. „In Ordnung. Es ist Euer Kopf. Führt sie ab", befahl er. Er winkte sie weg.

„Ich nehme ihre Bedingungen an", sagte der Schlächter mit einer Stimme, welche die des Königs übertönte.

David schaute zum Schlächter, aber dessen Blick blieb auf Lael haften. „Was sagt Ihr da, Steorling?"

„Ich sagte, dass ich ihre Bedingungen annehme."

Seine grauen Augen waren unruhig. „Aber sie weiß, dass ich nicht zögern werde – wenn sie diese Mauern verlässt –, ihren Liebhaber zu köpfen."

„ER IST *NICHT* MEIN LIEBHABER."

Jaime hatte das auch schon herausbekommen, aber er musste es von ihren eigenen Lippen hören. Wenn es eine Sache gab, die ihn davon abhalten konnte, sie zu heiraten, dann war es, dass er nicht die Geliebte eines anderen Mannes als seine Braut nehmen würde.

David musste noch sprechen, aber er wusste, dass der König nachgeben würde – denn er hatte Davids Stolz gerettet. Der König wollte Lael genauso wenig geköpft sehen wie Jaime.

Nach einem unangenehmen Moment begann David wieder mit den Fingern auf den Tisch zu tippen. Er war offensichtlich unruhig, aber er war bereit, nachzugeben. Denn er war schlau genug, um zu wissen, dass Jaime niemals ruhen würde, nun da er seine Entscheidung gefällt hatte. Keiner der Barone ließ sich leicht zum Nachgeben bewegen und David wollte sie auch nicht dazu zwingen, da er wusste, dass Stärke ihren Preis hatte. Der Preis für Schottlands König war, dass seine Barone offen sprachen und ihren Herzen folgten. Aber es war nun einmal so, dass Jaime David höher achtete als sich selbst.

Lael stand unterhalb des hohen Tisches und blickte von Jaime zu David und dann wieder zurück, während sie sie offensichtlich beide abschätzte. Als sie wieder sprach, wendete sie sich an Jaime und nicht an David, denn sie hatte schnell erkannt, dass Jaimes Schweigen kein Zeichen von Schwäche war.

Schlaues Mädchen.

„Wenn ich nach einem Jahr Ehe kein Kind bekomme, werde ich trotzdem meine Freiheit fordern", traute sie sich zu sagen.

„Meines Wissens sieht das Gesetz ein Jahr und einen Tag vor", entgegnete er, bevor David eine Gelegenheit hatte, zu antworten.

„In Ordnung. Ein Jahr und einen Tag."

„So soll es sein", verfügte Jaime. Diese sachliche Verhandlung war nützlich für ihn gewesen. Er beabsichtigte nicht, eine widerwillige Braut zu behalten. Und er wollte ihr keine Zeit geben, ihre Meinung zu ändern – weder für sich selbst noch für Broc Ceannfhionn.

Er trat vom Podium herunter neben den Priester und ignorierte die innere Stimme, die ihm sagte, dass seine Motive gänzlich selbstsüchtig waren. „Meine Dame?", fragte er und hielt die Luft an, während sie über ihre Antwort nachdachte.

Noch zögerte sie.

„Ein Jahr", bestätigte er und streckte seine Hand wieder aus.

Scheinbar stand die Welt einen Atemzug lang still, während sie sich entschied … und dann drehte sie sich wieder, als sie seine Hand ergriff.

KAPITEL DREIZEHN

*D*avid mac Maíl Chaluim war ein wenig eingeschnappt, als er von Keppenach abreiste. Er hatte bekommen, was er wollte, wenn auch nicht zu seinen Bedingungen.

Jaime und Lael hatten ihre Versprechen schnell im Beisein einiger Zeugen, einschließlich Broc, gegeben und waren dann in den Burghof gegangen, damit Jaime seinem neu gewonnenen Gutsbesitz seine Frau präsentieren konnte. „Die neue Herrin von Keppenach", hatte er verkündet und ihre Hand hochgehalten, um ihnen allen das Eheband zu zeigen.

Broc Ceannfhionn wurde immer noch in Ketten aus der Halle gebracht und ohne dass er einzigen Blick zurückwarf, in Richtung Kerker geführt.

Halbherziger Jubel schallte über den Vorplatz.

Lael sah Jaime gelangweilt an und erlaubte ihm, das Band, das sie zusammenhielt, noch eine Zeitlang zu zeigen. Aber dabei machte sie ihren Arm so schlaff, dass Jaime gezwungen war, ihn zu stützen. Sie wendete sich ab, um zu sehen, wie Broc um die Ecke verschwand.

Noch nicht einmal die wahren Worte hatten sie gesprochen, geschweige denn, dass sie sich geschnitten hatten und ihr Blut verschmelzen ließen. Es war alles nur Show.

„Lächele", bat Jaime sie. „Dies sind jetzt auch deine Leute."

Sie verzog ihren Mund schnell zu einem Lächeln, lehnte sich aber zu ihm, um in sein Ohr zu flüstern. „Weder deine noch meine", erwiderte sie, ohne ihn anzusehen. „Das vergisst du besser nicht."

Er hielt ihre Hand fest an seiner Seite. „Falls du es vergessen hast, die meisten dieser Männer gehören zu mir", klärte er sie auf. „Und im Gegensatz zu MacLarens nichtsnutzigem Volk hören sie zuerst auf mich, sogar noch vor dem König."

Jaime behandelte seine Männer wie Brüder und wusste, dass sie ihn schätzten. Nicht einer von ihnen würde einen Verrat gegen ihn tolerieren. Jeder einzelne von ihnen war handverlesen und er kümmerte sich um sie, als wären sie seine Familie – und das waren sie in Jaimes Augen jetzt auch.

„Wir werden sehen", sagte er gleichmütig und dann wurde ihr Lächeln breiter.

Auch wenn es nicht echt war, stand sein Strahlen im Wettbewerb mit der Mittagssonne und Jaime vergaß sich einen Moment lang. Er streichelte die Rückseite ihrer Hand, die weich wie Samt war. Sie versuchte, ihre Hand wegzuziehen, wenn auch ohne Erfolg, denn sie waren immer noch zusammengebunden.

Das war das ganze Ausmaß ihrer Feierlichkeiten. David sammelte sein kleines Gefolge und verabschiedete sich.

Einfach nur aus Prinzip und mit verbundenen Handgelenken nahm Jaime seine Frau mit, um den König zu verabschieden, und bei so wenig Privatsphäre unterließ es der König, offen zu sprechen. Mit zusammengepressten Lippen wünschte er ihnen immerhin alles Gute.

„Denkt an meinen Rat", erinnerte er Jaime und dann führte er seine Truppe mit einem säuerlichen Gesicht durch Keppenachs Tor.

Jaime hatte nicht die Absicht, seine Braut zu unterschätzen. Erst nachdem David weg und das Tor wieder verschlossen war, entfernte er die Bänder des Eheversprechens und befahl Luc, an ihrer Seite zu bleiben. „Lass sie nicht einen Moment allein", trug er dem verdutzten Jungen auf.

Wenn Blicke töten könnten, war Jaime sicher, dass er aufgespießt worden wäre. „Nein", weigerte sie sich und schüttelte den Kopf. „Du hast mir geschworen, dass ich freie Hand auf Keppenach haben würde", erinnerte sie ihn, als wenn Jaime das möglicherweise vergessen haben könnte.

„Ja. Und du bekommst freie Hand, meine hübsche Frau. Aber ich habe niemals gesagt, dass du allein umher gehen könntest."

Sie stemmte beide Hände in die Hüften und derart aufgebracht sah sie so umwerfend aus, dass Jaime sich zurückhalten musste, sie nicht in seine Arme zu nehmen und sie sofort zu seinem Bett zu tragen.

Ihr Gesicht war gerötet und er sehnte sich danach, ihre glänzenden Zöpfe zu lösen und ihr feines Haar wie Seide auf seiner nackten Haut zu spüren. Aber jetzt hatte er andere Dinge zu tun und bei Gott, wenn er noch einen Moment länger in ihrer Gegenwart blieb, wäre er nicht mehr in der Lage, das Versprechen, das er zwar nur sich selbst gegeben hatte, zu halten. Sie war freilich seine Frau, aber er würde sie nicht zwingen, sich ihm hinzugeben. Diese Entscheidung musste sie ganz allein fällen. Ohne ein weiteres Wort ließ er sie in Lucs Obhut.

·

WEITER OBEN IN DEN HÜGELN WÜTETE DIE NACHT UND

den Morgen hindurch der Sturm. Und danach lag im ganzen Tal ein halber Meter glitzernder Schnee. Im Anschluss setzte der eisige Regen wieder ein und alle Möglichkeiten, den Bergpass zu überqueren, waren dahin.

Aidan lief in der Halle des *Crannógs* auf und ab und verfluchte Broc Ceannfhionn und selbst den MacKinnon-*Laird*, dass er seinem Lehnsmann erlaubt hatte, König David das Recht auf Keppenach streitig zu machen. Seit mehr als zweihundertfünfzig Jahren war die Burg in den Händen von Männern gewesen, die der schottischen Krone die Treue geschworen hatten, und nur selten hatten sie sich in der Zeit deswegen Sorgen machen müssen.

Die dún Scoti, wie sie von Außenstehenden genannt wurden, waren alles, was von den sieben Piktenstämmen geblieben war. Sie strebten danach, dieses Erbe zu bewahren und zum größten Teil hielten sich seine Leute aus der schottischen Politik heraus – und im Gegenzug blieb Schottland ihrem Tal fern. Es wäre nicht dienlich, Aufmerksamkeit auf Dubhtolargg zu ziehen – aus verschiedenen Gründen, zu denen auch der versteckte Stein in ihrem Berg zählte.

Nach dem Mord an König Aed im Jahr 878 durch seinen Vertrauten und Berater hatte Aidans Familie sich an diesen Zufluchtsort zurückgezogen, um die verfluchte Reliquie, von der anscheinend noch niemand bemerkt hatte, dass sie fehlte, zu schützen. An ihrer statt hatten seine Vorfahren eine Nachbildung hinterlassen und selbst die Priester von Scone hatten sie scheinbar nicht unterscheiden können. Es hieß, dass der Fluch erst gebrochen würde, wenn sich ein Nachkomme beider Nationen erhob. Und da seine Leute nun fast ausgestorben waren, war jegliche Hoffnung auf ein friedliches Land verloren. Lael hatte mehr als jeder andere gewusst, was auf dem Spiel stand, und doch hatte sie sich ihm widersetzt.

Was nun?

Der MacKinnon-Junge war auf ihrem Pferd in das Tal geritten. Aidan kannte das Tier gut. Wolf hätte Lael nie im Stich gelassen, außer wenn sie *gestorben* war.

War sie tot?

Diese Möglichkeit löste Schmerzen in ihm aus, die sich wie ein Gewicht auf seine Brust legten.

Einige behaupteten, dass Aidan ein geduldiger Mann war. Aber dem konnte er wohl kaum zustimmen, während er darauf wartete, dass Cameron Mac-Kinnon aufwachte und erzählte, was sich genau bei der Schlacht um Keppenach zugetragen hatte – wenn er überhaupt jemals wieder die Augen öffnete, denn er schlief wie ein Toter.

Trotz der aufkommenden Kälte wurde der Boden unter seinen Füßen warm und er ging weiter, denn tief im Inneren spürte er, dass seine Schwester ihn nun brauchte. Er war in die Enge getrieben, schlecht gelaunt und bedauerte seine Entscheidung, es zugelassen zu haben, dass sie ging. Aidan hatte es besser gewusst und obwohl es nicht seine Art war, Vorschriften zu machen – als ob er Gott wäre – hätte er ihr gern befohlen, zu bleiben und Keppenach jenen zu überlassen, die von seiner Rückgabe am meisten profitierten.

Seine Frau Lìli saß am langen Tisch mit ihrer kleinen Tochter im Arm; aber sie überließ ihn seinen Gedanken und verstand besser als jeder andere, wie viele Vorwürfe er sich machte.

Una lief ihm gegenüber auf und ab. Sie marschierte parallel zu ihm und schimpfte ihn die ganze Zeit wegen seiner Laune aus. „Es gibt nichts, was du tun kannst", versicherte ihm die Priesterin. „Lael hatte das Recht, zu gehen."

Aidan sagte nichts, denn er merkte, dass sie die

Wahrheit sprach – ob es ihm nun gefiel oder nicht. Aber ihre Worte besänftigten seinen Zorn auch nicht oder hielten seine Füße davon ab, den hölzernen Boden abzunutzen. Keane stand am Feuer. Sorcha und Cailin waren schon aus der Halle geflohen und saßen nun bei dem MacKinnon-Jungen.

Wenn die Sonne herauskommt, könnte ich Morgen immer noch losreiten...

„Was kannst du damit erreichen?", bedrängte Una ihn, als hätte sie seine Gedanken gelesen.

Aidan sah sie verärgert an und wünschte sie ins Jenseits oder wo auch immer die Feen hingingen, wenn sie nicht gerade anständige Leute ärgerten.

Endlich hörte die alte Frau auf, ihm gegenüber auf und ab zulaufen, und blieb in der Mitte der Halle stehen. Müde lehnte sie auf ihrem Stab. Ihre Knöchel wurden so weiß wie das verwitterte Eschenholz in ihrer Hand. „Aidan", flüsterte sie und dieses eine Wort war wie Balsam. Er merkte, wie die Spannung etwas nachließ, als der Tonfall ihrer Stimme seine Seele streichelte. Vielleicht war es Feenzauber, aber wahrscheinlich lag es daran, dass sie sich um ihn gekümmert hatte, seit er ein kleines Baby gewesen war. Ihre sanfte Stimme sprach mit dem Kind in ihm. Seufzend hörte er auf zu laufen und setzte sich.

Una hob das Kinn in Keanes Richtung und sein Bruder holte schnell einen Trinkbecher sowie einen Humpen und brachte beides an den Tisch. Er goss Aidan einen ordentlichen Schluck in sein Gefäß. Aidan dankte ihm und trank den Inhalt in einem Zug. Dann stellte er den Becher ab und bat um mehr.

„Sie spricht die Wahrheit", meinte Lìli, nun, da er sich etwas beruhigt hatte. „Du kannst nichts tun, bevor der Schnee nicht weg ist. Was nützt es, wenn du von Eis und Wind niedergestreckt wirst?"

Aidan nickte. Er stützte das Kinn auf seiner Hand

ab und schob den Becher in Keanes Richtung, damit ihm dieser nachschenkte. Sein Bruder kam der Aufforderung nach und setzte sich dann neben ihn, während hinter ihnen das Feuer knackte.

Una kam zu ihnen herüber. Er sah ihren Schatten näherkommen, drehte sich aber nicht um. „Ich habe ihr Gesicht in meinem *keek stane* gesehen", versicherte sie ihm. „Sie lebt, Aidan. Es ist vielmehr die Frage, ob du das Herz hast, deinem eigenen Fleisch und Blut zu verzeihen?"

Aidan runzelte die Stirn. Natürlich würde er ihr verzeihen! Er hatte es schon getan. In dem Moment, als er den MacKinnon-Jungen blutüberströmt und halbtot gesehen hatte, hatte er Lael sofort vergeben und vielleicht sogar schon davor. Aber zugegebenermaßen war er stur und konnte es scheinbar noch nicht einmal jetzt aussprechen.

Lìli beobachtete ihn und runzelte sorgenvoll die Stirn. Kellen schlief, Gott sei Dank, tief und fest, genau wie das Baby in Lìlis Armen – das Kind ihrer beider Fleisch und Blut. *Ein Kind zweier Nationen*, dachte er abwesend und schob den müßigen Gedanken beiseite. Bei Gott, er würde Ria in ihrem Zimmer einschließen oder sie in der Grotte mit dem verfluchten Stein einsperren, bevor er ihr erlauben würde, auf Schottlands Thron zu steigen oder in das Schlangennest einzuheiraten. David mac Maíl Chaluims Bruder Edgar hatte seinem eigenen Onkel die Augen herausgerissen, um ihn daran zu hindern, den Thron für sich zu stehlen. Und David mac Maíl Chaluim war kaum besser: Er hatte sich mit England verbündet und seinen Willen Männern aufgezwungen, die sich lieber selbst das Augenlicht genommen hätten, als unter der Knechtschaft Davids gefangen zu sein.

Aber Aidan würde natürlich Ria niemals wirklich zurückhalten. Denn wie alle Chieftains vor ihm glaubte er, dass jeder Mensch das Recht hatte, seiner eigenen Bestimmung zu folgen, und egal, was passierte, dafür auch die Konsequenzen zu tragen. Wo auch immer sie war, Lael trug die Konsequenzen ihrer eigenen Wahl.

DIE HALLE WAR NUN STILL UND AIDAN MERKTE ERST, dass er in Gedanken versunken war, als Una wieder sprach. *„Cha d'dhùin doras nach d'fhosgail doras"*, sagte sie und schnalzte mit der Zunge. *„Keine Tür wird je geschlossen, ohne dass sich eine andere öffnet."*

Aidan sah sie mit gerunzelter Stirn an. „Gibt es etwas, das du uns noch nicht offenbart hast, alte Frau?" Er wusste, dass sie einen unerklärlichen Sinn für zukünftige Ereignisse hatte, aber meistens behielt sie dieses Wissen für sich. Sie saß den ganzen Tag und schaute in den verdammten *keek stane* und dann erzählte sie kaum jemandem etwas davon.

Die Flamme in der Feuerstelle schien größer zu werden und doch blieb das Licht in der Halle schummerig. Unas Schatten kroch über den Tisch und fiel auf die entferntere Wand. „Was ich weiß, weißt du auch schon", sagte sie mit kryptischen Worten. „Was ich nicht sehen kann, lässt du gar nicht zu."

Aidan war wirklich müde, aber dies war ohnehin nicht die Zeit für Unas nervige Rätsel und das sagte er ihr auch. „Hör auf, alte Frau!"

Sie schüttelte den Kopf über ihn. „Du hast eine Frage gestellt, Aidan. Ich habe dir nur die Antwort gegeben, die du hören wolltest."

„Ach, jetzt reicht's! Hör auf!", befahl Aidan ihr noch einmal. „Geh und schau nach dem MacKinnon-Jungen. Du machst mich hier nur verrückt."

Sie seufzte bedeutungsschwer hinter ihm; aber dann befolgte sie Aidans Wunsch und wendete sich ab. *„An làmb a bheir, 's i a gheibh"*, brummte sie, als sie ihren

Stab auf den Boden stieß. *„Nur wer gibt, bekommt auch etwas."*

In dem Moment, als sie die Halle verließ, erlosch das Feuer und Aidan hatte ein schreckliches Gefühl nahenden Unheils. Er legte eine Hand auf die Schulter seines Bruders und sah ihn lange an.

Keane war von schmächtiger Statur, noch nicht Mann, aber auch nicht mehr Junge. Sobald der Schnee verschwunden war, musste einer von ihnen bleiben und der andere gehen, um Lael zu finden. Aber dies waren unsichere Zeiten und Keane war noch nicht bereit, an Aidans Stelle zu regieren. Was war, wenn Aidan fallen sollte? Aber sein Bruder war auch noch nicht alt genug, um in den Krieg zu ziehen. Er war kaum jünger als Cameron und es hätte genauso gut Keane sein können, der still hinter diesen Türen lag, ein junger Mann, der kaum gelebt hatte und vielleicht keinen weiteren Sonnenaufgang sehen würde.

Aidan hatte von so viel Gefühl einen Kloß im Hals. Er schüttelte die Schulter seines Bruders. „Geh und sieh nach deinen Schwestern", sagte er sanft. „Schau, dass Cailin und Sorcha abwechselnd schlafen und lass keine von beiden mit dem Jungen allein."

Keane nickte. „Wirst du dich auch etwas ausruhen?", fragte sein Bruder mit sorgenvoller Miene und Aidan lächelte. Er nickte ihm zu und warf einen müden Blick auf seine Frau, die nun auch entspannter wirkte.

Keane grinste und stand auf. „Mach Dir keine Sorgen, *bhràthair*", sagte er schnell. „Du kannst dich auf mich verlassen."

Aidan nickte und betete zu den Göttern, dass es stimmte, denn sobald der Schnee geschmolzen war, wann auch immer dies sein würde ... würde einer von ihnen bleiben und der andere musste gehen.

KAPITEL VIERZEHN

$\mathcal{M}$it frischem Elan stürzte Lael sich auf ihre neuen Aufgaben als Burgherrin und besorgte sich zu Lucs Leidwesen die Schlüssel der Festung.

Der junge Mann war Lael kaum gewachsen und leider hatte sein arroganter *Laird* ihn ihr ausgeliefert.

„Ich bin mir nicht sicher, dass das meinem *Laird* recht sein wird", sorgte sich Luc und biss sich wie ein kleines Mädchen auf die Unterlippe, als sie ihn um die Schlüssel bat. Nachdem er sie dem letzten Verwalter abgenommen hatte, trug er sie bei sich und sie hingen statt eines Schwertes an seinem Gürtel. Ihrer Meinung nach war er sowieso viel zu hübsch, um ein Krieger zu sein. Sie streckte ihre Hand aus und erwartete, dass er sich fügte.

„*Dein Laird*?", fragte sie süßlich. „Ist er jetzt nicht auch *mein Laird*? Und überhaupt, er ist mein Mann – und hat er mir nicht freie Hand über diese Burg gegeben?"

Darüber dachte Luc lange nach und knabberte so sehr an seiner Unterlippe, dass Lael schon befürchtete, er würde sie mit seinen Eckzähnen durchbohren. Es juckte ihr in den Fingern, das kalte Metall der Schlüssel zu berühren, auch wenn sie nur ein armer Ersatz für ihre vertrauten Klingen waren. „Natürlich, Herrin", gab er nach. „Ich nehme an, dass er das getan hat." Er hantierte an seinem Gürtel herum, entfernte die besagten Schlüssel und Lael nahm sie ihm sofort ab.

„Bitte sehr, Herrin", sagte er.

Lael lächelte, wenn auch eher zu sich selbst. Sie hasste den Klang der englischen Anrede, die er verwendete. Es gab ihr jedoch eine ziemliche Befriedigung, zu wissen, dass sie mit einem gewissen Maß an Autorität verbunden war. In einem Tag hatte sie die Verwandlung von Gefangener in dieser Burg zur Herrin darüber geschafft und sie hatte fest vor, diese Tatsache zu ihrem Vorteil zu nutzen und Wege zu suchen, wie sie sich von dieser Farce einer Hochzeit befreien konnte und Broc Ceannfhionn aus seiner Zelle.

Ihr Bruder wäre geschockt und sie war es ebenfalls! *Ein Baby?*, dachte sie – *ein Baby?* Bei den Sünden des *Sluag*! Sie würde genauso wenig ein kleines unschuldiges Kind mit einem Dämon zum Vater in die Welt setzen, wie sie ihre eigene Familie im Stich lassen würde. Dies war *nicht* ihr Zuhause und das würde es auch nie werden. Aber es wäre recht dienlich, wenn ihr Schlächter-Ehemann glaubte, dass sie ihre Rolle annahm.

In der Zwischenzeit musste es einen Weg geben, wie sie ihre Stellung auf der Burg besser nutzen konnte, und sie hatte vor, es herauszufinden.

Nach diesem Entschluss ging sie selbstgefällig umher und ließ die Schlüssel an ihrer Hüfte laut genug klimpern, dass jeder sie hören konnte. Der Knappe des Schlächters lief ihr die ganze Zeit hinterher und war eine Nervensäge.

„Ich glaube nicht, dass er das gut finden würde", wiederholte er, als sie stehenblieb, um die Küchenvorräte zu inspizieren, und anfing Dinge hin- und herzuschieben. „Er hat doch noch keine Inventur gemacht", sorgte sich der Junge.

Das ist sein Problem, dachte Lael. Nach Wochen ohne eine anständige Mahlzeit war ihre einzige Sorge, dass sie selbst etwas zum Essen bekam und einen Weg fand, Broc etwas Nahrung zukommen zu lassen.

Sie nahm zur Kenntnis, was vorhanden war, und stopfte Brotstückchen in ihren Mund, wobei sie kaum merkte, wie hungrig sie war.

Luc sah sie mit einer Entrüstung an, die sie zum Lachen brachte. *Fast*. Wenn sie nicht so von ihrem Ziel besessen gewesen wäre.

Es war lange nicht genug Korn für einen langen Winter vorrätig, bemerkte sie. Nichts Geräuchertes. Es war nicht viel Vieh übrig und überhaupt kein *uisge*. Cailleach sei gnädig, denn sie würden keinen Winter ohne das Getränk überstehen.

Drei Dienstmägde waren noch da – wohlgemerkt, *nur* drei. Sie standen einfach da und starrten Lael mit sorgenvollen und gleichzeitig entzückten Mienen an, was in ihren Augen eine seltsame Mischung war.

Sie hießen Mairi, Ailis und Kenna. Scheinbar waren alle drei geblieben, weil sie sonst nicht wussten, wohin sie hätten gehen sollen. Mairi, die Älteste, war schon so lange da, wie sie denken konnte. Auch Ailis war älter als Lael, aber Kenna war scheinbar jünger, obwohl das Mädchen nicht genau wusste, wie alt es war. Lael dachte, dass sie vielleicht ungefähr in Catrìonas Alter war.

Ihre Schwester Catrìona hatte einen Brodie in der Nähe von *Chreagach Mhor* geheiratet, was in Aidans Augen eine schlimme Sünde war – aber auch nicht so schlimm, als dass er sie verstoßen hätte, wie er es mit Lael gemacht hatte.

Sie seufzte und fand sich mit der Realität ab. Ihr Bruder würde sie nicht retten. Also musste sie selbst einen Weg finden. Aber das war ganz in Ordnung. In der Zwischenzeit würde sie versuchen, Verbündete zu gewinnen.

Im Laufe des Tages erfuhr sie, dass viele Bewohner Keppenach verlassen hatten, als Nachricht von MacLarens Tod kam. Einige waren in der Hoffnung geblieben, Profit aus der Herrschaft des neuen *Lairds* zu schlagen, denn Rogan MacLaren war ein schrecklicher Geizkragen gewesen – einer, der wenig gab und viel nahm. Einige waren der Meinung, dass ein neuer *Laird* nicht schlimmer sein konnte. Aber es gab andere, die einfach nicht wieder von vorne beginnen wollten, und so brachten sie ihre Familien dorthin, wo sie entfernte Verwandte hatten. Es hatte einen weiteren Exodus gegeben, als sie von der nahenden Ankunft des Schlächters hörten; und als Lael und ihre Truppe angekommen waren, hatten nur noch wenige Häuser außerhalb der Ringmauer Bewohner gehabt. Broc hatte die Dorfbewohner heimlich ermutigt, sich woanders Schutz zu suchen, zumindest bis der Kampf um Keppenach vorbei war. Und nun war das Dorf dem Erdboden gleichgemacht worden – jedoch nicht von ihnen. Aber diejenigen, die keine dauerhafte Bleibe in der Burg hatten, waren im Begriff zu gehen oder schon weg. Sie hatte nicht gewusst, dass tatsächlich eine recht große Anzahl derer, die vor der Halle gestanden hatten, als Lael ihr Eheversprechen gab, Bittsteller gewesen waren, die um Erlaubnis baten, gehen zu dürfen, nun da die Tore schwer bewacht wurden.

Wäre Lael die Herrin gewesen, hätte sie ihnen wahrlich ein besseres Leben versprochen, wenn sie denn blieben. Aber sie war es nicht gewesen und sie hatte selbst vor, sobald wie möglich zu gehen. Obwohl, wenn sie eine Zeitlang darüber nachdachte ...

Vielleicht konnte sie sich und diesen Leuten gleichzeitig helfen? Zu guter Letzt beschloss sie, dass sie mit der Hilfe von Mairi, Ailis und Kenna auf Keppenach wieder eine gewisse Ordnung herstellen würde – auch wenn sie dabei vielleicht hier und da gegen die Interessen ihres Mannes arbeitete. Wenn dies so wäre, würde es ihr umso mehr Freude bereiten, entschied sie. Also verbrachte sie den Tag damit, die Küche in Ordnung zu bringen und die Gärten zu inspizieren.

Lael wusste lange nicht so viel über Kräuter wie Una oder Lìli; sie hatte jedoch ein wenig Ahnung und seit dem Tod ihrer Mutter hatte sie den Haushalt ihres Bruders geführt gehabt. Sie gab den Frauen Anweisungen zum Putzen und machte sich im Geiste eine Notiz von all den Dingen, die sie zu tun beabsichtigte, bevor sie die Burg verließ: Das verbliebene Vieh zusammentreiben und sicherstellen, dass man sich darum kümmerte. Das Hühnergehege vergrößern und winterfest machen. Den Garten vom Unkraut befreien, die Speichersilos besehen. Die Schränke säubern und das Brunnenwasser überprüfen. Letzteres hatte sie auf die harte Tour in Dubhtolargg gelernt und bevor sie es bemerkt hatten, waren ein halbes Dutzend guter Männer, Frauen und Kinder an einer mysteriösen Krankheit verstorben. Erst später hatten sie dank der neuen Frau ihres Bruders herausgefunden, dass sich in einem ihrer Brunnen Abwasser befunden hatte.

Und wo sie schon mal dabei war, plante sie das Abendessen – ein Hochzeitsfest, obwohl es kaum Grund zum Feiern gab. Diese Leute, einschließlich Broc, verdienten jedoch ein gutes Essen. Sollten sie doch versuchen, sie davon abzuhalten, eine Portion in den Kerker zu liefern. Sie brauchte keine Messer, um ihre Sassenach-Brüder zurechtzuweisen.

Und außerdem hatte sie etwas dagegen, dass Broc sich im Schlamm wälzen musste. Sie konnte ihn nicht aus der Zelle befreien, aber sie konnte sie zwingen, diese zu säubern. Lael gab Anweisungen, dass der schmutzige Boden mit Schilf ausgelegt wurde, und er Decken bekam, damit er nicht an der Kälte zugrunde ging. Es war wärmer in den Tunneln, als sie erwartet hatte, aber wenn er starb, wäre alles umsonst gewesen.

„Ich glaube nicht, dass *Laird* Jaime das gut finden wird", sagte Luc, als er ihr die riesige Felldecke reichte, die man ihr die Nacht zuvor für sich gegeben hatte.

Das war also sein Name? *Jaime?* Sie fand *Dämon* besser. Oder *Schlächter.*

„Nein?", fragte sie und wünschte, der Junge würde sie in Ruhe lassen. „Warum gehst du nicht und erzählst es ihm?", schlug sie vor.

Der Junge schüttelte den Kopf, spitzte den Mund und blieb an ihrer Seite wie ein missmutiger Welpe. Er tat ihr schon fast leid, aber eben nur fast.

Broc zog eine blonde Braue hoch und schüttelte den Kopf. „Irgendetwas sagt mir, dass der Schlächter seine Entscheidung, dich zu heiraten, vor Sonnenuntergang bereuen wird", prophezeite er.

„Gut", meinte Lael, als Luc schnell hinter ihr abschloss, nachdem sie Brocs Zelle verlassen hatte. Sie hätte gern mehr gesagt, aber es gab zu viele, die mithörten, einschließlich der Wachsoldaten und ihrem kleinen Wachhund. „Ich lasse dir bald das Abendessen bringen", versicherte sie ihm und rümpfte die Nase über den Marder, der immer noch in einer Ecke lag. „Stille deinen Hunger nicht mit Ratten."

„Pass auf dich auf, Lael", warnte Broc. „Damit du nicht wieder hier landest oder noch Schlimmeres passiert."

„Hmpf", antwortete sie. Wenn er auch nur einen Moment lang glaubte, dass er sie so ängstigen könnte, dass sie ihr Schicksal wie ein ängstliches Mädchen akzeptierte, dann kannte Broc sie überhaupt nicht.

Der erste Fehler des Schlächters war gewesen, dass er sie am Leben gelassen hatte. Sein zweiter war, dass er sie unterschätzte. Sein dritter Fehler und wahrscheinlich sein letzter war, dass er ihr freie Hand über die Burg gegeben hatte – denn damit könnte sie vielleicht doch noch den Ausgang der Schlacht drehen und ganz allein einen Weg finden, die Schlüssel an ihren rechtmäßigen Besitzer zu übergeben.

„*Glaube*", sagte sie zu Broc, als sie davoneilte. Zwei Wachsoldaten öffneten die Tür zur Kapelle und sie schritt hindurch, während sie den Unmengen von Spinnweben auswich, welche die Durchgänger von vor zwei Tagen überlebt hatten.

„Seid ihr also Christin?", fragte Luc, als sie aus den schmutzigen Tunneln in den kleinen Vorraum kamen. Genervt ignorierte Lael seine Frage.

Glaube war nicht nur eine christliche Lehre. Tatsächlich war er überhaupt kein Merkmal von Frömmigkeit. *Glaube* konnte vielerlei Gestalt annehmen. Sie glaubte beispielsweise sehr an sich selbst, aber sie würde wohl kaum auf die Knie fallen und sich selbst anbeten.

Der Junge folgte ihr auf dem Fuße durch das Kirchenschiff. „David nimmt seine Priester überall mit, wo er hingeht. Man sagt, er habe eine besondere Berufung, Gottes Willen auszuführen."

Schon allein bei der Nennung von Davids Namen überkamen Lael Fantasien, wie sie Lucs Gesicht in den eisigen Schlamm rieb.

„Gut, dass wir eine Kapelle haben", meinte er und lief dabei in ein Spinnennetz. „Gott, hier ist es so schmutzig wie im Kerker!", rief er und fuchtelte mit den Händen, um sich von dem seidigen Netz zu befreien.

Es würde viel Arbeit erfordern, diese Kapelle in Ordnung zu bringen, dachte sie. Leider war sie keine Christin, denn sonst hätte sie so einen Weg gefunden, mehr Zeit in der Nähe der Tunnel zu verbringen. Irgendwann würde irgendjemand irgendwo einen Fehler machen und dann würde sie die Chance ergreifen und Broc befreien. Sie blinzelte, blieb plötzlich stehen und drehte sich zu dem Jungen, um ihn anzusehen.

Der Priester war mit David abgereist und es gab niemanden mehr in Keppenach, der wissen konnte, wie sehr sie noch mit den alten Traditionen verwurzelt war – noch nicht einmal Broc. „Ist der Schlächter fromm?", erkundigte sie sich.

„Nein, und er mag *diesen* Namen nicht", informierte Luc sie sofort. „Obwohl er behauptet, dass seine Seele verdammt ist."

„Und vielleicht ist sie es auch", erwiderte sie mehr zu sich selbst. Lael hatte keine Vorstellung von dem christlichen Gott und seinen Regeln – aber jemand, der eine Burg voller Menschen anzünden konnte, musste sicherlich verdammt sein.

„Meine Herrin?"

Sie streckte die Hand aus und tätschelte Luc an der Schulter, wie sie es bei Keane gemacht hätte. „Egal. Lass uns die Kapelle putzen", schlug sie vor und der Junge legte die Stirn in Falten, während er sie lange ansah.

„Für Euch?", fragte er. „Es tut mir leid, meine Herrin, aber wahrscheinlich wird mein Herr die Kapelle nur dazu nutzen, um auf diesem Weg in den Kerker zu gelangen."

Lael lächelte. „So Gott will, wird er seine Meinung vielleicht ändern", meinte sie. „Wollen wir morgen beginnen?"

„Gut, in Ordnung, ja", stimmte er zu und Lael lächelte –ihre Laune war so gut, wie schon seit Wochen nicht mehr.

Zwei Leichen sind ein Problem.

Maddog hatte seine Arbeit für MacLaren sehr gut

gemacht und als Lohn dafür nur ein warmes Bett und das Misstrauen seiner Leute geerntet. Jetzt hatte er noch nicht einmal ein Lager, weil der Schlächter ihn rausgeschmissen und ihn sich wie ein Depp eine neue Unterkunft hatte suchen lassen. Leider hatte er keine Gelegenheit gehabt, ein paar besondere Gegenstände, die er hatte behalten wollen, aus dem Zimmer des *Laird*s zu holen. Jetzt besaß er kein Geld, keine Wertsachen und nach fast dreiundzwanzig Jahren Dienst musste er mit dem Rest der schmutzigen Kerle am Rand der großen Halle sitzen.

Zumindest hatte er das Schwert.

Er wusste nicht genau, warum die alte Klinge so wertvoll war. Das Metall war stellenweise abgesplittert und kaum scharf genug, um seinen Saum aufzuschlitzen, aber er hatte das Gefühl, dass es von Bedeutung sein musste. Afric wusste es auch und der Schmied hatte es für sich selbst behalten wollen – zumindest bis sein Sohn zusammen mit seinem wertvollen Schwert verloren gegangen war. Nun war Maddog sich ziemlich sicher gewesen, dass Afric dem neuen *Laird* davon hatte erzählen wollte. Das konnte er nicht zulassen.

Er überlegte, was er mit dem Schwert machen sollte, und räumte es vorsichtig weg, sodass niemand seinen Glanz sehen konnte. Er versteckte das Wachstuch mit einigem Unbehagen neben dem übergroßen Sack Mehl, in welchem der Sohn des Schmieds verwahrt war. Der Schmied selbst … nun, er war in den Brunnen gefallen. „Ein unglückseliger Unfall", würden die meisten sagen, wenn sie zufällig seine Leiche fanden. Um den Verdacht von sich abzulenken, hatte Maddog überall erzählt, dass er den Jungen zuletzt gesehen hatte, wie dieser den Brunnenschacht hinunterkletterte; wie er es oft zu tun pflegte. Baird war gar nicht dagewesen, aber der Schmied hatte das nicht wissen können, und wer würde sagen können, dass die Beule auf Africs Kopf nicht von dem Sturz stammte?

Er hatte immer noch das komische Geräusch, das Afric von sich gab, als er nach unten in den Brunnen stürzte, im Ohr und es brachte ihn zum Lachen. Er kicherte zu sich selbst und versuchte es einzuhalten, bis er Rotz auf seinen Arm prusten musste. Dann runzelte er die Stirn.

Wenn alles gut lief, würde es einige Zeit dauern, bis jemand die Leiche des Schmieds fand. Das letzte Mal war der Mann in der Halle gesehen worden und er hatte sichergestellt, dass jeder sah, dass Afric dann allein wegging – aber erst hatte er Afric noch von seiner Sorge um den Jungen und von dem Brunnen erzählt. Und dann, als alle mit den Ereignissen in der Halle beschäftigt waren, hatte er sich hinter Afric hergeschlichen, während dieser in den Brunnenschacht schaute. Und das war's dann gewesen. Afric würde ihm keine Sorgen mehr bereiten.

Der Brunnen war sowieso wertlos. Das Wasser darin musste gesiebt und dann gekocht werden, damit man es überhaupt verwenden konnte. Sogar ihr Bier war schmierig. Es war gut, dass sie ihn im toten Winkel hinter der Kirche gebaut hatten, denn selbst jetzt – nach einer vollen Stunde –, hatte noch niemand den Alarm ausgelöst.

Aber .... zwei Leichen waren ein Problem.

Erst hatte er das Kind auch nach unten werfen wollen, aber das ging jetzt nicht mehr; denn sonst würden beide am Eimer hängen. Wie standen die Chancen dafür? Nein. Es musste noch ein anderer Weg existieren, aber den musste er erst finden.

In der Zwischenzeit gab es wenig genug Diener, sodass das Schwert sicher im Lagerhaus versteckt bleiben würde, bis er es holen konnte. Er wusste nicht gleich, was er damit anfangen sollte. Aber er war sich sicher, dass sich eine Gelegenheit ergeben würde.

Vielleicht würde der König zurückkommen und er könnte es als Geschenk präsentieren? Und vielleicht konnte er dann endlich die Führung von Keppenach übernehmen? Er war schließlich der letzte verbleibende Erbe von Donnal MacLaren. Obwohl sich niemand zu erinnern schien, war er der uneheliche Bruder Dougals. Aber er konnte es beweisen ... Kenna kannte die Wahrheit.

Kenna war nur ein kleines Kind gewesen, als ihr Bruder Dunloppe verließ. Sie konnte sich weder an sein Gesicht noch an ihren eigenen Namen erinnern. Nachdem Donnal die Burg ihres Großvaters eingenommen hatte, stahl das kleine rothaarige Mädchen mit den Locken und der Stupsnase Donnals Herz und so schickte er sie heimlich nach Keppenach, während er Dunloppe als Geisel gegen die Rückkehr ihres Bruders hielt. Das Kind, das Donnal an jenem Tag über die Festungsmauer warf, war nichts weiter als ein wertloses Bauernkind gewesen. Aber er hatte nicht mit dem Zorn des Schlächters gerechnet, als dieser die Leiche des Kindes auf dem Boden liegen sah.

Maddog war nicht dabei gewesen, aber man sagte, dass sein Brüllen über dem Moor zu hören gewesen war. Er hatte ein Gebäude nach dem anderen außerhalb der Mauern abgebrannt und sogar die besten Bogenschützen konnten ihn in seiner Rache nicht aufhalten. Viele Pfeile wurden abgeschossen und alle, außer einem, der ihm fast das Auge ausstach, verfehlten ihn. Daher kam die Narbe, die durch seine Augenbraue verlief.

Es war Maddogs Glück, dass er dazu ausgewählt worden war, die junge Kenna an jenem Tag nach Keppenach zu begleiten. Und während das Mädchen sich weder an ihren Bruder noch an ihre Mutter erinnern konnte, wusste sie doch, woher sie kam – und Maddog ließ sie niemals vergessen, dass er es gewesen war, der sie vor dem Schicksal Dunloppes bewahrt hatte. Das Feuer hatte immerhin drei Tage lang gewütet.

Bezüglich seiner MacLaren-Abstammung hatte er keinen Beweis – zumindest keinen handfesten –, obwohl er wusste, dass der alte *Laird* Papiere besessen hatte, die seinen Stammbaum zurück zu Domnall mac Ailpín, dem Bruder des Kenneth, zurückverfolgten. Hier waren auch die unehelichen Söhne und Töchter vermerkt. Also floss das Blut der Könige auch in Maddog und in gewisser Hinsicht hatte er ein ebenso großes Recht auf Keppenach wie jeder andere. Irgendwo auf dieser Burg stand eine kleine Kiste mit den Dokumenten seines Großvaters. Irgendwo war sie versteckt. Und wenn er sie fand, würde er das, was ihm zustand, so oder so bekommen; wenn nicht per Gesetz und Vernunft, dann eben mit seinem Schwert – dem *Schwert des Königs.*

Er lächelte bei diesen geheimen Gedanken und zog einen schweren Sack Korn vor das Wachstuch, dann wuchtete er noch einen davor und noch einen. Bis es so aussah, als würden einfach drei volle Säcke Korn nebeneinander stehen. Dann richtete er seine Kleidung und versetzte dem Sack mit dem Jungen einen Tritt, um eine Ausbuchtung zu beseitigen.

KAPITEL FÜNFZEHN

*J*aime rieb sich die Schläfen, während er über den Wirtschaftsbüchern brütete. Bislang waren sie alle noch ohne Einträge, aber im Verlauf der kommenden Wochen würde er jede einzelne Seite füllen.

Er hatte seine Lektion vom Eroberer gelernt, der nie ein Gut übernahm, wo er nicht jeden einzelnen Sack Korn, jedes Stück Vieh, jedes Huhn und jede einzelne Sache vermerkte, die irgendeinen Wert besaß – bevor er überhaupt mit der Verwaltung des Anwesens begann.

Aber eins nach dem anderen: Erst musste er die Beschwerden derer, die er regieren wollte, beilegen. So verbrachte er den größten Teil des Tages damit, bei Gerichtsverhandlungen zuzuhören, und schickte einige verärgerte Parteien ihres Weges. Mit Ausnahme von zwei Personen unter seinem Dach, hatte er kein Interesse daran, irgendjemand gegen seinen Willen festzuhalten. So wollte er seine Verwaltung nicht beginnen. Wie erwartet bedurfte es allerdings großer Anstrengung, die schlechte Stimmung, die MacLaren an diesem Ort verbreitet hatte, zu verändern.

Scheinbar hatten einige Dorfbewohner innerhalb

der Tore Zuflucht gesucht, aber viele andere waren geflohen. Im Frühling musste das Dorf wieder neu aufgebaut werden – und zwar jede einzelne Hütte. Wenn es sein musste, würde Jaime mehr Männer einberufen, aber der kommende Winter würde sowieso knapp werden und er würde Nahrungsmittel und Vorräte kaufen müssen.

Es war ihm wohl bewusst, dass er jetzt nicht als *Laird* in seiner eigenen Halle sitzen würde, wenn nur eine Sache anders gelaufen wäre. David wollte Keppenach unter seine Herrschaft bringen – aber wenn er noch eine Woche gewartet hätte, wären sie gezwungen gewesen, mit mehr Männern gegen die Burg zu marschieren, als sie derzeit unter ihrem Kommando hatten.

Bezüglich MacKinnon hoffte Jaime inständig, dass der Chieftain sich zurückhalten und ihm Zeit geben würde, sich auf die Bedürfnisse seiner Leute zu konzentrieren; auch wenn diese immer weniger wurden.

Endlich verließ der letzte Mann die Halle und dies war hoffentlich auch der letzte Antragsteller, der seinen Abschied von der Burg nehmen wollte. Nun hatten sie weniger als einhundert Männer, Frauen und Kinder, wo noch vor einem Jahr ein blühendes Dorf mit mehr als eintausend Einwohnern gewesen war.

Im Moment standen die Türen zum Burghof offen und die Halle war leer – mit Ausnahme eines rothaarigen Mädchens, das damit beschäftigt war, den Boden zu kehren. Sie war hübsch und hatte ein liebliches Gesicht. Aber irgendetwas an ihr erinnerte Jaime an Lael, obwohl Lael nichts an sich hatte, das man als süß hätte beschreiben können. Aber die Wahrheit war, dass seine Frau ihn, so wie sie war, faszinierte. Sie war eine Füchsin mit Feuer in ihren Augen und einer Launenhaftigkeit, die den Göttern Konkurrenz machte.

Würde sie einiges von dieser Leidenschaft für sein Bett zurückbehalten?

Er hatte gehört, dass die dún Scoti frei liebten. Bedeutete das, dass eine erfahrene Frau zu ihm kam? Er fand den Gedanken an sich nicht gerade reizvoll – es sei denn, sie benutzte jene Waffen ebenso gut wie ihre Messer ... Der Gedanke ließ ihn angenehm erschaudern. Obwohl es nicht sicher war, dass er es an diesem Abend entdecken würde, erwärmte die Möglichkeit das Blut in seinen Adern.

Plötzlich hatte er keine Lust mehr, zu seinen Wirtschaftsbüchern zurückzukehren. Er konnte sich genauso wenig auf seine Zahlen konzentrieren wie er das Monster, das sich unter dem Tisch rührte, ignorieren konnte.

Verdammt.

Das Signal des Widderhorns von der Festungsmauer ersparte ihm die Mühe. Er grinste, denn er wusste sofort, dass dies Kieran sein musste. Auch wenn Luc es gut meinte, konnte der Junge ihm doch kaum so helfen, wie es Kieran möglich war. Sein Hauptmann würde die Garnison in Ordnung halten, während sich Jaime um *andere* Dinge kümmerte.

Er hatte die Absicht, Kieran zu begrüßen und eine Pause von den Büchern zu machen. Jaime stand da, streckte sich und vertrieb die Spannung in seinem Genick, als er seine *Ehefrau* vor der Hallentür erspähte.

„Aber meine Herrin", sagte Luc gerade, während er sie über den Burghof verfolgte.

Sie verschwanden aus Jaimes Sichtfeld und er schritt vom Podium herunter, während er überlegte, ob er sich die Mühe machen sollte, hinter ihr herzulaufen, wenn er doch eigentlich Kieran einweisen musste.

Kieran war der richtige Mann, wenn man bedachte, was alles getan werden musste. Trotzdem bewegten sich seine Beine nicht, wie er es wollte.

· · ·

„HABE ICH NICHT FREIE HAND ALS HERRIN DIESER Burg?", fragte Lael zum gefühlt hundertsten Mal.

„Ja, meine Herrin, aber –"

„Ja, aber nichts", erwiderte sie. „Ich habe heute geheiratet und es ist Tradition bei meinen Leuten, ein *freudiges* Ereignis zu feiern."

„Ja, aber –"

„Missgönnst du deiner neuen Herrin ein ordentliches Fest? Oder sogar deinem *Laird*?"

„Nein", antwortete der Junge und sah dabei niedergeschlagen aus.

Wieder tat er Lael fast leid. *Fast*. Ihr Mann hatte ihn zu ihrem Aufpasser ernannt und es war am besten, dass er von Anfang an wusste, dass sie keinen brauchte – und auch keinen akzeptieren würde. Sie beabsichtigte, ihr Fest zu bekommen; egal, wie bescheiden es ausfiel. Wenn sie zu Hause geheiratet hätte, wäre ihr ein Hochzeitsfest ähnlich dem ihres Bruders sicher gewesen und selbst Lael hatte Träume. Sie plante, irgendwie das Beste aus dieser Situation zu machen. Schließlich heiratete man ja nur einmal.

Luc stand einfach da und blinzelte sie an. Sein hellbraunes Haar war zerzaust. Er strich sich die Haare aus dem Gesicht und sie stemmte die Hände in die Hüften. „Wie alt bist du, Luc?"

„Sieben und zehn im Dezember."

„Kommenden oder letzten Dezember?"

„Kommenden", antwortete er.

„Ach!", rief sie aus. „Du bist ja noch ein Grünschnabel."

„Nein, meine Herrin, das bin ich nicht!"

Tatsächlich war er nur fünf Jahre jünger als Lael; aber sie hatte nicht vor, ihm dies zu verraten. Sie fühlte sich viel älter, als sie war. „Ach", wiederholte sie frustriert, denn sie wollte den Jungen nicht mögen. Sein reizendes Gesicht verbarg nur sehr wenig und sie konnte seine Gedanken leicht darin lesen.

„Was ist hier los?", fragte eine tiefe Stimme.

Lael musste sich gar nicht umdrehen, um genau zu wissen, wer es war.

Mein Schlächter-Ehemann.

Er musste sie ja irgendwann erwischen und es war jetzt schon lange nach Sext und schon fast None. Sie nahm an, dass es Zeit wurde.

Luc war offensichtlich von der Entwicklung der Ereignisse verwirrt und sagte gar nichts mehr – weder, um sie zu schimpfen, noch, um sie zu verteidigen. Er stand einfach da und sah Lael mit verlorenem Blick an.

Lael war bereit, sich zu rechtfertigen, als sie sich zu ihrem Mann umdrehte. „Ich habe seit Wochen keine anständige Mahlzeit bekommen", übertrieb sie, „und da ich nun die Herrin dieser Burg bin, würde ich mich an einem herzhaften Abendessen erfreuen. Das ist das Mindeste, was du tun kannst, um mich an meinem *Hochzeitstag* glücklich zu machen. Da du mich zu dieser lächerlichen Verbindung gezwungen und mich dann hast links liegen lassen, als sei ich nichts als Abfall auf deinem Teller."

Jaime blinzelte.

Er sah zuerst zu Luc und dann zu Lael.

Luc scharrte unruhig. mit den Füßen. „*Laird*, ich habe ihr gesagt, dass Ihr noch keine Gelegenheit hattet, die Inventur vorzunehmen; aber sie will ein Festmahl für die Feier planen."

Jaimes erste Reaktion war Überraschung dicht gefolgt von Misstrauen. Er sah seine Frau an und zog eine Augenbraue hoch.

Sie neigte den Kopf, als wolle sie ihn herausfordern. „Du hast mir freie Hand gegeben", erinnerte sie ihn.

„Du hast einen Handel mit mir gemacht. Wenn du die Hingabe deiner Ehefrau willst, fängst du besser an, dich wie ein hingebungsvoller Ehemann zu verhalten. Und du kannst damit anfangen, indem du dein Wort hältst."

Hinter ihm wurden die Tore geöffnet, um Kieran einzulassen, und Jaime versuchte vergeblich, herauszufinden, welchen Plan sie wohl aushecke. In ihrem Gesicht war nichts zu erkennen. Es könnte durchaus sein, dass sie wirklich ein gutes Essen brauchte. Wer wusste schon, wie lange Brocs Truppe im Hinterhalt gewartet hatte, bevor sie die Mauern angriffen? Soweit ihm bekannt war, hatte sie seit seiner Ankunft nur wenig zu essen gehabt.

In diesem Moment war ihr Haar zerzaust und ihr Gesicht schmutzig. Sie hatte einen Fettfleck auf ihrem Kinn, aber er traute sich nicht, die Hand auszustrecken und sie zu berühren, falls sie ihn vor Luc zurückwies. Aber sie war trotzdem hübsch. Könnte es sein, dass sie vorhatte, ihr Eheversprechen ernst zu nehmen? Wollte sie eine pflichtbewusste Ehefrau sein?

Irgendwo in seinem Inneren erfreute ihn der Gedanke. Aber er war nicht dumm. Sie hatte etwas vor ... Indessen konnte er ihr wohl kaum ein ordentliches Essen an ihrem Hochzeitstag abschlagen.

Oder doch?

Vom Tor hörte man Geschwätz, während Jaime da stand und seine hübsche Braut anstarrte. Kieran brachte weitere siebzig Männer mit, die bestimmt alle so hungrig wie Lael sein würden. Er könnte die Inventur der Speisekammer auch noch morgen machen.

„Spare an nichts", willigte er mit einem Lächeln ein. „Sorge dafür, dass meine Männer gut zu essen bekommen, und sieh zu, dass ein Teller in den Kerker geschickt wird."

Sie wurde leichenblass. Dann sah sie ihn überrascht an. Ihre hübschen Lippen öffneten sich, aber dann war sie scheinbar doch nicht in der Lage, zu sprechen. Jaime überkam ein schreckliches Verlangen, sie zu küssen, denn so perplex sah sie wunderschön aus – und endlich einmal sanftmütig. Die scharfen Linien in ihrem Gesicht wurden für einen kurzen Moment weich und sie sah zu Boden. „Danke ... *Schlächter*", sagte sie noch nicht einmal unfreundlich.

Jaime wäre fast erstickt. Dieses Mal amüsierte ihn der Beiname nur – denn er spürte, dass sie es nicht böse meinte, sondern einfach darüber verwirrt war, wie sie ihn, da sie ja jetzt verheiratet waren, nennen sollte.

Er beschloss, dass dies ein Anfang war.

Bald würde er hören, wie sie seinen Namen rief, während er sie von innen streichelte. Der Gedanke allein brachte ein Lächeln auf seine Lippen.

„Gern geschehen", sagte er. Dann ging er weg, solange er noch am längeren Hebel war, und ging auf direktem Weg zum Tor, um seinen Hauptmann und Freund zu begrüßen. Kapitel Sechzehn

Spare an nichts?
Wirklich?

Lael wusste nicht, was sie von ihrem Schlächter-Ehemann halten sollte.

Sie stand in ihrem Gefängniskemenate, oder zumindest betrachtete sie es als solches, und inspizierte das feine Hochzeitskleid, das Aveline in ihrem Koffer aufbewahrt hatte. Es war sicherlich sehr schön. Aber allein die Tatsache, dass sie es jetzt gern getragen hätte, machte sie schon wütend.

„Spare an nichts", hatte er gesagt.

Das war wohl kaum das, was sie erwartet hätte, dass der Schlächter es sagen würde.

Aber warum sollte sie ein hübsches Kleid nur für ihn tragen wollen?

Und es war wirklich hübsch, stellte sie fest und so gar nicht wie irgendetwas, das sie sonst jemals getragen hätte. Es war fein und mädchenhaft, ein passendes Kleid für eine Braut.

Sie hatte zwar nur eine schnelle Zeremonie unter Zwang gehabt, aber es war trotzdem ihr Hochzeitstag.

Egal, wie sie es auch versuchte, sie konnte nicht aufhören, an die Hochzeit ihres Bruders zu denken. Es war so schön gewesen. Glenna hatte Lìli einen ganz neuen karierten Umhang geschenkt und als Aidan seine Frau umrahmt von all den Frauen und mit Bändern geschmückt den Hügel hinaufkommen sah, hatte ihm der Atem gestockt. In dem Moment hatte Lael ihren Bruder von ganzem Herzen beneidet, denn sie hatte nicht geglaubt, dass sie selbst jemals heiraten würde. Und nun waren Aidan und Lìli trotz all der Verdächtigungen und trotz der anfangs widrigen Umstände glücklich verheiratet– vielleicht würde dies ja auch für Lael wahr werden?

Lael hatte sich selbst nie als verheiratete Frau gesehen. Sie hatte nie einen Mann gekannt, an den sie sich gern gebunden hätte. Auch hatte sie nie das Ziel gehabt, eine Ehefrau zu sein, und auch jetzt war dies nicht der Fall. Aber was machte das schon? Das Versprechen war bereits vollzogen. Sie war die Ehefrau des Schlächters, auch wenn sie das nicht gut fand.

Ein Jahr, hatte er gesagt. *Ein Jahr. Und einen Tag.*

Es sollte himmlisch sein, aber es konnte auch die Hölle werden.

Sie seufzte wehmütig und dachte an Aidans neues Baby und sah sich mit einem eigenen Kind. Konnte sie eine liebevolle Mutter sein? Wusste sie überhaupt, wie? Sie hatte so viel Zeit damit verbracht, über Rache nachzudenken und zu versuchen, eine Kriegerin zu sein, dass sie sich jetzt nicht ganz sicher war, was es wohl bedeutete, eine sanftmütige Frau zu sein.

Ihr Schlächter-Ehemann wollte nur eines von ihr. Aber wenn sie es ihm gab, würde sie auf ewig an ihn gebunden sein, denn sie konnte ihm kein Kind gebären und dann einfach gehen. Nein, wenn sie ihm das Baby schenkte, das er sich so wünschte – oder viel eher das Kind, das David wollte –, dann wusste sie nur eins ganz sicher: Sie könnte diesen Ort nicht mehr verlassen und dann würde sie wahrlich nie wieder nach Hause zurückkehren.

Dieser Gedanke machte ihr das Herz schwer.

Sie dachte über dieses Dilemma weiter nach, holte den Spiegel unter der Matratze hervor und stellte ihn auf die Fensterbank. Dabei neigte sie ihn etwas, sodass sie sich damit aus der Ferne besser betrachten konnte. Dann trat sie einen Schritt zurück und nahm Maß, ging wieder hin und kippte den Spiegel noch etwas mehr und die ganze Zeit haderte sie mit sich, dass sie sich um ihren Anblick sorgte.

Warum sollte sie sich Gedanken darüber machen, wie sie aussah? Dem Schlächter war es bestimmt egal. Lael machte sich nicht vor, dass dies mehr als eine politisch motivierte Heirat war – und zwar eine, die ihrem Mann nicht besser gefiel als ihr. Nach Abgabe des Eheversprechens hatte er sie beiseitegeschoben und sich nur einmal die Mühe gemacht, nachzusehen, wie es ihr ging. Und dann war er ihr nur zufällig begegnet, weil sie ihm im Weg stand, als er zum Tor wollte. Überhaupt war ihr aufgefallen, dass er sie nicht bat, mitzukommen, um als seine Frau ihren Gast zu begrüßen. Nay, obwohl er sie vor Luc verteidigt und ihr erlaubt hatte, Broc etwas zum Essen zu bringen, sodass sie das wenigstens nicht heimlich machen musste.

Trotz allem machte sich so etwas wie Dankbarkeit in ihrem Bewusstsein breit; wenn auch vielleicht nicht genau Dankbarkeit, dann doch sicherlich *etwas*, das ihre Abneigung minderte. Fürwahr, wie konnte sie einen Mann hassen, der sie vor dem Galgen gerettet, sie dann umgehend geheiratet und ihr seine Burg ausgehändigt hatte?

Oder wenn er ihr auch nicht gerade die Schlüssel überreicht hatte, so hatte er sie ihr zumindest noch nicht weggenommen, und er wusste doch sicherlich über alle Vorgänge Bescheid. Luc hatte ihm inzwischen zweifellos alles erzählt – der kleine Schwätzer.

Was das betraf, so wollte sie Luc auch nicht mögen!

All dieses Gernhaben reichte aus, ihre Laune auf ewig zu verschlechtern – als wenn diese nicht schon schlecht genug war: Bei dem Gedanken daran, dass David sie mir nichts dir nichts zum Heiraten gezwungen hatte. Und nun erschien es ihr wie die armseligste Hochzeit der gesamten Schöpfung. Ihre Familie war nicht da. Es gab keine Frauen, die ihr beim Ankleiden halfen. Kein Gesang und kein Tanz. Kein *uisge*. Kein Gelächter.

Nun ja, wenn man die Umstände betrachtete – was hätte sie mehr erwarten können?

Etwas *Besseres*, beschloss sie.

Sie fand sich mit ihrer eigenen Gesellschaft ab und da sie mit den weiblichen Ritualen nicht vertraut war, zog sie sich selbst aus. Schließlich brauchte sie keine alberne Dienerin. Lael legte sich das Kleid, das sie tragen wollte, selbst zurecht. Sie wusch sich allein. Dann kämmte sie sich die Haare allein. Und im Anschluss, immer noch allein, dachte sie über die bevorstehende Nacht nach, denn er würde sich bestimmt vor Einbruch der Nacht an sein Eheversprechen erinnern. Er war schließlich ein Mann.

Und würde er seinem Namen gerecht werden? Würde er sie vergewaltigen und ihre weiblichen Teile schänden? Wahrscheinlich, entschied sie, denn er war ja halb Engländer und soweit sie es einschätzen konnte, fand er scheinbar diese englische Hälfte besser. Er ging und sprach wie ein Engländer und wahrscheinlich war sein Beischlaf auch so. Und wenn dem so war, würde er Lael als eine ebenbürtige Partnerin erleben – denn sie war wohl kaum der Typ, der still da saß und einen Mann einfach machen ließ, was er wollte. Sie hatte vielleicht noch bei keinem Mann gelegen, aber sie wusste genau, wie ein Mann ausgeweidet wurde.

Grinsend streifte sie das hauchzarte, elfenbeinfarbene Kleid über ihren Kopf und zog es an. Sie wollte, dass ihr neuer Ehemann das sehen sollte, was er nie besitzen würde. Denn sie hatte zwar ihren Körper verschachert, aber sie hatte ihm *niemals* ihr Herz versprochen.

Lael freute sich, dass dieses Kleid länger als die anderen war, da der Saum noch nicht umgenäht worden war. Offensichtlich hatte Aveline es noch fertigstellen müssen. „Armes Mädchen", sagte sie wieder und beklagte das Schicksal der jungen Frau – und dann stellte sie sich vor den kleinen Spiegel, um zu schauen, wie das Kleid ihr stand.

Der Spiegel war blind und ihr Bild etwas verzerrt. Aus dem Spiegel sah sie, wie ein *brollochan* sie anblickte. Es hatte Glubschaugen und eine breite Nase mit Nasenlöchern wie riesige Gruben. „Armer Ehemann!", rief sie. Er war wahrscheinlich an Frauen gewöhnt, die Seide aus dem Orient trugen, deren Haar blond wie Honig war, und die anmutige und hübsche Gesichtszüge besaßen. Ihre Wangenknochen stachen viel zu sehr hervor, ihre Augen saßen zu tief und ihr Haar war zu schwarz. Die Stirn in Falten gelegt nahm Lael den Spiegel von der Fensterbank und warf ihn auf das Bett. Fluchend machte sie sich auf den Weg, um ihrem Mann bei dem Fest, das sie geplant hatte, Gesellschaft zu leisten.

· · ·

KIERAN ZOG SEINE HANDSCHUHE AUS UND WARF SIE AUF den Tisch. „Kein Wunder, dass du in diese Burg einfach so hereingesegelt bist. Sie ist ja praktisch verlassen. MacLarens Männer haben sich wahrscheinlich in die Hosen gemacht." Er richtete das Schwert in seiner Scheide und nahm dann am oberen Tisch Platz. Offensichtlich war er nicht so erschöpft von der Reise, dass er sich einen Scherz oder zwei auf Jaimes Kosten verkneifen würde.

Sie hatten eine komplizierte Beziehung. Er und Kieran waren unter Heinrich aufgezogen worden und fast gleich gut in der Ausbildung und ihren Kräften gewesen. Jedoch hatte Jaime Empfehlungen von David mac Maíl Chaluim und Weston FitzStephen gehabt. Also stimmte es tatsächlich, dass es ebenso wichtig war, wen man kannte und wie man kämpfte.

Trotzdem vertraute Jaime Kieran in jedem Fall. Er war tatsächlich der einzige Mann, dem er mit einer solchen Gewissheit sein Vertrauen schenkte. Sie waren in vielerlei Hinsicht wie Brüder.

„Die Standarte des Königs ist zu keiner Zeit vom Turm abgenommen worden."

„Wie immer, mein Freund, bist du zu bescheiden", meinte Kieran grinsend. „Aber das sagte er mir bereits. Wir haben ihn auf dem Weg nach Teviotdale getroffen. Er versicherte uns, dass du die Burg gut im Griff hast. Daher haben wir ihm drei Reiter als Begleitung nach Süden angeboten." Er schob seine Handschuhe beiseite und sah sich mit Interesse in der Halle um. „Er wollte sie zwar nicht annehmen, aber wir haben sie ihm trotzdem geschickt. Weitere sechs sind nach London zurückgekehrt, um Heinrich die Neuigkeiten zu überbringen. Ich bin sicher, dass König Heinrich erfreut sein wird, wenn er hört, dass sein Protegé einen weiteren Überfall gegen den rebellischen Norden durchgeführt hat." Er nickte zustimmend. „Du hast eine schöne Halle gewonnen, trotz der heruntergekommenen Mauern. Wenn du das Ungeziefer fernhalten kannst, können wir hier einen angenehm warmen Winter verbringen."

Jaime zog eine Augenbraue hoch. „Das Ungeziefer hält uns vielleicht warm bei all den undichten Stellen auf dieser Burg", sagte er. „Wie viele Leute hast du mitgebracht?"

Kieran kratzte sich an einer Augenbraue, während er zählte. „Neunundvierzig", bemerkte er einen Moment später. „Wir haben auf MacBeth gewartet, der gesagt hatte, er würde mit weiteren zwanzig Mann kommen; aber MacBeth selbst wurde krank."

„Glaubst du ihm?"

Kieran zuckte mit den Schultern. „Es ist egal. David wird sich so oder so durchsetzen."

Jaime konnte das, was er nicht sagte, im Funkeln seiner schwarzen Augen lesen. „Das war nicht meine Frage."

Kieran lächelte. „Es ist schon ganz gut, dass einer von uns so gut wie zwanzig von ihnen ist, oder?"

„Das Glück ist auf der Seite des Stärkeren", behauptete Jaime, während er noch einmal über ihre Anzahl nachdachte.

Es stimmte schon, dass seine Krieger viel versierter waren als die meisten anderen, aber einhundert Männer und Frauen konnten die Burg nicht gegen eine Armee von tausend Mann oder mehr verteidigen. Sie hatten es geschafft, Keppenach davor zu bewahren, dass es in andere Hände fiel. Er war wild entschlossen nach Norden geritten und hatte sein halbes Gefolge, das ihm später folgen sollte, lediglich deshalb zurückgelassen, da ihm bewusst gewesen war, dass die Burg nur noch eine kleine Garnison haben würde. Wenn er

nicht vor MacKinnon an Keppenachs Toren angekommen wäre, hätte der Kampf, um die Burg zurück-
zugewinnen, mehr Blutvergießen bedeutet, als David
bereit war, zuzustimmen. Aber es war ein Glück gewesen, dass MacKinnons Männer noch nicht angekommen waren, und das Wetter könnte ihnen
wahrscheinlich noch einen weiteren Aufschub bringen.
Jaime kannte jedoch den Ruf des Chieftains und er
wusste, dass MacKinnon sein Wort halten würde.
Früher oder später würde er kommen. Die Frage war:
Wann? Und mit wie vielen?

Nichtsdestotrotz stand der Krieg nicht unmittelbar
bevor und Frieden herrschte niemals nur wegen der
Abwesenheit eines Konflikts. Vielmehr musste er angesichts einer Auseinandersetzung durch friedliche Reso-
lutionen gewonnen werden. Die Frage war jetzt,
welche Bedingungen man MacKinnon anbieten sollte,
um ihn davon abzuhalten, in den Krieg zu ziehen. Und
wenn sie zu den Waffen greifen müssten, um Keppenach zu schützen, würde sich Aidan dún Scoti dann an
dem Kampf beteiligen, um seine Schwester zu retten?
Jaime wusste, dass es den dún Scoti, weil Lael in diese
Verbindung gezwungen worden war, in die eine oder
andere Richtung polarisieren würde.

Was Jaime jedoch am meisten faszinierte, war diese
einfache Frage: Warum sollte ein angesehener Chieftain wie MacKinnon, der sich zum größten Teil aus politischen Konflikten herausgehalten und sich bis jetzt
noch nie gegen David aufgelehnt hatte ... Warum würde
er einen niederen Lehnsmann, der keine Bedeutung besaß, militärisch unterstützen? Das wollte Jaime genauer
wissen.

Und außerdem ... Warum fühlte sich Lael verpflichtet, zu den Waffen zu greifen und an Brocs Seite kämpfen, wenn ihr Bruder dies ganz klar abgelehnt hatte?

Jaime wusste immerhin, dass Broc Ceannfhionn

einst ein Erbe Keppenachs gewesen war. Mehr als dreißig Jahre zuvor wurde sein Vermächtnis tatsächlich von Donnal und Dougal MacLaren gestohlen: Diese waren Vater und Sohn gewesen, die unter der Standarte Alasdair mac Maíl Chaluims – Davids Bruder und ehemals König des Nordens – ritten. Zusammen hatten Donnal und Dougal Keppenach dem Erdboden gleichgemacht, den MacEanraig-Chieftain ermordet und dessen Söhne und Töchter als vermeintlich tot zurückgelassen. Damals hatte David nur das Land südlich des River Forth beherrscht und die beiden Brüder hatten erbittert gekämpft, um ihre Grenze zu sichern. Soweit Jaime über die Ereignisse Bescheid wusste, blieben nur wenige MacEanraigs nach dem Tod des alten Chieftains übrig. Broc hatte scheinbar sein ganzes Leben unter der Herrschaft der MacKinnons verbracht und war mit seinem Schicksal zufrieden gewesen, bis er ein englisches Mädchen geheiratet hatte, die eine entfernte Kusine von Piers de Montgomerie war. Dieser war nach und nach unter die Herrschaft Davids gekommen, aber seine Treue stand nun in Frage.

David hatte in einer falschen Entscheidung Montgomerie vor einigen Jahren nach Norden geschickt, um das Land neben Chreagh Mhor, dem Herrschaftssitz der MacKinnons, einzunehmen. Konnte es sein, dass Montgomerie etwas mit Brocs Verrat zu tun hatte? Wollte Montgomerie sich auch MacKinnon anschließen? Dies waren alles Fragen, die noch beantwortet werden mussten, und jede einzelne Antwort spielte eine Rolle in der Frage, ob Keppenach unter Davids Herrschaft bleiben würde – oder genauer gesagt: unter Jaimes. Aber nun, da sie ihm gehörte, würde Jaime für seinen Besitz sterben, insbesondere, da es ja nun um viel mehr ging.

Ich habe eine Frau.

Beim Gedanken an Lael verzogen sich seine Lippen automatisch zu einem Lächeln.

Sie war hübsch und hatte Feuer und war anders als jede Frau, die ihm bislang begegnet war. Ohne groß um Erlaubnis zu bitten, hatte sie Luc die Schlüssel abgenommen und angefangen seine Burg zu verwalten, als hätte sie nie etwas anderes getan.

„Auf jeden Fall", sagte Kieran, „bin ich froh, dass du dieses Lehen angenommen hast, Jaime. Es ist besser, dass du es bekommen hast, als jemand anderes. Zu oft passiert es, dass der Preis, den ein Mann zahlt, wenn er sich weigert, in der Politik mitzumischen, der ist, dass er von Schlechteren regiert wird."

Das war eine seltsame Bemerkung von Kieran. „Bedauerst du es, dass du mir dienst, mein alter Freund?"

Kieran blinzelte und schüttelte den Kopf, als wenn er erst jetzt gemerkt hätte, wie es sich für Jaime vielleicht angehört hatte. „Nein", schwor er. „Ich habe von dir gesprochen, mein Freund. Ich war schon zweimal sicher, dass Heinrich dich mit einem erblichen Rittergut belohnen wollte, aber du schienst abgeneigt. Also gingen diese an Männer wie de Ros und Mowbray, wobei beide schon einen ordentlichen Teil bekommen hatten, und weder der eine noch der andere so loyal ist wie du."

„Das waren englische Rittergüter", argumentierte Jaime.

In Kierans Augen lag ein Funkeln. „Aber du hast nie einen Anspruch auf weniger geltend gemacht."

Jaime neigte den Kopf und sah Kieran fragend an. Dies war der einzige Unterschied zwischen ihnen, denn Kierans Eltern waren beide Engländer. Aber er verstand, dass Kieran einen Scherz gemacht hatte. „Ist es weniger, ein Schotte zu sein, mein Freund?"

Kieran grinste. „Dann stimmt es also? David behauptet, er würde noch einen Schotten aus dir machen

– und wenn es das Letzte sei, dass er tun würde." Er neigte den Kopf beschwichtigend. „Und so, wie es hier aussieht, hat er schon viel erreicht, wenn du Keppenach den Vorzug über den anderen gegeben hast."

Jaime lachte. „So schottisch wie David", gab er etwas ernsthafter nach und fügte hinzu, „wenn die Gelegenheit sich bietet, verleiht er dir auch ein Lehen."

Kieran nickte. „Wenn sich die Gelegenheit ergibt, würde ich mich freuen", sagte er. „Sogar über ein verfallenes Lehensgut wie dieses."

Jaime lachte. Er kannte seinen Freund nur zu gut und wusste – dem Blick in seinen schwarzen Augen nach zu urteilen –, dass er die Möglichkeiten hier im stürmischen Norden bereits erkundet hatte. Was die Arbeit betraf, so hatte Jaime schon Heimatgefühle. Und Kieran kannte ihn gut genug, um dies auch zu erkennen. Jedoch wollte er sich jetzt nicht mit diesen Gedanken befassen, obwohl er schon überlegte, wie viel von seinem neuartigen Triumphgefühl dem Land oder seiner hübschen neuen Frau zuzuschreiben war.

Jaime vermutete, dass es ein wenig von beidem war.

Während sie sich ausführlich unterhalten hatten, war die Halle umgeräumt worden und es freute ihn, dass Lael sich an der Organisation des Abendessens beteiligt hatte. Verschiedene Speisen wurden an ihm vorbeigetragen, einschließlich Platten mit Schweinefleisch, einer Pastete aus Bratenresten, Mortel mit Schweinefleisch und Reis und Blancmanger, einem Nachtisch aus Huhn, Reis und Mandelmilch. Alles in allem war es ein kreatives Essen und gänzlich unerwartet. Er beschloss, dass er nicht viel über seine dún Scoti-Braut und ihre Leute wusste.

Die Geschichten über ihren Clan verursachten bei Kindern oft Albträume. Nur Männer, die so wild und unerbittlich wie die Highlands selbst waren, konnten so lange tief in den *Mounth* überleben. Man sagte, dass ihre Leute sich kaum von den Pikten und Nordmännern, die einst im unzähmbaren Norden unterwegs waren, weiterentwickelt hätten. Aber soweit Jaime sehen konnte, kannte sich die Frau in einer Burg besser aus als die meisten anspruchsvollen Damen aus dem Süden.

Aber noch nicht einmal das Essen lenkte Kieran von ihrem Gespräch ab. „Machst du dir Sorgen, dass MacKinnon kommen wird?"

Jaime schnupperte den Duft, als eine der Dienerinnen mit einer ofenwarmen Pastete vorbeiging. Bis zu diesem Moment hatte er nicht gewusst, wie hungrig er war. „Ich würde mir mehr Sorgen über die Lage im Land machen, wenn er es nicht täte", erwiderte er ehrlich. „Und wenn er kommt, haben wir Broc Ceannfhionn."

Kieran sah ihn bedeutungsvoll an. „Also ist Broc die Sicherheit, die David dir dagelassen hat, wie ich gehört habe? Er schien so sicher, dass MacKinnon ruhig halten würde."

Scheinbar hatte niemand Kieran von Jaimes Hochzeit erzählt. Jaime wollte es ihm gerade berichten, als Lael die Treppe herunterkam.

Ein wenig unsicher schritt sie die Stufen hinab.

Die Halle war zum Bersten mit fremden Männern gefüllt und es gab kaum ausreichend Tische in der Halle, um die Neuankömmlinge unterzubringen.

Um sicher zu sein, dass alle bei der Feier – ihrer Hochzeitsfeier – gut satt wurden, hatte Lael doppelt so viel Essen bestellt wie sonst. Das war ganz gut so, denn sie hatte nur wenig Ahnung gehabt, wie viele Leute zum Essen da sein würden. Als sie die Treppen herunterkam, schaute sie zu den Tischen, um sicherzustellen, dass die Speisen gerecht verteilt waren, und nicht nur auf dem Tisch des *Lairds* gestapelt wurden, um von dort weitergereicht zu werden. In Dubhtolargg wurden alle Männer gleich behandelt. Ihr Bruder war anscheinend der Erste, der dieses Gesetz durchgesetzt hatte, und dies hatte angeblich König David entsetzt. Aber Schande über ihn, denn ihre Aufgabe war es ja nicht, David mac Maíl Chaluim gefällig zu sein.

Blind gegenüber dem ihn umgebenden Chaos saß ihr Schlächter-Ehemann auf seinem Schlächter-Thron und unterhielt sich mit seinem Gast.

Unterhalb des Podiums waren die Tische so gestellt, dass so viele wie möglich daran Platz fanden, und Bänke wurden hin- und hergerückt. In dem Moment, als Lael erschien, verstummte der Krach und jeder hielt sofort inne.

Die Aufmerksamkeit war ihr peinlich und sie prüfte die Länge ihres Kleides. Als sie merkte, dass dieses schon ein wenig hochgerutscht war, zupfte sie es wieder herunter und betrat die Halle mit dem Mut eines Mannes und hocherhobenen Hauptes.

In der betäubenden Stille stand der Gast ihres Mannes, ein braunhaariger Mann im Alter von vielleicht dreißig oder etwas älter, abrupt auf und schob seinen Stuhl auf dem hölzernen Boden des Podiums nach hinten. Seine Hand wanderte zum Knauf seines Schwertes.

Instinktiv griff Lael nach ihrer Waffe, fand aber nichts als Luft an der Stelle, wo ihr geliebtes Schwert hätte sein sollen. Sie blieb mitten im Schritt stehen und erwartete fast, dass der Mann über den Tisch hechten würde – ähnlich, wie ihr Mann es schon einmal gemacht hatte. Aber er starrte sie nur an. Mit seiner Rüstung war er eine ziemlich imposante Erscheinung, aber ein gezielter Pfeil würde ihn schneller umwerfen, als er blinzeln konnte. Diese Tatsache zauberte ein Grinsen in Laels Gesicht: Denn auch wenn diese Männer glaubten, sie seien unverwundbar mit ihren Helmen und

Kettenhemden, konnte sie ihnen doch einfach beweisen, dass dem nicht so war.

Versprechen hin oder her, wenn sie eine Gelegenheit bekam, sich von dieser Farce einer Ehe zu befreien, dann würde sie diese ergreifen. Gott sei jedem Mann gnädig, der ihr im Weg stand.

Bezüglich ihres *Laird-Ehemanns* ... Sein Blick ließ sie erschaudern und sie verfluchte Broc Ceannfhionn, dass er ihr geraten hatte, ein albernes Kleid zu tragen – möge Cailleach den Mann plagen. Sie fühlte sich fremd in diesem Gewand und je länger ihr Mann sie anstarrte, desto heißer brannten ihre Wangen. Und dies wurde noch verstärkt, als sie merkte, dass alle anderen auch zu ihr hin sahen. Einen unangenehmen Moment lang überlegte sie, ob sie überhaupt ein Kleid trug, denn die Blicke in ihren Gesichtern führten dazu, dass sie sich nackt und schutzlos fühlte.

KAPITEL SECHZEHN

„Wer um Himmels willen ist dieser Engel?"

„Das ist Davids Sicherheit", antworte Jaime auf Kierans Frage, während er aufstand und die Luft anhielt angesichts der Schönheit seiner Frau. Er fühlte, wie Kierans Augen auf ihm ruhten, aber er konnte sich nicht überwinden, den Blick von seiner Braut zu lösen.

Sie stoppte auf dem Weg zum Podium und Jaime entging es nicht, wie ihre Hand an ihre Seite fuhr, um auf die einzige Art, die sie kannte, Rückhalt zu suchen. Ein wissendes Lächeln kehrte auf seine Lippen zurück, denn trotz des hübschen Kleides war sie im Herzen eine Kriegerin.

„Bei Gott!", zischte Kieran, der sich verspätet an seine Seite begab

Erst dann dachte Jaime daran, einzuatmen.

In dem hellen, elfenbeinfarbenen Kleid erschien Lael in jeder Hinsicht wie eine Braut, kein Drache und keine Kriegerin. Sie war in der Tat ein Wechselbalg … eine Vision der Reinheit … ein Engel mit schwarzen Haaren und sonnengebräunter Haut. Ihre funkelnden grünen Augen waren nur auf ihn fixiert und er hatte das unbeschreibliche Gefühl, dass sie sich nur für ihn so angezogen hatte, auch wenn dies undenkbar erschien.

Das Kleid selbst war aus schimmernder, elfenbein-farbener Seide und es hatte Ärmel wie hauchdünne Flügel, die fast bis zum Boden reichten. Der Surcot war aus Samt und mit Hermelin besetzt. Er brachte jede reizende Kurve ihres Körpers zur Geltung und sie hatte einen goldenen Gürtel um ihre Taille geschlungen. Dieser passte zu dem Reif in ihrem Haar. In seinem ganzen Leben hatte er noch nie eine so atemberaubend schöne Frau gesehen und wenn er daran dachte, dass sie ihm gehörte, dann erfüllte ihn dies mit Ehrfurcht – obwohl er wusste, dass sie nur eine Rolle spielte.

In diesem Moment wurde ihm ohne jeden Zweifel klar, dass er so viel mehr wollte als nur eine Frau, die lediglich dem Namen nach sein war. Er wollte ihr Herz und ihre Seele – sonst würde er sie freilassen. Er schwor sich, dass sie entweder aus freien Stücken zu ihm kommen würde oder gar nicht.

„Beweg dich", befahl er Kieran. Egal, was passierte, heute Abend gehörte der Platz an seiner Seite seiner Braut. Diese Tatsache gab ihm einen unerwarteten Nervenkitzel. Als Kieran sich nicht schnell genug be-wegte, versetzte Jaime ihm einen Stoß mit dem El-lenbogen.

Endlich erwachte Kieran aus seiner Starre und stol-perte fast, als er zu dem Platz des Mannes, der neben ihm aufstand, ging, um diesen Platz einzunehmen. Da-nach stand jeder Mann in der Halle auf und bewegte sich einen Platz weiter. Es war wie eine Welle mensch-lichen Fleisches, die sich erhob und durch die Halle wogte.

Überrascht, dass er plötzlich und wie betrunken von seiner Frau fasziniert war, rückte Jaime einen Stuhl für sie zurecht und sein Herz machte einen Sprung, als ihre Füße sich wieder in Bewegung setzten.

„Meine Dame", begrüßte Kieran sie, als sie näher kam.

„*Meine Frau*", korrigierte Jaime ihn. Nur für den Fall, dass Kieran sich an sie heranmachen wollen würde. Jetzt war es an Kieran, mit offenem Mund dazustehen.

Lael fühlte sich in ihrer Kleidung vollkommen albern.

Dies war weder ihr Platz noch ihre Leute. Allein, dass sie sich so fühlte, war schon Beweis genug, dass sie nicht hierher gehörte.

„Wenn Ihr Euren Mund nicht zumacht, fliegt eine Fliege hinein", sagte sie und war recht verwirrt von der ungeteilten Aufmerksamkeit, die ihr zuteilwurde – und noch mehr von dem allzu wissenden Blick ihres Gatten.

„Verzeihe diesem Mann seine Unhöflichkeit. Er ist seit vielen Jahren mein Hauptmann", erklärte ihr Jaime.

„Kieran", stellte der unhöfliche Mann sich vor und drehte seine Handfläche nach oben, als wollte er, dass Lael ihm etwas anbot – ein Andenken vielleicht?

Sie hatte gehört, dass die Engländer manchmal symbolische Geschenke bei ihren Feierlichkeiten über-reichten. Vielleicht war dies auch so etwas? Es sollte ja schließlich eine Feier sein. Da sie nichts Besseres parat hatte, zog sie eine Nadel aus ihrem Haar und legte sie in seine Hand.

Er starrte auf das Geschenk, dann sah er sie an und blinzelte, als wenn er sie für ein bisschen verrückt halten würde. Plötzlich warf er den Kopf zurück und fing an zu lachen. Er klopfte sich mit der Hand, in der er ihre Nadel hielt, gegen das Kettenhemd und Lael fühlte den unwiderstehlichen Drang, sie wieder zu-rückzunehmen.

Zum ersten Mal in ihrem ganzen Leben haderte sie mit sich und viel zu spät dachte sie darüber nach, wie sie Aidans Frau behandelt hatte, als diese zuerst in das

Tal gekommen war. Dies war nicht dasselbe, entschied sie, aber sie konnte sich kaum ein schlimmeres Gefühl vorstellen, als eine Braut inmitten von Unbekannten an einem fremden Ort zu sein.

Glücklicherweise bedeutete ihr Schlächter-Ehemann ihr, sich zu ihm zu setzen und dies tat sie dementsprechend recht schnell. Tränen schossen ihr in die Augen, als sie sich auf den freien Platz zwischen ihrem Mann und seinem Hauptmann niederließ.

Beim verdammten Stein, sie wünschte sich, dass der ganze Raum wegschauen würde. Jeder einzelne Mann im Raum beäugte sie nun – wahrscheinlich warteten sie darauf, dass sie wieder ihre Fassung verlieren würde, wie schon an diesem Morgen. Diesen Gefallen würde sie ihnen nicht tun!

Sie *konnte* sich wie eine Dame benehmen, wann immer sie es wollte. Schließlich war sie schließlich kein Mann unter diesem Gewand.

Selbst nachdem sie sich gesetzt hatte, war es immer noch recht still in der Halle. Lael hörte das Flüstern, das am Tisch des *Laird*s vorbeischwebte.

Mairi kam mit einem Kelch – und einer ermutigenden Miene – herbeigeeilt und stellte diesen vor Lael ab. Sie lächelte und dann kam Ailis schon herbei und schenkte ihr Met ein.

Lael war dankbar für das Getränk, mit dem sie ihre Schmach und ihre Enttäuschung hinunterspülen konnte, und nahm einen großen Schluck. Ailis blieb in ihrer Nähe stehen und eilte herüber, um ihr nachzuschenken. Etwas zu spät wünschte Lael sich nun, dass sie eines der Küchenmädchen gebeten hätte, ihr beim Anziehen zu helfen. Es gefiel ihr gar nicht, wie sie sich fühlte – so niedrig und sie war etwas von der Rolle –, insbesondere da sie sich noch nicht einmal wirklich einfügen wollte. Nichts hier war wie zu Hause.

Sie war dankbar, dass sie nun saß und vergessen

wurde, zumindest von den beiden Männern, die ihr am nächsten waren – und der Hauptmann ihres Mannes berichtete ausführlich von seinen Reisen in den Norden. *„Er reiste unverzüglich und ohne Grund. Ignorierte alle Tavernen, bis auf eine. Und übrigens würde ein Weib namens Delilah ihre Grüße senden."* Danach folgte ein Kichern, das sie nicht verstehen sollte.

Zu seinen Gunsten sei gesagt, dass sich der Schlächter nur räusperte. Sie hörte, wie er einatmete und die Luft anhielt, als wäre er so angespannt und fühlte sich so unwohl wie Lael.

Und so ging es weiter. Abgesehen von dem Essen gab es nichts Feierliches an dem Abend – und warum sollte es auch anders sein? Es gab keine Spielleute, die zu Ehren der Braut und des Bräutigams sangen, es gab keine Musik, keine festlichen Reden, keine Trinksprüche – und wenn es Gelächter gab, dann ging es sicher auf Laels Kosten, da sie ja nur eine dún Scoti unter den schottischen Lakaien war.

„Das ist ein hübsches Gewand", flüsterte ihr Mann über ihre Schulter. „Ist es das deine?"

Aus irgendeinem Grund fand Lael die Frage seltsam und sie sah ihn vernichtend an. „Natürlich. Ich habe es aus meinem Stiefel gezaubert. Ich komme immer zur Schlacht mit einem Kleid für die Siegesfeier."

Sie dachte, dass sie ihn kichern gehört hätte, aber war sich nicht sicher, und dann fühlte sie seinen Atem an ihrem Ohr und dieses Mal klang seine Stimme tadelnd. „Ich meinte ja nur, dass ich mich bei der Frau bedanken würde, die es dir geliehen hat."

Lael blickte ihn prüfend an. „ Ich denke, dass du dazu niemals die Gelegenheit haben wirst." Sie lächelte süßlich, hob den Kelch nervös an den Mund und trank einen Schluck. „Ich habe gehört, dass du sie leider auf den Scheiterhaufen geworfen hast."

Neben ihr spuckte der unhöfliche Gast das aus, was

sich in seinem Mund befand. Lael fühlte, wie die Tropfen auf ihren Arm fielen, und drehte sich rechtzeitig zu ihm, um zu sehen, wie die Pastete sich über einen Mann an einem der niederen Tische ergoss.

„*Cha deoch-slàint, i gun a tràghadh*", sagte sie und prostete sich selbst zu. *Es gibt keine Gesundheit, wenn der Becher nicht geleert ist.* Das war das letzte Mal, dass sie den Versuch machte, zu sprechen. Lael saß still neben ihrem Mann und war erleichtert, als die Aufmerksamkeit der anderen sich nicht mehr auf den Tisch des *Laird*s konzentrierte. Sie fand Trost im Met, ein süßer Trunk, der ihr bei jedem Schluck Zahnschmerzen verursachte. Glücklicherweise stieg er ihr genauso zu Kopf wie der *uisge*, den sie in Dubhtolargg machten, und so trank sie weiter und Ailis schenkte ihr nach. Aber anstatt, dass er sie fröhlich machte, brütete sie still zähneknirschend vor sich hin und war wütend auf sich selbst, weil sie etwas anderes erwartet hatte.

Sie war sich bis zu diesem Zeitpunkt nicht bewusst gewesen, wie sehr sie sich nach einer echten Hochzeitsfeier gesehnt hatte – jetzt, wo es noch offensichtlicher war, dass das Ganze eine Farce war.

„Stell dir vor, wie erleichtert ich war, dass Messer nicht Eure einzige Stärke sind", flüsterte der Mann an ihrer Seite. Sie konnte die Belustigung in seiner Stimme hören. „Das Essen ist eine recht schöne Überraschung."

„Weil wir Wilde sind?", neckte sie.

Ihre Frage machte ihn scheinbar sprachlos. Natürlich dachte er genau wie der Rest Schottlands, dass ihre Leute nichts als ein zurückgebliebenes Bergvolk waren – mit wenig Manieren und nichts im Kopf.

„Nun", sagte sie und entband ihn von der Belastung, antworten zu müssen. „Ich versichere dir, ich bin mit meinen Klingen viel besser." Dann spießte sie ein Stück Schweinefleisch mit einem klitzekleinen Dolch auf, dem einzigen *Messer*, das sie seit Tagen hatte berühren dürfen. Sie hielt es hoch vor sein Gesicht. „Soll ich es dir zeigen, mein *Laird-Ehemann?*"

JAIME WAR VERWIRRT VON DER LEIDENSCHAFT IN IHRER Stimme und runzelte die Stirn beim Anblick des Speisedolchs, den sie in ihrer Hand drehte. Er hatte zwar nicht erwartet, dass sie so schnell klein beigeben würde, aber da sie heute Abend so ganz wie eine Braut erschienen war, hatte er sich getraut, zu hoffen.

Also, was war der Zweck des hübschen Kleids? wollte er sie fragen. Hatte sie vor, ihm alles zu zeigen, was sie niemals hergeben würde?

Bis jetzt hatte er neben ihr gesessen und ohne Erfolg versucht, Kieran zum Schweigen zu bringen, damit er eine Unterhaltung mit seiner widerspenstigen Braut beginnen konnte. Aber es war klar, dass sie trotz des Kleids und trotz ihrer Fügsamkeit, trotz seiner Versuche, ihr zu zeigen, dass er vorhatte, sie als seine Frau zu respektieren, nur Verachtung für ihn übrig hatte. „Du bist eine launische kleine dún Scoti", sagte er und seine Verwirrung nahm nun überhand.

Da sie ja eine schlaue kleine Füchsin war, verstand sie den gewollten Witz, denn sie erhob sich so schnell, dass er Angst hatte, sie würde ihren Besteckdolch in sein Auge stechen wollen. Er konnte gerade noch zurückweichen. Instinktiv wusste er, dass er unter ihrem wachsamen Auge keine Schwäche zeigen durfte. Und ehrlich gesagt, behagte ihm der Gedanke auch nicht, dass sie seine Autorität über diese Männer, für die seine Herrschaft noch neu war, untergrub. Aber sie war offensichtlich wirklich außer sich und er zügelte seine Wut und ließ Geduld walten.

„Ich bin keine Schottin!", zischte sie.

Jeder schaute jetzt zu. Jaime war sich jedes Blickes,

der auf den Tisch des *Laird*s gerichtet war, bewusst. Neben ihm sah er, wie Kieran seinen Mund verdeckte, um seine Erheiterung zu verbergen. Aber die Wangen seiner Frau waren gerötet und auf ihrer Stirn hatte sich eine steile Falte gebildet, die ihre Augenbrauen zusammenstoßen ließ.

„*Jetzt* bist du es", beharrte Jaime so geduldig wie möglich. „Ich bin ein Schotte und als meine Frau wirst du dich vor jedem verbeugen, dem ich die Treue schwöre", versicherte er ihr.

Sie lächelte dünnlippig und ihre grünen Augen funkelten zornig. „Ich möchte nicht sehen, wie du versuchst, mich zu zwingen."

Die Klinge des Dolches, obwohl recht klein, blitzte zwischen ihnen auf.

Mit jeder Faser seines Körpers verlangte es ihm danach, ihr diesen zu entreißen. Aber er wusste, dass sie genau das von ihm erwartete.

Er war erbost, dass sie ihn vor seinen Männern herausforderte, und zwar auch noch in der Halle und in einer so unsicheren Zeit. Aber ein Teil von ihm bemerkte auch ihre Verwirrung. Jaime wusste, dass sein Herz hart werden würde, wenn er seinem Zorn nachgab. Dennoch konnte er auch nicht zulassen, dass sie ihm so unhöflich vor anderen widersprach. Er fasste sie sanft am Handgelenk, als wollte er sie zu sich für einen Kuss herüberziehen.

„Ich werde dich *nicht* zwingen", sagte er so, dass nur sie es hören konnte. „Du, meine schöne Frau, hast ein Versprechen gegeben und ich werde dafür sorgen, dass du es freiwillig hältst."

Ein unbekanntes Gefühl flackerte kurz in ihren Augen auf und war so schnell wieder verschwunden, wie es erschienen war. „Ich habe das Versprechen nicht freiwillig gegeben, warum sollte ich es also freiwillig halten?"

„Ah, aber so war es, meine Dame. Du hast die Wörter gesprochen und ...", er drückte ihr Handgelenk fest, um sie dazu zu bewegen, den Dolch fallen zu lassen, „niemand hielt eine Klinge an deinen Hals."

LAEL STARRTE IHREN MANN AN UND WEIGERTE SICH, wegzusehen.

Vielleicht hatte er keine Klinge an *ihren* Hals gehalten, aber sehr wohl an Brocs – wenn auch nicht buchstäblich, dann im übertragenen Sinn. Wie schnell er das Ultimatum, das er ihr erst am Morgen gesetzt hatte, schon vergessen hatte.

Er hielt sie immer noch fest am Handgelenk, lehnte sich vor und berührte ihre Wange mit seinen Lippen. Die unbeschreibliche Hitze verbrannte ihre Haut. „Ich werde es dem Alkohol zuschreiben und die Beleidigung verzeihen. Aber wenn du mich wieder zwingst, dich zu bitten, den Dolch fallenzulassen, werde ich das auf eine Art und Weise tun, die dir nicht gefallen wird, *meine Dame*."

Laels Blick wanderte nach unten auf den Besteckdolch in ihrer Hand. Für einen kurzen Moment überlegte sie, ihn woanders hinzulegen. Aber da sie sich selbst darüber im Klaren war, dass sie ohne den Einfluss des Mets vielleicht nicht so überhastet reagiert hätte, atmete sie tief durch und sagte sich, dass es ihr nichts brachte, wenn sie ihn hier und jetzt herausforderte.

Endlich ließ sie den Dolch fallen und sah über die Schulter ihres Mannes zu Kieran hinüber. Der Mann starrte sie immer noch mit offenem Mund an – und da behauptete man, dass ihre Leute Holzköpfe seien. „Ich verabschiede mich", sagte sie mit süßer Stimme. „Wir haben einen *ebenso* wichtigen Gast im Kerker, um den ich mich kümmern muss."

„Nein!", herrschte ihr Mann sie an, ließ sie aber trotzdem los.

Lael stemmte die Hände in die Hüften und sprach lauter, obwohl er seine Stimme nicht erhoben hatte. „Du hast gesagt, dass ich es dürfte!"

Sein Blick durchstach sie so scharf wie eine Klinge, aber er sprach noch leiser. „Ich sagte, du könntest dem Mann einen Teller mit Essen schicken. Du darfst ihn nicht persönlich besuchen. Ich habe die Wachen angewiesen, dich vom Kerker fernzuhalten. Unser Handel beinhaltet nicht, dass ich meine Frau mit einem Verräter der Krone teile."

Lael starrte ihn wütend an und fand Zuflucht in ihrem Zorn. „Wie du wünschst, *mein Laird*. Das ist schließlich *dein* Zuhause. Es wird niemals *meins* sein!"

Damit drehte sie sich auf der Stelle um und eilte aus der Halle. Lael traute sich nicht, sich umzudrehen, um zu sehen, wer zuschaute. Sie wollte nicht, dass irgendjemand ihre Tränen sah – Tränen, die sie sich weigerte zu vergießen. Aber sie brannten trotzdem in ihren Augen.

Sie wünschte ihren Mann zur Hölle und eilte die Turmtreppe hinauf. Erst einmal gab sie seinem Willen nach – aber wenn er glaubte, dass sie in seinem Bett auf ihn warten würde, dann hatte er sich gewaltig geirrt.

KAPITEL SIEBZEHN

$\mathcal{M}$it geschwollenem und blutunterlaufenem Gesicht lag Cameron MacKinnon im Bett und schlief friedlich, wohingegen Cailin selbst kaum zur Ruhe gekommen war. Nach vielen Stunden an seiner Seite war die mit Flechtmuster verzierte Kerze fast ganz heruntergebrannt. Ihre flackernde Flamme warf unruhige Schatten auf sein Gesicht und verzerrte es fürchterlich. Auch wenn er mit grünen und blauen Flecken übersät war, so hatte seine Haut zumindest ihre tödliche Blässe verloren.

Er schlief nun etwas ruhiger, nachdem Lìli ihm einen Trank aus weißer Weidenrinde und Baldrian gegeben hatte. Die Weidenrinde war gegen die Schmerzen und der Baldrian würde ihn ruhen lassen, während sein Körper sich erholte. Seine Rippen waren gebrochen, ebenso wie sein rechter Arm. Aber viel von dem Blut an ihm, auf seiner Kleidung und Laels Pferd musste von jemand anderem stammen, was nichts Gutes für Lael verhieß.

Durch die düsteren Gedanken an ihre Schwester war die ganze Stimmung in Dubhtolargg jetzt ernst. In jedem Gesicht zeigten sich Sorgenfalten und die arme Una, die mit Unterbrechungen in einem Stuhl in ihrer

Nähe schlief, brauchte wirklich nicht noch mehr davon. Nun da der Schnee in ihrem Tal fiel, gab es keine große Aussicht, dass man mehr erfahren könnte, als das, was Cameron zu erzählen hatte – was bis jetzt noch kein verdammtes Wort gewesen war – und Cailin saß da und machte sich Gedanken um ihre Schwester. Sie sorgte sich auch um Cameron, obwohl sie ihn kaum kannte.

Endlich hatte ihr Bruder aufgehört, in der Halle auf und ab zulaufen, und war mit seiner Frau zu Bett gegangen. Aber wenn Lael starb, wusste Cailin, dass ihr Bruder sich das nie verzeihen würde. Es gab leider keinen Weg, herauszufinden, wo sie war oder wie es ihr ging – und noch nicht einmal Cailleach selbst hätte sich bei diesem schrecklichen Wetter hinausgewagt. Eine ordentliche Böe des eisigen Windes konnte einen Mann zu Stein gefrieren lassen und keiner würde ihn vor dem Frühling wiederfinden. Bis dahin hätten die Wölfe ihn bis auf die Knochen gefressen. Cailin wusste genau, was die Wölfe anrichten konnten, nachdem der Schnee des letzten Winters geschmolzen gewesen war, und sie das, was von Rogan MacLaren übrig geblieben war, auf dem Hügel gefunden hatten.

Leider kam der Schnee dieses Jahr zu früh.

Vor dem *Crannóg* lag eine meterhohe Schneewehe und noch nicht einmal Una traute sich auf dem Pferd zurück in ihre Grotte. Zum ersten Mal seit fast zehn Jahren schlief die alte Frau unter dem Dach des *Crannógs* und hielt neben Cailin Wache. Sie war erst vor einer Stunde eingeschlafen. Cailin widersetzte sich dem Schlaf, obwohl sie die Augen mit ihren Fingern offenhalten musste.

Plötzlich stöhnte Cameron und fing an unruhig zu zappeln. „Geh nicht", sagte er im Schlaf und Cailin rückte etwas an ihn heran, um zuzuhören.

Sie berührte sein Gesicht sanft mit ihrer Hand und

fühlte die Temperatur an seiner Wange. „Cameron", flüsterte sie, als er nichts weiter sagte. „Cameron MacKinnon." Sie tätschelte ihm sein Gesicht, um ihn zu wecken.

Mit einem Prusten wurde Una wach. „Lass ihn in Ruhe!", befahl sie und Cailin erschrak durch das Geräusch ihrer vernichtenden Stimme. „Lass den Jungen in Ruhe".

„Aber ich habe gehört, wie er etwas gesagt hat", protestierte Cailin.

„Pah!", rief Una. „Wenn du ihn nicht in Ruhe lässt, bringst du ihn um. Das ist jetzt nicht die Zeit, um über einem hübschen Gesicht zu schmachten."

Sie fühlte sich hilflos und schuldbewusst, weil Una dachte, dass sie nur an Cameron MacKinnons Äußerem interessiert sei. Cailin lehnte sich zurück, um ihn zu beobachten, während über ihnen der Wind blies und der *Crannóg* wie eine alte Frau mit Gicht in den Knochen ächzte.

„Ich höre die *Bean-sìth*", flüsterte Una leise und stand auf. Sie verließ das Zimmer schneller als jede andere alte Frau und kam sofort mit neuen Kerzen zurück. Diese verteilte sie überall im Zimmer, stellte eine auf den Nachttisch neben Cameron und zündete sie alle sehr schnell an. Cailin hätte schwören können, dass Una sie alle auf einmal angezündet hätte.

„Sei gewappnet, Kind", warnte Una, als sich das Zimmer erhellte. „Egal, was Lìli gesagt hat, ich kann die *Bean-sìth* an unserer Tür weinen hören! Und bevor ich das Wehklagen vernahm, sah ich sie in einem Traum. Sie saß in Caoineags Pool und wusch den Umhang deiner Schwester und das Wasser färbte sich rot."

Ein furchtbarer Schauder überlief Cailin, denn man musste kein Hellseher sein, um zu wissen, was das bedeutete. Wenn die *Bean-sìth* im heulenden Wind weinte, sagte ihr trauriges Wehklagen nur den Tod voraus. „Cailleach, rette uns", flüsterte sie leise.

„Ach, Kind, das kann sie doch nicht", klagte Una. „Nur die Schicksalsgöttinnen können eingreifen. Nun, bitte, lass den Jungen ruhen."

DICKE SCHNEEFLOCKEN FIELEN AUS EINEM verhangenen Himmel, als die letzten Sonnenstrahlen durch die eisigen Wolken stachen. Lael schloss die Fensterläden und sah sich in dem kargen Zimmer um.

Der Winter war so schnell gekommen.

Selbst wenn sie jetzt einen Weg fand, sich zu befreien, war es nicht mehr möglich, den Bergpass zu überqueren. Bis zum Frühling gab es nur den Weg nach Süden und dort erwartete sie nichts weiter als noch mehr Sassenach-liebende Schotten.

Aber, um den Gedanken weiter zu spinnen: Wenn sie den Pfad nach Süden nahm und sich dann nach *Chreagach Mhor* wandte, wo ihre Schwester Cat jetzt lebte, könnte sie dort Zuflucht finden, bis der Schnee im Frühling schmolz. Und doch machte es keinen Sinn, sich solche Pläne auszudenken, da sie hier festsaß – wobei ihr Versprechen nicht der unwichtigste Grund war. Sie dachte zwar nicht gern daran, hatte aber keine Wahl. Ihr Bruder Aidan würde sagen, dass das Wort eines Mannes oder einer Frau dem Gesetz gleichkam. Der Preis, den man für Wortbruch zahlte, war das Vertrauen ihrer Leute. Kein Mann und keine Frau, die etwas taugten, würden ihr Wort brechen.

Sie ging hinüber zum Bett und fluchte – sie war immer noch gereizt, obwohl sie sich wünschte, dass dem nicht so wäre.

Ihr Mann war trotz aller Raffinesse ein rechthaberischer Hundesohn.

Zumindest hatte sie einen Ort, wenn auch einen

dürftigen, wo sie Erholung von ihrem Feind fand. Ein Gefühl von Verlassenheit ließ sie seufzen; sie legte sich auf das grobe kleine Bett. Dabei beobachtete sie, wie das schwindende Sonnenlicht über die graue Decke wanderte.

Lael wünschte, dass sie den Dolch behalten hätte, wenn auch nur, um ihn gegen die Schatten zu werfen. Aber die Nase ihres Mannes wäre noch ein besseres Ziel.

Ihr Kopf war von dem Met durcheinander und sie sah zu, wie die Schatten durch das Zimmer krochen. Und dann fiel ihr der Kasten unter dem Bett wieder ein.

Neugierig hüpfte sie von ihrem Lager, ging auf die Knie und schaute unter die Liege.

Sie war so fasziniert, dass sie die Spinnweben und Staubknäuel, die jeder so groß waren wie Unas *keek stane*, in Kauf nahm. Lael kroch unter das Bett.

JAIME WAR SICH DER ABWESENHEIT SEINER FRAU intensiv bewusst: Er verabschiedete sich und erklomm die Treppen, begierig darauf, mit Lael zu sprechen.

Vielleicht entsprach die Angelegenheit nicht genau ihrer beiden Wünsche – aber egal, was nach dem Jahr war, zum Wohl aller Beteiligter musste ein gewisses Maß an Frieden herrschen. Sonst würde es ein sehr langer Winter werden und der Streit würde sie alle erschöpfen.

Sie hatte versucht, ihn mit ihren Fähigkeiten als Burgherrin zu beeindrucken, ob aus Boshaftigkeit oder in ehrlicher Absicht. Er hatte das Gefühl, dass sie wusste, wie man einen Haushalt führte. Das war sein Friedensangebot: Er wollte ihr die Rolle, die ihr zukam, in seinem Heim anbieten. Und vielleicht würde sie mit der Zeit ein wenig sanfter werden und ihren Mann auch annehmen.

Er war dankbar, dass Kieran gekommen war, um ihm bei dem Aufbau der Burg zu helfen. Trotzdem war sein Kopf voller Listen und unerledigter Aufgaben. Es war keine Überraschung, dass Lael sehr gereizt war, denn sie hatten hier alle einiges durchgemacht – auch seine schöne Braut. Wenn es möglich wäre, so kam es ihm vor, als wäre er in den letzten beiden Tagen um Jahre gealtert.

Er hatte es Luc freigestellt, in der Halle zu bleiben. Durch all seine Mühen sah er ein wenig mitgenommen aus, nachdem er Lael den ganzen Tag von einem Ende des Anwesens zum anderen gefolgt war. Jaime hatte tatsächlich gelogen, als er ihr sagte, dass er die Wachen angewiesen hatte, sie nicht in den Kerkertunnel zu lassen. Er wollte nicht einen Moment der Zeit seiner Frau mit Broc Ceannfhionn teilen.

Jaime war noch nie ein eifersüchtiger Mann gewesen, aber irgendetwas an ihrer Beziehung zu Broc nagte an ihm.

Vielleicht schuldete er ihr eine Entschuldigung. Aber vielleicht stimmte es, dass sie jedes bisschen Freiheit, das er ihr gab, dazu benutzte, ihn zu quälen.

Hübsche kleine Füchsin.

Ebenso, wie seine Frau es sein würde, war Ambivalenz sein neuester Bettgefährte.

In seiner Eile, zu ihr zu kommen, nahm er immer zwei Stufen auf einmal und sein Herz machte einen vorsichtigen Satz, als er die Tür öffnete und erwartete, dass sie im Gemach des *Laird*s schmollen würde. Nachdem David Keppenach verlassen hatte, war er zurückgekommen, um das Schlafgemach für seine Hochzeitsnacht vorzubereiten – denn auch wenn dies eine überstürzte Verbindung war, sollte ihre erste Nacht nicht nur der Form halber vollzogen werden.

Das Zimmer war leer.

Jaimes erster Gedanke war, dass sie ihm nicht gehorcht hatte, und gegen seinen Wunsch in den Kerker gegangen war; aber das war unmöglich. Er hatte die Treppe fest im Blick gehabt und zum größten Teil jedes Wort ignoriert, das Kieran von sich gegeben hatte – in der Hoffnung, dass er es sehen würde, wenn seine Braut zurück in die Halle käme. Sie konnte unmöglich vorbeigegangen sein, ohne dass Jaime sie gesehen hätte; dessen war er sich sicher.

Er sah sich im Zimmer um und erblickte das Bad, das er für sie hatte befüllen lassen, das saubere Überkleid, das eine Dienerin gebracht hatte, und die Becher mit der Flasche *uisge* daneben. Das Zimmer war dunkel, aber warm und gemütlich – und hell genug, um zu sehen, dass niemand da war.

Sein Blick fiel auf das Fenster und er bemerkte, dass das Glas heil war, und es keine Anzeichen von Manipulation gab. Er glaubte nicht, dass sie so dumm war, nach draußen zu klettern, und es würde auch nichts bringen, da sie zwar jederzeit gehen konnte, aber dann Brocs Schicksal besiegelte. Sie war nur durch ihr Versprechen eine Gefangene, obwohl er ihr das noch genau so erklären musste. Er hatte ihr Luc als Eskorte gegeben, auch zu ihrem Schutz, denn er kannte diese Leute noch nicht.

Plötzlich wusste er, wo sie sein musste, und er drehte sich um und stand vor der anderen Tür in diesem Flur. Wollte sie lieber die erste Nacht als seine Ehefrau allein im Dunkeln und in der Kälte verbringen, nur um ihn zu meiden?

„Bockiges Weib", brummelte er und trat mit der Absicht vor die Tür, seine Frau genau an den Ort zu bringen, wohin sie gehörte.

KAPITEL ACHTZEHN

*F*ast ... *Fast* ...

Lael hatte die Kiste fast in der Hand. Sie streckte ihren Arm, soweit es ging, und dann ihre Finger und wünschte, sie könnten sich irgendwie verlängern.

„Süße Mutter des Winters", flüsterte sie.

Das Zimmer war nun dunkler geworden und voller Schatten – wahrscheinlich auch voller Gespenster und *brollachans*. Ihre Finger fuhren durch Spinnweben, die an ihrer Haut hängen blieben, und sie versuchte ohne Erfolg, sie von unter dem Bett wegzuwischen. Sie fluchte leise vor sich hin, aber zumindest war ihr Kopf jetzt nicht mehr so benebelt von dem Met.

Die Kiste war nur ein schwarzer Fleck in der Ecke. Aber sie wusste, dass sie da war; auch wenn sie sie kaum noch sehen konnte. Wahrscheinlich hatte ein Kind sie dorthin gestellt, eine Person, die klein genug war, um unter das krumme Bett zu passen – vielleicht sogar Lìlis Sohn?

Sie wusste, dass Lìli hier einst die Herrin gewesen war, und diese Kemenate neben dem des *Laird*s wäre ideal für ein Kind gewesen – bescheiden, aber in Rufweite der Mutter. Mit vergitterten Fenstern, um es vor

233

dem Fallen zu bewahren, ganz zu schweigen davon, dass das Bett kaum groß genug für eine erwachsene Frau war. Nachdem Stuart MacLaren gestorben war, hatte Rogan Lìli wahrscheinlich aus dem Zimmer des *Lairds* vertrieben und vielleicht war sie in dieser Kemenate gelandet. Aber dieser Gedanke ließ sie erschaudern, denn sie hatte die Möglichkeit noch nicht in Betracht gezogen, dass auch Lìli die Unterdrückung dieses Burggefängnisses ertragen hatte.

Das Seitenteil des Bettes drückte sie nach unten und ihr Po hinderte sie daran, noch weiter voranzukommen. Ihr elfenbeinfarbenes Kleid wurde vom Dreck auf dem Boden geschwärzt, während sie sich ohne großen Erfolg aufmachte, sich noch weiter unter das Bett zu schieben. Sie hatte schon versucht, das Gestell zu verschieben. Es war zwar ziemlich klein, jedoch aus irgendeinem Grund war es am Boden festgenagelt, als wenn jemand wollte, dass es genau dort stehen blieb.

Endlich fühlte sie die hölzerne Kiste mit ihren Fingerspitzen. Aber in diesem Moment wurde die Tür zu ihrer Kemenate weit geöffnet und sie verbrachte eine Schrecksekunde unter dem Bett und überlegte, wer es sein könnte.

Im Raum hinter ihr war es still wie in einer Gruft.

„Was zur Hölle macht du da?"

Sie war erleichtert, Jaimes Stimme zu hören, trotzdem kochte die Wut wieder in ihr hoch.

Sie *wollte* ihm nicht erzählen, was sie da tat! Tatsächlich weigerte sie sich. Was auch immer in der Kiste lag, sie wollte es als Erste sehen, und zwar allein. Warum das so war, wusste sie nicht; aber sie hatte nur noch wenig, das sie ihr eigen nennen konnte. Daher sollte dies ihr eigenes kleines Geheimnis sein. Und überhaupt, was wäre, wenn in der Kiste etwas lag, das ihr bei der Flucht behilflich sein konnte – vielleicht ein Schlüssel zu einer Geheimtür? Wenn es ein verstecktes

Tor in Keppenach gab, dann war vielleicht irgendwo auch ein zweites.

Sie war über sich selbst entsetzt, denn sie wollte nicht an ihn als Jaime denken und sich schon gar nicht erleichtert fühlen, seine Stimme zu hören.

Lael antwortete nicht sofort und war von ihren eigenen Gedanken irritiert. „Ich verstecke mich vor meinem Schlächter-Ehemann!", sagte sie spontan. „Was hast du denn gedacht?"

Das brachte ihn in Bewegung. Er marschierte durch das Zimmer und schimpfte mit Worten, die sie nicht ohne Weiteres sofort verstand. Dann legte er seine Hände um ihre Knöchel und begann sie unter dem Bett hervorzuziehen.

„Du Trampeltier mit Mistfingern! Du darfst mich nur mit meiner Erlaubnis anfassen!", rief Lael und versuchte vergeblich, ihre Stellung unter dem Bett zu halten. Spinnweben blieben an ihrer Nase hängen, als er sie herauszog und dann ohne größere Anstrengung wie einen armseligen Sack Mehl über seine Schulter warf.

„Wenn du dich wie ein Kind benimmst, dann werde ich dich auch genauso behandeln", sagte er.

Lael kreischte aufgebracht, als er sie aus der Kemenate in das Zimmer des *Laird*s brachte – und wenn die Kammer des *Lairds* nicht ihren Atem hätte stocken lassen, hätte sie weiter geschrien, bis seine Ohren bluteten. Oder zumindest hätte sie das gern geglaubt. Sie schnaubte angeekelt und wischte die nervigen Spinnenweben aus ihrem Gesicht. Mit einem Fußtritt schloss er die Tür und trug sie zum Bett, in das er sie ohne Umschweife hineinwarf.

„Als meine Frau und Herrin dieser Burg wirst du *hier* schlafen." Er zeigte auf die große Schlafstätte und wandte sich dann von ihr ab. Lael wäre zur Tür gerannt, wenn sie sich nicht so bedroht gefühlt hätte. Sie war überrascht davon und außerdem ließ die Neugier sie wie angewurzelt auf dem Bett verharren.

So etwas wie das Zimmer des *Lairds* hatte sie noch nie gesehen.

Das Bett an sich war sehr groß und mit blassgrüner Seide bezogen. Die Badewanne stand auch wieder hier. Sie sah ihren Mann an und dachte, dass er sicherlich unter einem Sauberkeitszwang litt, denn sie hatte in ihrem ganzen Leben noch nie so viel Seife vor Augen gehabt.

Das Feuer brannte und erfüllte den Raum mit einer angenehmen Wärme, die sie sofort die Winterkälte vergessen ließ. Und das Fenster war aus hübschem, bemaltem Glas. So etwas hatte sie noch nie gesehen.

Missmutig ignorierte ihr Mann sie, als er seinen Waffenrock über den Kopf zog. Und wenn Lael im Moment von der Schönheit des Zimmers besänftigt worden war, so war dieser Raum vergessen, als sie den nackten Körper ihres Mannes sah. Das Feuer warf Schatten auf seine Gestalt, als er seine Hose aufband und sie ohne ein Wort abstreifte. Er hatte keinerlei Scham, wie er fast nackt da stand, und Lael hielt die Luft an, als sie ihn durch das Zimmer gehen sah, und er seine Po-Muskulatur dabei anspannte. Er nahm einen Krug vom Tisch, von dem sie annahm, dass dieser mit Met gefüllt war, und schenkte ein wenig in einen von zwei Bechern. Schweigend trank er ihn aus und legte dabei seinen Kopf in den Nacken, um auch den letzten Tropfen zu erwischen. Lael verspeiste ihn mit ihren Augen, obwohl er doch ihr Feind war.

Nein, mein Ehemann.

Er war der schönste Mann, den sie jemals in ihrem Leben gesehen hatte. In diesem Licht erschien sein Haar rabenschwarz, seine Haut dunkel und seine Schultern breit und muskulös. Obwohl sie schon mehr als einhundert nackte Männer am Ufer des Sees in ihrer Heimat gesehen hatte, schaute sie instinktiv weg, als er seine männlichen Teile offenbarte.

„Wirst du mich jetzt vergewaltigen?", fragte sie in einem so tadelnden Tonfall, wie dies bei dem unerwarteten Kloß in ihrem Hals möglich war.

Er hatte sie noch nicht angesehen, antwortete aber: „Nein."

Lael war sich nicht ganz sicher, ob sie sich nach der Antwort erleichtert oder gekränkt fühlte. „Warum nicht?"

Er sah sie kurz an und füllte dann seinen Becher erneut. Aber dieses Mal füllte er ihren auch, zumindest nahm sie an, dass es ihrer war.

Er beantwortete ihre Frage nicht sofort und erst dann bemerkte sie das weiche, saubere Hemd unter ihr auf dem Bett. Sie nahm an, dass es für sie war. Noch eine Nettigkeit vielleicht, obwohl sie nicht glauben wollte, dass es eine Geste von ihm war. Vielleicht hatten Ailis, Kenna oder Mairi es für sie hierher gelegt.

Außerdem schien er im Moment nicht das geringste Interesse an ihr zu haben.

„Also, bist du einer von den Männern, die andere Männer mögen?"

Jaime warf ihr einen kurzen Blick zu, sah sie aber nicht länger an, damit sie ihn nicht aus der Fassung bringen konnte. „Nein", antwortete er und war sicher, dass sie ihn reizen wollte. Sie wusste scheinbar nicht, was sie sonst mit ihm anfangen sollte ... Falls er die Gelegenheit bekäme, würde er ihr sicherlich das eine oder andere zeigen können.

„Ach, dann findest du mich wohl hässlich?"

Er sammelte sich für den Anblick, sie auf seinem Bett liegen zu sehen, und nahm ihren Becher. Dann durchquerte er das Zimmer, um ihn ihr zu reichen. Er sah sie direkt an, als er antwortete: „Nein."

„Kannst du auch noch etwas anderes als Nein sagen?", fragte sie gereizt.

Jaime überlegte, zu antworten, beichtete aber stattdessen: „Ehrlich gesagt, ich habe in meinem ganzen Leben noch keine schönere Frau gesehen."

Stille legte sich über das Zimmer.

Sie nahm den Becher aus Jaimes Hand und hielt ihn vor sich, wobei sie die Stirn so sehr runzelte, dass sich ihre Augenbrauen zusammenzogen. „Warum willst du mich dann nicht vergewaltigen?"

Jaime konnte die Unterhaltung kaum fassen. Er zog eine Augenbraue in ihre Richtung hoch „Bittest du mich darum?"

Ihr Tonfall war frech, aber nicht hasserfüllt. „Ach, du Dummkopf! Wenn ich dich bitten würde, wäre es ja keine Vergewaltigung, oder?"

Jaime sah sie verwirrt an. „Ich habe *noch nie* eine Frau gezwungen und werde jetzt *nicht* damit anfangen."

Sie sah in ihren Becher, trank aber nicht. „Aha, verstehe, dann willst du mich also mit so viel Alkohol abfüllen, dass ich wie ein Schwachkopf zu der Zimmerdecke spreche, während du meine Beine auseinander spreizt."

Jaime zuckte zusammen. „Bei Gott, ich könnte mir nichts Unangenehmeres vorstellen", gab er zu.

Sie runzelte die Stirn und schien einen Moment über ihn nachzudenken, als wäre er ein Rätsel, das es zu lösen galt. „Aber dein König hat dir befohlen, mich zu schwängern", erinnerte sie ihn passenderweise. „Wie willst du das schaffen, wenn du mich nicht vergewaltigst?"

Jaime merkte, dass es ihr vollkommen ernst damit war. In ihren neugierigen, grünen Augen war kein Zeichen von Hinterlist zu erkennen und in dem Moment wurde ihm klar, dass er zwar keine Ahnung hatte, was auch immer seine Frau sein mochte, aber sie zumindest keine Lügnerin war. Tatsächlich hatte er bislang weder einen Mann noch eine Frau mit so viel Offenheit kennengelernt. Er antwortete mit der gleichen Ehrlichkeit. „Manche Befehle eignen sich nicht dazu, befolgt zu werden."

„Wie zum Beispiel, eine Burg einzunehmen, die dir nicht gehört und das Blut Unschuldiger zu vergießen?"

Jaime trank seinen *uisge* aus. Verdammt noch mal. Jetzt fing das feurige Getränk auch noch an ihm zu schmecken. Er hatte den Rest von Davids Geschenk aufgehoben, um ihn mit Lael zu teilen, denn David hatte gesagt, dass ihre Leute das Getränk mochten. Aber sie hatte noch gar nicht gemerkt, was es war, und er war nicht geneigt, es ihr zu erzählen. Wie alles andere sollte sie das für sich selbst herausbekommen Ihre Lippen hatten den Rand des Bechers noch nicht berührt. Sie starrte ihn an, als wenn sie noch nie einen unbekleideten Mann gesehen hätte – und das freute ihn sehr.

Jaime fühlte das längere Brennen hinten in seinem Hals. Er stand da und genoss das Gefühl der Hitze, die durch seine Adern floss – und die nicht nur dem Getränk geschuldet war, bemerkte er. Etwas davon lag an seiner schönen Frau. Aber wenn sie nicht sofort das Thema weg von Vergewaltigung wechselte und ihn weiter ansah, dann würde sie schnell merken, was er von dem Gedanken hielt, mit ihr zu schlafen. Sein Schwanz regte sich schon bei dem Gedanken, ihren schönen Körper zu genießen. „Nicht ich habe Keppenach mitten in der Nacht gestürmt", erinnerte er sie.

Sie kniff die Augen zusammen. „Aber du hättest es getan. Und du hättest jeden, der dir im Weg gestanden hätte, abgeschlachtet. Ich weiß, dass man das über dich sagt."

Sein Blut wurde bei dieser Darstellung eiskalt. Wenn sie etwas hätte sagen können, um den Moment zu zerstören, dann war es das. Er antwortete ihr mit Schweigen und hätte sein Schwanz nach innen schrumpfen können, dann hätte er das getan.

Zumindest gab es jetzt keine Gefahr mehr, dass er seinen Eid brechen würde, und dafür musste er dankbar sein. Er trank noch einen letzten Schluck *uisge* in der Hoffnung, dass er sich soweit beruhigen konnte, um die Nacht zu überstehen. Denn er konnte sich nur einen Umstand vorstellen, der noch schlimmer war, als neben einer Frau zu liegen, die er nicht wollte – und das war, neben einer Frau zu liegen, die er nicht haben konnte.

Sie hatte immer noch nichts getrunken und er wollte verdammt noch mal, dass sie es tat. Und für einen kurzen Moment wünschte er sich, er wäre ein anderer Mann: Denn wenn es ihn nur einmal in seinem Leben danach verlangte, seinen Schwanz in den Mund einer Frau zu stecken, einfach nur, um sie zum Schweigen zu bringen, dann war dieser Zeitpunkt genau jetzt. Er drehte ihr den Rücken zu, als sie ihren Mund öffnete, um zu sprechen.

„Und wenn du mich nicht schwängerst, wirst du dann trotzdem Wort halten und mich freilassen?"

Jaime zuckte bei dem Gedanken zusammen, aber seine Antwort würde trotzdem die Gleiche sein. „Das Wort eines Mannes ist alles, was er besitzt", sagte er und knallte seinen Becher auf den Tisch. „Der Preis, es auch nur einmal zu brechen, ist der Vertrauensverlust seiner Männer."

Er hörte sie würgen, wahrscheinlich an ihrem Whiskey – und dann war sie endlich still. Er hoffte, dass sie nun alle Antworten hatte, um ruhig schlafen zu können, und er blies eine Kerze nach der anderen aus.

Dann ging er ins Bett und seine Laune wurde besser, nachdem er ihr Gesicht gesehen hatte.

Es war keine Heimtücke darin, überhaupt keine.

Anstatt verärgert zu sein, dass sie quer über das Bett davonstürzte, als er sich näherte, verbarg Jaime ein wissendes Lächeln.

Lael sprang mit dem Becher in der Hand vom Bett, als ihr Mann sich näherte.

Sie hatte bis dahin noch nichts getrunken, aber jetzt leerte sie ihren Becher in einem Zug und war dankbar, dass es kein Met war.

In der Zwischenzeit hob ihr Mann das zarte Hemd hoch und warf es auf ihre Seite des Bettes. Dann schlüpfte er unter die Decke und drehte ihr den Rücken zu. Seine nackten Schultern wurden von dem goldenen Licht umspielt und sein dunkles Haar fiel über das Kopfkissen wie die Mähne eines Löwen, voll und schwarz in diesem Licht. Nur einen kurzen Moment später atmete er gleichmäßig und sie dachte, dass er vielleicht eingeschlafen sei.

So einfach?

Sie konnte es kaum glauben und ging hinüber zu dem Tisch nahe der Tür – und er bewegte sich immer noch nicht, um sie aufzuhalten oder zu fragen, wo sie denn hin wollte.

Die Tür blieb geschlossen, wenn auch nicht verriegelt. Sie hätte sie leicht öffnen und hinausgehen können. Aber ihre Gefängniskemenate war kalt und karg und es schien ja nicht so, als wäre sie in Gefahr, von ihrem seltsamen Ehemann missbraucht zu werden.

Lael stellte den Becher vorsichtig auf dem Tisch ab, drehte sich um und sah, dass seine Augen geschlossen waren. Sie stand wie gelähmt da und starrte auf den Mann im Bett hinunter.

Mein Bett.

Mein Ehemann.

Nun, da sein Gesicht so entspannt war, konnte sie die gezackte Narbe über seiner Augenbraue kaum sehen. Er hatte eine dunkle Haut, ähnlich wie die ihres Bruders. Tatsächlich hatte er vieles an sich, was sie an das Wesen ihrer Leute erinnerte. Manche Menschen behaupteten, dass sie den Wikingern ähnlich waren, aber das stimmte nicht. Ja, es gab einige, die Nordmänner geheiratet hatten, die dann ihr schönes helles Haar und die blauen Augen ihrer Erblinie hinzugefügt hatten. Aber die häufigsten Merkmale waren das schwarze Haar, hellgrüne Augen und goldbraune Haut.

Die Augen ihres Mannes waren nicht blau, sondern hatten die Farbe von Stahl. Auch wenn sie jetzt geschlossen waren, konnte sie die Intensität seines Blicks nicht ausblenden.

Er bewegte sich nicht.

Zu ihrer absoluten Überraschung war er eingeschlafen.

Obwohl es ihre erste Nacht war, hatte er sie nicht angerührt und auch nicht die Tür verriegelt, um sie an der Flucht zu hindern. Und doch merkte sie, dass sie nicht gehen wollte – nicht um in dem kalten Zimmer nebenan zu schlafen.

Sie schaute noch einmal vorsichtig zur Tür und bewegte sich dann leise zur anderen Seite des Bettes, nahm das Hemd in die Hand und inspizierte es. Es war wohl kaum normal, solch ein hübsches Gewand zum Schlafen zu tragen. Aber er hatte ihr die Möglichkeit gegeben, ihre Nacktheit vor ihm zu verbergen, wenn sie es denn wollte. Das war etwas, das sie *nicht* verstand, wenn sie bedachte, was sie über ihn wusste. Aber sie begann zu überlegen, wie viel davon stimmte. Er schlief friedlich wie ein Baby.

Trotzdem hatte sie nicht vor, sich hier vor ihm auszuziehen, sodass er dann aus dem Bett springen könnte, und nur vorgegeben hatte zu schlafen, um sie in einer solchen verwundbaren Lage zu erwischen. Nein, sie würde heute Nacht angezogen schlafen. Sie warf das Überkleid beiseite, stieg ins Bett und beklagte Avelines ruiniertes Hochzeitskleid. Und dann wurmte es sie doch.

Hatte er wirklich nicht den Wunsch, mit ihr zu schlafen?

Sie lag da, starrte auf den Baldachin über ihr und lauschte dabei dem gleichmäßigen Atmen ihres Ehemanns. Er schlief ruhig, wie jemand, der keinerlei Sorgen hatte, obwohl sie nicht einen Moment lang glaubte, dass sein Gewissen so rein sein konnte.

Und doch kamen bei ihm keine neuen Sünden hinzu, während sich seine guten Taten wie die Karnickel vermehrten.

Sie lag lange wach und erwartete, dass ihr Mann sich zu ihr drehen würde, um sie zumindest zu streicheln, vielleicht an einer Brust. Aber als er dann zu schnarchen begann musste sie aufgeben.

„Tha thu rùn-dìomhair, mo duine", flüsterte sie.

Du bist mir ein Geheimnis, mein Mann.

KAPITEL NEUNZEHN

*B*esorgt und schlecht gelaunt verließ Maddog die Halle, bevor die provisorischen Tische wieder abgebaut waren. Nun, da dies erledigt war, und die Matten wieder für den Rest des Abends hingelegt worden waren, war er mit seiner Stellung noch unzufriedener.

„Nun komm schon, Kenna. Keiner wird es merken", bettelte er.

Sie ignorierte ihn und lief aus dem Lagerraum, nachdem sie sich eine Zeitlang angehört hatte, was sie für ihn tun sollte. Sie sollte einfach den alten Bowyn bitten, den einen Mehlsack mitzunehmen, wenn er Keppenach am nächsten Morgen verließ. Bowyn konnte Kenna keinen Wunsch abschlagen und wenn er schon einmal den Sack mit dem Kind des Schmieds mitnahm, könnte Maddog sich viel einfacher mit dem Problem des Schmieds selbst befassen, sobald die Leiche entdeckt würde. In der Zwischenzeit würde Bowyn Kenna keiner Gefahr aussetzen. Maddog war sich sicher, dass der alte Kauz in das Mädchen verknallt war.

„*Bitte*, Kenna!"

Ihr dunkles Haar glänzte im Mondlicht. Stur schüttelte sie den Kopf, als sie durch den Garten davoneilte. „Maddog, ich habe dir beim letzten Mal schon gesagt, dass ich dir nie wieder helfen werde! Ich will mit deinen Sünden nichts zu tun haben!"

„Ach, Mädchen, kannst du dem Mann, der dich einst vor dem sicheren Tod gerettet hat, wirklich etwas abschlagen?"

Sie hielt sich die Ohren zu. „Ich will das nicht mehr hören", sagte sie. *„Mein Vater* hat mich an jenem Tag gerettet. Du hattest nur das Glück, dass du mich nach Hause gebracht hast – und ehrlich gesagt, warst du wahrscheinlich derjenige, dem Donnal am wenigsten vertraute. Er hat dich nur von Dunloppe weggeschickt, weil du zu seiner Familie gehörtest. Deswegen erzähle mir nichts von Gefallen oder Pflicht."

„Du verletzt mich", sagte Maddog und lief ihr hinterher. „Und Donnal MacLaren war genauso wenig deine Blutslinie wie ich."

Das ließ sie aufhorchen. Sie blieb plötzlich stehen und drehte sich zu ihm um. „Was sagst du da?"

„Der alte MacLaren war nicht dein Vater", offenbarte Maddog und als ihre Miene noch Zweifel ausstrahlte, fügte er hinzu: „Der Teufel soll meine Seele holen, wenn ich dir nicht die Wahrheit sage, Süße."

„Ich weiß nicht, ob du noch eine hast, die er holen kann", entgegnete sie, starrte ihn dann aber einfach nur verwirrt an. Er wusste, dass sie schon Gerüchte gehört hatte, die das bekräftigten, was er ihr erzählte. Aber keiner außer ihm war noch von denjenigen am Leben, die die Wahrheit kannten. Dass er ein fremdes Kind nach Hause gebracht hatte, das der alte Donnal angeblich gezeugt hatte, war zu keinem Zeitpunkt in Frage gestellt worden. Aber Kenna war auch niemals angenommen worden. Aus Angst vor geschwisterlicher Rivalität – selbst von einem nur halb so alten Mädchen niederer Geburt – hatte Donnals Sohn Dougal Kenna nie akzeptiert und ließ sie wie eine Bettlerin unter seinen Leuten leben. Dougals Söhne, Stuart und Rogan, hatten sie genauso behandelt – weder gut noch schlecht, sondern einfach gleichgültig.

„Du hast nicht einen Tropfen MacLaren-Blut in deinen Adern", behauptete er nun schon etwas sanfter; ungeachtet dessen, dass sie bestimmt nur wenig Liebe für irgendein Mitglied der MacLaren-Brut empfand. „Da ich ja weiß, zu wessen Familie du gehörst, werde ich es dir erzählen, wenn du mir bei dieser unglückseligen Sache hilfst. Es war ein *Unfall*, Kenna."

Ihre Augen wurden wässerig. Sie war scheinbar verletzt, aber er spürte ihre Resignation. „Warum hast du das so lange vor mir geheim gehalten, Maddog?"

Maddog schürzte die Lippen. „Was hätte es denn geändert?"

„Ziemlich viel, wenn meine Eltern noch leben."

„Leider tun sie das nicht mehr, Kind." Das war schon mal keine Lüge, aber er musste ihr ja auch nicht jetzt schon die ganze Wahrheit sagen – dass sie nämlich einen Bruder hatte, der sich vielleicht dafür interessieren würde, dass seine Schwester nicht verbrannt war, als der alte MacLaren dies behauptete.

Sie legte eine Hand an ihre Hüfte und bei dem Anblick musste er das Grinsen unterdrücken. Denn da wusste er, dass er gewonnen hatte. Es war eine versöhnliche Geste, aber das Mädchen sagte nichts, sondern starrte Maddog mit ihren stahlblauen Augen an. Für Maddogs Seelenfrieden sah sie dem Schlächter viel zu ähnlich.

Es war nur eine Frage der Zeit, bis *jemand* Verdacht schöpfte.

„Wirklich, es war ein Unfall", flehte er verzweifelt. „Der Junge ist im Dunkeln auf mich gesprungen, als ich mein Schwert geputzt habe! Bei all dem, was in letzter Zeit passiert ist, dachte ich, es sei einer von ihnen, die mich gefangen nehmen wollten. Ich traue dem Schlächter nicht und du solltest es auch nicht tun, mein liebes Mädchen. Was wäre, wenn er entdeckt, wer ich bin? Er könnte mich für eine Bedrohung halten. Ich habe mit meinem Schwert zugestoßen, bevor ich merkte, wer es war. Nun ja, und dann war es nur der Sohn des armen Afric."

„Dein Temperament wird eines Tages dein Verderben sein", schimpfte Kenna. „Wenn du mit dem Schwert lebst, wirst du auch mit Sicherheit dadurch sterben."

„Ich versuche es ja, meine Liebe – das weißt du doch. Es ist nicht einfach, so viel mit einem Wimpernschlag zu verlieren." Er schloss mit seiner Handbewegung das ganze Burgareal ein. „All dies hätte mir gehören sollen."

Sie stimmte ihm nicht sofort zu und Maddog unterdrückte seinen Ärger. „Du weißt, wie das ist, von der eigenen Familie ignoriert zu werden. Weder Dougal noch Stuart oder Rogan haben sich um uns gekümmert. Dabei gehöre ich zu ihrer Familie – und du nicht. Trotzdem habe ich dich beschützt, als du allen anderen egal warst. Dafür bist du mir etwas schuldig, Kenna."

So armselig, wie ihre Verbindung auch war, er war die einzige Familie, die sie je anerkannt hatte. Dennoch zögerte sie.

„Wenn der Junge mit Bowyn die Burg verlässt, werden sie einfach sagen, dass er weggelaufen ist. Aber wenn sie ihn tot auffinden, werden sie mich so sicher hängen, wie sie Brocs Männer an den Galgen gebracht haben." Dann fiel ihm plötzlich ein, dass es war, der das Hängen befohlen hatte, und fügte schnell hinzu: „Wenn ich sterbe, gibt es niemanden mehr, der sich für Keppenach einsetzt und die Wahrheit über deine Herkunft weiß. Es war ein *Unfall*, Kenna!", beharrte er. „Es war keine Absicht." Er war jetzt froh, dass sie nicht in den

Sack geschaut hatte, denn dann hätte sie gesehen, dass der Hals des Jungen fast vollständig durchtrennt war.

Sie seufzte und zeigte ihm denselben hübschen Schmollmund, mit dem sie die Herzen der Bewohner Keppenachs schon in ihren Kindertagen gewonnen hatte. Obwohl weder Rogan noch Stuart sich je um sie gekümmert hatten, hatte es Kenna an nichts gefehlt, denn der Rest des Clans mochte sie sehr gern. Maddog ließ sich für ihre Freundlichkeit Anerkennung zollen, wann immer er konnte.

Allerdings hatte er sein ganzes Leben für jeden Bissen Essen hart gearbeitet und sie schuldete ihm etwas dafür, dass er sie nicht getötet hatte, als er es konnte. Er hätte es eigentlich tun sollen, denn sie war eine weitere Aspirantin für das, was ihm hätte gehören sollen.

„Wenn ich dir helfe ... wirst du mir dann den Namen meines Vaters sagen?"

Maddog nickte mit Überzeugung. „Das werde ich. Du weißt, dass ich das tun werde."

„In Ordnung", gab sie nach. „Ich werde Bowyn bitten, den Sack mitzunehmen – unter einer Bedingung: Ich werde ihm sagen, dass ich den Jungen umgebracht habe." Sie knabberte an ihrer Unterlippe, als müsste sie versuchen, das zu rechtfertigen, was getan werden musste. Sie sah Maddog unsicher an. „Es war doch ein Unfall, oder?"

Maddog nickte schnell.

„Ich werde ihn bitte, den armen Baird auf dem Hügel unter einem schönen Baum zu beerdigen."

Maddog nickte noch einmal und machte ein verzweifeltes Gesicht. Er sah hinunter auf seine Füße – eher, um ein aufkommendes Lächeln zu verbergen, als vorzugeben, dass er um das Kind trauerte. „Ja, das hätte Baird gefallen."

„Und was sagen wir seinem armen Vater?"

Maddog zuckte mit den Schultern, weil der Vater des Jungen nie wieder irgendetwas hören würde – weder von seinem Sohn noch sonst irgendetwas. Seine Zeit war bereits vorüber. Mit ein bisschen Glück würden seine Knochen unten im Brunnen verrotten. „Das Gleiche, nehme ich an. Wenn es mein Sohn wäre, würde ich mir wünschen, dass er irgendwo in mehr Sicherheit wäre als unter der mörderischen Hand des Schlächters."

Irgendetwas in Kennas Augen sagte ihm, dass sie nicht seiner Meinung war, aber sie gab nach. „In Ordnung. Aber dann nie wieder, Maddog. Dies ist wirklich das letzte Mal. Und danach, wenn du mir nicht die Wahrheit über meine Geburt sagst, gehe ich und erzähle dem Schlächter höchstpersönlich, was du getan hast."

Maddog nickte. „Ist in Ordnung, du süßes Mädchen. In Ordnung."

Mit dieser Zustimmung drehte sie sich um und marschierte von dannen. Und Maddog sah ihr hinterher und überlegte, ob er wohl gezwungen sein würde, auch sie zu töten.

Außer Maddog wusste niemand genau, wer sie war, und seines Erachtens wäre es nicht gut für seine Ziele, wenn er es erzählte.

Zu Laels Erleichterung oder vielleicht auch zu ihrer Bestürzung, stand ihr Mann früh auf und ließ sie weiterschlafen. Als sie die Augen aufschlug, war es schon ganz hell draußen.

Sie stand noch verwirrter auf, als sie gewesen war, als zu Bett gegangen war, weil er so schnell einverstanden gewesen war, sie freizulassen. Offensichtlich wollte er genauso wenig eine Frau haben, wie sie eine Ehefrau sein wollte.

Im Morgenlicht war dieses Zimmer noch erstaunlicher.

Während der Rest der Burg schäbig war und nur wenig Ausstattung besaß, offenbarte dieses Zimmer all die glitzernden Schätze eines unbedeutenden Königs. Rogan MacLaren hatte offensichtlich keinen Mangel gelitten und Lael hatte ehrlich gesagt bei der Hälfte der Gegenstände keine Ahnung, welchem Zweck sie dienten. Nahe dem Bett stand ein hübscher, kleiner, grüner Topf mit komplizierten Verzierungen auf dem Boden. Lael hob ihn hoch, um ihn zu inspizieren und fand heraus, dass er nach Urin stank. „Pfui", flüsterte sie, stellte ihn wieder ab und strich mit den Fingern über ihr hübsches, verknittertes Kleid. Sie konnte sich sehr gut vorstellen, wofür der war.

Schweinischer Idiot.

Ein großer Wandteppich, der die Krönung von Kenneth MacAilpín darstellte, schmückte die Hälfte einer Wand. Er war voller Details, die im Abendlicht kaum sichtbar gewesen waren, aber jetzt im Tageslicht voll zur Geltung kamen. Der Teppich bestand aus tiefen und kräftigen Farben – Rot- und Goldtöne. Die Stiche waren von erfahrenen Händen gearbeitet worden. Sie strich mit den Fingern über die Darstellung des Steins von Scone. Es schien genau der Gleiche zu sein wie der, der in ihrem Hügel versteckt war – zumindest sagte man das und scheinbar war es so. MacAilpín schwang ein großartiges Schwert in seiner Hand, aber leider waren die Details hier nicht so genau zu erkennen. Nur von dieser Darstellung war es nicht möglich, zu bestimmen, ob es dasselbe Schwert war, das Broc Ceannfhionn in ihre Halle mitgebracht hatte. Dieser Wandbehang stellte alles, was an den Wänden von Dubhtolargg hing, in den Schatten. Dort waren sie viel praktischer veranlagt und sie bedeckten ihre Wände mit Fellen, um die Zimmer warmzuhalten. Tatsächlich war hier alles größer, auffälliger, funkelnder und mit Edelsteinen verziert.

Als sie die Größe des Bettes betrachtete, wurde ihr klar, wo die Felldecke herkam. Es war die, die in ihrer Gefängniskemenate aufgetaucht war, diejenige, die sie Broc gegeben hatte. Sie glaubte auch zu wissen, wer sie für sie geholt hatte: Der einzige Mann, der das Recht dazu hatte. Stück für Stück begann die Anzahl seiner guten Taten die seiner Sünden zu übertreffen.

„Ich habe Keppenach nicht gestürmt", hatte er letzte Nacht zu ihr gesagt. Das stimmte soweit. Lael hatte das getan an der Seite Broc Ceannfhionns. Und soweit sie das beurteilen konnte, schienen diese Leute kein Problem mit ihrem neuen *Laird* zu haben. Demnach sah es eher aus, als sei sie der Bösewicht, viel eher als er. Es stimmte schließlich, dass Rogan MacLaren ebenso wie der Schlächter David als ihrem König die Treue geschworen gehabt hatte.

Broc bezeichnete sich auch als Schotte und angesichts dieser Tatsache war er ein Verräter der Krone.

Lael war seine Komplizin, die aus Angst gehandelt hatte.

Ihr Bruder hatte Recht. Je mehr sie darüber nachdachte, umso mehr wusste sie, dass es stimmte. Vielleicht gehörte Keppenach rechtmäßig Broc Ceannfhionn, aber dies war nicht Laels Krieg. Und ihre Strafe war es nun, vielleicht für den Rest ihres Lebens, als die Ehefrau des Schlächters zu leben – eine einfache Erkenntnis, von der sie nicht ganz sicher war, wie sie damit umgehen sollte.

„Jaime", sagte sie stirnrunzelnd und probierte, den Namen auszusprechen. Es klang für alle Welt wie ein freundlicher Name oder hatte doch zumindest nichts

Grausames an sich. Er behandelte sie in jeder Hinsicht
überaus respektvoll.

Ich habe noch nie eine schönere Frau kennengelernt.

Selbst jetzt merkte sie, wie sie bei der Erinnerung
an seine Worte rot wurde.

Er war auch nicht hässlich, musste sie zugeben.
Selbst seine Narbe lenkte nicht von seinem guten Aussehen ab und sie überlegte, wie viele Frauen er wohl
schon geliebt hatte. Vielleicht gab es sogar jetzt jemanden und Lael war gar nicht die Frau, nach der er
sich sehnte. Dieser Gedanke betrübte sie sonderbarer-
weise. Und außerdem hinterließ er bei ihr ein seltsames
Gefühl von Eifersucht, obwohl das lächerlich war, weil
sie den Mann doch kaum kannte.

An der Ostwand stand ein kleiner abgestufter Hocker. Sie ging zu ihm herüber und fand es eigenartig,
weil es schien, als sollten die Stufen irgendwo hin-
führen – aber es gab keine Tür darüber, noch nicht
einmal ein Fenster, aus dem man hätte herausschauen
können. Sie sah jedoch die gleichen seltsamen Löcher,
die sie schon in der Kemenate nebenan bemerkt hatte;
also erklomm sie die kleine Leiter und schaute durch
die größte Öffnung. Es war sehr dunkel. Aber weil das
Loch auf dieser Seite etwas größer war, steckte sie den
Finger hinein und schob etwas auf der anderen aus der
Mauer nach nebenan heraus. Dann blickte sie noch
einmal hindurch und war überrascht, dass die Öffnung
genau auf das Bett im Nebenzimmer zeigte. Der Anblick ließ sie innehalten.

Dort hatte sie gestern Nacht geschlafen – und oh je!
Sie hatte in der Kemenate auch gebadet und das nicht
nur einmal, sondern zweimal. Sie war zwar schon über
hundertmal mit ihren Clansleuten nackt geschwommen, aber der Gedanke war beunruhigend, dass jemand sie heimlich beobachtet hatte.

Über die Schulter sah sie noch einmal auf das opulente Zimmer und verzog das Gesicht, als sie verstand. Jemand hatte beabsichtigt, es dafür zu verwenden, die Kemenate nebenan auszuspionieren. Sie sprang von dem Hocker und schauderte bei dem Gedanken an die Schlechtigkeit des Mannes – und soweit sie wusste, aller MacLarens, die vorher dieses Zimmer bewohnt hatten. Lìli hatte zwar nie etwas Schlechtes über ihren ersten Mann gesagt, aber Dougal MacLaren war einer von jenen, die sich Padruig mac Caimbeul bei dem Überfall auf ihr Tal, der ihren Vater das Leben gekostet hatte, angeschlossen hatte.

Sie zog den Hocker von der Ostwand weg und dachte, dass das Guckloch scheinbar in letzter Zeit glücklicherweise nicht benutzt worden war. Vielleicht hatte jemand – möglicherweise Lìli – es verschlossen, um den Durchblick zu verhindern. Sie sehnte sich danach, ihre Schwägerin zu umarmen und ihr ihr Mitleid dafür auszudrücken, dass sie einen Mann wie Rogan MacLaren hatte ertragen müssen. Es war richtig gewesen, dass Aidan ihn erschlagen hatte.

Was Laels eigenen Ehemann betraf, so war es unwahrscheinlich, dass er von dem Guckloch wusste, und selbst wenn, es hatte ihn nicht interessiert, sie nackt zu sehen – selbst als er letzte Nacht das Recht dazu gehabt hatte. Fürwahr, er war eingeschlafen, ohne auch nur zu versuchen, sie zu küssen. Vielleicht hatte er gelogen und er bevorzugte doch Männer.

Lael fühlte sich missmutig, als sie ihre Kleider fand. Sie lagen sauber und gefaltet am Fußende des Bettes und so zog sie schnell das alberne Hochzeitskleid aus und legte es weg. Was hatte sie sich dabei gedacht, so ein albernes Gewand überhaupt zu tragen?

Dies war doch alles eine Farce!

Sie zog ihre Hosen an, ihre Lederweste und sogar ihre leeren Schwertscheiden. Und dann wusch sie ihr Gesicht mit dem kalten Wasser, das noch in der Wanne war, bevor sie ihre Haare so fest wie möglich flocht. Hätte sie ein wenig Waid gehabt, hätte sie sich für den Krieg geschmückt, aber so verließ sie das Zimmer leider ungeschminkt.

Vor der Tür traf sie auf Luc, der still auf einem Stuhl saß. „Guten Morgen, meine Herrin", leierte er seine Begrüßung herunter, erhob sich dann und sprang hinter ihr her.

Lael sah den Jungen böse an. Der Knappe war Frauen wie Lael offensichtlich nicht gewöhnt und er zog eine Augenbraue hoch, als er ihren Aufzug betrachtete; aber man musste ihm zugutehalten, dass er nichts dazu sagte. Lael ignorierte ihn einfach und begann die Treppe hinunterzugehen.

Er folgte ihr. „Was machen wir heute?", fragte er mit einer gewissen Aufregung in der Stimme, die sie mit den Zähnen knirschen ließ.

Sie hatte zwar gesagt, dass sie die Kapelle putzen würde, aber das konnte warten, bis sie eine Möglichkeit gefunden hatte, um Luc abzuschütteln. Lael ging ein wenig schneller. „Ich gehe in die Küche, damit ich etwas zu Essen bekomme, und dann habe *ich* vor, die Dienstmägde zusammenzurufen und das zu beenden, was *ich* angefangen habe – nicht, dass dich das etwas anginge."

„Ich habe auch Hunger", sagte er schnell und beschleunigte seine Schritte.

Lael biss noch fester auf ihre Zähne.

Diabhul! Der Junge würde sie so lange triezen, bis er sie zur Weißglut getrieben hatte – das schien schon mal klar.

Nun, wenn er ihr den ganzen Tag wie ein nörgelnder junger Hund folgen würde, dann hatte sie vor, ihn arbeiten zu lassen. Und da sie auf absehbare Zeit hier bleiben musste, wollte sie sichergehen, dass sie genug Vorräte für den Winter hatten. Sie hatte nicht vor, Hungers zu sterben, nur weil diese Leute nicht wussten, wie man noch aus jedem letzten Happen und Krümelchen etwas zubereiten konnte. In den *Mounth* waren ihre Leute gezwungen gewesen, jeden Stofffetzen zu verwenden, wie auch jedes bisschen Nahrung und jedes Ästchen. Sie wusste, wie sie ihre Haushaltswaren strecken konnte, eben weil Händler nur selten die Hügel erklommen, da ihr Clan kaum Gold oder Silber zum Handeln hatte. Die Schätze Dubhtolarggs waren viel einfacher gestaltet..

Das Mindeste, was sie für die Unschuldigen, die in Keppenach geblieben waren, tun konnte, war, ihnen zu helfen, ihre Waren zu rationieren. Dies galt insbesondere für drei Personen, die sie kennengelernt hatte.

Sie seufzte tief angesichts ihrer wachsenden Schuldgefühle, denn wenn sie sich mit dem Rest der Burgbewohner bekannt machte, würde sie sicherlich noch mehr Unschuldige entdecken.

Sie musste zugeben, dass sie – so sehr sie auch Broc Ceannfhionn mochte und sich wünschte, dass es ihm gut ging – in diesem Kleinkrieg tatsächlich nichts zu suchen gehabt hatte.

DER AUSZUG WAR FAST ABGESCHLOSSEN.

Insgesamt hatten sie an diesem Morgen sieben weitere verlassen und drei Wagen standen noch zur Abfahrt bereit. In weiser Voraussicht durfte jeder Mann so viele Vorräte mitnehmen, dass sie bis an sein Ziel reichen würden – aber nicht mehr.

An diesem Morgen hatte Jaime schon Männer losgeschickt, um das zu besorgen, was sie noch brauchten. Er hatte ein kleines Vermögen angehäuft, um es hier auszugeben. Aber bis neue Vorräte da waren, mussten sie mit dem auskommen, was sie hatten. Das war leider nicht viel. Nun war er jedoch noch viel mehr von der

Leistung seiner Frau bei der Organisation der Küche beeindruckt: So hatte er doch gesehen, wie sie die Gerichte so arrangiert hatte, dass sie ähnliche Zutaten benutzten und somit jeder kleinste Bissen verarbeitet wurde.

In diesem Moment, als Lael aus dem Turm kam, interessierte es ihn jedoch kein Stück, was da durch die Tore hinaus transportiert wurde. Der arme Luc rannte hinter ihr her und versuchte, mit ihr Schritt zu halten. Sie fegte wie ein Sturm über den Burghof und winkte in die Richtung derer, die faul herumstanden.

An diesem Morgen war der Wind recht mild, aber die Kälte saß tief und seine Finger waren taub geworden. Nichtsdestotrotz erschien seine Frau halb nackt, soweit er das sehen konnte. Sie trug Herrenhosen aus enganliegendem Leder. Ihr ärmelloses Oberteil war aus dem gleichen Material mit Bändern, die sie fest um ihre Brust und ihre Taille gebunden hatte. Um den Hals trug sie einen Umhang aus Fell und an der Taille eine leere Schwertscheide sowie einen Armschutz, der scheinbar eine weitere Scheide für eine ihrer bösartigen Klingen enthielt. Diese waren jetzt natürlich leer, aber er konnte sich gut vorstellen, wie sie in voller Bewaffnung aussah. Sie erinnerte ihn an ein Bild von Diana, der Jägerin – der römischen Göttin deren Gesicht so schön und strahlend wie der Mond war. Kein Wunder, dass diese Männer sie hatten hängen wollen, denn allein schon ihr Anblick konnte einen schwachen Mann in die Knie zwingen.

Der letzte der Wagen fuhr an ihm vorbei. „Du da! Was hast du in dem Sack?", fragte Kieran, der neben Jaime stand.

Da er keine Pferde besaß, hatte sich der Mann selbst vor den Wagen gespannt. „Hafer, mein Herr. Nichts außer Hafer. Ich habe den einen Sack für zwei Schweine und sieben Hühner getauscht. Da ich sie nicht mehr halten kann, erschien es mir besser, sie alle zurückzulassen." Seine Stimme zitterte. „Das ist mehr als fair, finde ich."

„Hat dein *Laird* dem Handel zugestimmt?", fuhr Kieran ihn an.

„Nein", antwortete der alte Mann und seine Stimme wurde schwächer, während er sprach. Er war schon fast so alt und klapprig wie sein Wagen und Jaime überlegte, ob es schlau war, ihm zu erlauben, dass er ging, wo es doch am Abend sicherlich wieder schneien würde – und doch wollte er niemanden gegen seinen Willen zurückhalten.

„Zieh ihn herunter!", befahl Kieran sofort.

Jaime winkte mit der Hand ab und ließ den Wagen und seinen Eigentümer ziehen. „Lass ihn gehen. Es ist schließlich nur ein armseliger Sack Hafer." Er sah zu dem verängstigten Mann. „Guter Mann, gibt es irgendjemand, der deinen Handel bestätigen kann?"

Der Mann nickte ruckartig und wackelte mit dem Kopf, als würde er ohnmächtig. Mit dem Kinn deutete er auf etwas oder jemanden hinter ihm und Jaime drehte sich um und sah, wie das hübsche Mädchen mit dem kupferfarbenen Haar, das er zuerst beim Saubermachen in der Halle gesehen hatte, über den Burghof gerannt kam.

„Ich kann für ihn bürgen, *Laird*", sagte das Mädchen ganz außer Atem.

„Danke dir", sagte der alte Mann und nickte ihr zu. „Danke dir", wiederholte er und ohne abzuwarten, nahm er die Zügel wieder über die Schultern und begann seinen Karren aus dem eisigen Schlamm zu ziehen.

Unter der hellen Novembersonne war der Schnee der letzten Nacht schon wieder geschmolzen und hatte nur ein paar weiße Flecken hinterlassen. Es würde nun nicht mehr lange dauern, bis der Schnee am Boden liegenblieb. Jaime hoffte inständig, dass der Mann eine ordentliche Bleibe hatte, die nicht allzu weit entfernt war. Er hätte ihn gern dazu gebracht, es sich noch einmal zu überlegen, aber der Mann war schon so eilig unterwegs, wie es für jemand möglich war, der einen Karren zog, welcher dreimal so groß war wie er selbst.

Jaime überlegte, wo zum Teufel seine Frau hingegangen war, und wendete sich an das Mädchen neben ihm. „Wie heißt du, Mädchen?"

„Kenna", antwortete sie schüchtern.

Von der Antwort überrascht, schüttelte Jaime ein wenig den Kopf, obwohl es kaum ein ungewöhnlicher Name war. „Danke", sagte er. „Kenna ..."

Sie neigte den Kopf und nickte ihm zu, dann lief sie davon, bevor Jaime seine Gedanken sammeln konnte und seine Sprache wieder erlangt hatte.

Er war schon zum zweiten Mal an diesem Morgen in Gedanken versunken und erinnerte sich an den letzten Zeitpunkt, dass er seine kleine Schwester gesehen hatte. Schon mit drei Jahren war Kennas Schönheit gerühmt worden. Sie hatte winzige Grübchen gehabt, die man nur sah, wenn sie lächelte. Ihre Haarfarbe entsprach so ziemlich der dieses Mädchens. Aber kupferfarbene Locken waren wohl kaum selten in dieser Gegend. Soweit er sich erinnern konnte, hatte seine Schwester graue Augen gehabt, aber mit ein wenig mehr Blau darin als bei Jaime. Aber er hatte nicht schnell genug daran gedacht, auf die Augenfarbe des Mädchens zu achten.

Vor seinem inneren Auge sah er die verkohlte Leiche eines kleinen Kindes auf der Erde liegen und bei dieser Erinnerung konnte er fast den Gestank verbrannten Fleisches riechen. Sie hatten ihre Leiche ohne Rücksicht darauf, dass es ein Mensch gewesen war, über die Mauer geworfen. Als kaum erkennbarer Haufen war sie zu Jaimes Füßen gelandet und er konnte sich noch an den schrecklichen Zorn, der in seiner Brust hochstieg, erinnern – ein Zorn, der ihn für alles außer Rache blind gemacht hatte. Er war auf sein Pferd gestiegen, mit Augen, die fast so schwarz waren wie dessen Fell, und hatte sich eine Fackel voller Pech gegriffen. Erst hatte er die Wirtschaftsgebäude angezündet und seinen Männern befohlen, weiterzumachen, als Pfeile von der Burgmauer gefeuert wurden. Einer war im verrußten Körper seiner Schwester gelandet. Ein weiterer hatte seine Augenbraue touchiert. Das Blut war ihm über die Augen gelaufen und hatte seine Sicht behindert, aber er hatte sich durch den Pfeilhagel gekämpft und seine brennende Fackel an die Palisadenwände gehalten. Und als er damit fertig gewesen war, hatte er sich auf sein Pferd gesetzt und zugesehen, wie die Burg abbrannte.

Es war keine angenehme Erinnerung.

Die Schreie derer, die sich lebendig auf dem Scheiterhaufen wanden, hatten die Nacht erfüllt wie das Klagen von tausend Banshees.

Er blinzelte und sah, wie das Mädchen im Lagerhaus verschwand, und er überlegte, was seine zanksüchtige Frau wohl trieb.

KAPITEL ZWANZIG

„Ich kann mich nicht erinnern", sagte Cameron, sehr zu Aidans Leidwesen.

Er wollte hören, dass seine Schwester lebte, und Cameron das Pferd nur geliehen hatte, um ihnen im Tal eine Nachricht zukommen zulassen. Er wollte hören, dass Cameron unterwegs vielleicht von Banditen überfallen worden war – aber das war nicht der Fall. Es war Aidan bereits klar gewesen, dass es wohl eine Schlacht gegeben hatte, und es überraschte ihn nicht, dass sich seine Schwester freiwillig zu einer kleinen Truppe gemeldet hatte, deren Aufgabe es gewesen war, Keppenachs Mauern zu durchbrechen.

Leider war dies das letzte Mal gewesen, dass Cameron sie gesehen hatte.

Aidan saß nun da und starrte auf den Boden zwischen seinen Knien. Sein Magen krampfte sich zusammen.

Lael hatte die Gefahr nie gescheut, besonders wenn sie glaubte, sie könnte jemanden retten. Wenn man Camerons Alter bedachte, konnte Aidan sich sehr gut vorstellen, dass sich seine Schwester freiwillig gemeldet hatte, nur um den Jungen vor Schaden zu bewahren. Scheinbar war Broc auch bei der Truppe gewesen – aber zu welchem Zweck? Ihrem eigenen Verderben?

„Als Letztes erfuhren wir, dass sie nach innen gelangt waren. Aber sobald wir uns zum Warten niedergelassen hatten, flogen die Pfeile von den Mauern."

„Innerhalb von wenigen Minuten?"

Cameron schüttelte den Kopf. „Nach ungefähr dreißig oder so."

„Hat sie Wolf bei dir zurückgelassen?"

Cameron war scheinbar von der Frage verwirrt.

„Ihr Pferd", stellte Cailin klar. Seine Schwester saß hinter ihm und spielte mit den Fingern. Aidan waren die Blicke, mit denen sich die beiden ansahen, nicht entgangen.

„Das ist ein komischer Name für ein Pferd", sagte Cameron und lächelte Cailin an. „Aber nein, sie hat das Pferd angebunden in einem Wäldchen gelassen. Wir waren in der Nähe des Dorfes und haben die Tore beobachtet."

Aidan atmete die angehaltene Luft seufzend aus und warf Cailin einen vernichtenden Blick zu. „Sieh nach, ob Lili schon wach ist", befahl er ihr – einfach, um sie aus dem Zimmer zu schicken. Das Letzte, womit er sich im Moment befassen wollte, , war noch eine seiner Schwestern, die das Tal verließ. Verdammt sollte er sein, wenn er das erlauben würde. Um dies zu verhindern, war er fast versucht, Cameron hier und jetzt zu erwürgen, um sich so die Mühe zu ersparen, ihn später zu töten, wenn er sich traute, seiner verliebten Schwester den Hof zu machen.

Nachdem Cailin gegangen war, wendete er sich Cameron zu. „Denke gar nicht einmal daran, meine Schwester zu entehren", warnte er den Jungen.

Camerons geschwollene Augen weiteten sich, obwohl Aidan sich da nicht ganz sicher war. „Das würde ich nie tun."

Aidan stand auf und beabsichtigte, ihn sich ausruhen zu lassen. Seine Schwester hatte ihn geholt, sobald Cameron aufgewacht war. Ihre Augen waren vom Schlafmangel von schwarzen Schatten gezeichnet. „Denk daran, dass du es nicht tust", wiederholte er und schloss die Tür, um Cailin davon abzuhalten, wieder hineinzugehen.

„MEINE HERRIN, ICH BITTE EUCH, ZU WARTEN", flehte Luc, als Lael anfing die Mehlsäcke zu durchwühlen, die im Lager zum Verrotten stehengeblieben waren. Dies tat sie, nachdem sie die verdorbenen Sachen schon entsorgt hatte. Sie verstand sehr wohl, wie schnell verdorbenes Essen zu Gift werden konnte. Aber sie hatte nicht vor, gutes Mehl wegzuwerfen, wenn in der Speisekammer kaum genug Essen war, um sie durch den langen Winter zu bringen. Das Schlimmste, was passieren konnte, wenn sie schlechtes Mehl aßen, war, dass sie wegen des Geschmacks den Mund verziehen würden. Außerdem gab es ein paar kluge Tricks, um diesen zu kaschieren. Die älteren Säcke würde sie zum sofortigen Gebrauch in die Küche bringen.

Aber Luc schien nicht zu verstehen, dass sie versuchte, zu helfen, und Lael fühlte sich nicht verpflichtet, ihm alles zu erklären. Sie arbeitete den ganzen Morgen neben Mairi und Ailis und bemühte sich, etwas Ordnung in den Speiseplan zu bringen. Stur weigerte sie sich, Luc zuzuhören und schon bald rannte er davon, um seinem *Laird* alles brühwarm zu erzählen.

Zu ihrer Überraschung kam er zurück, ohne ein einziges Wort zu sagen, und Lael überlegte, was zum Teufel Jaime wohl zu ihm gesagt hatte – offensichtlich nichts, was der Junge hatte hören wollen. Denn er verbrachte den Rest des Morgens schmollend und beobachtete sie bei der Arbeit.

Von der Küche aus gingen sie zu viert in den Garten und dort kam auch Kenna hinzu und half, das verbliebene und noch nicht erfrorene Gemüse zu ernten. Dafür musste sie bald einen Weg finden, es zu lagern, und was nicht aufbewahrt werden konnte, würde bei den Mahlzeiten der kommenden Woche verarbeitet werden.

Einiges konnte noch in der Erde bleiben: Kohl, Rüben, Lauch und Grünkohl. Fürwahr, Grünkohl war viel süßer, wenn er einmal durchgefroren war, und tatsächlich würde sie sich noch nicht einmal die Mühe machen, sie mit Mulch zu bedecken, denn bislang war ihnen die bittere Kälte, die sie von zu Hause gewöhnt war, erspart geblieben. Wenn der Winter kalt werden sollte, würde sie sich auf die Grünkohlblüten im Frühling freuen und mit den Samen eine neue Ernte pflanzen. Es kam ihr nicht in den Sinn, sich Gedanken zu machen, dass sie so weit in die Zukunft plante, denn abgesehen von ihren Messern, war dies ihre größte Leidenschaft: Schlaue Methoden zu finden, das zu verwenden, was Mutter Erde hergab. Und das konnte Lael gut – so gut, dass die Frau ihres Bruders ihr die Pflichten einer Hausherrin noch nicht entrissen hatte. Aidan lobte sie oft, nicht nur wegen ihrer harten Arbeit und der Liebe, mit der sie diese verrichtete, sondern für die einfallsreiche Art, wie sie die einfachsten Lebensmittel in schmackhafte Gerichte verwandelte.

Sie konnte auch gut mit Leuten umgehen und hatte einen Weg gefunden, der ihnen das Gefühl gab, Teil der Lösung und nicht des Problems zu sein. Lael glaubte, dass dies das Geheimnis des Friedens unter ihren Clansleuten in den langen, harten Wintern war. Jeder musste seinen Beitrag leisten und sich für das Überleben verantwortlich fühlen, da es auch zum Besten eines jeden Einzelnen war.

Im Laufe des Tages konnte sie schon eine Verände-

rung in ihrer kleinen Truppe von Sonderlingen beobachten, besonders bei Mairi. Zu Beginn war die alte
Frau freundlich, aber skeptisch Lael gegenüber gewesen, wohl aus Angst, dass sie die höhere Stellung, die sie
erreicht hatte, verlieren könnte. Auf ihre eigene Art
lebte auch Ailis in Furcht. Das Mädchen hatte Angst,
weggeschickt zu werden, damit es einen Mund weniger
zu stopfen galt. Daher war sie übermäßig gefällig. Im
Gegensatz dazu verhielt sich Kenna still und pflichtbe-
wusst, beobachtete alles und sprach wenig. Von allen
erschien Kenna am wehrlosesten und Lael gab sich
Mühe, sie aus der Reserve zu locken.

Im Laufe des Vormittags sah Lael, wie Ailis einen
Tölpel zurückwies, der sich an sie heranmachen wollte,
und Lael lächelte und nickte dem Mädchen ermutigend
zu, als der Idiot nach ihrer Ablehnung schmollend
wegging.

Zwar glaubte Lael, dass Frauen das Recht hatten, zu
lieben, wen sie wollten, aber sie hielt nichts davon, mit
Gefälligkeiten zu handeln. Es war nicht die Pflicht der
Frau, einen Mann zu befriedigen. Frauen hatten das
Recht, *Nein* zu sagen. Sie war nicht prüde – zumindest
glaubte sie das. Aber *Nein* war ihr immer leichter über
die Lippen gekommen als *Ja*.

Tatsächlich wartete sie immer noch darauf, *Ja* zu sagen, denn ihr Mann hatte sich in der letzten Nacht
noch nicht einmal die Mühe gemacht, zu fragen.

Er mochte sie nicht, so viel war schon mal klar.

Dreimal rannte Luc weg, um zu petzen, und dreimal
kam er zurück, ohne ein einziges Wort von ihrem
Mann. Und nun fragte sie sich zum ersten Mal in
ihrem Leben, ob die Entscheidung, abstinent zu bleiben, tatsächlich nur ihre eigene gewesen war. Vielleicht
mochten Männer sie nicht? Vielleicht, wie ihr Bruder
immer scherzte, war sie viel zu furchteinflößend?

Den Rest des Morgens dachte sie über diese Frage

nach und als sie das Gemüse versorgt hatte, sah sie nach den Tieren und trieb diese in die Ställe, so gut sie es eben konnte. Lael war angenehm überrascht, dass ein ordentlicher Anteil der Außengebäude bereits für die Stallungen reserviert war. Sie hatte gedacht, es seien Kasernen für die Männer. Das war vielleicht früher so gewesen, aber scheinbar hatte inzwischen jeder einen Schlafplatz in der Burg selbst gefunden. Außer dem Schmied, dem Bäcker und ein paar Kaufleuten besaß niemand ein ordentliches Wohngebäude innerhalb der Mauern Keppenachs. Die Familien, die sich hier niedergelassen hatten, waren außerhalb der Mauern ansässig geworden und scheinbar waren nur wenige von ihnen geblieben.

Ein Blick in den sich verdunkelnden Himmel sagte ihr, dass die Winterstürme bald einsetzen würden, und wenn die eisigen Winde kamen, wollte sie vorbereitet sein.

Es war ein Wunder, dass diese Leute so lange ohne das Wissen, wie alles gedieh, überlebt hatten. Auch wenn das Leben in den *Mounth* hart war, so hatten sie doch immer reichlich gehabt.

Aber je mehr sie sah, desto mehr staunte sie, dass sich irgendjemand die Mühe gemacht hatte, um diese heruntergekommene Ansammlung an Steinen zu kämpfen. Tatsächlich war Keppenach so ein Trümmerhaufen, dass sie überlegte, warum David sich die Mühe gemacht hatte, seinen Schlächter nach Norden zu schicken, um das zu retten, was übrig war. Ihr *Mann* besaß anscheinend nur wenig von Wert.

Das geschah ihm recht, nachdem er seine eigene Burg zerstört hatte – nicht, dass es Lael nicht so oder so egal gewesen wäre. Sie war hier nur für ein Jahr, außer sie gebar ein Kind, und dann wäre sie weg auf Nimmerwiedersehen. Und so wie es jetzt aussah, würde sie von dem Schlächter kein Kind bekommen.

Du bist sowieso nicht dafür bestimmt, Mutter zu sein.

Aber als sie an ihren Neffen und ihre Nichte dachte, stieg ein heftiges Verlustgefühl in ihr auf. *Lächerlich*, dachte sie, weil sie ja einfach auch jemand anderes heiraten könnte.

Wen?

Lael *mochte* sonst niemanden.

Sie mochte Jaime auch nicht – zumindest glaubte sie das –, aber sie war dem Gedanken, sein Bett zu teilen, nicht mehr ganz abgeneigt.

Es war doch egal, wenn er sie nicht mochte.

Und so schwirrte das Zwiegespräch in ihrem Kopf herum und verhexte sie, bis sie dachte, dass sie verrückt werden würde. Um ihre widerspenstigen Gedanken zu unterdrücken, arbeitete sie noch mehr und freute sich, als sie entdeckte, dass nicht alles in Keppenach gar so schlecht war.

Sie war positiv überrascht, als sie ein raffiniertes Regenwassersammlungssystem entdeckte, und später realisierte sie auch, warum: Der Brunnen an sich war faulig. Das Wasser war kaum trinkbar und so benutzten sie es in erster Linie zum Baden und als Basis für ihr fürchterliches Met, welches – nicht gerade unerwartet – ungenießbar war. Wenn der Brunnen sich aus dem gleichen Wasser speiste, das in den Tunnel unter dem Turm tröpfelte, dann verstand sie auch, warum. Dankenswerterweise hatte sie ein wenig Ahnung von der Materie und beauftragte einen Jungen, einen Eimer Wasser aus dem Brunnen zu holen, damit sie dieses untersuchen konnte.

Sie war vor den Ställen auf ihn aufmerksam geworden und sah ihn nun begehrlich an – nicht ihn selbst, sondern das Objekt in seiner Hand. Es gelüstete sie nach dem Gefühl von kaltem Stahl, den er in der Hand hielt. Die Klinge seiner Axt glänzte in der hellen Nachmittagssonne und war geölt worden, bis sie funkelte. Er übte das Werfen der Axt mit seinen Kameraden und während Lael wartete, bot sie ihm an, seine Waffe für ihn zu halten.

Er zögerte natürlich.

„Bin ich nicht deine neue Herrin?"

Der Junge nickte und reichte ihr zögerlich die Axt und Lael konnte ein Grinsen kaum zurückhalten.

Jeder Tropfen Blut in ihren Adern jubilierte, als sie den hölzernen Griff berührte, und sie atmete tief ein, als sie das Gewicht in ihrer Handfläche fühlte. Sie grinste die Kameraden des Jungen an und begutachtete ihr Ziel – eine heruntergekommene, armlose Stechpuppe, bekleidet mit einem Überrock englischer Art. „Was sagt Ihr? Drei Versuche. Ziel auf das Herz und wer am nächsten ist, gewinnt?"

„Meine Herrin", beschwerte sich Luc, der gerade wieder hinter ihr aufgetaucht war, nachdem er einmal mehr bei seinem *Laird* gepetzt hatte.

Lael trat mit dem Fuß nach ihm. „Geh schon! Hau ab, du kleiner Wicht und erzähl es deinem jämmerlichen *Laird*", befahl sie und drehte ihm den Rücken zu.

Bis jetzt war ihr Mann noch nicht einmal gekommen, um zu sehen, was sie tat, also war es ihr egal, dass Luc ging und sie anschwärzte. Tatsächlich würde sie Jaime jetzt bestimmt auf die Palme bringen. Während Luc zum sechsten Mal davoneilte, lachte sie glücklich bei dem Anblick der funkelnden Axtklinge und streckte sie herausfordernd in die Luft. „Wer glaubt, dass er Manns genug ist, um seine Herrin beim Wurf mit der Axt zuschlagen?"

JAIME WAR FAST FERTIG MIT SEINER LISTE FÜR DEN Waffenschmied und wartete nun auf diesen, der seiner Aufforderung unklugerweise nur sehr zögerlich nachkam.

Er musste sich sehr zurückhalten, seiner Frau nicht bei jeder Tätigkeit nachzuspionieren. Jede Gelegenheit hätte gepasst, aber allein schon deswegen weigerte er sich stur. Soweit er wusste, war sie den ganzen Tag mit Aufgaben beschäftigt gewesen, die ihn außerordentlich erfreuten. Auch wenn ihre Bemühungen seine eigene Arbeit stellenweise behinderten, so konnte er doch nur wenig kritisieren an dem, was Luc ihm verraten hatte.

Als Herrin dieser kaputten Burg sollte sie tun und lassen können, was sie wollte, solange sie dem Kerker und den Toren fernblieb. Die Tatsache, dass sie sich ihrer Stellung als Herrin von Keppenach bereits gefügt hatte, war ein gutes Vorzeichen für ihre Verbindung – obgleich seine Eier an diesem Morgen ein wenig blau gewesen waren, weil er unbefriedigt neben seiner zögerlichen Braut geschlafen hatte.

Er hatte bis in die frühen Morgenstunden wachgelegen und war sich ihrer Gegenwart nur allzu bewusst gewesen. Der Geruch ihrer Haut hatte sich in sein Hirn eingebrannt und er empfand ihn als süchtig machender als *dwale*.

Als er gesehen hatte, dass es hell wurde, war er aus dem Bett gesprungen, um der Versuchung zu entkommen. Aber *sie* machte es ihm nicht leicht und als er seinen Knappen in der Tür sah, schlug er ungeduldig mit der Hand auf den Tisch. „Was ist jetzt schon wieder, Luc?"

Das Gesicht des Jungen war voller Angst. „Ich weiß, dass Ihr gesagt habt, *Laird*, dass ich sie in Ruhe lassen soll. Aber jetzt hat sie eine Axt."

Jaime blinzelte, als er Lucs Offenbarung hörte. „Eine Axt?"

„Ja, *Laird*. Sie hat eine Axt."

Jaime hatte sofort ein Bild vor Augen, wie Lael seine Männer terrorisierte, und da er ihnen ausdrücklich befohlen hatte, ihr kein Haar zu krümmen, wusste er, dass sie sich sehr unter Druck fühlen würden. „Hat sie irgendjemanden damit bedroht?"

„Nein."

„Nun, was *macht* sie denn mit der Axt?"

Sein Knappe zuckte mit den Schultern. „Scheinbar übt sie mit der Waffe."

„Sie übt mit der Waffe?"

Luc nickte zackig.

Ohne sein Zutun bewegten sich Jaimes Beine. Seufzend stand er auf und sagte sich, dass dies etwas war, das er sich selbst ansehen *musste*. Wenn auch nur, um zu sehen, wie gut seine Frau mit ihren verdammten Klingen umgehen konnte.

Luc ging voran und Jaime folgte, zuckte angesichts der Helligkeit der Nachmittagssonne zusammen, als er den Burghof betrat. Er folgte dem Knappen um die Ecke hinter den Stall, wo sich eine neugierige Menge versammelt hatte.

Dort stand *sie* mit einer Axt in der Hand.

Lael zögerte nicht, obgleich die Menge um sie herum vor Schreck nach Luft schnappte, als er hinzutrat. Tatsächlich blickte sie noch nicht einmal in seine Richtung. Sie schwang die schwere Waffe, ohne sich die Zeit zu nehmen, den Abstand abzuschätzen oder den Winkel zu bemessen. Sie warf sie einfach. Die Axt flog durch die Luft und drehte sich mit überraschender Geschwindigkeit und Genauigkeit – und fand ihr Ziel mit einem vernehmlichen Krachen im Herz der hölzernen Stechpuppe.

Jeder außer Lael trat einen Schritt zurück, als Jaime näherkam.

Selbst seine eigenen Männer, die wussten, dass er fair und gerecht war, traten ängstlich zurück.

„Zwei!", rief sie mit größter Begeisterung und reckte die Arme siegessicher nach oben.

„Was zum Teufel tust du hier?", fragte er, als sie über

den Burghof eilte, um die Axt zurückzuholen. Sie hielt mitten im Schritt inne und drehte sich zu ihm um – wie ein Soldat aus Holz mit hoch erhobenem Haupt und ohne Furcht.

Ihre hübschen Augenbrauen zogen sich zusammen, als sie die Stirn runzelte. „Wonach sieht es denn aus, was ich hier tue?"

Jaime war nicht auf eine Konfrontation vorbereitet. Ihre schönen Wangen waren gerötet. Die eigentlich fest geflochtenen Haare waren nun zerzaust und ihre schwarzen Locken sträubten sich, zu gehorchen, ebenso wie sie sich ihm verweigerte.

„Ich habe dir nicht erlaubt, eine Waffe anzufassen", sagte er und versuchte dabei, zu ignorieren, dass ihr Nabel knapp über der Hose sichtbar war. So wahr ihm Gott helfe, sie war viel zu schön für seinen Seelenfrieden. Sein Schwanz widersetzte sich ihm nun auch und erhob sich, um sie wie ein Verräter zu begrüßen.

„Du hast es aber auch nicht verboten", entgegnete sie und sah ihn mit einem Blick an, der trotz ihrer Kühnheit weder unverschämt noch unterwürfig war. Er war eher sachlich.

Jaime ging an ihr vorbei in Richtung Stechpuppe. Er zog die Axt aus der hölzernen Replik eines Kriegers und war überrascht, dass die Klinge so tief steckte, dass er seine ganze Kraft brauchte, um sie herauszuziehen. „Dann tue ich es jetzt", sagte er, als er die Axt herausgezogen hatte, und drehte sich dann zu ihr um.

Sie hob ihr Kinn herausfordernd. „Warum?"

„Ich könnte dir unzählige Gründe nennen."

Sie runzelte die Stirn. „Sag mir einfach nur einen, der auch nur ein bisschen Sinn macht. Ich habe dir keinen Grund gegeben, an meinem Wort oder meiner Aufrichtigkeit zu zweifeln. Hier stehe ich nun, bin mit dir verheiratet und habe den größten Teil des Tages damit verbracht, dein Haus wieder in Ordnung zu bringen."

„Weil du die Herrin Keppenachs bist", entgegnete er.

Sie rümpfte die Nase und sah ihn mit einem Blick an, als hielte sie ihn für verrückt. „Ich habe *gesagt*, dass du mir nur *einen* Grund nennen sollst, der ein bisschen Sinn macht. Der hier macht überhaupt keinen Sinn!"

Das Gewicht der Axt belastete Jaimes Hand fast so sehr wie ihre Frage sein Hirn und er war fasziniert, dass sie sie so leicht geworfen hatte. Sie stand da mit den Händen in die Hüfte gestemmt und wartete auf seine Antwort – und hinter ihr stand eine immer neugieriger werdende Menschenmenge.

„Geht alle wieder an die Arbeit – alle!", bellte Jaime und nachdem die Menge sich aufgelöst hatte, drehte er sich wieder zu seiner Frau. „Das ist Grund genug für mich", versicherte er ihr. „Wenn du allerdings noch einen willst: Ich bevorzuge deine Anstrengungen im Garten."

„Ich verstehe", sagte sie und stampfte zornig mit dem Fuß auf.

Er sieht mich lieber im Garten?

Lael dachte einen Moment über seine Antwort nach und versuchte, herauszufinden, warum ihr diese nicht gefiel. Und als sie sich dann umdrehte, bemerkte sie, dass alle, einschließlich Ailis, Kenna und Mairi, verschwunden waren. Nur Luc war noch da und verharrte direkt hinter ihrem Mann.

Feiglinge – allesamt!

Sie stand ihrem Mann allein gegenüber.

Beim Stein, sie war es nicht gewohnt, dass irgendjemand ihre Tätigkeiten kritisierte. Ihr Bruder – wie all ihre Leute – glaubte, dass Frauen in jeder Beziehung gleichberechtigt waren. Ihre Schwester Catrìona konnte ein Haus so gut wie irgendein Mann bauen und es gab nicht einen Kerl in ganz Dubhtolargg, der besser mit der Waffe umgehen konnte als Lael.

„Weil es Frauenarbeit ist?", fragte sie aufgebracht. In seinem Gesicht suchte sie nach einer Antwort auf ihre Frage, anstatt seine nächsten Worte zu erahnen.

Er sah auf die Axt in seiner Hand und blickte sie direkt an. „Nein, aber das hier ist auch keine", meinte er.

„Ja, gut, gib sie mir", forderte Lael ihn auf. „Wir werden sehen, wessen Hand sie am besten schwingt – die eines Mannes oder die einer Frau", spöttelte sie. „Wenn ich gewinne, musst du mir erlauben, meinem Bruder eine Nachricht zu schicken." Sein Blick fiel wieder auf die Axt in seiner Hand und zu Laels Überraschung schien er über ihre Herausforderung nachzudenken. Sie fügte schnell hinzu: „Es ist nur recht, dass meine Familie wissen sollte, dass ich nicht tot bin." Im Stillen verbesserte sie sich: *Nur verheiratet.*"

KAPITEL EINUNDZWANZIG

*J*aime konnte ihre letzten Wörter nicht genau hören, aber er konnte sie von ihren Lippen ablesen.

So, sie hielt sich also für so gut wie tot. Wie? Nur verheiratet?

Er musterte seine Frau, wie sie ohne Angst vor ihm stand und ihn auf eine Art herausforderte, die sich nur wenige trauten. Dann drehte er sich um und sah, dass Luc immer noch hinter ihm stand, obwohl sonst keiner mehr da war. Das passte ihm ganz gut, denn er wollte geheim halten, dass er noch nicht mit seiner temperamentvollen Braut geschlafen hatte.

Seine Lippen verzogen sich langsam zu einem verschlagenen Lächeln. „Was ist, wenn ich gewinne?"

Sie stellte sich seiner Frage mit einem selbstgefälligen Lächeln – ein Lächeln, das Jaimes Sehnsucht, sie zu küssen, nur noch erhöhte. Unbesorgt zuckte sie mit ihren gutgebauten Schultern, als wenn es ihr wahrlich egal war. „Was möchtest du haben?"

Jaime sah auf die Axt in seiner Hand. Sie sollte wirklich keinen Zugang zu Waffen haben. Allerdings konnte er sie auch nicht dauernd beobachten und er hatte schon beschlossen, dass er sie nicht aufhalten würde, wenn sie sich entschloss, zu gehen. Sie verstand den Handel recht gut und wenn ihr das Leben Broc Ceannfhionns so wenig bedeutete, dann sollte es so sein. Das Schicksal des Mannes lag in ihren Händen. Nichtsdestotrotz war sie in gewisser Beziehung noch seine Gefangene. Um sie jedoch für einen längeren Zeitraum bei sich zu behalten, wusste Jaime, dass er zuerst ihren Respekt gewinnen musste. Und mit ihrem Respekt würde er auch ihr Vertrauen verdienen müssen. Leider gab es nur einen Weg, dies zu tun: Er musste ihr zuerst vertrauen.

Dann waren da ja auch noch die Details ihres Handels. Sie konnte nur ein Baby bekommen, wenn sie miteinander schliefen, und da Jaime weder jetzt noch später die Absicht hatte, sie zu zwingen, musste sie nicht nur zustimmen, sondern auch aus freien Stücken zu ihm kommen.

Er sah Luc an und bedeutete ihm wortlos, nichts von alledem weiterzuerzählen, und dann sah er seine Frau an. „In Ordnung", gab er nach. „Wenn du gewinnst, erlaube ich dir, deinen Bruder zu benachrichtigen." Schließlich würde ihm das die Mühe ersparen, selbst eine Nachricht aufzusetzen, wie er das schon beschlossen hatte. „Und wenn ich gewinne, will ich, dass du mich verführst." Eine weitere Herausforderung war bei dieser Gelegenheit äußerst passend. „Natürlich nur, wenn eine Frau, die sich so unbedingt wie ein Mann verhalten will, dazu überhaupt in der Lage ist ..."

LAEL BLINZELTE.

Natürlich konnte sie.

Oder nicht?

Ihre Schwester Catrìona war in solchen Dingen viel

besser als Lael. Aber nur weil Lael ihre Tage damit verbrachte, mit Messern zu hantieren, während ihre Schwester ihre Zeit damit vertrödelte, Männer zu umwerben, bedeutete das bestimmt nicht, dass sie nicht wusste, wie man es machte.

Es konnte ja nicht so schwierig sein, oder?

Sie wusste genau, *was* sie *wohin* zu legen hatte, und sie war sich ziemlich sicher, dass Männer an ihren weiblichen Teilen interessiert waren. Soweit würde es allerdings nicht kommen, denn sie hatte nicht die Absicht, hier und heute zu verlieren. „In Ordnung. Wir haben eine Abmachung", stimmte sie ohne Zögern zu.

Zu ihrer Überraschung warf er ihr die Axt zu. „Damen zuerst", sagte er und schön wie ein Juwel segelte die glänzende Waffe auf Lael zu. Sie sah mit einem unvergleichlichen Gefühl der Ausgelassenheit zu, wie sie flog. Eine Waffe in den Händen zu halten, war die größte Freude, die sie kannte. Ja, weil sie wusste, was man mit einer Klinge anstellte, mit jeder Klinge, egal, ob kurz oder lang. Ihr Bruder schwor, dass sie mit einem Messer in der Hand geboren worden war. Sie fing die Waffe auf und nahm sie fest in die Hand. Dabei staunte sie über das perfekte Gewicht. Es war lange keine außergewöhnliche Waffe; aber sie liebte sie alle, sogar mit ihren Unzulänglichkeiten. Sie drehte die Waffe in der Hand und justierte sie. Und dann wiederholte sie dies, schloss dabei die Augen und verinnerlichte das Gewicht in ihrem Gedächtnis.

Scheinbar aus dem Nichts tauchten wieder Zuschauer auf. Es gab Zurufe, selbst entlang der Burgmauern, und ein Bewohner nach dem anderen betrat vorsichtig den Hof, um den *Laird* und seine Dame im Wettbewerb zu sehen.

Obwohl Laels Wangen bei dem Gedanken, dass irgendjemand ihre private Wette belauscht hatte, rot geworden waren, freute sie sich insgeheim über die Gelegenheit, den Schlächter in seine Schranken zu weisen.

JAIME STELLTE FEST, DASS SIE DIE AXT GESCHICKT UND ohne mit der Wimper zu zucken gefangen hatte.

Mit großen Augen streckte sie ihren Arm aus, wie für einen Liebhaber, und führte seine hölzernen Kurven in ihrer Kennerhand. Als sie die Waffe in der Hand hielt, wirbelte sie sie geschickt herum und schätzte sie ein. Er sah, dass sie ein winziges Lächeln auf den Lippen trug, den verschleierten Blick eines befriedigten Liebhabers, und Eifersucht stieg in ihm auf.

Aber Eifersucht war ein Gefühl, dem er sich nicht hingeben wollte. Also ignorierte er es und beobachtete seine Frau mit einem wachsenden Gefühl der Verwunderung. Dies war nicht einfach nur eine Frau. Tatsächlich war sie tief im Inneren eine Krieger-Prinzessin und trotzdem wusste sie, wie man einen Haushalt verwaltete.

Es gab keinen Mann, der sich glücklicher schätzen konnte.

Auf den Punkt gebracht, hatte er den Verdacht, dass sie genauso liebte, wie sie kämpfte – leidenschaftlich und zügellos.

Aber dies war kein fairer Kampf – egal, wie gut sie mit ihren Waffen umgehen konnte. Die Axt war Jaimes Lieblingswaffe. Seit dem Niedergang Dunloppes hatte er jeden Tag seines Lebens damit verbracht, zu üben, wie er seine Feinde spalten würde. Obschon die meisten glaubten, dass er den Namen *Schlächter* trug, weil er von Heinrich geschickt worden war, die Feinde des englischen Königs zu töten, stimmte das so nicht ganz. Jaime hatte den Namen zum einen wegen seiner Vorliebe für die Axt erhalten und zum anderen, weil er sie so kraftvoll schwang und mit einer solchen Genauigkeit, dass er schon mehr als nur ein paar Männer damit geköpft hatte. Seine Braut konnte das nicht wissen und er sah auch keine Notwendigkeit, es ihr zu verraten.

„Was sind deine Bedingungen?", fragte er nüchtern.

Lael verzog den Mund so schön, dass sein Herz einen Schlag aussetzte. Sie sah die Stechpuppe an. „Nur eine Chance. Herz oder Kopf, aber mit Ansage." Sie schwang die Axt zum Test. „Ich wähle das Herz", sagte sie und warf ihm einen spitzen, schalkhaften Blick zu.

Jaime sah sich um. Selbst Kieran hatte sich von seinen Übungen weglocken lassen, um den Wettbewerb zu sehen; aber das war Jaime egal. Er hatte nur Augen für seine schöne Frau, die nun sehr bald, wenn es nach ihm ging, wahrlich seine Braut werden würde.

Plötzlich hatte er eine Vision davon, wie sie auf ihm sitzen würde, und er fühlte wieder die Anspannung in seinen Gliedmaßen und eine Enge in seinen Lenden, die um Erleichterung bettelte. Jaime zwang sich, nicht daran zu denken, denn er wollte nicht abgelenkt werden.

Er sah zu, wie sie die Entfernung abschätzte, und dann mit ihrem Absatz eine Linie auf dem Erdboden zog. „Wir werfen ab hier."

Jaime lächelte wissend und erahnte ihre Reaktion, schon bevor sie etwas gesagt hatte. „Du wirfst ab hier. Ich werfe zehn Schritte hinter dir."

Wo er ohne Zweifel ihren Wurf würde bewundern können.

„Nein!", widersprach sie und verwischte den Strich mit ihrem Fuß. Sie ging zehn Schritte oder vielleicht sogar mehr zurück und zog einen neuen Strich in den Dreck und zeigte darauf: „Wir werden beide ab hier zielen."

Jaime zuckte zufrieden mit den Schultern und beobachtete, wie sie sich auf ihren Wurf vorbereitete. Wieder zielte sie kaum. Sie zog ihren Arm zurück, als wäre sie mit einer Axt geboren worden, und warf sicher, indem sie das Metall und das Holz so kraftvoll in die Höhe warf, dass er tatsächlich hören konnte, wie sie durch die Luft flogen.

Genau wie zuvor landete die Axt krachend in der Mitte des Herzens der Stechpuppe. Dabei drang die Klinge so tief ein, dass er den Spalt sogar von da, wo er stand, sehen konnte. Sie drehte sich zu ihm um, zog eine Augenbraue hoch und versuchte vergebens, das Grinsen auf ihren Lippen zu verbergen.

Wäre Jaime ein gläubiger Mensch, dann wäre er an Ort und Stelle auf die Knie gefallen und hätte sich vor dieser heidnischen Göttin niedergeworfen.

Er sah Luc kurz an und zeigte auf die Axt und schon rannte Luc ohne ein Wort los, um sie zu holen. Inzwischen war der Burghof wieder voll und die Männer schauten von der Mauer zu. Ihm kam der Gedanke, dass er, falls er nicht gewann, viel mehr verlieren würde als eine Wette mit seiner Frau. Dies war wahrlich nicht der richtige Zeitpunkt für irgendwelche Spielchen, nicht solange er versuchte, seinen Platz inmitten dieser ruppigen Highlander zu finden.

Mit zusammengekniffenen Augen schätzte Jaime die Stechpuppe ab. Ihr Kopf war so groß, dass nur Davids schusseliger Priester ihn verfehlt hätte. Das Herz war Laels Markierung – und selbst wenn er genau die gleiche Stelle traf, nämlich in die Mitte, war das genauso wenig ein Gewinn, wie ein Ziel zu treffen, das so groß war wie der blöde Kopf. Er hatte keine Wahl, außer das Herz oder den Hals zu treffen. Dieser war fast versteckt und durch eine Lage dicker Polsterung geschützt. Er war jedoch kräftig, wo er noch sichtbar war. Ein schmales Ziel, aber nichtsdestotrotz ein Ziel.

Wortkarg sah er seine Frau an. „Was passiert, wenn es unentschieden steht?"

Sie hob eine Schulter. „Dann nehme ich an, dass keiner gewinnt", antwortete sie mit einem neuen Funkeln in den Augen, das besagte, dass sie diesen Fall nicht erwartete.

Arrogantes Weib.

Jaime nickte ihr zu und nahm die Axt aus Lucs ausgestreckter Hand. Er widerstand der Versuchung, Kieran anzusehen, hauptsächlich weil Kieran es einst gewagt hatte, ihn herauszufordern.

Mit der Axt in der Hand ging er zu dem Strich, den Lael gezogen hatte, und blieb dort einen Moment stehen, um die Entfernung mit geübtem Auge zu kalkulieren und hob ohne Umschweife seinen Arm, um zu werfen.

„Warte! Du musst dein Ziel ansagen", erinnerte ihn seine Frau.

Jaime lächelte. „Der Apfel an seinem Hals", rief er laut genug, dass alle ihn hören konnten. Und dann den Pfosten an seinem Rücken." Und bevor sie protestieren konnte, warf er die Axt. Sie drehte sich seitwärts und fand ihr Ziel schnell und sicher in kürzester Zeit. Die Klinge schnitt durch den hölzernen Hals und zersplitterte ihn. Das Krachen des Holzes schallte über den Burghof und der Kopf der Stechpuppe flog über den Hof und rollte halb bis zum Tor. Die Axt selbst blieb in dem Pfosten drei Fuß hinter der Stechpuppe stecken.

Kieran stieß ein Hurra aus.

Seine Frau war nicht so amüsiert. „Ich sagte Kopf oder Herz", bemerkte sie bissig.

„Keins von beidem hätte mir einen klaren Sieg beschert", argumentierte Jaime und war bereit, seine Wahl zu verteidigen. Aber plötzlich kamen drei Männer und trugen eine Leiche in den Burghof.

Das Mädchen, das er nun als Kenna kannte, lief

über den Hof zu ihnen. Sie schlug die Hand vor den Mund.

Jaime und Lael sahen sich an, bevor Jaime dahin ging, wo sie den Mann auf den Boden legten. Obwohl er so aufgedunsen war, erkannte Jaime ihn sofort. Es war der Schmied und er war ganz eindeutig tot.

KAPITEL ZWEIUNDZWANZIG

*S*ie hatten die Leiche halb erfroren unten im Brunnen entdeckt.

Jaime untersuchte den Körper persönlich von Kopf bis Fuß. Außer einer Beule und einem Schnitt am Hinterkopf hatte er noch eine Prellung an der Stirn und Schrammen am Arm, die zu seinem Sturz in den Brunnenschacht passten. Aber diese waren wahrscheinlich nicht die Todesursache. Die Todesursache war der Sturz kopfüber in den Brunnen gewesen, durch den er schließlich ertrunken war, während er dort bewusstlos lag. Soweit Jaime erkennen konnte, gab es keine Anzeichen für ein Gewaltverbrechen, aber das alles ließ ihn darüber nachdenken, dass der Mann erst am Morgen zuvor bei ihm gewesen war und um Hilfe bei der Suche nach seinem vermissten Sohn gebeten hatte. Bis jetzt war der Junge noch nicht wieder gefunden worden und als Jaime Maddog und einige andere befragte, erfuhr er, dass der Junge gern am Brunnenschacht hinauf und hinunter kletterte – trotz der wiederholten Warnungen seines Vaters.

Scheinbar hatte jemand dem Schmied erzählt, dass er seinen Sohn in der Nähe des Brunnens gesehen hatte, und der besorgte Vater war hingegangen, um nachzuschauen. Vorher hatte er allerdings anscheinend noch einen halben Liter Bier getrunken. Seine Kleidung stank und der Geruch hatte überdauert, obwohl sie ja im Brunnen schon gut eingeweicht worden war.

Was das betraf, so hatte er in seinem ganzen Leben noch nie derart stinkendes Brunnenwasser gerochen. Es stank, als hätten tausend Männer in den Schacht gepinkelt und noch Schlimmeres gemacht.

Obwohl es ihn freute, dass seine Frau das Problem bereits erkannt und die Säuberung begonnen hatte, konnte er wohl kaum am Verlust ihres einzigen Schmieds Gefallen finden. Er hatte Afric nicht gut genug gekannt, um wegen des Todes dieses Mannes zu trauern, aber diejenigen, die ihn gemocht hatten, taten ihm leid. Das Mädchen Kenna war sehr betroffen. Als sie gefragt wurde, ob sie den vermissten Sohn des Mannes gesehen hätte, schüttelte sie den Kopf, schlug die Hand vor den Mund und rannte weg.

Jaime hasste es, so kleinlich zu sein, trotzdem war er herzlich froh, dass der Mann zumindest seine Riegel fertiggestellt hatte, bevor er sich erst im Alkohol und dann im fauligen Brunnen ertränkte. Die Reparatur der Tore war dringlich. Das verfaulte Holz würde niemals einem Angriff standhalten und da sie nun scheinbar einen Aufschub durch das Wetter gewonnen hatten, plante er, die Zeit zu nutzen, und die Tore unverzüglich zu ersetzen. Nur jetzt hatten sie einen Mann weniger zur Verteidigung der Burg und keinen Werkzeug- oder Waffenschmied mehr, denn das war hier ein und derselbe.

Er befahl, noch einen Scheiterhaufen zu errichten und am Abend versammelten sich alle Burgbewohner im Hof, um Afric ins Jenseits zu verabschieden. Jaime selbst glaubte weder an den Himmel noch an die Hölle, aber wie er dazu stand, war egal. Es war seine Pflicht, seine Leute im Diesseits zu versorgen, und Gottes Pflicht, dies im Jenseits zu tun.

Nach der Trauerfeier erklomm Jaime am Ende des Tages die Stufen. Er war müde und wollte ins Bett. Weder würde er Lael zu dem Wetteinsatz verpflichten, noch erwartete er, dass sie sich nach einem solch entsetzlichen Tag überhaupt daran erinnerte. Aber das, was er vorfand, als er die Tür öffnete, machte ihn wieder hellwach.

Egal, wie Lael die Wette betrachtete, sie hatte fair verloren, obwohl sie ihn so weit wie möglich benachteiligt hatte. Ja, sie hatte ihm zwei Ziele vorgegeben, von denen er bei keinem sein wahres Talent hätte beweisen können. Aber sie hatte nicht erwartet, dass er so gut sein würde.

Er war gar nicht so eine schreckliche Plage.

Der Gedanke ging ihr durch den Kopf, als sie in der Wanne lag. Tatsächlich hätte sie viel schlechter abschneiden können – selbst unter ihren eigenen Leuten: Willie, dessen Eier so weit herunterhingen, dass sie unter seinem *Breacan* hervorlugten, oder Brude, der zahnlose Mistkerl. Beide hatten schon bei ihrem Bruder um ihre Hand angehalten. Lael hatte keinen von beiden in Betracht gezogen und ihr Bruder auch nicht. Sie war sich sicher gewesen, dass sie bei dieser Auswahl bis zum Ende ihrer Tage unverheiratet bleiben würde.

Was auch immer er sonst war, ihr Mann war kein Ungeheuer.

Sie würde ihm vielleicht nicht ihr Herz geben, aber ihr Körper wäre nicht so ein großes Opfer. Allein das Wissen, dass er sie wollte, hatte eine Wirkung auf sie, die sie nie erwartet hätte. Und jetzt ... Der Gedanke an seine Berührung verursachte ein Brennen in ihren

Brüsten und eine außerordentliche Hitze in ihrem Unterleib.

Sie schluckte und strich sich mit den Fingern über den Bauch und wunderte sich über dieses neue, seltsame Verlangen. Dann überlegte sie, wie sie so alt hatte werden können, ohne diesen köstlichen Schmerz erfahren zu haben.

Ihre Finger drehten gerade Locken in ihrem Schamhaar und zogen sanft daran, als die Tür geöffnet wurde. Lael war so erschrocken durch diese Störung, dass sie hochschoss und dabei fast in der Wanne ausgerutscht wäre.

DA STAND SIE – NACKT UND OHNE SCHAM IN DER Wanne.

Jaime verschluckte sich.

Sie war groß und gertenschlank, ihr Körper war anmutig und muskulös. Sie hatte einen flachen Bauch und überall gebräunte Haut, außer an den Stellen, wo sie ihren Waffenrock trug. Dort war sie cremeweiß und ihre Brustwarzen wirkten dunkel gegen diese helle, makellose Haut und waren steif in der Kühle der Nachtluft.

Oder war sie erregt?

Sein Körper reagierte schnell und sein Schwanz wurde steif bei ihrem Anblick.

Als sein Blick endlich bei ihrem Gesicht ankam, sah er, dass ihre Augen vor Angst geweitet waren ... zum ersten Mal, seit er sie kennengelernt hatte. Sie glitzerten dunkelgrün wie Edelsteine im Licht des Feuers.

„Ich dachte, du würdest mich besser finden, wenn ich gebadet bin", verriet sie und er merkte erst jetzt, dass die Tür noch offenstand. Er knallte sie zu und war heilfroh, dass ihm niemand die Treppe hoch gefolgt war.

Zumindest jetzt war sie nur für seine Augen bestimmt.

Obwohl er versuchte, zu sprechen, versagte ihm die Stimme. Er wollte ihr versichern, dass sie sich nicht gezwungen fühlen sollte, sich ihm anzubieten; aber die Worte blieben ihm im Hals stecken.

Einige Minuten vergingen, ohne dass auch nur ein Wort gesprochen wurde.

Die Flamme in der Feuerstelle knisterte endlos im Gleichklang mit Laels Gedanken; aber das Zimmer war trotzdem so still, dass man eine Maus hätte hören können.

In jenen Sekunden fühlte sie sich so schutzlos wie noch nie in ihrem Leben und es war keine gute Empfindung. Sie wartete mit angehaltenem Atem, um zu sehen, was ihr Mann sagen würde. Aber er stand einfach nur da, bis Stirnrunzeln seinen Blick verdunkelte.

Sie kam zu dem Schluss, dass er das, was er sah, nicht mochte, und ihr Herz sank ein wenig. „Hast du nicht um das hier gebeten? Gefalle ich dir nicht?"

Er zog eine dunkle Augenbraue hoch. „Seit wann interessiert es dich, was mir gefällt?"

Lael zuckte mit den Schultern, da sie die Frage nicht beantworten konnte, und sie war sich nicht ganz sicher, ob sie ihm jetzt wirklich gefallen wollte. Sie hatte einen Handel abgeschlossen, aber sie konnte wohl kaum ihren Teil einhalten, wenn er seinen nicht erfüllte.

Sie hatte sichergestellt, dass das Zimmer warm war, aber die Nachtluft kitzelte ihre Brüste und sie hob die Hand, um eine Brust zu umfassen. Seine Reaktion kam sofort und unmissverständlich. Selbst von ihrer Position aus, sah sie, dass sich seine Pupillen weiteten und sein Atem stockte. Er zitterte leicht und schloss die Augen einen winzigen Moment lang.

Was hatte er gesagt? Dass sie ihn verführen sollte?

Wenn sie das könnte.

Lael wusste nicht genau, was das beinhaltete, aber der Gesichtsausdruck ihres Mannes zeigte ihr, dass er sie viel mehr mochte, als er zugeben wollte. Diese Tatsache machte sie mutiger. Sie ließ die Hände an ihren Seiten herunterfallen und sah ihn mit einem wissenden Lächeln an.

Aus der Wanne stieg Dampf auf, ebenso wie von ihrer Haut, wo diese der kühlen Nachtluft ausgesetzt war. Jaime erstarrte, wo er gerade stand.

Sie hob eine Hand und winkte ihn zu sich. „Es war ein langer Tag, *Ehemann*", sagte sie leise und das kleine Wort – Ehemann – war für seine Ohren wie das Singen einer Sirene. Und immer noch bewegte er sich kein bisschen, da er solch einen Schatz nicht bekommen wollte, nur um ihn am nächsten Morgen wieder zu verlieren.

„Lael, wenn du dich mir jetzt hingibst, lasse ich dich möglicherweise nie mehr gehen", warnte er und seine Stimme war vor Verlangen rau geworden.

Ihre grünen Augen funkelten im Licht von einem Dutzend Kerzen. „Das Wort eines Mannes ist alles, was er ist", erinnerte sie ihn und schleuderte ihm sein eigenes Credo ins Gesicht. Und das stimmte. Als sie wie ein im Wind gleitender Geist auf ihn zukam, stand ihm der kalte Schweiß auf der Stirn. „Wenn ich mein Wort halte, musst du es auch tun. Komm und lass mich dich waschen ..."

„Ich werde diesen Tag bereuen", sagte er und befahl seinen Füßen, sich zu bewegen. Er würde sich verdammt noch mal keine Sorgen über das machen, was der nächste Tag brachte. In diesem Moment verlangte er nach ihr und sie war die Versuchung seiner tiefsten Träume.

Er nahm ihre Hand und erlaubte ihr, ihn zu der Wanne zu führen. Dann stand er ruhig vor ihr, als sie ihm den Waffenrock auszog, und beugte sich ihrem Willen.

Was auch immer sie mit ihm tat, er würde es zulassen.

LAEL HIELT DIE LUFT AN, WÄHREND SIE IHREN MANN entkleidete, und er ihrem hungrigen Blick ganz und gar ausgesetzt war. Morgen war ein neuer Tag, beschloss sie, aber heute Nacht – in diesem Moment – wusste sie tief in ihrem Inneren, dass sie nicht nur aus Pflichtgefühl handelte.

Nein ... sie wollte es auch.

Sie wollte diesen Mann als einen Liebhaber kennenlernen.

Er war vor ihrer Wette nicht zurückgeschreckt, nur weil sie eine Frau war. Und außerdem hatte sie den Stolz in seinen silbernen Augen gesehen, als sie ihn herausforderte, und auch seine uneingeschränkte Anerkennung, als sie ihr Ziel so gekonnt getroffen hatte. Seine stählernen Augen verbargen nur wenig und er schien es auch nicht so wirklich zu versuchen. Es gab keine Geheimnisse bei ihm und deswegen wusste Luc wahrscheinlich genau, wann er ihn bedrängen konnte und wann nicht.

Lael war auch im Begriff zu lernen.

Und jetzt konnte sie mit ihm machen, was sie wollte, und dieser Gedanke machte sie maßlos mutig. Unter seinem Blick fühlte sie sich wie eine Göttin aus alten Zeiten, eine wunderschöne Feenbraut, deren Versuchung unwiderstehlich war. Dieses Gefühl gab er ihr.

„Lael", flüsterte er, als sie nach seiner Hose griff und ihr Herz schlug so laut, dass sie es in ihren Ohren hören konnte. Das Empfinden uneingeschränkter Macht stieg ihr noch mehr zu Kopf als jenes, das sie kannte, wenn sie ein Schwert schwang. Er spannte die Muskulatur in seinen Armen an, hielt sie aber nicht zurück und auf einem Knie hockend band sie schnell seine Hose auf. Sie war immer noch überrascht von den Emotionen, die sie überkamen; die Aufregung ließ ihre Nackenhaare hochstehen und ein kühles Lüftchen streichelte sie zwischen ihren Beinen.

Er war ihr in keiner Weise behilflich, sondern stand einfach nur da, ballte seine Hände zur Faust und öffnete sie wieder und starrte auf ihren Scheitel. Mit einem letzten Ruck zog sie seine Hose herunter und musste beim Anblick dessen, was ihr offenbart wurde, nach Luft ringen – ein Schwert, das so ganz anders war als jedes, das sie je gesehen hatte.

Sie sah hoch und merkte, dass ihr wissendes Lächeln von ihren Lippen zu den seinen gewandert war ... ein bösartiges Lächeln, das körperliche Schmerzen verursachte, und ihre Brustwarzen brennen ließ.

Unerschrocken stand sie auf und führte ihn zur Wanne, wo sie ihn dazu brachte, dass er sich setzte, damit sie ihn von Kopf bis Fuß waschen konnte. Sie war über ihre eigene Kühnheit überrascht.

JAIME FÜHLTE SICH VON ALBERNEN JUNGFRAUEN NICHT angezogen und er war für deren Bedürfnisse auch nicht entsprechend ausgestattet. Der Gedanke, dafür zu bezahlen, gefiel ihm auch nicht. Daher war es schon sehr lange her, dass er eine Frau gehabt hatte. Nach so langer Zeit war er erleichtert, dass seine Frau weder unschuldig noch eine Hure war. Sie war eine starke

Frau, die wusste, was sie wollte, und ihr Mut machte ihren Reiz zur Hälfte aus.

Sie schob seinen Kopf nach hinten und er ließ es zu, wobei er die Belohnung der Wette genoss. Aber als ihre Finger in das seifige Wasser eintauchten und sich an seinem Oberschenkel hocharbeiteten, fühlte er sich verpflichtet, sie zu warnen. Seine Stimme hatte dabei selbst für ihn einen seltsamen Klang. „Komm nicht auf die Idee, mich zu necken. Wenn du von unserem Handel zurücktreten willst, dann solltest du das jetzt tun ..."

Er begegnete ihrem Blick und für einen kurzen Moment blieb die Zeit stehen. Ihre grünen Augen waren wie glitzernde Edelsteine, wissend und geheimnisvoll. „Ich trete *nicht* zurück", flüsterte sie. Dann lächelte sie und Jaime war verloren ...

So gekonnt, wie sie ihre Waffen hielt, fanden ihre Finger seinen harten Schwanz und hielten ihn fest, indem sie sein geschwollenes Fleisch süß umschlangen. Er schoss aus der Wanne wie ein erwachtes wildes Tier. Dabei schwappte Wasser auf den Boden.

„Ich habe dich gewarnt", sagte er. Dann hob er sie plötzlich hoch in seine Arme und trug sie zu seinem Bett. Zur Hölle mit Bädern und neckenden Streicheleien!

Er wollte mehr.

Als er sie zu seinem Bett trug, genoss er das Gefühl, eine Frau in seinen Armen zu halten. Da sie nicht protestierte, legte er sie hin und fiel auf sie wie ein hungriges wildes Tier. Er küsste und bedeckte ihren nassen Körper, wo er nur konnte. Er umschloss ihren Mund mit dem seinen und streichelte sie mit der Hand von der Brust bis zum Bauch.

Zu seiner großen Freude reagierte sie auf seine Küsse mit süßem Gemurmel, das das Blut in seinen Adern schneller fließen ließ.

· · ·

LAEL HÄTTE IHN GENAUSO WENIG AUFHALTEN KÖNNEN, wie sie scheinbar nicht den Willen fand, zu atmen. Jede Berührung seines Mundes war wie eine Flamme auf ihrem fiebrigen Körper. Sie lag da und genoss jedes Gefühl, das er in ihr hervorrief. Und während ihr Mann sich an ihrem Körper labte, beschloss sie, dass – egal, was aus der Sache wurde – dies die angenehmste Wette war, die sie je verloren hatte. Mit einem genüsslichen Stöhnen wölbte sie ihm ihren Körper entgegen, um seine Küsse zu empfangen, und beugte sich seinem Willen.

KAPITEL DREIUNDZWANZIG

*W*eiches Licht fiel durch die römischen Fenster und warf einen wunderschönen Regenbogen an die Wand. Für Jaimes Geschmack kam der Morgen zu früh. Er war zweimal in Lael gekommen und hatte zu Gott für ein Kind gebetet – ein Mädchen so hübsch wie ihre Mutter mit einem so kühnen Geist wie die Wölfin in seinem Bett. Er war sich sicher, dass auf seinem Rücken Spuren ihrer leidenschaftlichen Liebe waren. Der Gedanke brachte ihn zum Grinsen, denn er hatte, was sie betraf, Recht behalten. Er bezweifelte, dass die Frau in seinem Bett irgendetwas tun konnte, ohne sich diesem mit Leib und Seele vollkommen hinzugeben.

Das mochte Jaime an ihr.

Neben ihm rührte sich Lael. Er legte eine Hand um ihre Taille, um sie näher an sich heranzuziehen, denn er wollte wieder an ihrer Brust saugen, so trunken war er vor Verlangen. Seine Lippen fanden ihr Ziel auf Anhieb und er umschloss die weiche Knospe mit seinem Mund und liebte sie, indem er an ihr leckte und saugte. Er genoss es, wie sich ihr zartes Fleisch als Reaktion auf seine Zärtlichkeiten zusammenzog.

Er spürte, dass sie ihre Augen geöffnet hatte.

„Nochmal?", fragte sie erschöpft. Aber es war keine Beschwerde. Der Klang ihrer Stimme war der eines befriedigten Liebhabers – obwohl Jaime den Verdacht hatte, dass sie noch nicht die vollkommene Befriedigung erlangt hatte, die er ihr geben konnte. Er hatte zu lange keine Frau gehabt und war viel zu schnell gekommen, insbesondere als sie ihrer Lust in gleichem Maße freien Lauf ließ.

Er lächelte. „Wenn du deinen Teil des Handels einhältst, werde ich jede Gelegenheit wahrnehmen, zu einem Kind zu kommen", sagte er ehrlich.

Sie lachte leise und er beugte sich über sie, um ihren Mund zu küssen. Plötzlich hielt er inne, als er das Blut auf den Laken sah. Erschrocken über das viele Rot konnte er einen Moment lang nicht sprechen.

„Warst du eine Jungfrau?"

Sie antwortete sachlich. „Ich bin."

„Nein. Du *warst*", stellte er klar. „Verdammt!" Er wälzte sich aus dem Bett und war von dem Anblick angeekelt, wobei er ihn ja hätte stolz machen sollen. Seine Gedanken kreisten darum, dass er sie so leicht hatte nehmen können. Sie hatte noch nicht einmal aufgeschrien, als er in sie eindrang. Lael war feucht gewesen, aber er hatte auch nicht daran gedacht, nachzusehen. Nicht nach Davids häufigen Behauptungen, dass ihre Leute so freizügig liebten – eine Aussicht, die er nicht übermäßig gut gefunden hatte. Aber es hatte ihn auch nicht sehr gestört, lange nicht so sehr wie die Erkenntnis, dass es nicht stimmte.

Sie war eine verdammte Jungfrau gewesen!

„Hat deine Mutter dich nichts über die Männer gelehrt?"

Ihr Lächeln verschwand und sie runzelte die Stirn, wobei ihre hübschen Augenbrauen zusammenstießen. „Meine Mama starb, als ich zehn war."

„Was ist mit einer älteren Schwester?"

Sie setzte sich im Bett auf. „*Ich* bin die ältere Schwester."

„Verdammt!", wiederholte er und ging, um sich seinen Waffenrock zu holen, der neben der Wanne lag. „Warum hast du mich verführt?"

Sie klang nun wirklich verwirrt: „Weil du gewettet hast, dass ich es nicht könnte."

Einen Moment lang war Jaime angesichts ihrer Antwort sprachlos, in erster Linie, weil es stimmte, was sie sagte. Nichtsdestotrotz, wenn er es gewusst hätte, wäre er vorsichtiger gewesen. Er hätte doppelt sichergestellt, dass sie ihre erste Nacht genießen würde.

Sie war eine Jungfrau gewesen, verflucht sei sein übereifriger Schwanz!

Er stieg in seine Hose und band sie eilig zu. Dann drehte er sich zu seiner Frau um. Sie sah vollkommen und wunderschön verwirrt aus. Ihr schwarzes Haar fiel über ihre nackten Schultern und sie saß gänzlich ohne Scham ob ihrer Nacktheit vor ihm. Noch wenige Augenblicke zuvor hatte er den warmen und süßen Geschmack ihrer Haut auf den Lippen gehabt und allein die Erinnerung daran ließ seinen Schwanz hart wie ein Stein in seiner Hose werden. War es ein Wunder, dass er sie für unkeusch gehalten hatte? Sie verhielt sich nicht so, wie eine Jungfrau es tun sollte.

Und doch war sie eine gewesen und sie verdiente so viel mehr, als er ihr gegeben hatte. Er verließ das Zimmer mit der Absicht, einen Weg zu finden, dies in Ordnung zu bringen.

Lael kratzte sich am Kopf, als die Tür hinter ihrem Mann zufiel.

Sie verstand nicht ganz, was passiert war. Er schien sowohl zornig als auch bestürzt zu sein, aber sie konnte nicht genau bestimmen, warum.

Sie betrachtete den Blutfleck auf dem Bett und dachte, dass *dies* sicherlich nicht der Grund sein konnte. Er war doch nicht zimperlich beim Anblick von Blut? Das war einfach nicht möglich – nicht der teuflische Schlächter.

Aber ... so konnte sie nicht mehr an ihn denken. Er war gestern Abend zärtlich zu ihr gewesen, hatte sie intensiv geliebt und er war mit einem trunkenen Lächeln auf seinem Gesicht aufgewacht. Das hatte ihr Herz schneller schlagen lassen.

Sie stand auf und hatte kaum Zeit, sich anzuziehen, als es plötzlich an der Tür klopfte.

Es war Luc. Seine Wangen waren gerötet und Lael hatte keine Ahnung, warum. Wahrscheinlich war er wegen irgendetwas betrübt, aber sie wusste nicht, weshalb „Es ist noch gar nicht richtig hell", beschwerte sie sich. „Kannst du mit deinem Geschwätz nicht noch ein wenig warten?"

„Mein *Laird* Jaime schickt mich, um einen Brief an Ihren Bruder zu schreiben", sagte er und ignorierte ihre Frage. Nun war Lael noch verwirrter. Das war nicht die Abmachung gewesen. Das war das gewesen, was er versprochen hatte, falls *sie* gewann, aber sie hatte *verloren*. Wollte er es ihr trotzdem erlauben? Beim verfluchten Stein, sie wusste, wie man einen Brief schrieb – aber er hatte es offensichtlich nicht erwartet. Sie vermutete, dass er sie für eine Idiotin hielt und bemerkte, dass sie in dieser Sache keinen Spaß verstand.

Sie öffnete die Tür, um den rotgesichtigen Jungen hineinzulassen und sagte: „Komm rein, du dummer Junge, aber mach deine Futterluke zu und schreibe nur das, was ich dir sage."

Er nickte gehorsam und huschte hinein. Lael schloss die Tür hinter ihm.

· · ·

JAIME WAR KAUM PASSEND FÜR DAS WETTER GEKLEIDET, als er den Turm verließ und auf den Burghof trat. Er schritt zielstrebig in Richtung Kapelle, wo sich der Eingang zum Kerker befand.

Der Wind schlug ihm ins Gesicht und er hatte das Gefühl, als wenn die Hand Gottes ihn für sein Vergehen an seiner Braut ohrfeigte.

Was auch immer sie sonst noch war, Lael war eine Jungfrau gewesen.

Sie hatte sich ihm freiwillig hingegeben, im Austausch für Broc Ceannfhionns Leben und Freiheit. Dieses Wissen lastete so schwer wie ein Amboss auf seinen Schultern. Es erfüllte ihn sowohl mit Hoffnung als auch mit Angst – denn hatte sie ihr Herz an Broc vergeben, war Jaime dazu verdammt, im Schatten eines anderen Mannes zu leben. Aber er glaubte es eigentlich nicht, denn keine Frau konnte so lieben, wie sie es getan hatte, wenn sie sich eigentlich nach einem anderen Mann sehnte. Bei Gott, wenn sich sein Verdacht bewahrheitete, schwor er, den Boden, auf dem sie ging, zu verehren, denn ein Mann traf eine Frau wie Lael nur einmal im Leben.

Ich muss es wissen.

ER TRAT IN DIE KAPELLE UND SCHRITT DURCH DAS Kirchenschiff. Es hatte die Form eines Kreuzes und schon viele bessere Tage gesehen. Wenn es jemals Bänke gegeben hatte, so waren diese wahrscheinlich in irgendeinem kalten Winter verfeuert worden. Scheinbar waren die MacLarens nicht sonderlich fromm gewesen. Es war sogar tatsächlich möglich, dass die Kirche nur gebaut worden war, um den Eingang, der sich gut versteckt im nördlichen Querschiff befand, zu verbergen.

Entweder das, oder sie war vom vorherigen Bewohner gebaut worden, von dem MacEanraig-*Laird*, dessen einziger lebender Sohn nun in Jaimes Kerker saß.

Er traf den kräftigen blonden Riesen in den Pelz gehüllt an, den er Lael gegeben hatte. „Es ist kalt genug, um einer Hexe die Brustwarzen abzufrieren", bemerkte Jaime.

„Ja, aber wenigstens weinen die Wände nicht mehr", antwortete Broc.

Jaime sah den Schotten abschätzend an und nahm dessen schmutziges Äußeres und den schlechten Zustand der Zelle zur Kenntnis. Er hatte vor, Abhilfe zu schaffen. Ob Feind oder nicht, kein Mann sollte gefoltert werden. Er fand es viel vernünftiger, jemanden zu köpfen, wenn er es für nötig erachtete – aber hier war dem nicht so. Er schickte die Wachen weg, nahm dann einen ihrer Hocker und zog ihn vor die Zelle.

„Ich frage dich nur noch einmal", sagte er eindringlich. „In welcher Beziehung stehst du zu Lael?"

„Bist du wach?"

Cameron MacKinnon saß aufrecht im Bett, als er Cailins hellgrüne Augen an der Tür sah. Er blickte nervös hinter sie. „Wo ist dein *bhràthair*?", fragte er schnell,

Wie ein Sonnenstrahl stürmte sie in das Zimmer. In den Händen trug sie einen Bottich mit Wasser. Cameron versuchte vergebens, seine Haare mit drei Fingern zu kämmen. Aber sie verhedderten sich in seinen klebrigen Locken.

„Mach dir keine Sorgen", antwortete sie. „Mein Bruder ist mit seinen Kindern beschäftigt. Er wird dich heute Morgen nicht stören." Sie schenkte ihm ein wunderschönes Lächeln. „Ich bin gekommen, um dich zu baden", verriet sie.

Camerons Wangenfärbten sich dunkelrot. „Ach nein!", protestierte er und sein Körper reagierte gegen seinen Willen.

Verdammt, er wollte jetzt nicht sterben, nachdem er gerade von der Schwelle zum Jenseits zurückgekehrt war. Er hatte plötzlich eine hartnäckige Vision von Aidan dún Scoti, wie dieser in das Zimmer stürmte, während das hübsche Mädchen seinen Schwanz in Händen hielt. Bei dem Bild wurde er fast ohnmächtig. Er würde allerdings nie wissen, welches der beiden Bilder für seine Herzschmerzen verantwortlich war.

Das Objekt seiner Begierde lächelte süß und sein Herz machte einen weiteren Satz. „Du solltest gar nicht hier sein, oder?", fragte er besorgt.

Sie rümpfte die Nase, als würde sie ihn für verrückt halten. „Du hast mehr Blut auf deiner Birne als in deinen Adern." Sie sah ihn tadelnd an. „Es scheint mir, als wolltest du sauber werden, oder?"

„Nur mein Kopf?", fragte er und wurde noch röter. Er hoffte, dass das Mädchen nicht merken würde, dass er mehr als einen hatte. Leider war der an seinem Schwanz im Moment ein sturer kleiner Verräter. Cameron zog die Decke hoch, um alles unterhalb seiner Taille zu bedecken, und schickte sie noch einmal an die Tür, um sicherzugehen, dass sie weit genug entfernt war, *für alle Fälle*.

„Du hast auch Wunden, die gesäubert werden müssen", sagte sie mit einem anmutigen Lächeln, als sie den Bottich auf den Nachttisch stellte. Dann tat sie, worum er sie gebeten hatte, und ging zur Tür zurück, um sie weiter zu öffnen. Dabei blickte sie ihn die ganze Zeit wissend an.

Camerons Herz tanzte, als sie wieder an sein Bett trat, und die Aufregung verursachte ihm Schwindel. Sie blieb einen Moment stehen und sah ihn an und Cameron zwang sich, an etwas anderes zu denken. „Es tut mir leid wegen deiner Schwester", sagte er nervös. „Sie ist eine mutige Frau."

Cailin nickte, senkte dann plötzlich den Blick und sah verzweifelt zu Boden. Cameron konnte nur daran denken, dass er es geschafft hatte, ihr süßes, hübsches Lächeln zu vertreiben – was für ein Idiot er doch war!

„So wie ich Lael kenne", sagte er ihr zuliebe, „wird sie alle eher umbringen, als dass diese sie bekommen. Sie ist eine Wilde."

„Ja", war alles, was Cailin sagte. Dann marschierte das alte Weib, das ihn nun schon seit Tagen pflegte, ins Zimmer.

Una warf Cailin einen scharfen, missbilligenden Blick zu. Dann sah sie mit jenem guten Auge zu Cameron und schrumpfte seinen Schwanz umgehend. „Hmpf!", sagte sie. „Wenn nicht so viel Schnee läge, würde ich deinen Hintern für deine Gedanken nach draußen befördern." Und zu Cailin sagte sie: „Geh weg, Kind. Ich komme ganz gut ohne dich zurecht."

Cameron hielt den Mund, obwohl er mit Unas Beschreibung von Cailin nicht übereinstimmte. Da war nichts Kindliches an dem Mädchen, das seine Gedanken beherrschte. Aber fürwahr, er wollte auch, dass sie ging, denn in ihrer Gegenwart fühlte er sich untypisch schüchtern.

„Ich will bleiben", bekräftigte Cailin.

Das alte Weib schüttelte den Kopf. „Nein, das wirst du nicht, oder ich sage es Aidan. Treibe es nicht auf die Spitze, sonst tue ich es!"

„Ach!", protestierte das Mädchen und drehte sich auf der Stelle um. „Man sollte meinen, ich hätte noch nie einen Mann gesehen", sagte sie zu der alten Frau. Und zu Camerons Erleichterung marschierte sie zur

Tür hinaus, aber nicht ohne ihm einen letzten Blick zuzuwerfen.

Seine Haut kribbelte bei dieser imaginären Umarmung.

Als sie verschwunden war, ging die alte Frau und schloss die Tür. Er war in dem kleinen Zimmer gefangen. Die Wände schrumpften scheinbar um ihn herum. Sie tauchte ihre runzelige alte Hand in das Wasser und holte den Schwamm heraus. Sie warnte ihn: „So, wie du das angehst, Junge, kommst du weder lebendig nach Hause, noch bekommst du eine hübsche Frau."

Cameron sah zu der geschlossenen Tür und fühlte Hoffnung aufkeimen, obwohl er eigentlich noch nicht darüber nachgedacht hatte, eine hübsche Ehefrau für sich zu gewinnen.

Aber jetzt war die Saat gepflanzt ...

Una zog die Decke weg und er lag nackt vor ihren klugen alten Augen. Er fühlte sich jedoch nicht mehr entblößt, als er sich nach ihrer Warnung gefühlt hatte – irgendwie war es, als wüsste sie seine geheimsten Gedanken.

Er hatte Cailin nun zweimal getroffen – das erste Mal, als er mit Broc in Dubhtolargg gewesen war, um mit dem dún Scoti zu sprechen, und dann noch einmal, als sie wieder kamen, um die Hilfe ihres Bruders zu erbitten. Beide Male spürte er ein Zusammengehörigkeitsgefühl mit Cailin und sie schien ihn auch zu mögen. Er war jetzt zweiundzwanzig und mehr als bereit für eine Frau, aber die Mädchen bei ihm zu Hause hatten ihn nicht beachtet. Cameron empfand auch nicht das Gefühl eines Zaubers bei ihnen, so wie er es bei Cailin spürte.

Er dachte an sie und sein Schwanz rührte sich. Una sah ihn böse an. Dennoch fühlte sich Cameron seltsam wohl in der Gegenwart der alten Schachtel – trotz ihres uralten Blicks und dem fehlenden Auge. „Also ...

wie soll ich es denn machen?", fragte er neugierig und sie antwortete mit einem gerissenen Lächeln.

„Zuerst", sagte sie, „musst du ihren sturen Bruder umwerben. Und so, mein Junge, wirst du das machen ..."

KAPITEL VIERUNDZWANZIG

Lael saß mit Mairi, Ailis und Kenna auf dem Boden der kleinen Kemenate neben ihrem Schlafzimmer. Sie wühlten durch den Rest in Avelines Kisten.

Mit der Hilfe ihrer Dienstmägde plante sie, Avelines Kleider zu ändern. Und da das arme Mädchen ihre Sachen nicht mehr brauchte, nahm sie einige für sich und gab je eins an Mairi, Ailis und Kenna.

Kenna schien unkonzentriert und brachte angesichts des Geschenks kaum ein Lächeln zustande. Aber Mairi und Ailis waren ganz aus dem Häuschen vor Freude. Keine von ihnen hatte je ein richtiges Kleid besessen, oder zumindest behaupteten sie das. Lael auch nicht, aber sie fühlte sich lange nicht so benachteiligt wie ihre Dienstmägde. Fürwahr, sie hatte keine Ahnung, ob es ihr wirklich wichtig war. Aber irgendwo in ihrem Hinterkopf lag ihr etwas daran, dass sie wie eine richtige Herrin aussah und sich auch so benahm.

Außerdem gab sie jeder eine Spielerei oder zwei, denn es erschien ihr nicht passend, geizig zu sein mit Dingen, die ihr sowieso nicht gehörten. Zudem wusste sie gar nicht, wofür einige der Sachen aus Avelines Besitz überhaupt verwendet wurden. Zum Beispiel fand Lael eine kleine, dünne Kuriosität aus Kupfer mit gefalteten Armen. Sie hielte diese prüfend hoch.

„Ich habe so etwas schon mal gesehen", sagte Mairi. Sie streckte die Hand aus, um einen der Arme zu verstellen, zog ihn herunter und streckte das kleine Ding. „Dies verwendet man, um den Schmalz aus den Ohren zu entfernen."

Lael runzelte die Stirn und drehte das unbequeme Ding in ihren Händen, um es zu untersuchen. Sie hatte ein Händchen für solche Sachen, wenn ihr danach war. Aber sie litt nicht sonderlich unter einer großen Menge Ohrenschmalz. Der Gedanke war ihr noch nie gekommen, dass jemand damit ein Problem haben könnte.

Mairi streckte den anderen Arm und fügte hinzu: „Mit diesem kratzt man den Dreck unter den Fingernägeln weg."

Lael sah auf ihre kurzen Nägel. Darunter war kaum Platz für Schmutz und noch weniger für eine Kupfernadel. Sie verzog das Gesicht und legte das beängstigende Werkzeug in den Kreis zwischen ihnen.

„Dieser Teil", sagte Mairi, hob das Ding hoch und nahm die Arme herunter. „Ist für die Haarentfernung." Und dann begann sie, blind an ihrem Kinn mit dem seltsamen Ding zu kneifen. Lael sah genauer auf Mairis Kinn, um zu sehen, von welchen Haaren die ältere Frau sprach, und sie bemerkte ein paar winzig kleine, die ihrem Blick vorher entgangen waren. Sie fuhr sich mit der Hand über das Kinn und sah dann in Avelines Spiegel, den sie auf der Fensterbank hatte liegen lassen. Es schien Lael, dass es eine ganze Menge gab, worüber sie nichts wusste … was es bedeutete, eine richtige Dame zu sein, und außerdem war es anscheinend mit viel Arbeit verbunden.

Ailis erzählte Mairi: „Ich habe gehört, dass man für die dauerhafte Haarentfernung am besten Ameiseneier, rotes Auripigment, Efeu-Gummipaste und *vin aigre* nimmt."

„*Saurer Wein?*", fragte Mairi. „Besoffene Haare." Und sie lachte.

Kenna schaute angeekelt. „Wer würde denn so etwas machen?"

Ailis nickte in die Runde, wobei die aufgefädelte Nadel in ihrer Hand weiternähte, als hätte sie ein Eigenleben. „Lady Aveline höchst selbst. Sie hat es nicht ins Gesicht geschmiert, aber sie hat es an einer anderen Stelle kräftig eingerieben ..." Sie errötete leicht. „Woanders."

„Wo?", fragte Kenna.

Lael verzog das Gesicht. „*Dahin?*"

Ailis nickte wieder, nur dieses Mal sehr übertrieben.

„Nur eine verdammte Sassenach würde …!", fluchte Mairi.

„Du musst sie ja gut gekannt haben", meinte Kenna und ein kleines Lächeln kehrte auf ihre Lippen zurück.

Die drei drehten sich zu Kenna um und als sie ihre Grübchen sahen, wussten sie, dass sie es scherzhaft gemeint hatte. Alle vier mussten kichern. Und nachdem das Lachen abgeebbt war, traute sich Mairi, Lael zu fragen: „Wie war Eure erste Nacht?"

Lael sah auf die Nadel in ihrer Hand. „Gut", sagte sie und ihre Wangen wurden ein wenig heißer. Sie war nie besonders schüchtern gewesen – warum also jetzt? Lael stach sich und ein wenig Blut sickerte durch den Kleidersaum. Fürwahr, es war besser als gut gewesen, aber es gab einige Dinge, die sie verwirrten. Sie war jedoch nicht bereit, diese mit irgendjemandem zu teilen, noch nicht einmal mit ihren neuen Vertrauten.

„Richtig gut", sagte Ailis mit einem wissenden Lächeln. „Ich garantiere, dass Ihr den Schlächter in kürzester Zeit gezähmt haben werdet." Und dann stieß sie

Kenna mit dem Ellbogen an. „Du fängst besser an deine weiblichen Waffen auszuspielen, Mädchen, sonst wirst du eine alte Frau ohne ein Bett sein."

Kenna zuckte mit den Schultern. Sie sah Lael schüchtern an. „Ich habe ein Bett", beharrte das Mädchen und kehrte dann wieder zu ihren düsteren Gedanken zurück.

Auch Lael fühlte sich plötzlich bedrückt.

Sie hatten sich Geschichten erzählt, während sie den größten Teil des Tages gearbeitet und die Zeit drinnen verbracht hatten, nun da es wieder schneite. Der Wind peitschte und heulte, und Lael überlegte nicht zum ersten Mal, wo ihre Dienstmägde wohl nachts ihr Haupt niederlegten.

Sie betrachtete Kenna mit ihrer mürrischen Miene und ihrer Zurückhaltung und fragte sich, wo das Mädchen wohl schlief. Lael hatte herausgefunden, dass sowohl Mairi als auch Ailis mit diversen Liebhabern das Lager teilten. Aber bei solchen Unterhaltungen war Kenna immer still geblieben. Vielleicht könnte Lael ihr die Kemenate, in der sie sich jetzt befanden, anbieten. Allerdings sollte sie erst die Erlaubnis ihres Mannes einholen, da dies ja nun wahrhaftig nicht für lange Zeit ihre Heimat sein würde.

Trotz letzter Nacht lag ihr Zuhause in den *Mounth* – falls ihr Bruder sie jemals wieder aufnahm.

Sie dachte an Cailin und Keane und vermisste ihr schelmisches Lächeln. Als sie an Sorcha dachte, platzte ihr Herz fast vor Sehnsucht. Beim Gedenken an Aidan wurde ihre Stimmung fast so dunkel wie Kennas.

Nichtsdestotrotz hatten sie im Laufe des Nachmittags ungeachtet Laels ungeschickter Versuche mit der Nadel bereits eine Truhe voll Kleider geflickt. Mairi bat sie, eins anzuprobieren. Mit ihren schmerzenden Fingern war Lael nur zu gern bereit, aufzuhören. Sie wählte ein weiteres grünes Wollkleid aus und zog es an, um zu sehen, ob es passte. Das tat es zu ihrer großen Erleichterung. Das Kleid hatte nun einen Spitzensaum, der bis zum Boden reichte, und Lael erfreute sich über alle Maßen an ihrer Arbeit.

„Ihr seht hübsch aus", erklärte Ailis und klatschte in die Hände.

„Ja", stimmte Kenna zu und nickte, und Lael merkte, dass sie strahlte – nicht wegen des Kleides, sondern wegen ihrer neuen Freundinnen. Sie konnte sich kaum erinnern, dass sie jemals so offen im Beisein anderer Frauen gewesen war. Fast ihr ganzes Leben hatte sie mit der Sorge um ihre Familie verbracht und dies war eine schwere Last gewesen. Dadurch war sie viel eher ihre Mutter denn ihre Schwester gewesen, als ihr jemals zuvor bewusst gewesen war – und sie war ganz für sich geblieben. Ihr Bruder war ihr engster Freund gewesen und nur er füllte die Leere, die der Verlust ihrer Eltern hinterlassen hatte. Das war wahrscheinlich der Grund gewesen, warum sie Aidans hübsche Frau nur so zögerlich akzeptiert hatte, denn sie hatte sie als eine Bedrohung betrachtet. In Wahrheit war sie eifersüchtig auf Lìli gewesen, bis sie sah, wie glücklich Lìli ihren Bruder machte.

Lael hatte seither viel gelernt und egal, was nach dieser Zeit in Keppenach kam, sie begann sich selbst in einem ganzen neuen Licht zu sehen. Das Leben hatte mehr zu bieten als Messer, Sorgen und Vorbereitungen auf den Krieg.

Es gab weit mehr als nur Rache im Leben.

Sie versuchte, sich vorzustellen, wie es zu Hause wäre, mit wem sie vielleicht das Bett teilen würde – doch jedes Mal tauchte ganz hartnäckig das Gesicht ihres Mannes vor ihr auf.

Und dann dachte sie an Broc Ceannfhionn in seiner kalten, feuchten Zelle und sie erinnerte sich daran, dass sie ihm die Chance schuldete, hier wegzukommen. Lael

hatte Angst, dass er den Winter da unten nicht überleben würde ... Sie wusste aber auch, dass ihr Mann das,
was er gesagt hatte, ernst meinte: Jaime würde ihn nie
freilassen, außer wenn sie ihm ein Kind gebar. Und das
war etwas, das Lael nicht tun konnte, wenn sie jemals
beabsichtigte, diesen Ort wieder zu verlassen. Doch
genau darin lag das Dilemma: Sie hatte schon gemerkt,
dass ihr Mann keine Geißel war, wie sie einst geglaubt
hatte – aber trotz seiner gegenteiligen Behauptungen
war er ein Engländer durch und durch. David und er
waren beide Marionetten der englischen Krone. Ihr
Bruder würde es ihr niemals verzeihen, wenn sie ihr
Herz an den Feind ihrer Familie verlor.

Es war eine Sache, hier ihre Rolle zu spielen, aber es
war etwas ganz anderes, einen Mann zu lieben, der
seiner Herkunft nicht treu sein konnte.

Herkunft und Familie sind das einzig Wahre.

Sie bemühte sich, an Jaime als den Schlächter zu
denken. Aber sie brachte den Beinamen noch nicht
einmal mehr über ihre Lippen. Vielleicht war er wegen
letzter Nacht jetzt nur noch Jaime.Und sie hatte Angst,
dass es ihr zunehmend schwerer fallen würde, je länger
sie in Keppenach verweilte, ihren Mann von dem einen
Ort fernzuhalten, wo er niemals sein konnte – *ihrem
Herzen.*

Nach und nach verteilte Lael alles, außer den wert-
vollsten Gegenständen, in der ganzen Burg und
schmückte die Wände außerhalb des Zimmers des
Lairds. Aber egal, was sie auch machte, der Wind wehte
wie ein *bean-sìth* durch die Flure. Sie steckte in Pech
getränkte Fackeln in die Halterungen und schwor, die
Frauen im kommenden Frühjahr zu lehren, wie sie bessere Kerzen herstellen konnten.

Lael trug das gleiche grüne Kleid, das sie am
Morgen angezogen hatte, und war in ihren schweren
Umhang aus Fell gewickelt. So stieg sie die Turm-

treppen hinab. Anscheinend war Jaime beschäftigt, denn sie hatte ihn nicht einmal gesehen, seit er sie am Morgen im Bett zurückgelassen hatte.

Unten in der großen Halle sah sie, dass in jeder Halterung eine Fackel brannte. Männer eilten zu ihren Stühlen, obwohl die meisten schon saßen, damit sie das Abendessen nicht verpassten. In der Ecke saß ein Musikant und blies auf der Sackpfeife. Das Lied war melodisch und tröstend, und Lael konnte fast glauben, dass dies kein umkämpfter Bergfried an der nördlichen Grenze von Davids illegalem Feldzug war. Nach außen fühlte es sich an wie Dubhtolargg im tiefsten Winter, wenn es gemütlich an Cailleachs Busen ruhte.

Ihr Mann saß schon an seinem Tisch und folgte ihr mit den Augen, wie sie die Treppe herunterschritt. Aber das hier war alles nur eine Farce, rief sie sich ins Gedächtnis. Die Wahrheit war weit weniger hoffnungsvoll – sie stellte sich vor, wie sich die Schicksalsgöttinnen bei jeder Gelegenheit gegen diese Idee verschworen, denn als sie sich neben ihren *Laird*-Ehemann setzte, schnappte sie nach Luft, als sie sah, was neben ihrem Teller lag. Zuerst dachte sie, dass sie sich am falschen Platz befand, und stand auf, um woanders hinzugehen. Aber ihr Mann legte seine Hand auf ihren Arm und hielt sie zurück.

Lael blickte ihn an und blinzelte.

„Mein Brautgeschenk an dich ... er gehörte meiner Mutter", verriet er.

Fassungslos ließ Lael sich wieder nieder. Immer noch atemlos betrachtete sie das wunderschön verzierte Messer. Es war lange nicht so zierlich wie das, was sie zuvor benutzt hatte. Drei verschlungene Herzen schmückten es und in der Mitte dieser Herzen befand sich eine blühende Distel. Die Handarbeit war komplex und hatte liebevolle Details. Aber so überwältigend wie der Griff auch war, die Klinge war nicht weniger fein geschliffen. Bei richtiger Handhabung konnte man damit einem Mann die Kehle durchschneiden oder seinen Kopf abtrennen.

Ihr Herz zog sich ein wenig zusammen. „Für mich?"

Ihr Mann nickte und es war vielmehr das, was er nicht sagte, das ihr Herz zusammendrückte – denn es bedeutete Vertrauen ... ein Vertrauen, das er ihr niemals geben sollte, weil sie es noch nicht verdient hatte, und auch nicht beabsichtigte, dies zu tun.

Lael streckte die Finger aus, um den Griff zu umschließen. Die Gravur fühlte sich in ihrer Hand an wie perfekte Juwelen. Der Messerrücken war leicht gebogen, die Spitze war spitz, aber gezackt und der Rand war so scharf wie ihre eigenen Messer. „Danke", sagte sie und erstickte fast an ihrer Dankbarkeit.

Er beugte sich zu ihr, um ihr etwas zuzuflüstern. „Du hast mir das perfekte Geschenk gegeben", sagte er. „Es ist nur angemessen, dass ich dir auch eines gebe."

Lael sah ihn an und fühlte sich ein wenig wie eine Häsin inmitten einer Jagd.

Er schenkte ihr ein warmes, aufrichtiges Lächeln und ihr Herz stockte. „Danke", wiederholte sie und sie meinte es wirklich. Niemand hatte ihr jemals in ihrem Leben ein so perfektes Geschenk gegeben. Es hatte weit mehr Bedeutung als jeder Edelstein oder ein albernes Kleid.

Cailleach, gnädige Cailleach ... Sie fühlte sich, als wollte sie weinen – etwas, das sie noch nie getan hatte.

„Es freut mich, dass es dir so gut gefällt."

Lael nickte und behielt das kleine Messer im Auge.

Gelächter war in der Halle zu hören und im Gegensatz zum ersten Mal hatte Lael nun nicht das Gefühl, als wäre es auf ihre Kosten. Es fühlte sich eher an wie der Rhythmus des Lachens zu Hause, mit einem warmen Gefühl der Freundschaft unter den Leuten.

Aber das machte wohl kaum Sinn ... Diese Menschen waren fast Fremde für sie.

Sie schaute nun genauer hin und sah, dass die Leute in der Halle jetzt ein wenig vertrauter miteinander umgingen – Jaimes Gefolge saß scherzend und lachend zwischen den MacLaren-Männern. Sie stibitzten einander das Essen vom Teller.

Mairi, Ailis und Kenna trugen ihre neuen Kleider und flatterten mit einem frischen Lächeln um die Tische, das sogar heller als Laels glitzerndes Messer war. In nur wenigen Tagen hatte ihr Mann es irgendwie geschafft, die kalte graue Burg in so etwas wie ein Zuhause ... und mehr, zu verwandeln.

Sie hatte Angst, dass er ihren Entschluss, zu gehen, unterminierte.

Bei diesem Tempo würde sie vielleicht niemals den Willen aufbringen, zu gehen.

Sie nahm ihr Messer hoch und stach in das Essen. Ihre Verwirrung wurde immer größer.

Und dann fühlte sie seine Hand auf ihrem Rückgrat und diese Berührung war sowohl willkommen als auch gleichzeitig unwillkommen.

Nach der letzten Nacht fand sie den Körperkontakt schön. Bei der Erinnerung an die Fleischeslust errötete sie. Aber sie war viel zu vertraut – die Berührung eines zärtlichen Liebhabers. Sie hörte ihn lachen und das verhärtete ihren Entschluss, zu gehen.

Je schneller, desto besser.

„Ich habe Kieran in die *Mounth* geschickt", sagte er über ihre Schulter.

Seinen besten Mann.

Er musste nicht sagen, warum. Lael verstand, dass er Kieran gesandt hatte, um ihre Nachricht zu überbringen. Sie hob einen Bissen zum Mund und fühlte die scharfe Klinge an ihrer Zunge. Obwohl sie froh über die Nachricht war, die ihr Bruder bald erhalten würde – dass sie nicht tot war –, konnte sie Jaime nicht ins Gesicht sehen, aus Angst, er könnte ihre Gedanken lesen.

„Er wird es niemals schaffen", versicherte sie sich selbst und merkte, dass sie das hoffte. Denn wenn er Dubhtolargg erreichte, konnte kein Mensch erahnen, was ihr Bruder ihm antun würde. Sie hatte ihm eine Nachricht zwischen den Zeilen geschickt, die nur Aidan entziffern konnte, und sie wusste, dass Aidan selbst *Sluag* erwecken würde, um sie nach Hause zu holen.

In der Stimme ihres Mannes schwang ein Lächeln mit. „Ich kann dir versichern: Wenn es einer schafft, dann ist das Kieran."

In Laels Bauch bildete sich ein Knoten und dieser hatte nur wenig mit dem säuerlichen Essen auf ihrem Teller zu tun.

„Freut dich das nicht, Lael?"

Sie sah zu ihrem Mann auf und stellte fest, dass sein Blick gänzlich frei von Arglist war. Sie nickte. „Ja", versicherte sie ihm. „Es freut mich sehr." Und zum dritten Mal an diesem einen Abend dankte sie dem Mann, der ihr Leben verschont hatte.

KAPITEL FÜNFUNDZWANZIG

*N*ach einer Woche der Genesung betrat Cameron wieder die Halle. Er hatte aufgepasst, niemals mit Cailin allein zu sein, obwohl er Tag und Nacht an sie dachte. Er war wie besessen und geplagt von dem Gedanken, Dubhtolargg ohne sie verlassen zu müssen.

Tatsächlich war er jetzt herzlich froh, dass er hier den Winter über festsaß, und er hoffte und betete zu Gott, dass Aidan dún Scoti sich mit ihm anfreunden könnte, wie er das mit seiner schottischen Braut gemacht hatte.

Cameron wusste, dass diese Leute sich abseits hielten und Schottland und seinen König nicht mochten, aber er war schon länger ein heimatloser Mann und hatte sich nie wirklich als Teil des MacKinnon-Clans gefühlt. Ja, der MacKinnon-Clan war recht hilfsbereit. Er hatte sämtliche heimatlose MacEanraigs als seine eigenen Leute aufgenommen, aber Cameron fühlte den Unterschied trotzdem. Jetzt schien es so, als würde er seinen Vetter nie wieder sehen, und er überlegte, ob es noch etwas gab, zu dem er zurückkehren konnte.

Brocs Frau und seine Kinder waren in *Chreagach*

Mhor. Aber sie waren nicht Camerons Familie und es gab wenig, das er tun konnte, um ihnen zu helfen. Er wusste schließlich, dass jeder einzelne MacKinnon für Brocs Familie sorgen würde.

Was Broc betraf, so konnte er es kaum glauben, dass sein Vetter nicht mehr da war. Das betrübte ihn mehr, als er in Worte fassen konnte. Er war auch wegen Lael und ihrer Familie bedrückt – aber am meisten trauerte er um seinen Vetter, und zwar mit einer Macht und Heftigkeit, für die Cailins Lächeln nur der Anfang einer Wiedergutmachung sein konnte. Sie goss ihm einen Becher *uisge* ein, um die Kälte fernzuhalten, aber ihr hübsches Lächeln wärmte ihn viel mehr.

Seine Verletzungen heilten schnell, obwohl sein Herz traurig war, denn Broc war die einzige Familie, die er je besessen hatte. Sie hatten so viel zusammen durchgemacht und als Cameron einst daran dachte, den Clan zu verraten, hatte Broc ihn vor sich selbst gerettet. Wahrlich, er hätte sein Leben für Broc geopfert und würde es selbst jetzt noch tun, *wenn er nur die Gelegenheit dazu bekam.*

Eine weitere Woche ging ins Land und als er eines grauen Morgens aufstand, hatte er nicht die leiseste Ahnung, dass er die Gelegenheit bekommen würde, zu zeigen, was er wert war – nicht nur Broc, sondern auch der Frau, die er heiraten wollte.

Entgegen alle Erwartungen ritt ein Bote in das Tal – ein blonder Krieger, der trotz seiner englischen Kleidung wie ein echter Schotte aussah. Mit dem Getöse eines Schotten spazierte er herein. Er trug einen englischen Waffenrock und war umhüllt von schweren Umhängen aus Fell. Sein Bart war gefroren und an seinen Nasenhaaren hingen Eiszapfen. Mit seinen fast erfrorenen Fingern überreichte er seine Nachricht an Aidan und ging dann, ohne zu fragen, zum Feuer, um sich die

Finger zu wärmen, während er auf die Antwort wartete.

Das Gesicht des dún Scoti-Chieftains verdunkelte sich und er sah grimmig aus. Er runzelte die Stirn und sah zu einem kräftigen Krieger hinüber, der Cameron als Lachlann bekannt war. Aidan nickte mit unheilvollem Blick in Richtung Tür und Lachlann ging und verbarrikadierte den Ausgang. Zwei weitere Wachen begleiteten ihn dabei.

Die Halle wurde so still wie eine Gruft. Cailin stand hinter Cameron und ihre zierlichen Finger bohrten sich so verzweifelt in seine Schultern, dass er einen Schmerzensschrei unterdrücken musste.

Der Fremde schien ihre wortlose Unterhaltung zu verstehen, bewegte sich aber trotzdem nicht vom Feuer weg, wo er seine Hände wärmte.

Aidan ging zu dem Mann hin. Er rollte das Pergament wieder auf und hielt es fest in seiner Faust. „Meine Schwester lebt?", fragte er den Mann direkt.

Der Fremde nickte.

„Was ist mit Broc Ceannfhionn?"

„Er lebt auch."

Cameron, der an der Tafel gesessen hatte, sprang auf und sowohl der dún Scoti als auch der Fremde blickten in seine Richtung.

Cailin zog ihn am Ellbogen und hielt ihn zurück.

Der Zorn im Blick des dún Scoti hätte einen Mann an Ort und Stelle verbrennen lassen können und Camerons Gesicht wurde knallrot. Aidan drehte sich noch einmal zu dem Fremden um. „Und das stimmt? Diese Nachricht?", wollte er wissen und schlug das Pergament gegen seine Handfläche. „Unter Lebensgefahr wurde meine Schwester gezwungen, den teuflischen Schlächter zu heiraten und mit ihm zu schlafen?"

Der Fremde drehte sich zuerst zu Cameron und

dann wieder zu Aidan. Dann sagte er: „ So könnte man es sagen."

WENN SIE SICH AUSSERHALB IHRES SCHLAFZIMMERS befand, war sich Lael ihres Wegs immer sicher. Nur wenn sie sich in das Turmzimmer begab, fühlte sie sich zwiegespalten. Hier war sie die Ehefrau ihres Mannes, die schamlos auf jede seiner Berührungen reagierte und sich verzweifelt nach seinen Küssen sehnte.

Als Jaime in der zweiten Nacht zu ihr kam, war er bereit, sie zu umwerben, nachdem er ihr schon das Messer seiner Mutter geschenkt hatte. Und obwohl sie erwartet hatte, dass er es ihr nach dem Essen wegnehmen würde, hatte er dies nicht getan. Er erlaubte ihr, das Messer zu behalten, und sie trug es in einer Scheide am Gürtel um ihre Taille.

Aber in jener Nacht, nach dem Abendessen, kam er in ihre Kemenate und brachte ein weiteres Geschenk – und dann verstand sie erst, in welcher Gefahr ihr besiegtes Herz war.

Er reichte ihr ein gefaltetes Tuch in den Farben seines vergessenen Clans mit all den Farben der Erde: Tiefe Brauntöne, dunkle und erdige Grüntöne mit Silberfäden, die zu seiner Augenfarbe passten.

„Ich hätte nie gedacht, dass ich einmal ganz von vorne anfangen würde", gab er zu und goss *uisge* in seinen Becher aus dem Fass, das David zurückgelassen hatte. Dann erzählte er ihr von dem Untergang Dunloppes und davon, wie das Feuer im dunklen Himmel über Meilen hinweg sichtbar gewesen war.

Er öffnete sich ihr, was Lael sprachlos werden ließ

„Es ist schön", sagte sie über das Tuch und legte es zusammengefaltet auf das Bett.

Die Szene, die er beschrieb, konnte es selbst mit ihrer eigenen Erinnerung an den Verrat an ihrem Vater aufnehmen. Es war nicht genau dasselbe; aber auch sein Großvater war von denjenigen, denen er vertraute, verraten worden. Und während diese Sache ihre Familie zusammengeschweißt hatte, war Jaimes auseinandergerissen worden. Es war kaum noch etwas von seinem Erbe übrig und die Natur, berichtete er, hatte sich einiges zurückerobert. Er war nur einmal wieder zurückgegangen und hatte von Efeu überwucherte, schwarze Steine gefunden und nur noch wenig Reste der Palisadenmauern. Danach hatte er all das, was ihm durch das Erbe seiner Mutter hatte gehören sollen, hinter sich gelassen und ein neues Leben unter Menschen, die er für wertvoller erachtete, begonnen.

Eine Zeitlang trank er, ohne zu sprechen, und fügte dann hinzu: „Schlussendlich scheint es, als hätte ich meinen Stolz zusammen mit dem Tuch meiner Familie in einer Kiste aufbewahrt."

Lael strich mit zitternder Hand über den verstaubten Stoff, während sie über den Jungen nachdachte, der er einst gewesen war – ein vertriebener junger Mann mit einem schrecklichen Zorn in seiner Seele.

Sie musste zugeben, dass sie seine überwältigende Sehnsucht, die verlorene Familie zu rächen, mit ihm teilte. Aber bei Lael wurde dies durch die Liebe, die ihre Familie ihr entgegen brachte, gemäßigt und wenn sie überhaupt für etwas kämpfte, dann war es, um ihre Familie zu schützen.

„Ich sagte mir, dass meine Familie nur Grenzland-Banditen ohne Treue zu irgendjemandem waren, und es deshalb am besten wäre, mich auf die andere Seite zu stellen."

„Und da hast du England und Heinrich gewählt?"

„Ich habe David meine Treue geschworen", verriet er.

Während sie ihm zuhörte, starrte Lael auf das Dunloppe-Tuch und überlegte, ob es wohl doch einen Unterschied gab.

„Schau nicht so traurig, Lael. Donnal MacLaren war vielleicht das Mittel, aber letztendlich haben wankelmütige Herzen, einschließlich meines eigenen, meinen Clan zerstört. Ich vermute, dass ich diesen unedlen Charakterzug allen Schotten zugeschrieben habe. Schließlich war ich es, der die Mauern in jener Nacht in Brand setzte.

Sie hörte, wie er seinen Becher abstellte, und dann kam er ins Bett.

„Aber du, meine schöne Frau, riskierst alles, für das, woran du glaubst ..." Er küsste sie zärtlich auf die Schulter und Lael musste schlucken.

„In Wahrheit hatte ich noch nie einen Grund meine Angehörigen zu lieben ... bis du kamst. David wählte mich als *Laird* von Keppenach, weil ich Schotte bin, und er meinte, es sei höchste Zeit, dass ich lernte, ein richtiger Schotte zu sein. Jetzt verstehe ich etwas, das mir bislang nicht klar war ... Ich spüre ein Feuer in meiner Brust und es lodert für mehr als Keppenach ... mein Schatz."

Lael ließ ihren Kopf bei seiner Berührung nach hinten fallen und ihr war schwindelig von den Gedanken, die sie gar nicht denken sollte. Ihr Körper sehnte sich nach Dingen, die sie sich eigentlich nicht wünschen sollte...

„Aber ich bin keine Schottin", erklärte sie ihm. Dann drehte sie dem Bett und dem Tuch, das er ihr geschenkt hatte, den Rücken zu und schmiegte sich in seine Umarmung.

„Ah, aber jetzt bist du eine", behauptete er flüsternd.

Doch das war einfach nicht wahr. Sie hatte ihm vielleicht ihren Körper geschenkt, aber das bedeutete nicht, dass sie alles, was sie kannte, aufgeben konnte.

Ihr Mann neigte dazu, das zu vergessen.

Selbst wenn er nun zu seinen Wurzeln zurückgekehrt war, sie war *nicht* wie er. Sie war *keine* Schottin und sie konnte *nicht* hierbleiben. Dies waren nicht ihre Verwandten und im Gegensatz zu ihrem Mann war ihre Familie immer ihre Stütze gewesen. Jetzt verstand sie mehr denn je, dass es ein Fehler gewesen war, sie zu verlassen – die Gründe hatte er ihr gerade verdeutlicht. Der Gedanke daran, dass ihre Leute ausgelöscht werden konnten und ihre Blutlinie vom Erdboden verschwand, ebenso wie bei ihm, verursachte ihr Bauchschmerzen.

Es stimmte, dass wankelmütige Herzen die Zerstörer von Familien waren.

Ihre Clansleute hatten nicht so lange in den *Mounth* überlebt, indem sie allem, an das sie glaubten und das sie erhalten wollten, den Rücken gekehrt hatten. Sie hatten eine einzige, gemeinsame Aufgabe in dem Tal – den Stein von Scone zu hüten – und sie hatte sich halbherzig einer anderen Sache verschrieben.

Ach, sie musste einen Weg nach Hause finden ... Sie konnte allerdings in der unmittelbaren Nähe ihres Mannes kaum klar denken, wenn er ihre Röcke anhob und ihre Lippen küsste...

Und wieder hatte ihr Körper seinen eigenen Willen und verriet sie. Sie schmiegte sich an ihn, bis seine Hände auf ihrem Nacken lagen und über ihren Rücken wanderten.

Willenlos gab sie sich ihm hin, erwiderte seine Küsse und genoss, wie seine Hände über ihren ganzen Körper strichen.

Er legte sie vorsichtig auf das Bett und flüsterte in ihren Mund: „Ich habe noch mehr Geschenke für dich." Dann hob er ihr Kleid, fiel auf die Knie und berührte sie mit seiner Zunge zwischen ihren Beinen. Sofort war es um Lael geschehen. Sie keuchte laut.

Da sie es nicht länger aushalten konnte, zog sie ihn

hoch. Unter Gefummel und Küssen entkleideten sie sich nach und nach und fanden sich schließlich in der Mitte des Bettes wieder: Ihr Mann lag, genauso nackt wie sie, ausgestreckt auf dem Rücken.

Mit dem Hauch eines Lächelns und einem verruchten Funkeln in den Augen hob er sie auf sich, sodass je eines ihrer langen Beine auf jeder Seite landete. Ihr Herz machte einen Satz, als sie merkte, was er vorhatte. Sein Schwanz unter ihr war hart und heiß und sie ließ sich auf ihm nieder und umschloss ihn gänzlich mit ihrem Körper.

Ihr Herz setzte aus, als er ihr flüsternd befahl: „Reite, meine schöne Kriegerprinzessin ...“

So, wie er sie ansah, fühlte sie sich wie eine Sirene in seinen Armen.

Eingehüllt im warmen, goldenen Licht, streckte sie die Hand nach einem seidenen Stoffstreifen aus, der vom Baldachin herunterhing. Sie legte das transparente, grüne Material um seinen Hals – und dann tat sie lächelnd, was ihr Mann ihr befohlen hatte. Sie ritt ihn, den seidenen Zügel fest in der Hand.

KAPITEL SECHSUNDZWANZIG

*G*enau wie Lael war Mutter Winter anscheinend recht unentschlossen: Einen Tag schneite es, am nächsten schien die Sonne hell vom Himmel und hinterließ eine durchweichte, matschige Sauerei. Per Luftlinie waren sie gar nicht so weit weg von Dubhtolargg, aber im Moment hätten sie genauso gut in verschiedenen Welten leben können – denn Lael hatte noch nie so eine unberechenbare Jahreszeit erlebt.

Wochen später lief sie immer noch in ihrem wollenen Kleid und ihrem Umhang umher und das aus gutem Grund, denn sie hatte beschlossen, dass ihre Flucht nur durch die Tunnel möglich war, wenn sie Broc Ceannfhionn erfolgreich befreien wollte.

Leider gab es nur eine Sache, die ihr Mann ihr mehrfach verboten hatte, und das war ein Besuch im Kerker.

Allerdings schien er selbst ein- oder zweimal am Tag hinunterzugehen, vielleicht um Broc zu Tode zu foltern. Ihr Mann war ja scheinbar doch ganz anders als gedacht, aber sie durfte nie vergessen, dass sie das Bett des Schlächters teilte.

Es wurde immer schwerer, an diese einfache Wahrheit zu denken.

Eines Tages, als sie hinter dem Altar kauerte und auf die Gelegenheit wartete, das Kommen und Gehen zu beobachten, schlüpfte Jaime mit einem weiteren Sack vorbei.

Vor einiger Zeit noch hätte Lael sich vorstellen können, dass er die Köpfe der Männer, die sich ihm irgendwie widersetzt hatten, hinunterschleppte, aber so konnte sie nicht mehr über ihn denken. Genauso wenig, wie sie in der Lage war, seinen früheren Namen zu verwenden.

Sie versuchte, ihm zu folgen, und öffnete die Tür hinter ihm, damit die Wachen glaubten, dass sie ihn begleitete. Aber sie scheuchten sie schnell weg, egal, wie oft sie sie anflehte, sie vorbeizulassen.

Danach war es so, dass sie bei jedem Mal, wenn sie sich in den Tunnel schleichen wollte, die Zähne zusammenbeißen musste, um nicht frustriert loszuschreien.

Jaimes Männer waren unbewegliche Ochsen und gehorchten nur ihm, aber MacLarens Leute waren nicht so und einige von ihnen hielten immer noch Wache in den Tunneln. Instinktiv wusste sie, dass diese ihre beste Chance waren, um nach unten zu gelangen.

Sie musste einen Weg finden, mit Broc Ceannfhionn zu sprechen.

Egal, was sie nun tat, sie würde sich ihr eigenes Herz brechen – aber da führte kein Weg dran vorbei. An jedem Tag war sie mit dem Aufgang der Sonne sicher, dass Cailleach wohlwollend auf sie herab sah und ihr ihren Segen gab, zu gehen. Und sie war davon überzeugt, dass sie auf ewig verloren war, wenn sie den ganzen Winter in Keppenach verbrachte. Ihr Wille, Jaime zu verlassen, würde gebrochen sein.

. . .

DREI WOCHEN WAREN INS LAND GEGANGEN, SEIT Kieran in die *Mounth* geritten war, und er war noch nicht wieder zurückgekehrt. Man vermutete das Schlimmste und Jaime schickte noch zwei weitere Männer, um den Pass abzusuchen – ohne Erfolg. Das Terrain war felsig und gefährlich, aber Lael war keine Sassenach, und wenn sich jemand auf diesen tückischen Routen zurechtfand, dann war sie es. Sie hatte jedoch den Verdacht, dass das einzige Problem, auf das Kieran stoßen würde, die Schwertspitze ihres Bruders sein könnte. Aidan würde nicht glauben, dass sie den Schlächter aus freien Stücken geheiratet hatte, genauso wenig wie er seine Pflicht seiner Familie gegenüber vernachlässigen würde. Die Worte, die sie Luc hatte schreiben lassen, waren kaum als ihre eigenen erkennbar:

An Aidan, Laird von Dubhtolargg, Nachfahre des Kenneth MacAilpín, Eure Schwester grüßt Euch.

Seid guten Muts. Es geht mir gut und für das Wohl der guten Menschen Schottlands freue ich mich, meine Entscheidung bekanntzugeben, den neuen und rechtmäßigen Erben von Keppenach zu heiraten und ihm als liebende Ehefrau zu dienen, wie es mir von meinem geliebten König David mac Maíl Chaluim, dem Righ Art, dem Hochkönig aller Highlander, Chief der Chiefs und Nachfahre von Kenneth MacAilpín angeordnet wurde. Daher bitte ich Euch, eine Nachricht an den MacKinnon-Laird zu schicken. Broc Ceannfhionn hat freiwillig sein unwürdiges Schwert niedergelegt. Er wird im Laufe von einem Jahr und einem Tag zu seinen Leuten zurückkehren. Dies schwöre ich. Mit freundlichen Grüßen.

Unterzeichnet und versiegelt an diesem 27. Tag des Novembers von mir, Lael, Tochter des Wolfes, Nachfahrin des Kenneth MacAilpín und treue Dienerin von Dubhtolargg.

Aidan würde kein einziges Wort davon glauben.

Selbst jetzt konnte sie es selbst kaum fassen, dass sie

freiwillig bei einem Mann gelegen hatte, den sie einst für einen erbitterten Feind gehalten hatte.

Das Überqueren des Bergpasses entmutigte sie nicht mehr und sie war jetzt fest entschlossen, eine Fluchtmöglichkeit zu finden, bevor der Schnee ganz liegenblieb – und bevor ihr Herz eine Möglichkeit bekam, ihren Verstand zu verführen.

Aber jetzt war es Zeit zum Abendessen und sie wusste, dass die Dienstmägde auf ihre Anweisungen warteten. Also verließ sie ihren Wachposten in der Kirche und eilte in Richtung Küche. Auf dem Weg ging sie am Garten vorbei und benutzte ihr schönes Brautgeschenk.

Lael sah den durchgefrorenen Grünkohl und benutzte ihren Dolch, um einige der unteren Blätter abzuschneiden. Sie hatte vor, die Mädchen zu lehren, diese in einem Eintopf zu kochen.

AIDAN LEGTE DEN MANN, DER SICH KIERAN NANNTE, IN Ketten und band ihn an seinem Pferd fest. Bei Gott, wenn ein Sassenach sich im Winter den Weg hinauf zu den *Monadh Ruadh* begab, dann sollte er es in Gesellschaft von dreißig gesunden Männern auch wieder hinunter schaffen. Mit dieser Überzeugung rief er seine Krieger zusammen – alle, die Dubhtolargg entbehren konnte.

Geliebter König. Rechtmäßiger Erbe. Hochkönig aller Highlander – so ein Unfug!

Er glaubte kein Wort dieser ekelhaft süßlichen Nachricht. Broc Ceannfhionn hatte sein Schwert niedergelegt? Sicherlich nicht in diesem Leben! Der blonde Riese wollte unbedingt, dass sein Geburtsrecht wieder an die rechtmäßigen Erben ging – an seine Söhne und nicht an Heinrichs teuflischen Schlächter. Tatsächlich hatte er an diesem Tisch gestanden und

Aidans Zorn riskiert, als er dessen Schwester für seine Sache gewinnen wollte.

Und Lael hätte dieses Schicksal genauso wenig akzeptiert, wie sie selbst ihre Waffen niedergelegt hätte. Er kannte seine Schwester besser als jeder andere und er wusste, dass sie niemals freiwillig aufgab – noch nicht einmal bei Aidan und der Beweis dafür war offensichtlich.

Sie hatte sich ihm öffentlich widersetzt und ihn bis zum Äußersten gezwungen.

Nichtsdestotrotz waren alle seine schlimmen Warnungen in diesem Moment vergessen, denn – egal, was er in der Nacht, als sie ging, zu ihr gesagt hatte – dies war Laels Zuhause und sie war vom seinem Blut.

Er hatte vor, sie zurückzuholen.

Da so viel auf dem Spiel stand, gab es nur wenig, das Aidan in eine Schlacht treiben konnte. Aber dieser Sache konnte er nicht den Rücken kehren – verdammte Lael und ihr trotziger Charakter, denn sie hatte ihn in diese Situation gebracht. Wenn es schlecht lief, wäre das ganze Tal in Gefahr.

Man musste dem Boten des Schlächters zugutehalten, dass er den Mund hielt. Stattdessen sah er sie abschätzend mit seinen listigen schwarzen Augen an. Er ritt mit den Händen auf dem Rücken und konnte mithalten, obwohl er auf seinem Pferd festgebunden war. Aber wenn er herunterrutschen sollte, gäbe es eben einen Sassenach weniger, um den er sich Sorgen machen musste.

Die Berge zeigten sich unerbittlich und die Klippen waren steil, glatt und weiß. Die wenigen Bäume, an denen sie vorbeikamen, zitterten im gnadenlosen Wind.

Aidan und seine dreißig Männer waren in Felle eingewickelt und mit dem Waid ihrer Vorfahren bemalt.

Vorsichtig begaben sie sich auf den Weg über das eisige Terrain.

An seiner Seite ritt Cameron MacKinnon, bedeckt von Waid, mit dem seine Schwester Cailin ihn bemalt hatte. Obwohl der Junge immer noch verletzt sein musste, hatte er darauf bestanden, mitzukommen und Aidan hatte es ihm erlaubt, da er Camerons Bedürfnis, sich zu beweisen, erkannte. Er wollte sich nicht nur Aidan, sondern auch seinem Vetter und vielleicht sich selbst etwas beweisen. Aidan hatte die aufkeimende Hoffnung in seinem Gesicht gesehen, nachdem Kieran berichtet hatte, dass Broc Ceannfhionn noch lebte.

Nur ein gesunder Krieger begleitete sie nicht den Berg hinunter, weil Aidan es abgelehnt hatte. Er hatte seinen Bruder mit steinerner Miene und zornig, jedoch lebendig zurückgelassen. Dieser war durchaus in der Lage, den Clan zu führen, wenn es dazu kommen sollte. Im Moment verstand Keane seine Anordnung zwar noch nicht; aber sollte Aidan umkommen, würde er es sicherlich tun.

Leider war der Clan jetzt viel verwundbarer, als er es seit zweihundertfünfzig Jahren gewesen war, und dafür beabsichtigte Aidan, seine aufsässige Schwester zu würgen – und zwar direkt nachdem er sie so lange gedrückt hatte, bis ihr die Augen aus dem Kopf fielen. Bei den Sünden *Sluags*, er hatte geglaubt, sie sei tot. Und nun, da er wusste, dass sie lebte, wollte er sie nach Hause bringen – mit oder ohne Baby im Bauch.

WÄHREND MAIRI UND AILIS IHRE ARBEIT IN DER KÜCHE beendeten und die Männer damit beschäftigt waren, einen Platz zum Ruhen in der Halle zu finden, eilte Kenna zur Kapelle, um sicher zu sein, dass niemand sie sah. Glücklicherweise war der Stolz der Männer ihre größte Rettung und sie waren viel mehr daran interessiert, den besten Schlafplatz zu ergattern, als einen Weg zu finden, zwischen Kennas Oberschenkel zu kommen. Mairi und Ailis unterstützten sie beide dabei und erlaubten ihr, sich davonzustehlen – und dafür war sie ihnen für immer zu Dank verpflichtet; denn wenn erst einmal alle zur Ruhe gekommen waren und getrunken hatten, erinnerte sich niemand mehr an Kenna.

Es war nicht immer so gewesen.

Als Stuart MacLaren der *Laird* war und Lìli die Herrin von Keppenach, hatte Kenna auf ihren Sohn Kellen aufgepasst. Lìli hatte ihr damals erlaubt, im Kinderzimmer zu schlafen. Der Turm an sich war kleiner, als er erschien, und es gab nur wenige Zimmer, die noch nicht belegt waren. Nun, da jeder innerhalb von Keppenachs Mauern eingeschlossen war, konnte man einfach nichts machen. Die Kapelle war der einzige Ort, wo sie schlafen konnte, denn sie wurde fast so sehr gemieden wie das Feental. Niemand hier wusste irgendetwas über den christlichen Glauben, aber sie wussten auch nichts mehr über den alten Glauben. Die Kapelle war wie eine Gruft, dunkel und seit ihren frühen Tagen vergessen.

Alma, die im Dorf gewohnt hatte, bis es abbrannte, hatte ihr einst vom alten *Laird* erzählt – demjenigen, der Keppenach auf dem römischen Fundament errichtet hatte. Sein Name war MacEanraig gewesen. Er war blond und hatte Augen so blau wie der Himmel. Er und seine junge MacLaren-Braut waren zu allen gut und freundlich gewesen. Schafe und Ziegen rannten frei herum, ohne dass es Unstimmigkeiten gab. Jeder bekam seinen gerechten Anteil der Gaben. Junge Mädchen heirateten gutaussehende Jungs, die ihre Herzen stahlen, und die ganze Welt war grün und gold und blau.

Jetzt war sie schwarz und grau, die Farbe von Asche und Rauch.

Donnal MacLaren, der alte Kauz, von dem sie einst geglaubt hatte, er sei ihr Vater, hatte MacEanraig ermordet – für seine Tochter, behauptete er, obwohl dies nicht stimmte. Er war ein habgieriger Mann gewesen, der alles, was er bekommen konnte, für sich selbst nahm. Als seine Tochter sich wegen seines Verrats von ihm lossagte, ermordete er sie auch und nahm MacEanraigs Platz ein, so wie er es mit dem *Laird* von Dunloppe gemacht hatte. Allerdings ging er dabei in den Flammen unter. Bei den Göttern – egal ob die alten oder der neue–, sie hatte nie wirklich glauben wollen, dass Donnal ihr Vater sein sollte. Er war schon so alt gewesen, dass sie sich gefragt hatte, ob seine Saat nicht schon vertrocknet und zu Staub geworden war. Sie wusste, dass sie eine Tochter von Dunloppe war, aber sie hatte keine Ahnung, wessen. Es hätte die Dienerin oder auch die Tochter des *Lairds* selbst sein können.

Sie hatte mehr als einmal daran gedacht, den Schlächter damit zu konfrontieren. Aber: Wie machte man so etwas? Sie hatte ziemlich viel Angst vor ihm. Schließlich hatte der Schlächter sich trotz seines freundlichen Lächelns von seinen eigenen Leuten losgesagt und sein Geburtsrecht verleugnet, sodass die Felder brach lagen und die Burg eine Ruine war – nur damit er seiner Pflicht gegenüber dem englischen König nachgehen konnte.

Aus Gewohnheit griff Kenna in ihr Oberteil und umfasste die Kette, an welcher der Anhänger ihrer Mutter hing. Dies war der einzige handfeste Beweis, der ihr von einem Leben, das sie nicht kannte, geblieben war. Nur deswegen – wegen des feinen Schmucks – glaubte sie, dass ihre Mutter eine Dame gewesen sein musste; aber sie traute sich noch nicht einmal wirklich, an so etwas zu denken.

Sie hatte Verständnis für Broc Ceannfhionn und sein tiefes Bedürfnis, zu seinen Wurzeln zurückzukehren, Antworten zu suchen und das wiederaufzubauen, was verloren war. Und selbst wenn der Schlächter ihre Sehnsucht nach Familie nicht teilte, musste sie zugeben, dass sie, egal, was man über den Mann sagte, ungeduldig auf seine Ankunft gewartet hatte. Sie bereute wahrlich den Moment, als sie zu Maddog gelaufen war, um ihm von den Geräuschen, die aus der Kapelle kamen, zu erzählen. Angst allein hatte sie dazu gezwungen. Wegen ihr waren die MacKinnon-Männer gehängt worden und Lael und dem blonden Riesen wäre es fast ebenso ergangen.

Aber es war egal.

So ist es jetzt nun einmal.

Lael war anders als jede Frau, die Kenna jemals kennengelernt hatte. Sie war stark, aber sie war auch freundlich und gut. Der Schlächter war so gar nicht, wie sie ihn sich vorgestellt hatte, und sie hoffte, dass seine Herrschaft sich als so großartig herausstellen würde wie die des MacEanraigs vor ihm. Und sobald sie sich traute, würde sie Lael auf das Thema ansprechen und vielleicht würde diese ihr den Weg für ein Gespräch mit dem neuen *Laird* ebnen.

In der Zwischenzeit hatte sie mehr als genug Decken gegen die Kälte, obwohl es nicht mehr lange dauern würde, bis sie gezwungen war, einen wärmeren Ort zum Schlafen zu finden.

Maddog trat auf sie zu, als sie um den Garten herumging, den sie einst mit Lìli MacLaren bearbeitet hatte.

„Du!"

„Süße, ich bin gekommen, um zu sehen, wie es dir geht."

Kenna ließ den Anhänger los und schlug die Handfläche gegen die Brust. „Viel besser als dem armen Broc Ceannfhionn." Und auch Afric und Baird. Aber sie wollte ihn nicht weiter reizen, denn Maddog war so launisch wie das Wetter. Sie konnte trotz aller Bemühungen ihren Zorn nicht zurückhalten. „Ich wusste nicht, dass du den armen Afric auch ermordet hast, Maddog! Wenn ich das geahnt hätte, hätte ich dir niemals geholfen."

Sie erkannte das Glitzern in seinen Augen und trat einen Schritt zurück. „Das habe ich nicht getan", schwor er und hielt eine Hand unter seinem Umhang versteckt.

Kenna trat noch einen Schritt zurück und machte sich bereit, wegzulaufen.

„Afric war nur besoffen. Er ist in den Brunnen gefallen. Wie oft hast du den Mann betrunken herumstolpern sehen? Wie oft ist er in dein Bett gestiegen und du musstest ihn wegstoßen?"

Kenna zog ihren Umhang so zurecht, dass man ihr Zittern nicht sah. „Nur einmal. Er dachte, ich wäre Ailis."

Maddog grinste sie unverschämt an. „Ach, so war das?"

„Nur einmal", beharrte Kenna, „bevor ich meine Matte woanders hingelegt habe."

Er schüttelte den Kopf. „Ach, Mädchen, warum glaubst du, dass dich niemand findet, nur weil du dich in deinem Flohhaufen in einer leeren Kapelle versteckst? Man lässt dich nur wegen mir in Ruhe. Das musst du doch wissen!"

Kenna sträubte sich. Jetzt fing er wieder damit an und vermittelte ihr das Gefühl, dass sie ihm für alles, was sie im Leben hatte, etwas schuldete – und sie hatte ja nicht viel. Sie hatte ein viel besseres Zuhause im Dorf gehabt; aber das war damals gewesen und das hier war jetzt. Alles, was sie im Moment besaß, war eine armselige Matte in einer alten Kapelle, ein neues Kleid und ein Anhänger, den ihr eine Mutter geschenkt hatte, an die sie sich nicht erinnern konnte.

Bald würde sie einen Mann finden müssen, der sie versorgte; aber sie hoffte mit Gottes Hilfe immer noch auf mehr. Sie wollte nicht wie Ailis und Mairi leben, die von einer Matte zur nächsten hüpften. Die arme Ailis schluckte dauernd die Rinde und die Beeren des Wacholders, um zu verhindern, dass sie schwanger wurde, und Mairi war einfach zu alt, um noch ein Kind zu empfangen. Aber das war keine lebenswerte Existenz. Kenna hätte Keppenach mit all den anderen verlassen, wenn sie gewusst hätte, wohin sie gehen konnte. Sie war geblieben, weil sie entgegen aller Hoffnung gewünscht hatte, dass sie etwas über ihre Mutter erfahren könnte – oder zumindest eine Verbindung zu ihrer Vergangenheit erlangen könnte. Jetzt wünschte sie sich, dass sie Bowyn angefleht hätte, seine Verwandten zu bitten, sie aufzunehmen. Der nette, alte Mann war das einzige männliche Wesen hier in Keppenach gewesen, das nicht versucht hatte, unter ihre Röcke zu kommen. Der Gedanke daran, wie er den schrecklichen Sack öffnen würde, brach ihr das Herz.

Maddog betrachtete ihre Matte, die halb-versteckt in einer Ecke des südlichen Querschiffs lag. „Ich weiß ja, dass es schwierig gewesen ist, Mädchen. Wenn du mir Zeit gibst, dann helfe ich dir, dein Schicksal zu verbessern."

„Wie willst du das machen? Du besitzt nichts, Maddog – genau wie ich!"

„Ja, aber ich habe etwas Wertvolles ... zu verkaufen ... und ich habe jetzt einen Plan."

Sie drehte sich zu ihm um, richtete ihren Umhang und war gegen ihren Willen neugierig. „Selbst wenn es so wäre, warum sollte ich dir helfen?"

Er zuckte mit den Schultern.

So verführerisch der Gedanke an ein wärmeres Bett auch war, alles, was von Maddog kam, stank nach Ehrlosigkeit. Sie wandte sich ab, mit der Absicht, dem *Laird* alles zu erzählen – oder zumindest der Herrin, denn sie fühlte in ihrem Herzen, dass Lael sie verteidigen würde. Dies war wahrlich kein Leben.

Maddog zog an ihrem Umhang wie die grausame Hand des Sensenmanns. „Ich hoffe, du kommst jetzt nicht auf die Idee, zu petzen. Du denkst besser daran, dass du für Bowyn gebürgt hast."

Einen Moment lang überlegte sie, zu schreien, aber dann erschienen zwei neue Wachen im Mittelschiff. Kenna zuckte zurück, als die Wachposten an ihnen vorbeizogen. Sie hielt den Mund und beobachtete, wie Maddog und einer der Männer einander ansahen. Sie merkte, dass – egal, wie hinterhältig er sich auch äußerte – er immer noch einen Einfluss auf viele Menschen hatte, die geblieben waren. Sie würden tun, was er sagte, wenn auch nur aus Angst.

Wenn sie schlauer wäre, würde sie ihn auch fürchten.

„Wenn du etwas verrätst, werde ich sagen, dass du den armen Jungen ermordet hast."

„Aber das stimmt doch nicht!"

Maddog zuckte mit den Schultern. „Du hast dein Wort für Bowyn gegeben", wiederholte er und das gab ihr einen Moment Zeit. Sie *hatte* ihr Wort für Bowyn gegeben und zwar direkt in das Gesicht des Schlächters. Wenn Maddog für diese Tat angeklagt wurde, dann würde sie es auch.

Sie hatte Angst vor den Konsequenzen und wendete ihm den Rücken zu, um in ihr Bett zu kriechen. „Geh und lass mich allein", flehte sie. „Ich will deine Hilfe nicht."

„Du bist nichts als eine undankbare Hexe." Maddog spuckte aus, aber dann verließ er sie. „Jetzt musst du allein zurechtkommen", warnte er.

Zum ersten Mal in Kennas Leben stimmte das nicht ganz. Sie fühlte, dass es eine Veränderung geben würde

– eine Veränderung, die sie irgendwie auch betraf. Etwas lag in der Luft um sie herum, selbst in der kalten, dunklen Ecke der alten, vergessenen Kapelle.

Maddog schimpfte, als er wegging, und sie wartete, bis er verschwunden war. Dann begab sie sich zu ihrer Bettstatt, die in der Ecke unter einem Haufen Schutt versteckt war, und betete, dass es bald Tag werden würde.

DER KERKER IM BURGTURM WAR BEI WEITEM DER unwahrscheinlichste Ort für ein Gipfeltreffen; aber sie waren trotzdem hier. Broc saß auf einem Stuhl an einem kleinen Tisch. Unter seinen Füßen lag ein Teppich und ein Feuer wärmte die Zelle. Auf seiner Matte lag ein Haufen Decken und der Schlächter saß ihm gegenüber auf seinem Hocker auf der anderen Seite des Gitters. Nach und nach war die Zelle in eine gut ausgestattete Kammer umgewandelt worden.

„Schmeckt dir der *uisgee?*"

„*Uisge beatha*", korrigierte ihn Broc. „Sprich es nicht aus wie ein verfluchter *Ire*. Ja, es ist ein guter Tropfen." Er stellte seinen Becher auf den Tisch.

Der Schlächter schüttelte den Kopf. „Du musst wissen, dass ich dir Keppenach nicht zurückgeben kann. Aber ich könnte beim König ein Wort für Dunloppe für dich einlegen …"

„Eine Burgruine für das, was mein hätte sein sollen?"

„Das Land ist gut, aber du hast so oder so keine Wahl. David wird dir Keppenach niemals geben. Für ihn bist und bleibst du ein Verräter der Krone. Er würde deine Anstrengungen genauso wenig belohnen – egal, für wie gerechtfertigt du deine Taten hältst –, wie er als König zurücktreten würde."

Broc hob seinen Becher und trank einen Schluck

seines *uisge*. Dankbar spürte er die Wärme, die seinen Hals hinunterlief. Er hörte geduldig zu und war sich nicht sicher, was er tun oder sagen sollte. Diese Besuche gab es schon länger und er hatte den Mann, der vor ihm saß, kennengelernt und vertraute ihm.

Das Holz in der Feuerstelle knisterte und sprühte Funken.

„Was mich betrifft, so spüre ich keine echte Verbundenheit mit Keppenach oder mit Dunloppe, aber ich kann die Sehnsucht, sein Vermächtnis wieder aufzubauen, verstehen – ähnlich wie du."

Broc nickte. Eine gute Frau konnte das aus einem Mann machen. Seine Frau Elizabet und seine Kinder waren der Grund, dass er sich verbessern wollte. „Lael?", fragte er und sah den Mann mit den wachen blauen Augen abschätzend an.

Es dauerte ein wenig, bis der Schlächter antwortete, aber dann nickte er schließlich.

Broc lächelte. „Sie ist eine Schlaue", versicherte er. „Sie verursacht eher Sodbrennen, als dass sie dein Herz erfreut."

Der Schlächter kicherte leise. „Das weiß ich."

„Und doch willst du sie als deine Braut behalten?"

„Ja."

„Du bist ein glücklicher Mann", sagte Broc. „Gott ist mein Zeuge. Wenn mein Herz frei wäre, hätte ich sie so geliebt wie du."

„Aber das ist es nicht?"

Broc verstand instinktiv, warum er fragte. „Nein. Ich habe ein hübsches Mädchen zu Hause", beichtete er dem Mann. „Und noch dazu eine hübsche Sassenach ... was wiederum zeigt, dass es sogar für einen grauenhaften Kerl wie dich noch Hoffnung gibt."

Der Schlächter lachte schallend.

Broc tat es ihm nach.

„Du bist ein guter Kerl", sagte sein Eroberer.

„Du auch – wenn man von ein paar Köpfen, die du abgeschlagen hast, absieht. Glücklicherweise war keiner davon meiner. Daher fände ich es passend, wenn wir das Kriegsbeil jetzt begraben."

„Solange es nicht in meinem Rücken steckt", entgegnete der Schlächter.

Broc kicherte. „Ja, nun, wenn ich dir mein Schwert geben wollte, würde es nicht zwischen deinen Schultern landen, Sassenach."

Ein unerwartetes Glitzern war im Auge des Schlächters zu sehen. „Das haben wir gemeinsam", offenbarte er.

Da das nun geregelt war, fuhr Broc fort: „Was Keppenach betrifft, verstehe ich, was du sagen willst. Und wenn du glaubst, dass David mac Maíl Chaluim deine Bitte berücksichtigt, würde ich Dunloppe anstelle von Keppenach nehmen. Es ist weit mehr als ich jetzt habe – eine Kate von MacKinnons Gnaden."

„Wenn es dich tröstet, Keppenach ist auch nicht viel weniger kaputt."

Broc nickte. „Das stimmt." Er blickte in seinen Becher und dann wanderte sein Blick die Länge und Breite der Tunnel entlang.

„ *Das* lässt sich nicht ändern", fügte der Schlächter hinzu und las scheinbar seine Gedanken. „David wird erwarten, dass du im Gefängnis bleibst, bis die Bedingungen unserer Vereinbarung erfüllt worden sind. Wenn ich dich vorher freilasse, wird er das Gefühl haben – so wie ich ihn kenne –, dass du deine Schuld nicht bezahlt hast, und er wird unseren Antrag auf einen Vergleich nicht berücksichtigen. Er wird seine Feinde nicht öffentlich belohnen, aber ich kann dir sagen, dass der Mann nicht gerecht behandelt wird: Wenn er die Gelegenheit bekommt, ist er ein ehrwürdiger Anführer und ein Ehrenmann. Wenn du deine Zeit hier absitzt, Broc, wird er mehr als willens sein, meiner Abtretung von Dunloppe an dich zuzustimmen."

Broc merkte, dass der Mann die Wahrheit sagte. Von dem Moment an, wo sie aufeinandergetroffen waren, hatte er Broc nicht einmal mit Verachtung behandelt, selbst dann nicht als er den Kopf in der Schlinge hatte.

Tatsache war, dass er jetzt tot wäre, wenn der Schlächter nicht gewesen wäre, und er war nur einen Atemzug von dem Scheiterhaufen entfernt gewesen, wo der Rest seiner Truppe verbrannt worden war. „Was ist mit dem Schwert?", traute er sich zu fragen.

Der Schlächter schüttelte den Kopf. „Ich habe es noch nicht gesehen, aber ich werde weitersuchen. Wenn du die Wahrheit sagst, ist es meine Pflicht, es dem König zurückzugeben." Er machte eine Pause. „Und doch ... wenn du es selbst wiederfinden würdest ... kann ich dir versichern, dass es ein zusätzlicher Anreiz für David wäre, unseren Antrag anzuhören ... wenn du es ihm als dein Geschenk überreichen würdest."

Ungläubig erhob Broc sich aus seinem Stuhl und näherte sich dem Gitter. Er legte eine Hand um die Stäbe und griff fest zu. „Du würdest ein Auge zudrücken?"

Der Schlächter lehnte sich vor, faltete seine Finger zu einer Faust und blickte dann auf den Boden zwischen seinen Knien. Broc konnte sehen, dass er sich seine Worte wohl überlegte. Er schaute auf und blickte zu den Wachen, die er in einer Entfernung von ungefähr zehn Fuß positioniert hatte. Dann sah er wieder zu Broc. „David behauptet, er habe mich für diese Aufgabe gewählt, weil ich ein Scheißschotte sei. Er sagte, es sei an der Zeit, dass ich mich daran erinnerte. Ich muss zugeben, dass ich zuerst nicht wusste, was er meinte, als er das sagte. Schließlich habe ich mein ganzes Leben damit verbracht, das Vermächtnis meiner Mutter zu meiden, und war von einem Vater gespalten, den ich nicht kannte, von dem andere jedoch mit dem höchsten Respekt sprachen. Ich empfinde wahrlich keine Liebe für meine Familie, aber ich wurde als Schotte geboren und habe als solcher gelebt, bis David mich unter seine Fittiche nahm. Aber ich wusste nicht, wie sehr ich ein Zuhause brauchte, bis ich Lael geheiratet habe – und jetzt weiß ich es. Bisher gab es eine Sache in Davids Herrschaft, die ich nie verstanden habe, obwohl ich es jetzt tue. Manchmal muss man eine Wahl zum Wohle des Volkes treffen und nicht so sehr zum Wohle des Königs. Das ist es, was es bedeutet, Schotte zu sein. Das ist es, was David so oft getan hat. Er hat viel getan, womit er Hass auf sich gezogen hat, aber er hat es getan, um den Reichtum seines erwählten Volkes zu vergrößern."

Broc schluckte, als er die beherzten Worte des Schlächters hörte, und obwohl sie nicht auf ihn gemünzt waren, schämte er sich, dass er Stolz vor Güte gestellt hatte. Männer waren für die Rückgabe seines Geburtsrechts gestorben, wo er doch die ganze Zeit einen Platz unter Leuten gehabt hatte, die ihn als einen der ihren liebten. Vielleicht verdiente David den Ruf, den er bekommen hatte, gar nicht. Vielleicht war sein Widerwille, das Schwert zu erheben, weniger ein Zeichen seiner Angst als vielmehr ein Beweis seiner Stärke?

„In Ordnung", gab Broc nach. „Ich werde meine Zeit hier absitzen und ich werde dankbar Dunloppe anstelle von Keppenach annehmen."

Um seiner Zusage Nachdruck zu verleihen, streckte Broc seine Hände durch das Gitter und der Schlächter stand auf, um sie zu ergreifen.

„Ich habe keinen Bruder", sagte der Schlächter. „Aber von nun an werde ich dich meinen Bruder nennen." Sie schüttelten sich die Hände. „Du bist ein guter Mann, Broc Ceannfhionn."

Broc grinste ihn schief an, während ihre Hände noch verbunden waren. „Bruder Jaime", flehte er. „Hast du noch etwas von dem Blancmanger übrig? Ich merke, dass mein Appetit wieder da ist."

Jaime lachte schallend. „Um Gottes willen, Mann! Du isst uns die ganze Speisekammer leer, bevor der Winter vorüber ist!"

Broc grinste noch mehr. „Ja. Wenn du mich allerdings eine Nachricht an MacKinnon senden lässt, füllen wir deine Vorräte sofort auf, damit du mich füttern kannst."

Er sagte die Worte im Scherz, aber es war auch ein Körnchen Wahrheit darin.

Jaime nickte ihm zu. „Wird gemacht, aber jetzt lass mich zu meiner Frau zurückgehen, bevor sie entdeckt, wo ich meine Zeit verbringe. Es passt mir ganz gut, sie glauben zu lassen, dass du hier unten leidest", sagte er zwinkernd.

Broc schob seine Hand vor und fasste ihn an der Schulter. „Liebe sie gut und lang", bat er. „Sie ist eine gute Frau."

„Das werde ich, mein Freund. Das werde ich."

Broc schüttelte ihn leicht. „Geh und mache ihr ein Kind, damit ich nach Hause zu meiner Frau gehen kann, bevor meiner Eier blau werden."

Jaime lachte. „Zumindest wird das nicht mehr wegen der Kälte passieren."

„Ich kann das Rollen des Rs schon jetzt in deinen Worten hören, Sassenach. Du wirst doch noch ein richtiger Schotte."

Die beiden Männer lachten zusammen und dann ging Jaime. Broc widmete sich wieder seinem *uisge beatha* und dachte über die seltsame Wendung der Ereignisse nach.

Wenn alles nach Plan verlief, könnte er vielleicht zu seiner hübschen Elizabet zurückkehren, bevor der Schnee für den Winter liegenblieb. Er betete zu Gott, dass Lael so angetan von Jaime war wie er von ihr und ihre Verbindung schnell ein Kind mit den kräftigen Lungen seiner Mutter hervorbringen würde.

JAIME DACHTE NOCH AN SEIN GESPRÄCH MIT BROC, ALS er die Treppe zu seinem Gemach erklomm. Er war überrascht, dass seine Frau schon da war. Sie saß auf dem Bett und löste ihre Haare.

„Jaime?", fragte sie erschrocken, aus ihren Gedanken gerissen.

Es war das erste Mal, dass sie seinen Namen ausgesprochen hatte, und unheimliche Freude überkam ihn dabei. Er trat ins Zimmer und schloss die Tür hinter sich. Er starrte sie an wie ein liebestrunkener Jüngling. In dem weichen Licht sah sie aus wie eine Göttin mit rabenschwarzem Haar, rosa Wangen und Augen, die im Licht des Feuers schimmerten. Ihr geöffnetes Haar fiel in weichen, ebenholzfarbenen Wellen über ihre Schultern.

Jaime versuchte, Worte zu finden, während er durch den Raum ging und sich einen Becher einschenkte. Er war entschlossen, einen Weg zu finden, den Vorrat von diesem schweren Getränk zu erneuern.

„Ich habe mich noch gar nicht richtig für dein Geschenk bedankt", sagte Lael mit einem Lächeln in der Stimme.

„DEIN LÄCHELN WAR DANK GENUG", versicherte JAIME ihr und Lael stand vom Bett auf. Ihre Füße bewegten sich von ganz allein. Bevor sie es sich anders überlegen konnte, legte sie ihre Hand auf seine Schulter und er erstarrte bei ihrer Berührung.

Egal, wie sie es auch versuchte, sie konnte nicht aufhören, daran zu denken, wie er sie angesehen hatte, als er ihr den Dolch seiner Mutter gab – so voller Erwartung, dass es ihr das Herz zerriss.

Lael hatte noch nie in ihrem Leben ein Geschenk erhalten, das von so viel Vertrauen zeugte. Sie waren durch die Zärtlichkeit ihrer ersten Nacht verbunden – und jeder anderen Nacht seither – und alles, was sie zu wissen geglaubt hatte, erschien nun falsch.

Es gab wahrlich nur eine geringe Chance für einen Sassenach-Schlächter und eine Tochter ihres Volkes. Aber hier, in ihrem Gemach, wo es niemanden gab, der über sie richten konnte, war es viel einfacher, ihn als jemand anderen zu sehen als derjenige, der er wirklich war: ihr Eroberer.

Und doch ...

Er drehte sich zu ihr und sein Blick war so voller Unsicherheit.

Lael hob einen Finger an seine Braue und zog mit dem Daumen behutsam die Narbe nach, als wenn sie diese durch ihre Berührung heilen könnte.

„Wirst du mich verlassen, Lael?"

Betrübt lächelte sie ihn an. Es war unmöglich zu sagen, was hätte sein können, wäre sie freiwillig zu ihm gekommen. Ihr Blick flehte ihn an, zu verstehen. Sie beantworte seine Frage mit ihrer eigenen. „Wirst du mich freilassen?"

Der Blick seiner silbernen Augen durchdrang sie bis in ihre Seele. „Nein", flüsterte er ehrlich.

Unaufgefordert gingen seine Finger zu dem noch geflochtenen Zopf. Er machte ihn auf und kämmte ihr mit den Fingern zärtlich die Haare. Und dann, da es nichts mehr zu sagen gab, legte er seine Hände an ihren

Nacken und zog sie zu sich heran, um sie zärtlich zu küssen.

Und doch ... empfinde ich Liebe für dich. „Ach ged a bha ... tá grá agam duit", flüsterte sie in seinen Mund.

Er antwortete mit einem leichten Zittern, als er seine Zunge zwischen ihre Lippen schob. Sie ließ sich bereitwillig in seine Arme fallen und betete, dass er sie nicht nach der Bedeutung der Worte fragen würde.

KAPITEL SIEBENUNDZWANZIG

*A*ls ihr die seltsame Kiste unter dem Bett im Nachbarzimmer wieder einfiel, stieg Lael sofort die Turmtreppe hinauf – denn nun übermannte sie die Neugierde.

Mit dem Geschenk ihres Mannes in der einen und einem Feuerhaken in der anderen Hand musste sie lächeln und dachte, dass es ihr vielleicht doch zu viel Freude machte, den eiskalten Stahl in ihrer Hand zu halten – fast so viel, wie sie empfand, wenn ihr Mann Ja sagte.

Beim Frühstück hatte sie ihn einfach gefragt, ob sie das Zimmer nebenan für ihre Dienerinnen nehmen könnte, und er war einverstanden gewesen.

Ihr Schwester Cat schwor, dass Männer einfach zufriedenzustellen waren, und es schien tatsächlich so zu sein. Je mehr Lael ihren Mann anerkannte, desto eifriger erfüllte er ihre Herzenswünsche – alle, außer ihrer Freiheit und einem Besuch im Kerker. Dies waren die beiden Themen, die sie nie anschneiden konnte, ohne dass er zornig wurde.

Ach, bis sie die Gelegenheit bekam, zu gehen, war es für alle besser, wenn sie ihre Strafe einfach lächelnd erduldete. Sie wollte schließlich nicht so in Erinnerung bleiben, wie sie selbst an die arme Aveline von Teviotdale dachte – mürrisch, unfreundlich und von Anfang an unglückselig. Tatsächlich gab es keinen Anlass zur Trübseligkeit. Ein Vogel im Käfig sang vielleicht ein schönes Lied; aber wenn man die Tür aufmachte, würde er seine Flügel ausstrecken und davonfliegen, und so würde auch sie es machen. Broc musste zu seinen Leuten zurückkehren und sie auch.

Egal, welche Gefühle Lael nun diesem Mann, den sie als ihren Ehemann kennenlernte, entgegenbrachte, dies war nicht das Werk irgendeiner guten Fee. Hier standen Leben auf dem Spiel – und zwar nicht nur ihr eigenes. Sie konnte Broc Ceannfhionn nicht vergessen und weitermachen, als sei sie die errötende Braut, und genauso wenig konnte sie die Sehnsüchte ihres verräterischen Körpers ignorieren.

Und doch ... wenn sie gewusst hätte, was Frauen in das Bett eines Mannes trieb, wäre sie nicht so stur in ihrer Abstinenz gewesen. Jetzt verstand sie endlich das ganze Gekicher ihrer Freundinnen.

Was Mairi, Ailis und Kenna betraf, so hatte sie ihnen noch nichts von dem Turmzimmer erzählt, aber sie hoffte, dass sie so erfreut sein würden wie sie selbst. Sobald das Zimmer ausgeräumt war, konnten die Frauen es nutzen, wie sie wollten – vielleicht als ihr Privatgemach? Zuerst beabsichtigte sie, die Kiste zu holen und dann die Gucklöcher in der Wand zu verschließen. Sie fand es wenig erfreulich, dass man von jeder Seite in das jeweils andere Zimmer schauen konnte.

Sie überlegte, welcher der MacLaren-*Laird*s die Löcher wohl hatte machen lassen und welcher das schlechte Benehmen gehabt hatte, sie zu benutzen – vielleicht alle. Lael schob den Dolch in seine Scheide an ihrem Gürtel, öffnete die Tür und ging direkt zum Bett. Sie kniete sich, um darunter zu schauen.

Die Kiste war genau da, wo sie sie gelassen hatte, in der hintersten Ecke und in geheimnisvolle Schatten gehüllt. Lael bekam Bauchschmerzen.

Was konnte es sein, wenn nicht die Geheimnisse eines anderen Menschen?

Ihr war schwindelig vor lauter Spannung und sie schob den Feuerhaken unter das Bett. Dann stieß sie damit vorsichtig gegen die Kiste, bis sie diese in eine Position gebracht hatte, aus der sie diese unter dem Bett hervorziehen konnte. Lael stellte die Kiste auf das Bett und setzte sich daneben.

Lange Zeit bewunderte sie den Behälter einfach nur. Er war exotisch. Die Kiste war aus irgendeiner Art weichem Holz gefertigt, mit Schnitzereien verziert und an den Seiten mit Löwen, Hirschen und Wölfen bemalt. Ihr Bauch grummelte wieder vor Aufregung, als ihre Hand den Deckel berührte; aber sie war sofort enttäuscht, als sie den Inhalt sah.

Dort lagen kleine Steine und der blutbefleckte Zahn eines Kindes zusammen mit verschiedenem Kleinkram – ein kupferner Penny mit dem Bild eines Königs umrahmt von den Worten *Pillemus Rex* auf der Vorderseite. Auf der Rückseite der Münze befand sich ein Kreuz und sie konnte die Wörter *on Lewes* lesen.

Die Münze war für sie eine Seltenheit, weil sie diese in Dubhtolargg nicht verwendeten. Dort wurde Tauschhandel betrieben. Wenn ein Dach repariert werden musste, dann halfen alle mit. Sie kannte keine Notwendigkeit, dass sie hätte Münzen aus Metall anhäufen müssen. Das nahm nur Platz weg, den man für andere Dinge brauchte. Und das Metall konnte man viel eher für Werkzeuge verwenden.

Aber dies war auch nicht ihr Lebensstil und zudem noch ein Grund mehr, wieso sie gehen musste. Dies war ein Ort, an dem Kisten gebaut wurden, um glitzernde Metallstücke zu verwahren, die dazu gedacht waren, den Wert einer Person zu bestimmen.

Angeekelt warf sie die Münze zurück in den Kasten und dabei fiel ihr Blick auf drei Pergamentrollen.

Halbherzig rollte sie eine auf und sah, dass es eine Liste der Könige war – etwas, das sie seit ihrer Kindheit nicht mehr gesehen hatte. Una hatte eine in ihrer Grotte; aber da es nur wenig Einfluss auf ihr Leben hatte, hatte Lael sich nicht damit befasst. Sorcha war viel beeindruckter von Unas Büchern, die lange nicht so praktisch waren wie ein Messer – unabhängig davon, was Una behauptete.

In der Erwartung, etwas Interessanteres zu finden, rollte sie das zweite Pergament auf und begann laut zu lesen. Dann blinzelte sie ungläubig und las die Worte erneut:

An Dougal MacLaren, Erbe von Keppenach, Dunloppe und geringeren Liegenschaften, dein Vater grüßt Dich.

Hier und jetzt schicke ich Dir ein Kind namens Kenna. Sie wird von Maddog, Deinem unehelichen Bruder, überbracht. Da ich die Mutter des Kindes einst liebte, bitte ich Dich, bis zu meiner sicheren Rückkehr gut für sie zu sorgen. Und sollte ich nicht zurückkehren, bitte ich Dich, meinen einzigen Erben, und deine Söhne nach Dir, das Kind als Familienmitglied zu betrachten und ihr alles, was ihr als meinem Kind zusteht, zu geben.

Unterschrieben und versiegelt an diesem 11. September von mir Donnal MacLaren, Nachkomme von Domnall mac Ailpín, Bruder des Kenneth, und Laird von Keppenach, Dunloppe und geringeren Liegenschaften.

Lael ließ ein Ende des Pergaments los und es rollte sich von allein wieder auf. Kenna ... war Donnal MacLarens Tochter. Das bedeutete, dass sie eine uneheliche Schwester von Dougal war, und damit die Tante von Stuart und Rogan MacLaren - trotz ihrer jungen Jahre.

Aber noch viel interessanter war die Tatsache, dass

Kenna ursprünglich aus Dunloppe kam. Konnte sie eine Verwandte ihres Mannes sein?

Geschockt legte sie das Pergament in die Kiste zurück.

„Was habt Ihr da?", hörte sie die fragende Stimme eines Mannes.

Lael schreckte aus ihren Träumereien auf und schloss schnell den Deckel. „Nichts als wertloses Zeug", antwortete sie und sah, dass Maddog in der Tür stand. Dies war das erste Mal, dass er mit ihr sprach, seit er versucht hatte, sie zu hängen. Und nun bemerkte sie auch erst, dass Luc sie nicht mehr verfolgte. Lael sah sich stirnrunzelnd um.

„Wertloses Zeug?"

„Ja". Sie drehte die Kiste um und hob eine Handvoll Zähne und Steine hoch, um sie ihm zu zeigen. Der Inhalt des Kastens würde ihn sicherlich interessieren, aber ... irgendetwas hielt sie davon zurück, ihm zu offenbaren, was sich darin befand.

Er schien plötzlich das Interesse an der Kiste zu verlieren. „Auf jeden Fall ... *meine Herrin*, " Die Anrede fiel ihm offensichtlich nicht leicht. „ Ich bin gekommen, um mit Euch zu sprechen, wenn ich darf?"

Lael stand vom Bett auf. „Natürlich", sagte sie, aber sie wollte nicht mit ihm allein im Zimmer sein und traute ihm auch nicht. Also ließ sie die Kiste zurück und ging an ihm vorbei aus dem Raum in den Flur.

Wie sie geahnt hatte, folgte er ihr zur Treppe. Dort scharrte er mit den Füßen. „Es tut mir wirklich leid, dass ich so viele Probleme bereitet habe."

Lael warf ihren Kopf zurück und war nicht in der Lage, ein gewisses Maß an Frechheit aus ihrer Stimme zu verbannen. „Meinst du damit vielleicht, dass du versucht hast, mich zu hängen?"

Er sah sie zerknirscht an. „Ja".

Sie merkte, dass sie unhöflich war. Seit jenem ersten

Tag hatte Maddog kaum mit ihr gesprochen. Er hatte sie in Ruhe gelassen und schließlich hatte er nicht anders gehandelt, als sie es getan hätte, wären die Rollen vertauscht gewesen. „Ich gehe davon aus, dass ich an deiner Stelle dasselbe getan hätte", gab sie zu und ging die Treppe hinunter in der Annahme, dass er ihr folgen würde.

Sie hatten zumindest das gemeinsam. Also musste sie dem ungehobelten Kerl dafür vergeben, dass er alles zur Verteidigung seiner Leute getan hatte – besonders nachdem, was sie nun erfahren hatte. Schließlich schien es, als habe er viel mehr zu verlieren als die meisten anderen.

Ganz unten konnte sie hören, dass die Halle für das Abendessen vorbereitet wurde. Man konnte dem Chaos bereits im Treppenhaus lauschen. Lael war sich allzu sehr bewusst, dass Maddog hinter ihr war, und so blieb sie stehen und legte eine Hand auf das Treppengeländer. Es war gar nicht so unvernünftig, zu glauben, dass er darüber nachdenken könnte, sie die Treppe hinunter zu schubsen. Aber dann fand sie den Gedanken übermäßig misstrauisch – eben einer, der von einem Kind kam, das überall Verrat sah. Es war keine leichte Aufgabe, die Art und Weise, wie ihr Vater gestorben war, zu verarbeiten. Aber man durfte auch nicht vergessen, dass der Mann schon einmal versucht hatte, sie zu töten. Sie schaute nach unten, um zu schauen, ob jemand in der Nähe war, der sie sehen oder hören könnte.

„Ich habe die Möglichkeit, es wieder gutzumachen", bot er an und überraschte sie damit. „Ein gewisses Schwert ..."

Lael hob den Kopf. Sie schaute ihn an und wusste sofort, was er meinte „Ein Schwert?", fragte sie und ihr Interesse war sofort geweckt.

Er nickte. „Ich weiß, Ihr wollt gehen und ich kann

Euch hier rausbringen – aber dann müssen wir sofort gehen. Ich habe Männer, die eingewilligt haben, uns zu helfen, obwohl der Schlächter jeden Tag mehr von meinen Leuten durch seine ersetzt. Im Moment hat er seine Männer damit beschäftigt, das Tor zu reparieren. Aber wenn das erledigt ist, sitzen wir hier vielleicht alle bis zum nächsten Frühling fest."

Lael sah ihn scharf an und versuchte, herauszubekommen, ob er die Wahrheit sprach.

„Sag mir, von welchem Schwert sprichst du?", fragte sie prüfend.

Er sah nervös das Treppenhaus hinunter, um zu sehen, ob irgendjemand mithören konnte. „Das *Schwert des Königs*", flüsterte er. „Ich würde es Broc Ceannfhionn zurückgeben und dafür sorgen, dass ihr beide freikommt ..."

„Warum?", fragte sie kurz.

Seine dunklen Augen glitzerten. „Zu einem Preis natürlich."

Natürlich. Aus Liebe zu den kleinen, runden, glitzernden Metallteilen.

Lael verstand es nicht, aber es war ihr auch egal. Es kam jetzt nur darauf an, dass sie die Möglichkeit hatte, ihren Freund aus dem Kerker zu befreien.

Und dann ...

Und dann würde sie nach Hause gehen.

„Wann?"

„Jetzt."

„Nein! Jetzt bereiten wir schon das Abendessen vor."

„Das dauert noch Stunden", widersprach er. „Wenn wir gehen, dann muss es jetzt sein – solange einer meiner Männer Wache hat. Der Schlächter beaufsichtigt die Reparaturen am Tor und Ihr würdet erst beim Abendessen vermisst werden."

Laels Füße verweigerten ihr den Dienst und sie

fühlte Wut in sich aufsteigen, dass es immer noch Leute gab, die ihren *Laird*-Ehemann verraten würden. „Kannst du mir meine Messer besorgen?"

Er schüttelte den Kopf. „Nein, aber ihr bekommt das Schwert." Er hob den Kopf und zog eine Augenbraue hoch. „Oder liebt Ihr Euren Schlächter-Ehemann mehr als Eure Familie?"

Lael sah ihn mit zusammengekniffenen Augen an. „Warte hier", befahl sie. „Ich hole meinen Umhang."

DA ES BIS ZUM ABENDESSEN NOCH ZEIT WAR, LIEF Kenna schnell los, um ihr Bettzeug zu holen. Mairi hatte ihr erlaubt, diese Nacht in der Küche zu schlafen – und nun, da Maddog ihre letzte Bettstatt entdeckt hatte, hegte sie nicht den Wunsch, sich wieder von ihm belästigen zu lassen. Sie hatte keine Ahnung, was sie wegen Baird und seinem Vater unternehmen sollte, aber sie würde sich nicht mehr in Maddogs böse Taten verwickeln lassen.

Kenna hatte so oder so vor, sich von Maddogs Joch zu befreien. Instinktiv verstand sie, dass er alles und jeden zerstören würde, der sich in seiner Umgebung untereinander verbündete, und egal, was er behauptete: Er war ein Lügner und ein Dieb – und noch schlimmer, auch ein Mörder.

Sie hörte Stimmen näher kommen, ließ ihre Bettdecken fallen und duckte sich hinter dem Altar im Chor. Sie hielt den Atem an und wollte sehen, wer es war.

Maddog. Der Hundesohn. Aber er war nicht allein.

Er hatte Lael dabei.

Kenna runzelte die Stirn, als die beiden durch das Kirchenschiff eilten und dann in das nördliche Querschiff einbogen, in Richtung des versteckten Eingangs. Lael trug Fellumhänge und einen kleinen Sack in ihrer Hand.

„Bist du sicher, dass dein Freund uns durchlassen wird?"

„Habt keine Angst, meine Herrin", sagte Maddog und ging voraus. „Er hat die Wache übernommen, weil er wusste, dass ich komme."

Den Rest konnte Kenna nicht verstehen. Sie atmete aus, als die beiden die Tür öffneten und in den Tunneln des Kerkers verschwanden.

Lange Zeit stand Kenna da, biss sich auf die Lippen und überlegte, dass Lael wohl nur ihren Freund besuchen wollte. Sie hatte einen recht großen Sack dabei. Vielleicht wollte sie Broc Ceannfhionn die Reste aus der Küche bringen?

Maddog hätte Kenna schreiend und strampelnd irgendwohin ziehen müssen; aber Lael war nicht gezwungen worden, ihm zu folgen – also holte sie nun ihr Bettzeug und brachte es in die Küche, bis sie einen besseren Platz fand. Die ganze Zeit grübelte sie über die Gründe für Laels heimlichen Besuch im Kerker.

Wenn es so war, dass sie Maddog dazu benutzte, um ihren Freund zu besuchen, dann ging es Kenna nichts an. Lael brauchte schließlich Kennas Ratschläge nicht. Der Mann hatte Lael immerhin schon einmal fast gehängt und sie würde ihm bestimmt nicht trauen. Diese Tatsache beruhigte Kenna und sie ignorierte, was sie gesehen hatte. Sie begann mit ihrer Arbeit in der Küche und erwartete, dass ihre Herrin zurückkommen würde, wie sie es gesagt hatte.

KAPITEL ACHTUNDZWANZIG

*L*ael war von Brocs Quartier so erstaunt, dass sie mit offenem Mund dastand und staunte.

Während sie sich vorgestellt hatte, wie er unten in der Kälte zitterte, saß er hier äußerst komfortabel mit Wandteppichen, um die Mauern etwas zu erwärmen, und Teppichen unter seinen Füßen. Sein Bett war mit mehr Decken beladen als ihr eigenes und ein wärmendes Feuer brannte neben einem Tisch und einem Stuhl, die ihn davor bewahrten, wie ein Hund vom Boden zu essen.

Der Marder war schon längst verschwunden.

Es gab nur einen Mann, der so etwas hätte veranlassen können – ihr liebster Ehemann. Wie konnte Jaime es zulassen, dass sie die ganze Zeit der Meinung gewesen war, Broc litt hier unten Qualen? Er hatte sie in dem Glauben gelassen, dass es Brocs einzige Rettung war, wenn Lael ihren Körper verkaufte. *Diabhul*, sie war einen Tauschhandel für das Leben dieses Mannes eingegangen und zu einem gewissen Grad hatte sie Nacht für Nacht in der Hoffnung bei Jaime gelegen, das Baby zu empfangen, damit Broc von seiner Hölle befreit wurde.

Lügnerin, rief eine kleine Stimme in ihrem Hinterkopf.

Du hast bei ihm gelegen, weil du es wolltest.

Manchmal mochte das gestimmt haben; aber sie hatte geglaubt, dass Brocs Leben in Gefahr war. Sonst hätte sie *niemals* eingewilligt, den teuflischen Schlächter zu heiraten!

Sie war verwirrt.

„Was sagst du? Kommst du nicht?"

Die Wache, die sie begrüßt hatte, gab Lael die Schlüssel zu Brocs Zelle. Broc sah auf und schüttelte den Kopf.

„Warum?", fragte Lael. Sie hatte ein Recht, es zu erfahren. Welche politischen Maßnahmen hatten sie sich nun ausgedacht, die einen Mann wie ein Tier in seinem Käfig belassen würden?

„Wir haben nicht viel Zeit", flehte die Wache.

Lael weigerte sich, auch nur ein Wort von dem, was Broc ihr erzählte, zu glauben.

Was für ein Mann würde lieber in seiner Zelle bleiben, wenn er doch frei sein konnte? Selbst sie war jetzt gezwungen, zu gehen – nun, da ihre Käfigtür weit aufstand. Denn sie hatte diesen Weg wahrlich nicht freiwillig gewählt. Sie war *gezwungen* worden und sie war definitiv keine Marionette! Sie hatte ihren eigenen Kopf und weigerte sich, eingeengt zu werden. Wütend hantierte sie mit den Schlüsseln und versuchte, einen in das Schloss zu stecken, um ihn zum Gehen zu zwingen.

Broc streckte die Hände durch das Gitter und nahm ihr die Schlüssel aus der Hand.

„Was machst du da?"

Broc sah zu Maddog. „Ich vertraue diesem Mann nicht und das solltest du auch nicht tun."

„Er hat das *Schwert des Königs*, Broc", hielt Lael dagegen. „Was auch immer er vielleicht sonst getan hat, er hat zugestimmt, es für einen Preis zurückzugeben. Und du bist frei und kannst gehen!"

„Nein. Ich habe meine Meinung geändert", sagte Maddog und legte ein Messer an Laels Hals. Er zog sie vom Gitter weg und seine scharfe Klinge drückte gegen ihre Haut.

Sie schluckte vorsichtig, weil er die Schneide so nah an ihre Haut hielt. Daher ließ Lael es zu, dass er sie vom Gitter wegzog.

Nun steckte Broc den Schlüssel endlich in das Schloss der Zellentür.

„Nein, nein", widersprach Maddog. Sie konnte fühlen, wie er den Kopf schüttelte, als er sie zurück in den dunklen Tunnel zog. Sein stinkender Bart strich gegen ihre Wange. Die nutzlose Wache rannte vor ihnen her. „Du bleibst da, bis wir weg sind, oder ich schneide ihren hübschen Hals so schnell durch, dass du in ihrem Blut ausrutschst, wenn du durch die Tür gehst."

Broc zog die Hand weg von den Schlüsseln. „In Ordnung. Ich komme mit euch", bot er an. „Ich bezahle jeden Preis, den du verlangst, wenn du sie nur freilässt."

„Nein", weigerte sich Maddog. „Ich kann das Schwert auch an jemand anderen verkaufen – vielleicht an den König?" Er lachte fürchterlich und sein rasierklingen-scharfes Messer schnitt in Laels Haut. Sie fühlte, wie ein warmer Tropfen ihres eigenen Blutes ihren Hals herab rann. Lael hatte keines ihrer eigenen Messer dabei, aber das Geschenk ihres Mannes war in seiner Scheide unter ihrem Umhang versteckt. Wenn sie bloß daran käme...

„Der Schlächter wird dich niemals gehen lassen", sagte Broc.

„Du wirst schon sehen. Das dún Scoti-Weib ist die einzige Sicherheit, die ich brauche."

Er lachte erneut, während er Lael weiter mit sich nach hinten in den Tunnel zog, und warnte Broc dabei schreiend, dass er ihnen nicht folgen sollte.

Lael hatte keine Ahnung, wie er so schnell die Oberhand erlangt hatte. Sie kamen im Wald heraus, wo zwei weitere Männer auf sie warteten. Ein Körper lag mit dem Gesicht nach unten auf dem Boden und Blut lief aus einer nicht sichtbaren Wunde.

Laels Magen rebellierte angesichts des Todes dieses Mannes, aber sie musste sich auch fragen: Wie hatte sie geglaubt, dass es funktionieren würde – wenn nicht mit Blutvergießen? Es war nicht wahrscheinlich, dass jeder einfach seine Waffen niederlegte und dann sagte: „Auf Nimmerwiedersehen, Herrin."

„Mein Mann wird dich finden", schwor sie, ohne darüber nachzudenken, ob sie hoffte, dass dies so wäre.

„Er kennt das Land nicht so wie wir", versicherte Maddog.

Und sie hatten Pferde. Bei dem Anblick wurde ihr wieder schlecht. „Steigt auf", wies Maddog sie an.

Da sie umzingelt war, musste Lael gehorchen. Sie schwang sich auf den Grauen, während eine der Wachen die Zügel hielt, um zu verhindern, dass sie herunterfiel. Dann setzte Maddog sich hinter sie und hielt ihr das Messer wieder an die Kehle.

„Los", befahl er seinen Männern.

Als die Tore fast fertig waren, suchte Jaime nach seiner Frau, in der Hoffnung, einen Kuss zu bekommen. Bis zum Feierabend lag noch viel Arbeit vor ihnen. Da er fürchtete, dass sie bis spät in die Nacht arbeiten würden, wollte er nicht so lange ohne die Gesellschaft seiner Frau sein.

Zuerst fragte er in der Küche nach, wo Lael sonst viel Zeit mit ihren Dienstmägden

verbrachte. Keiner hatte sie seit längerer Zeit gesehen und Jaime blieb in der Tür stehen, um den Frauen bei der Arbeit zuzuschauen. Er betrachtete das Mädchen Kenna aus der Ferne. Sie stand da und schnitt den Kohl, wobei sie so nervös war, dass Jaime sich sorgte, sie würde sich in die Finger schneiden. Immer wieder sah sie zu ihm hin und wendete sich dann schnell ab, als habe sie Angst vor ihm. Er vermutete, dass er noch einige Zeit so behandelt werden würde, bis diese Leute merkten, dass er gar nicht so ein Ungeheuer war, wie sie glaubten.

Kenna war ein hübsches junges Ding und es war einfach, sie anzublicken und zu glauben, dass sie seine Schwester sein könnte – denn sie sahen sich in gewisser Weise ähnlich. Als sie zu ihm aufsah, bemerkte er, dass sie blaue Augen hatte, die gequält wirkten.

Aber die Kenna, die er geliebt und gekannt hatte, war tot – ermordet von dem Mann, dem sein Großvater vertraut hatte – einem Mann, der seiner eigenen Mutter einst nahegestanden hatte. Tatsächlich war es Donnal MacLaren gewesen, der sie ihrem späteren Ehemann vorstellte, nachdem Jaimes Vater sie mit einem ungeborenen Kind sitzengelassen hatte.

Diese Kenna trug ein anderes Kleid als an dem Tag, an dem er sie das erste Mal gesehen hatte. Er wusste, dass Lael allen dreien neue Gewänder geschenkt hatte. Da fiel ihm ein, dass seine Frau ihn um die Nutzung der Kemenate gebeten hatte, und sogleich wusste er, wo sie sein musste. Er verließ die Frauen in der Küche, um die Suche nach seiner abhanden gekommenen Ehefrau fortzusetzen.

Zuerst schaute er im Zimmer des *Laird*s nach. Als er sah, dass dieses leer war, forschte er in der Kemenate nach. Aber dieser Raum war auch leer, bis auf eine seltsame Kiste auf dem Bett.

Neugierig öffnete er den Deckel.

Sie war mit Krimskrams gefüllt – Zähne, Steine und Pergamente. Er nahm ein Pergament und rollte es auf. Aber darauf waren nur die Krakeleien eines Kindes. Außer einem einzigen Wort, vielleicht einem Namen –

Kellen – waren die Zeichen unverständlich; obwohl der Junge offensichtlich versucht hatte, selbst einen Brief zu schreiben. Er legte den Brief des Kindes zurück in die Kiste und wollte schon fast gehen. Aber irgendetwas zwang ihn, noch ein Pergament zu lesen. Er nahm es, rollte es auf und überflog die Wörter: *Erbe von Keppenach, ich schicke Dir ein Kind, Kenna...*

Er holte tief Luft und begann von vorne, um den ganzen Brief zu lesen:

An Dougal MacLaren, Erbe von Keppenach, Dunloppe und geringeren Liegenschaften, dein Vater grüßt Dich.

Hier und jetzt schicke ich Dir ein Kind namens Kenna. Sie wird von Maddog, Deinem unehelichen Bruder, überbracht. Da ich die Mutter des Kindes einst liebte, bitte ich Dich, bis zu meiner sicheren Rückkehr gut für sie zu sorgen. Und sollte ich nicht zurückkehren, bitte ich Dich, meinen einzigen Erben, und deine Söhne nach Dir, das Kind als Familienmitglied zu betrachten und ihr alles, was ihr als meinem Kind zusteht, zu geben.

Unterschrieben und versiegelt an diesem 11. September von mir Donnal MacLaren, Nachkomme von Domnall mac Ailpín, Bruder des Kenneth, und Laird von Keppenach, Dunloppe und geringeren Liegenschaften.

„Kenna", flüsterte er und als hätte er sie herbei gezaubert, erschien sie in der Tür. Sie spielte mit einem Anhänger, der an einer Kette um ihren Hals hing.

„Mein *Laird*?"

Jaimes Augen verengten sich und er starrte auf den Anhänger. Sein Herz setzte einen Moment aus. Er ging durch das Zimmer und riss den Anhänger von ihrem Hals.

„Mein *Laird*!", protestierte sie. „Der gehörte meiner Mutter!"

„Das ist nicht möglich!", flüsterte Jaime. Er sah ihren Körper verkohlt vor sich auf dem Boden liegen: *Ein Kind. Verbrannt. Verknäuelte Gliedmaßen.* Er legte die

Finger an seine Schläfen und zweifelte an seinem Verstand. War dies ein Traum?

Er sah zu dem Mädchen, das vor ihm stand. Sie hatte stahlblaue Augen. Ihre Nase war der seiner Schwester, an die er sich erinnerte, sehr ähnlich; aber dies war eine erwachsene Frau. Das Bild des Anhängers in seiner Hand verschwamm vor seinen Augen.

Drei in einander verschlungene Herzen mit einer blühenden Distel in der Mitte – das Siegel seines Clans. Eines Clans, der von seinem letzten verbliebenen Sohn im Stich gelassen worden war.

Jaime schüttelte den Kopf und sah in die Augen seiner Schwester. „Ich kenne dich." Er schluckte schwer.

„Ja, mein *Laird*", sagte sie und missverstand ihn offensichtlich. „Ich habe für Bowyn gebürgt, als Ihr ihn habt gehen lassen. Und dafür danke ich Euch. Aber ich bin jetzt nicht wegen Euch hierhergekommen. Ich bin gekommen, weil ich meine Herrin in die Tunnel gehen sah, in Begleitung eines Mannes, dem sie nicht vertrauen sollte. Ich kenne ihn nur zu gut."

Jaime schüttelte den Kopf, um trotz seines benebelten Hirns einen klaren Gedanken fassen zu können, und zu verstehen, was sie sagte. Er wollte sie so gern umarmen und nie wieder gehen lassen. „Du hast gesehen, wie Lael in den Kerker ging?"

Seine Schwester lebte. Und sie lebte nicht nur; sie war eine erwachsene Frau, so schön wie eine Rose.

Er wollte alles wissen – wer hatte sie hierher gebracht? Wie war sie nach Keppenach gekommen? Konnte sie sich noch an irgendetwas aus ihrem früheren Leben erinnern? Das letzte Mal, als Jaime sie sah, war sie noch ein kleines Kind gewesen.

Kenna nickte. „Ja, mein *Laird*. Ich hätte es Euch sagen sollen, als Ihr in der Küche nachgefragt habt, aber ich wollte Euch keine Sorgen bereiten. Meine

Herrin hatte mir versprochen, schnell wiederzu-
kommen und mir zu zeigen, wie man einen Eintopf
kocht, aber sie ist noch nicht wieder da."

Lael war in den Tunneln im Kerker.

Kenna lebte.

Jaime war hin- und hergerissen und verwirrt, aber
seine erste Reaktion war Wut darüber, dass seine Frau
sich ihm widersetzte – selbst nachdem er es gewagt
hatte, ihr zu vertrauen. „Wer hat sie dorthin gebracht?"

„Maddog, mein *Laird*."

„Maddog?"

*Wusste das Mädchen, dass sie gegen ihren eigenen Ver-
wandten sprach?*

Jaime wurde schwindelig. Was für ein verworrenes
Schicksal ... das Mädchen, das nach so vielen Jahren
vor ihm stand, war seine Schwester, und damit auch
die Tochter des Mannes, der ihm sein Erbrecht gestohlen hatte. Und den Jaime bei lebendigem Leib für
seinen Verrat verbrannt hatte.

Wusste Maddog Bescheid?

Was auch immer die Wahrheit war, Maddog hatte
Lael dazu angestiftet, ihm ungehorsam zu sein. Sein
plötzlicher Wutausbruch wurde nur durch die Angst in
Kennas Gesicht gemildert. Aber auf einmal hatte er das
Gefühl, dass irgendetwas nicht stimmte.

Er hatte den Schmied Maddog anvertraut.

Und jetzt war der Schmied tot.

Er sah in die blauen Augen seiner Schwester und
wusste, dass es stimmte: Lael war in Gefahr.

Jetzt war nicht die Zeit für Wiedersehensfeiern. Er
würde Kenna später die Wahrheit sagen. Dann würde
er ihr alles erklären. Aber jetzt war keine Zeit dafür.
Jaime drückte den Anhänger in Kennas Hände und lief
an ihr vorbei. Er ließ sie in der Kemenate zurück und
eilte die Treppe hinunter, indem er immer zwei Stufen
auf einmal nahm.

KAPITEL NEUNUNDZWANZIG

Obwohl die MacKinnon-Männer so vorsichtig gewesen waren, ihren Rauch zu verbergen, sah Aidan die Lagerfeuer des Chieftains, lange bevor Mac-Kinnon merkte, dass sie da waren.

Auch wenn Aidan nur mit dreißig Mann gekommen war, hätte er der sich ausruhenden Armee einen empfindlich Schlag versetzen und mindestens ein Drittel ihrer Krieger töten können, bevor überhaupt irgendjemand bemerkt hätte, was los war. Aber Aidan näherte sich mit ausgestreckten Armen, die weit von seinem Bogen und Schwert entfernt waren. Seine Männer folgten ihm und verhielten sich genauso – und so galoppierten sie mit ausgestreckten und erhobenen Händen mitten hinein in eine Armee von mehr als 400 Mann. Aidan wusste jedoch, dass sie furchterregend wirkten mit ihrer Bemalung aus Waid und in ihre Felle gehüllt. Genauso hatten ihre Vorfahren ausgesehen, Geister aus *Scotias* Vergangenheit.

MacKinnon kam aus seinem Zelt, um ihn zu begrüßen, und hinter ihm waren noch mehr Männer, die Aidan erkannte: Zum Beispiel Gavin Mac Brodie, der seine Schwester Cat geheiratet hatte. Hinter Gavin folgten seine beiden Brüder, die sofort ihre Hände von den Schwertgriffen nahmen, als sie merkten, wer vor ihnen stand.

„Sei gegrüßt, mein Freund", sagte MacKinnon zur Begrüßung.

Aidan stieg von seiner Stute. „Sei gegrüßt", antwortete er. „Ich komme allerdings nicht im Frieden, MacKinnon. Ich bin gekommen, um meine Schwester Lael zu befreien."

„Und wir sind wegen Broc gekommen", offenbarte MacKinnon. „Spät, aber immerhin sind wir jetzt hier."

Aidan sah den Mann vorwurfsvoll an. „Broc Ceannfhionn behauptete, dass er an deiner Seite gekämpft habe, und doch hast du ihn allein – mit meiner Schwester – einer Armee gegenübertreten lassen."

Der Chieftain besaß die Güte zu nicken, aber er ließ sich von Aidan nicht einschüchtern. Sie hatten sich erst einmal getroffen und Aidan hielt große Stücke auf ihn. Aber es machte ihn wütend, dass sie seine Schwester genötigt hatten, unter Vorspiegelung falscher Tatsachen zu kämpfen.

„Es ging nicht anders", sagte Gavin und trat vor. Mit schlauen, blauen Augen hielt der Mann seiner Schwester Aidans Blick stand. „Sie hatten auf mich gewartet und ich konnte nicht weg, da meine Frau ihrer Niederkunft so nahe war."

Aidans Herz machte einen Satz. Er verriet seine Emotionen und seine Hand wanderte an seine Brust. „Meine Schwester Cat hat dir ein Kind geboren?"

Gavin nickte. „Einen Sohn. Sein Name ist Conall."

Aidan sah Gavin Mac Brodie an. „Nach meinem Vater", sagte er und dabei schnürte es ihm den Hals zu. Er wünschte, er hätte sich setzen können. „Was ist mit Cat – ist sie wohlauf?"

Gavin lächelte. „Es geht ihr sehr gut, *bràthair-cèile. Schwager.*"

„So pfiffig wie immer", fügte Gavins Bruder Leigh hinzu und grinste. „Und ihr Kind hat die Lunge eines Wilden."

„Ihr Schurken!", rief Aidan, aber er meinte es nicht böse. Er klopfte Gavin auf die Schulter und war einen Moment von der Sache mit seiner Schwester Lael abgelenkt. *Er hatte einen Neffen – einen Jungen. Ein Sohn für Cat!*

„Wenn das Kind nicht gewesen wäre, hätte Cat darauf bestanden, mitzukommen", schwor Gavin. „Dem Herrn sei Dank für den Jungen! Aber tatsächlich mussten wir vor Sonnenaufgang gehen, damit Cat nicht aufstehen und ihre Meinung ändern konnte."

Aidan grinste. Das klang in der Tat nach seiner Schwester. Sie waren alle Wölfinnen und er hatte nichts unternommen, um auch nur eine zu zügeln.

„Was Lael betrifft", meinte MacKinnon. „Es tut mir Leid, Aidan, und wir werden alles tun, was in unserer Macht steht, um sie wieder in dein Tal zu bringen."

Aidan nickte und klopfte MacKinnon auch auf die Schulter. Dann zeigte er seinen Männern an, dass sie absitzen sollten, denn plötzlich fiel Lael ihm wieder ein. Er gab Lachlann ein Zeichen, den Mann namens Kieran auf seinem Pferd nach vorn zu bringen. Mit gefesselten Händen betrachtete er jeden einzelnen von ihnen.

„Du hast mehr als genug Männer", versicherte Aidan MacKinnon und ignorierte den Zorn des Sassenachs. „Aber wir haben den Hauptmann des Schlächters."

SIE WAR GEZWUNGEN, VOR MADDOG AUF DEM PFERD ZU sitzen. Ihr Messer war an ihrem Rücken und ihre Hände vor ihr gefesselt – Lael wartete auf den richtigen Moment.

Wenn es jemals eine Frau gab, die man nicht reizen sollte, dann war sie diese.

Sie ritten tiefer in den Wald und einen Hügel hinauf, an einem kleinen Bach an den Ausläufern des *Am Monadh Ruadh* hielten sie, um die Pferde zu tränken.

Sich von Inverness im Norden, Aberdeen im Osten und Dundee im Süden erhebend, besaßen die Hochebenen selbst im Juli und August schneebedeckte Gipfel. Aber jetzt waren sie majestätisch und vollständig in eine weiße Decke gehüllt. Die Täler und nebligen Klippen waren durch Lawinen, Stürme und Fluten geformt worden und konnten bittere Feinde sein, wenn man nicht eins mit dem Land war. Lael wusste genau, wie man dies tat; aber sie hatte Zweifel, dass ihre Sassenach-liebenden Taugenichtse wussten, was das bedeutete. So wie sie gekleidet war – wie eine richtige Dame–, überlegte sie, dass sie vielleicht vergessen hatten, wer sie war.

Ich bin ein Kind des alten Albion, eine Schwester des Windes und eine Tochter des Waldes, ermahnte sie sich selbst.

Kichernd schob er sie vom Pferd, als sie anhielten. Lael musste sich wegrollen, um nicht unter die Pferdehufe zu geraten. Sie prallte mit dem Ellenbogen jedoch auf einen Stein und musste angesichts der entsetzlichen Schmerzen erst einmal die Augen schließen

Beim heiligen, verfluchten Stein, sie wollte Maddog tot sehen, bevor der Tag vorüber war.

Lael sagte kein Wort. Sie ließ sie zusammen lachen, während sie hier lag und vor Schmerzen die Zähne zusammenbiss. Dann setzte sie sich auf und versuchte, ihren Ellenbogen an ihrer Seite zu massieren.

Wenn sie nur an ihr Messer käme.

Sie sah, dass das Messer sichtbar war, und legte sich schnell wieder hin, um es vor ihnen zu verbergen. Ihr

Umhang hing am Sattel fest und Maddog schob ihn immer noch lachend weg. „Verfluchte Schlampe", sagte er.

„Warum lässt du sie nicht hier?", fragte einer der Wachen.

„Ganz einfach: Sollte sich der Schlächter-Bastard entschließen, uns zu verfolgen, schneide ich ihr die Kehle durch, während er zusieht."

„Es ist ihm vielleicht egal."

„Quatsch. Ich habe gesehen, wie er sie ansieht."

Lael runzelte die Stirn. *Wie?* Sie wusste es nicht. Sie hatte viel zu viel Zeit damit verbracht, wütend auf ihn zu sein, und ihre Flucht zu planen. Und dann hatte sie Angst, zu genau hinzusehen, damit sie nicht ihren Willen zur Flucht verlor.

Sie änderte ihre Position so, dass ihr Messer nicht sichtbar war, und setzte sich auf. Dabei bewegte sie den Strick an ihren Handgelenken. Arme Schwachköpfe. Wussten sie nicht, wie einfach es war, sich von einer so dünnen Fessel zu befreien? Allerdings wussten sie ja noch nicht einmal, dass sie ihre Hände hinter ihrem Rücken hätten fesseln müssen.

Aber anscheinend hatten die Männer sie als Frau abgetan, trotz der Tatsache, dass sie in jener ersten Nacht mehr von ihnen getötet hatte als jeder ihrer Kameraden. Während die beiden weitersprachen, bewegte sie ihre Handgelenke erneut in den Fesseln und löste den Strick dabei immer mehr. Er scheuerte an ihrer Haut, aber das war ihr egal. Sie hatte schon viel schlimmere Schmerzen erleiden müssen – von dem Ende von Unas Stab. Die alte Frau pflegte ihr damit auf den Kopf zu schlagen. Sie vermisste die alte Schachtel schmerzlich.

Nach und nach löste sie die Fesseln, ohne dass die Männer etwas bemerkten, und sie war zutiefst erfreut, als sie die Spitze ihres Messers am Oberschenkel spürte. Der Dolch, der aus seiner Scheide herausragte, war eine Erinnerung, dass sich das Blatt bald wenden würde – und diese Idioten würden diesen Tag noch bitter bereuen.

KAPITEL DREISSIG

Von ihrem Platz aus konnte Lael den Turm von Keppenach in der Ferne sehen, obwohl die Erhebung des Hügels die Ringmauer verdeckte. Sie waren noch nicht weit gekommen, aber bald würden sie außerhalb Jaimes Reichweite sein.

Ihre Entführer unterschätzten sie jedoch offensichtlich.

Einer stand da und pinkelte in den Bach. Ein anderer holte seine Flasche vom Sattel und trank daraus, bis sie leer war. Er schüttelte sie, um sie bis auf den letzten Tropfen zu leeren, und dann füllte er sie wieder mit Wasser aus dem Bach.

Maddog dagegen wurde von dem Silberglanz eines Schwertes, das in einer Scheide an seinem Sattel steckte, vollkommen eingenommen. Er zog seine Beute heraus, um sie im schwindenden Sonnenlicht zu bewundern. Lael erkannte das *Schwert des Königs* mit seiner gravierten Klinge. Maddog drehte besagtes Schwert in seiner Hand und es glänzte stark und schickte so ein klares Signal über mehrere Meilen hinweg. Zweifellos würde jeder, der nach ihnen suchte, das Glitzern sehen und seine Männer sofort losschicken.

Dumme Männer.

Ihre Leute hätten in den *Mounth* nicht lange überlebt, wenn sie nicht gewusst hätten, wie man sich verteidigt. Dies würde ein Kinderspiel werden, entschied sie, und es war besser, nicht zu warten. Trotz ihrer Liebe für Messer mochte sie kein Blutvergießen. Jede Seele war heilig, selbst die, die den Dummköpfen gehörte. Möge *Sluag* ihnen im nächsten Leben Gnade erweisen, denn sie konnte es jetzt nicht.

Während die Männer herumalberten, zog sie die Spitze des Dolches hervor, wobei sie Gott für das Geschenk ihres Mannes dankte. Schnell schnitt sie durch eine der Schlingen. Sie wusste, dass ihr nicht viel Zeit blieb. Also befreite sie ihre Hände und stand auf, wobei sie sich über ihr albernes Kleid ärgerte, das um ihre Knöchel wallte. Und noch immer hörten sie vor lauter Gepinkel und Gelächter nicht, dass sie sich näherte. Maddog selbst stand einfach da, starrte wie in Trance auf das *Schwert des Königs* und wischte mit seinen fetten, öligen Fingern über die Inschrift.

„*Cnuic `is uillt `is Ailpeinich*", sagte er laut.

Während Lael zu dem Wachmann schritt, der am Bach kniete, zog sie den Dolch aus der Scheide. Und dann schnitt sie dem Kerl ohne ein Wort und mit einem stillen Gebet zu Cailleach die Kehle durch, während er noch in das Gewässer sah. Im Spiegelbild des Wassers konnte sie sehen, wie sich sein Hals öffnete und er seine Augen weit aufriss. Sie war schnell und sicher mit der Klinge, damit er nicht leiden würde. Dann stahl sie seine Axt und stieß seinen Körper in den rauschenden Bach.

„Hey!", rief der pinkelnde Mann.

Das war das letzte verständliche Wort, das er noch von sich geben sollte. Lael schwang die Axt und versenkte sie in der Mitte seiner Brust. Seine nächsten Worte wurden von sprudelndem Blut aus seinem Mund begleitet.

Schließlich drehte sie sich, um Maddog entgegen zu treten.

Er war durch die Laute seiner sterbenden Männer gewarnt und wendete sich ihr mit seinem majestätischen Schwert zu. Er schwang es hin und her, als wüsste er genau, was er tat. Er grinste. „Ah Lael ... du dún Scoti-Schlampe! Wie passend, dass ich das *Schwert des Königs* mit deinem Blut taufe.‟

Einen Moment lang überlegte sie, ob sie ihn mit den Dokumenten, die sie gefunden hatte, verspotten sollte – sein Pech, dass er sie niemals zu Gesicht bekommen würde –, aber Grausamkeit war nicht ihre Art. Und doch lächelte sie. „Ach, Maddog. Es ist nicht leicht, einen Mann ernst zu nehmen, wenn sein Schwanz im Wind weht.‟

Er blickte hinunter, um unter seinem *Breacan* zu schauen, und das war genau die Zeit, die Lael brauchte. Er sah hoch und bekam den Dolch sauber zwischen seine Augen platziert.

Seine überraschte Miene wäre sogar amüsant gewesen, wenn Lael auch nur einen Hauch Freude am Töten der Männer empfunden hätte. Die Tatsache, dass es so einfach gewesen war und sie alle getötet hatte, ohne auch nur ins Schwitzen zu kommen, verursachte ihr Übelkeit.

Maddog hielt noch immer das *Schwert des Königs* in der Hand, aber dann fiel es zu Boden. Sein Körper folgte und seine Lippen formten ein überraschtes O. Als er dort lag, ging Lael zu ihm hin und schob ihn mit ihrem Stiefel vom *Schwert des Königs* herunter. Dann zog sie den Dolch aus seinem Kopf.

„Der gehört mir‟, sagte sie zu ihm, obwohl er sie wohl kaum noch hören konnte. „Das ist ein Geschenk meines Mannes.‟ Dann hob sie das *Schwert des Königs* vom Boden auf und ließ die Dummköpfe zum Verrotten liegen. Die Wölfe konnten sie haben, denn sie hatte andere Dinge zu erledigen!

Sie fluchte leise vor sich hin. Dann wählte sie Maddogs Pferd, weil sie entschied, dass er wahrscheinlich das beste Pferd für sich selbst genommen hatte, und außerdem hatte sie dann schon einen Platz für das Schwert. Sie steckte das *Schwert des Königs* zurück in die Scheide am Sattel und dachte nur noch an ihren Mann.

Bei den Göttern, er würde sich für die Bedingungen des Tauschhandels verantworten müssen. Lael war wütend – am meisten mit sich selbst, dass sie auf seine Forderungen so einfach eingegangen war. Sie war schamlos gewesen und hatte sich jede Nacht nach seinen Berührungen gesehnt. Und die ganze Zeit über hatte Broc Ceannfhionn es gemütlich warm gehabt und hatte sich mit ihrem Sassenach-Ehemann verschworen, dass er sie schwängern sollte.

Jetzt gehörte das *Schwert des Königs* ihr und sie konnte damit machen, was sie wollte. Sie hatte es in einem fairen Kampf gewonnen und sie würde es sich von keinem Mann, einschließlich Broc Ceannfhionn, nehmen lassen. Eher würde sie ihn damit durchbohren und wenn es das Letzte war, was sie jemals tat. Broc Ceannfhionn könnte seinen dicken Arsch mit zu seiner Frau nach Hause nehmen, wo er hingehörte. Sie hatte nicht ihr eigenes Leben – und das ihres Clans – riskiert, damit er untätig daneben sitzen und seine Zehen am Feuer in der Zelle wärmen konnte.

Ihr Bruder hatte sie schon so gut wie verleugnet. Lael war fast gehängt worden. Sie war eine ganze Zeitlang im Gefängnis eingesperrt gewesen und hatte bereitwillig die Beine für einen Sassenach-Schuft breit gemacht– und noch schlimmer: Es hatte ihr gefallen! Weitaus ärger war allerdings, dass sie den teuflischen *Schlächter* vermutlich *liebte*!

Es ließ sie sauer aufstoßen – besonders, da sie ihn in

diesem Moment umbringen wollte, wenn auch nur dafür, dass er sich aus ihrer Kapitulation einen Spaß gemacht hatte. Sich unterzuordnen, fiel Lael nicht leicht. Sie wollte auch nicht über die Tatsache nachdenken, dass sie jetzt gezwungen sein würde, ihn für immer zu verlassen. Wie könnte sie jemals zu einem Mann zurückkehren, dessen Pflicht seinem König galt und nicht seinem Volk? So war Lael nicht erzogen worden. Ihre Leute hielten zusammen und verzichteten zur Verteidigung auf jegliche Kontakte nach außen. Ihr Land war souverän und aus diesem Grund hatte ihr Bruder es auch nicht nötig, einen Königstitel anzunehmen.

Lael wollte gerade Maddogs Pferd besteigen, als sie eine Stimme hörte, die sie erkannte. Sie erstarrte.

„Spielst du wieder mit deinen Messern, Lael? Wie oft habe ich dir gesagt, dass du mit den Messern aufpassen sollst, damit du nicht noch jemanden verletzt oder etwas Schlimmeres passiert?"

Ihr Hals zog sich schmerzhaft zusammen und sie drehte sich zu dem Mann um, der gesprochen hatte. Sie stand Todesängste aus, dass sie es sich nur eingebildet hatte. „Aidan!", rief sie.

Aber er war kein Gespenst. Ihr Bruder saß groß und stolz auf seiner weißen Stute und sein schwarzes Haar, das ihrem so ähnlich war, fiel über in Felle gehüllte Schultern. Sein vertrautes Gesicht war mit Waid bemalt. Hinter ihm erschienen rund fünfzig Männer, vielleicht auch mehr.

Aidans hellgrüne Augen blinkten verdächtig, als er sich aus dem Sattel schwang. Und dann rannte Lael mit ausgebreiteten Armen auf ihn zu.

ALS DIE DÄMMERUNG KAM, WAREN SIE NOCH IMMER MIT den Reparaturen des Tores beschäftigt.

Von der Burgmauer sah Jaime die Köpfe von fast

fünfhundert Männern, die wie Stecknadelköpfe gegen den Schneehorizont erschienen. Sie waren äußerst verwundbar. Er hatte gedacht, dass MacKinnon erst im Frühjahr kommen würde, aber er hatte sich geirrt. Sie konnten ungehindert durch die Tore reiten und er hatte nur eine Handvoll Bogenschützen zur Verfügung, um sie aufzuhalten. Und nun, da das Schlimmste passiert und MacKinnon endlich da war, hatte er seine Frau nicht mehr, um sie bei den Verhandlungen einzusetzen...

Aber er hatte Broc Ceannfhionn.

Das machte ihm Hoffnung.

Er befahl, dass der blonde Riese zur Burgmauer gebracht wurde, und er beabsichtigte schon fast, Keppenach und die gesamte Garnison an Broc Ceannfhionn zu übergeben, damit er hinter seiner vermissten Frau hereilen konnte.

Zu Hölle mit seinen Ambitionen! Zur Hölle damit, den Norden für David zu halten! In diesem Moment war nur eine hübsche Frau mit schwarzen Haaren und funkelnden grünen Augen wichtig.

Jaime war per Eid verpflichtet, zu bleiben und zu kämpfen, und er war per Gesetz verpflichtet, Lael gehenzulassen. Selbst wenn Lael sich vor dem Handel gedrückt hätte, dann hätte sie per Landesgesetz immer noch die legalen Mittel gehabt, einer ungewollten Ehe zu entkommen – egal, ob diese vom König verfügt worden war oder nicht. Im Unterschied zu den meisten Frauen wusste Lael, was sie wollte, und ihn wollte sie nicht. Das war jetzt klar.

Schließlich hatte sie freiwillig die erstbeste Möglichkeit zur Flucht ergriffen. Erst als Broc sich weigerte, hatte sie überhaupt gezögert, zu gehen. Diese einfache Tatsache zerriss Jaime das Herz, obwohl er es ihr kaum verübeln konnte – denn sie war zu dieser

Verbindung von Anfang an gezwungen worden. Sie hatte keine Wahl gehabt, das wusste Jaime.

Aber er liebte sie, so viel war ihm nun klar.

Wie verrückt. Irrational. Bedingungslos.

Das war die einzige Erklärung für den gewaltigen Schmerz, der sich in seiner Brust aufbaute. Er würde alles aufgeben, um sie wieder in seinen Armen zu halten. *Alles*. Auch seinen verfluchten König und sein Land.

Und doch hatte das Dilemma, dem er sich nun gegenüber sah, nichts damit zu tun, seine Frau gegen ihren Willen zurück zu schleifen. Maddog hatte ihr ein Messer an den Hals gehalten und sie hatte geblutet. Broc hatte gesehen, wie der Blutstropfen ihren Hals hinunterlief und begriffen, dass Maddog genau das tun würde, was er behauptet hatte. Also hatte er sie gehen lassen und sich dann aus seiner Zelle befreit. Aber anstatt allein hinter ihnen herzujagen, lief er zum Turm, um Jaime zu holen. Nun musste Jaime sich entscheiden ... zu bleiben und für Keppenach zu kämpfen, wie ihm befohlen worden war ... oder zu gehen und seine Frau zu retten.

In diesem Moment fasste er einen Entschluss.

„Komm mit", befahl er Broc.

Lael nahm Ian MacKinnon das *Schwert des Königs* ab. „Nein, das tust du nicht! Ich brauche keinen Fürsprecher. Ich kann für mich selbst sprechen!", beharrte sie und ging dann zu dem Grauen, den sie Maddog abgenommen hatte.

Aidan zuckte nur mit den Schultern, als MacKinnon ihn fragend ansah.

„Jetzt weiß ich, woher Cat ihr Temperament hat", bemerkte Gavin Mac Brodie. Er verzog das Gesicht.

Aidan kicherte. Die Brodie-Brüder taten es ihm nach.

Nur Cameron MacKinnon fand es nicht so witzig. „Das Schwert gehört Broc", sagte er.

Aidan sah den Jungen zweifelnd an und nickte in Richtung seiner wütenden Schwester. „Willst du es ihr abnehmen?"

Cameron blickte zu Lael und beobachtete, wie diese das Pferd für den Ritt vorbereitete. Das einzige Blut, das man an ihr sehen konnte, war ein dünner Strich an ihrem Hals und ein Fleck auf ihrem Rock, wo sie die Klinge abgeputzt hatte. Lael hatte ohne große Anstrengung Maddog und seine Männer getötet. Sie waren dazugekommen, als sie die Klinge aus Maddogs Stirn gezogen und sie dann an ihrem Rock abgewischt hatte. Während Cameron zusah, tätschelte sie das *Schwert des Königs* in seiner Scheide und blickte mit ihren funkelnden grünen Augen zurück zu den Männern.

Cameron schüttelte als Antwort auf Aidans Frage den Kopf.

Die Männer fingen alle an zu lachen.

„Seid still!", befahl Lael und Hügel und Täler wurden still. Es schien, als ob 500 Mann lieber den Mund hielten, als dem Zorn einer schwarzhaarigen Frau entgegen zu treten. Sie schwang sich auf den Grauen. „Aufsitzen", befahl sie allen. „Wir haben etwas zu erledigen!"

Vier Männer ritten aus Keppenach hinaus – Jaime vorneweg und Broc Ceannfhionn zwischen zwei Wachsoldaten. Im Moment konnten die Tore nicht gesichert werden, aber das war Jaimes geringste Sorge. Mit drei Mann, von denen einer sein Gefangener war, trat er einer Armee von fünfhundert Mann entgegen.

Sie ritten schweigend und hielten die Hände von

ihren Waffen weg. Aber als sie näher kamen, überkam Jaime ein unerwartetes Gefühl der Erleichterung. Die Armee wurde von einer Frau angeführt – aber nicht von irgendeiner Frau.

Lael.

Sie war in Felle gehüllt und wieder mit Waffen ausgerüstet, die wie Juwelen in der untergehenden Sonne funkelten. So saß sie stolz auf ihrem Grauen und wartete, dass Jaime näherkam – wie eine heidnische Königin aus den alten Zeiten.

Lael lebte.

Irgendwie hatte sie sich von ihren Entführern befreit.

Egal, was nun passierte, Jaime würde vom dem Wissen beruhigt sein, dass seine Frau nicht mehr in Gefahr war.

Hinter Lael ritt der MacKinnon-*Laird* mit seiner im eisigen Wind wehenden schottischen Standarte. Rechts und links von ihr waren Piers de Montgomerie und die Mac Brodie-Männer. Hinter all diesen wehte die Mac-Lean-Standarte weit oben, während ihr Bruder ohne jegliche Standarten direkt neben ihr ritt. Jaime erkannte ihn nur, weil er Laels Zwilling hätte sein können. Abgesehen von Montgomerie, der sein Land der Gnade Davids zu verdanken hatte, hatten die *Lairds*, die ihm gegenüberstanden, Stammbäume, die so alt waren wie die Auerochsen, die einst auf diesem Land grasten. Unerschrocken kam er mit seiner mickerigen Vierergruppe näher.

„*Tha i cho co-olcach*", sagte Broc zu sich selbst. *Sie ist wütend.*

Irgendwo waren die Worte in seinem Hirn verankert gewesen und Jaime verstand den gälischen Satz. Er konnte es aber auch in ihrem Gesicht sehen. Ihre Augen durchbohrten ihn wie Dolche.

Du bist ein verfluchter Schotte. Es wird Zeit, dass du dich erinnerst, wie man einer ist.

Tha e na Albannach gu a shàilean, pflegte seine Mutter zu sagen. *Er war ein Schotte bis auf die Knochen.* Jetzt war die Zeit gekommen, es zu beweisen.

Seine Frau sah großartig aus – ein funkelnder Juwel in der Dämmerung. Die Welt stand einen Moment still, als Jaime seine furchterregende Braut ansah. Er musste eine Entscheidung treffen … alles anzunehmen, wofür sie stand, ebenso wie alles, was er war … und diese Leute als die seinen zu betrachten.

So würde er seinem König und sich selbst dienen.

„*Cuir claidheamh ann do truaill!*", forderte Jaime von seiner Frau. „*Tha èigh sìth! Stecke dein Schwert in die Scheide! Ich erkläre den Frieden.*"

Wenn sie überrascht war, dass er die schottische Sprache beherrschte, dann zeigte sie es nicht. Ihr Blick wanderte zu Broc Ceannfhionn.

„Frieden!", spottete sie. „Mit welchen Mitteln?", forderte sie ihn heraus und sah ihn feurig an. „Die Rückgabe der Gefangenen in deinem Kerker? Nein, mein *Laird*-Ehemann." Ihre Worte waren voller Zorn. Sie hielt das Schwert in die Luft – das Schwert, das Broc ihm offenbart hatte – ein Schatz Schottlands, den nur wenige Männer je gesehen hatten.

„Ich halte das *Schwert des Königs*", erklärte sie. „Ich werde es für Broc Ceannfhionn eintauschen!"

Sie hielt das *Schwert des Königs* hoch, jenes geweihte Schwert Kenneth MacAilpíns, und es funkelte in den letzten Sonnenstrahlen. Aber Jaime glaubte nicht an Prophezeiungen. Und er ging auch nicht davon aus, dass ein Stein unter dem Arsch eines Königs oder ein Stück funkelndes Metall eine rebellierende Nation befrieden könnten. Nur die Herzen von Männern konnten so etwas schaffen.

Jaime sah zu Broc und nickte ihm zu. Der blonde

Riese zögerte nur einen Moment, als wollte er sichergehen, spornte dann sein Pferd an und galoppierte an Jaime vorbei zurück zu seinen Leuten.

„Du kannst das Schwert behalten", rief Jaime seiner Frau zu und sein stählerner Blick fiel wieder auf Lael. „Gib mir nur meine Frau zurück!"

Ein Murmeln erhob sich in der Dezemberluft.

Als wenn sie plötzlich gemerkt hätten, dass dies kein Kampf mehr zwischen zwei Nationen war, sondern einer zwischen Eheleuten, zog sich Laels gesamte Gefolgschaft zurück – wie ein Umhang, der von der Schulter einer Königin gezogen wurde.

Lael sah sich überrascht um und war offensichtlich verwirrt.

Jaimes Worte hingen wie Frost in der Luft.

Selbst als sie anfing zu verstehen, wagte sie kaum, zu hoffen. Selbst ihr Bruder bewegte sich auf seinem Pferd rückwärts und ließ sie da vorne allein.

Ihr Herz hämmerte in ihren Ohren, als sie sah, wie Broc die feindliche Linie überquerte. Ihr Mann machte keinen Versuch, ihn aufzuhalten. Der blonde Riese ritt einfach in ihre Mitte und machte ihren Mann noch verwundbarer, als er es jemals hätte sein können.

Mit fast fünfhundert Mann hielten sie die Anhöhe und Jaime weiter unten sah klein und schutzlos gegen ihre Übermacht aus. Sein Schwert blieb in der Scheide. Er saß auf seinem schwarzen Pferd und wurde von zwei Männern flankiert. Keiner hatte das Schwert gezogen und die Tore hinter ihnen standen weit offen. Sie konnte die Leute von Keppenach sehen, die von den Burgmauern zuschauten. Aber der Blick ihres Mannes war auf sie gerichtet ... *auf sie und sonst niemanden* ... Das galt auch für alle anderen, merkte sie plötzlich, als sie sich zu ihren Leuten umdrehte.

Ihr Bruder nickte nur einmal und ihr Herz machte einen Satz.

Ach, so einfach würde er Broc freilassen?

Broc blickte sie an, als er sich einreihte, und der Blick aus seinen blauen Augen sprach Bände. Als er nah genug bei Lael war, sagte er: „Gib dem Mann sein verdammtes Schwert. Ich will es nicht haben."

„Nein!", weigerte sich Lael und reckte das Schwert stur in die Luft. „Du musst wählen!", rief sie dem *Laird* von Keppenach zu – dem Mann, der dieses Land mit Gewalt an sich gebracht hatte. Nun, da er gemerkt haben musste, was sie da in der Hand hielt, hatte er die Pflicht, es seinem verhassten König zurückzugeben. Aber sie konnte nicht bei einem Mann bleiben, dessen Pflicht und Loyalität nicht seinen Leuten gehörte. Schließlich war es doch so: Wenn ein Mann nicht für die kämpfte, die er liebte ... für wen kämpfte er dann überhaupt? „Das *Schwert des Königs oder* ich?", beharrte Lael und hob das Kinn. Sie wappnete ihr Herz für seine Entscheidung.

Allein das Gesicht ihres Mannes brach ihr das Herz – es war stolz und schön. Er zog weder seine Waffe, noch riss er seinen Blick von ihr los. Erst dann erkannte sie, was er trug.

Er hatte das erdfarbene Tuch des Clans seiner Mutter angelegt und trug es wie einen Umhang, sodass es hinter ihm her wehte. Ihr stockte der Atem. Ihr Herz verkrampfte sich. Ihre Augen glänzten feucht.

Er stand in seinem Sattel auf. „Meine Liebe gehört meiner Frau und sie ist meine Liebe", erklärte er laut genug, dass alle es hören konnten. Und dann befahl er ihr: „Gib das Schwert an Broc Ceannfhionn zurück. Ich verlange es nicht für meinen König!"

Schockiert nahm Lael das Schwert herunter – ein Juwel *Scotias*, das seine Macht durch Worte allein verloren hatte. Sie betrachtete die volle Länge des *claidheamh-mor*, des großen zweihändigen Schwerts, das einst Schottlands Könige besessen hatten. Dann warf Lael es auf den schneebedeckten Boden und stieg von ihrer grauen Stute.

Ihr Mann tat das Gleiche. Ohne Worte sprang er aus seinem Sattel und ging den Hügel hinauf. Sein Umhang bauschte sich großartig hinter ihm.

Sie fielen sich in die Arme, Tränen schimmerten in Laels Augen. Sie sah ihren Mann mit verschleiertem Blick an und sagte so laut, dass es alle hören konnten: *„Tha mo ghion ort!"*

Ich liebe dich von ganzem Herzen!

„Sag, dass du bleiben wirst", bat er.

„Mein ganzes Leben lang", versprach sie, dann wandte sie schnell ihr Gesicht ab und erbrach sich zu seinen Füßen ...

EPILOG

Sie war *wieder* schwanger.

Jaime wusste es vor Lael.

Sie stand ungefähr zehn Fuß entfernt mit ihrer einjährigen Tochter auf dem Arm und hörte zu, wie Catrìona Kenna lehrte, ein richtiges Strohdach zu weben – und plötzlich übergab sie sich zu Füßen ihrer Schwester Catrìona.

„Lael!", rief Catrìona, aber dann sah sie ihre Schwester voller Sorge an. „Bist du krank?"

Neben ihm sah Aidan Jaime wissend an, während seine dreijährige Tochter und Catrìonas etwa gleichaltriger Sohn über den unerwarteten vokalen Ausbruch erfreut quiekten. Die beiden Cousins stampften vor Freude, als wäre es das Witzigste, das sie je gesehen hatten.

Líli schien auch zu verstehen, was es ankündigte. Aidans Frau blickte Jaime über die Schulter bedeutsam an.

„Ach!", beschwerte sich Aidan. „Bald krabbeln hier lauter Sassenach-Blagen in meinem Tal."

Jaime belohnte seinen Schwager mit einem listigen Grinsen. Obwohl immer noch ein Körnchen Wahrheit in seinen Worten lag, weil er Jaime doch teilweise als einen Sassenach-Fremdling ansah, merkte Jaime, dass er ihn nicht wirklich beleidigen wollte. Er klopfte seinem Schwager auf die Schulter, als wollte er ihn trösten. „Keine Angst, mein Freund. Es werden alles Mädchen, wenn ich etwas zu bestimmen habe."

Broc knuffte ihn mit dem Ellbogen. „So? Und wann hattest du das letzte Mal etwas zu bestimmen, Sassenach?"

Alle in Hörweite lachten lauthals und Jaime gab mit einem fröhlichen Kopfschütteln nach. Dann trat er zurück, um die Arbeit eines langen Tages zu begutachten. Er tat dies zusammen mit den Chieftains von sieben edlen Clans – den dún Scoti, die sonst keinen anderen Namen trugen, den MacLeans, Montgomerie, Brodie, dem MacKinnon und den Letzten der McNaught- und MacEanraig-Clans.

Seit mehr als drei Monaten hatten sie nun unermüdlich zusammengearbeitet, um Dunloppe besser als zuvor wieder aufzubauen. Obwohl derzeit nicht alle Clans David mac Maíl Chaluim die Treue geschworen hatten, hatte jeder versprochen, der Familie eher als dem Land und eher als dem König verpflichtet zu sein, denn sie waren nun Blutsverwandte.

Gavin mac Brodie hatte Catrìona geheiratet, die MacLean-Tochter hatte Leith mac Brodie geheiratet, Broc eine Kusine von Montgomerie und Montgomeries Frau, einigen bekannt als die verrückte Meghan, war eine geborene Brodie. Und wenn man die verliebten Blicke, die Cameron MacKinnon Laels jüngerer Schwester Cailin zuwarf, interpretierte, dann würde sich Cameron bald auf seinen Knien wiederfinden .... wenn er es irgendwie schaffte, einen zweifelnden Aidan davon zu überzeugen, dass er diese Ehre verdiente.

An der nördlichen Mauer arbeitete der Junge weiter neben Keane und wetteiferte um einen Verbün-

deten, während Lílis junger Sohn ihnen die Steine an-
reichte. Sein kleiner Körper musste sich dabei
ordentlich anstrengen. Der Rest der Männer war für
den Tag fertig und gesellte sich zu ihren Frauen, während die Kinder auf den Wiesen mit duftendem Heidekraut spielten.

Überall im Umkreis verlieh die Besenheide der
Landschaft eine großartige lila Farbe, abgesehen von
einem kleinen weißen Fleck in der Nähe des Berg-
frieds. Die Legende besagte, dass die helle Heide außerordentlich selten war, und einige behaupteten sogar,
dass die schneeweißen Blüten nur dort wuchsen, wo
das Land seit vielen Jahren nicht von Blut besudelt
worden war. Andere wieder meinten, dass die Spröss-
linge nur dort gediehen, wo sich die Feen zum Schlafen
legten. Wie dem auch sei, Broc war sich sicher, dass es
ein gutes Zeichen war, und Jaime sah es als Prophezei-
ung, dass das Land erneuert wurde.

Das Leben war gut und der Frieden war schwer erkämpft
worden.

Dunloppe gehörte jetzt Broc Ceannfhionn – die Ur-
kunde war unterschrieben, besiegelt und an diesem
Morgen von einem Reiter von David mac Maíl Chaluims Gnaden überbracht worden.

Für Jaime bedeutete die Angelegenheit auch eine
gewisse Läuterung, denn dort vor ihm, noch nicht
einmal ein Steinwurf entfernt, saß die einst totge-
glaubte Schwester.

An jenem Tag, als er mit seiner Frau als glücklich
verheirateter Mann zurückgekehrt war, nahm er das
Mädchen an die Seite und offenbarte, was er wusste.
Sie hatte geweint, obwohl sie behauptete, dass sie es irgendwie geahnt, aber nicht zu hoffen gewagt hatte. Ihr
Leben war schwierig gewesen, bis Jaime sie gefunden
hatte, und sie trug noch immer die Narben ihrer Miss-
handlungen. Mit seiner und Laels Liebe jedoch blühte

Kenna auf und wurde zu der Frau, die sie hatte werden sollen.

Kennas und sein Blick begegneten sich und ihre blauen Augen glitzerten vor Freude. Er überlegte, ob sie sich auch durch das Weiterreichen von Dunloppes Brandfackel erneuert fühlte.

Hier hatte er sie vor sechzehn Jahren für tot gehalten und liegen gelassen. Jetzt war sie neunzehn und besaß eine so außergewöhnliche Schönheit wie die weiße Heide. Ihre kupferfarbenen Locken glänzten in der Nachmittagssonne und ihre Haut wurde von der Sonne geküsst. Wie Dunloppe wurde auch sie mit jedem Tag prachtvoller.

Was Dunloppe selbst betraf ... Jaime drehte sich, um es zu bewundern.

Wie ein Phönix war es aus der Asche des Bodens auferstanden. Dunloppes Turm war aus Holz gebaut, aber die Ringmauer würde gänzlich aus gemauerten Steinen bestehen, wenn sie denn fertig war.

Aber dies war nicht mehr sein Vermächtnis. Er hatte den Namen seines Vaters beibehalten, war aber nun der *Laird* von Keppenach, Erbe des verstorbenen, aber nicht so großartigen Duncan McNaught. Er hieß fortan James Steorling McNaught. Seine Schwester legte den Namen MacLaren ganz ab und nannte sich nur noch McNaught. Und seine schöne, sture Frau lehnte außer dem ihr bei der Geburt verliehenen Namen *alle* ab: Lael – *einfach Lael*.

Störrisch wie immer glaubte seine Frau nichtsdestotrotz, dass jeder Mann eigenverantwortlich handeln sollte. Sie war wahrlich eine Wölfin und Jaime wollte sie gar nicht anders haben.

Mit einem andauernden Lächeln beobachtete er, wie Aidans kleine Tochter Ria ihrer unbeugsamen Tante hinterherlief.

Und wieder sah seine Schwester von dem Platz, an

dem sie an ihrem Stroh arbeitete, zu ihm hinüber, lächelte süß und suchte seine Zustimmung. Jaime verspürte ein starkes, unerbittliches Gefühl der Zugehörigkeit. In dem Moment schwor er, dass er dafür sorgen würde, dass Kenna glücklich verheiratet wurde und eine eigene Familie gründen konnte. Und als sich sein Blick mit dem seiner Frau traf, sank er fast auf die Knie, denn in seiner beherzten *dún Scoti*-Braut hatte er seine Religion gefunden.

Zusammen würden sie ein Vermächtnis für ihre Erben schaffen.

„Dunloppe ist alles, was ich mir erhofft habe und noch viel mehr", sagte Broc ehrfürchtig. Mit nackten Oberkörpern und sonnenverbrannten Schultern standen beide Männer da und bewunderten die Arbeit, die sie gemeinsam geschafft hatten. „Ich weiß nicht, wie ich dir danken soll, Jaime."

Jaime lächelte. Er sah liebevoll zu seiner schönen Frau und stellte sich vor, wie ihr Bauch mit ihrem Kind anschwellen würde, und dachte an die Küsse, die er ihr bald schenken würde. Die Tochter auf ihrem Arm sah genau aus wie sie – mit schwarzen Haaren und grünen Augen, die wie Juwelen funkelten. *Junge oder Mädchen?*, überlegte er. „Du hast mir schon gedankt", sagte er zu seinem guten Freund. „Du hast mir meine Frau gebracht."

GÄLISCHES WÖRTERBUCH

Eingefügt für mehr Lesegenuss. Bei den hier nicht aufgeführten gälischen Wörtern ergibt sich die Bedeutung aus der Geschichte an sich. Sie finden die gälischen Wörter und deren Übersetzung kursiv im Text.

Am Monadh Ruadh: Die Cairngorms, aber wörtlich genommen die roten Hügel, im Gegensatz zu den Am Monadh Liath, den grauen Hügeln.

Aurochs: Große, wilde Rinder, die heute ausgestorben sind.

Bean sìth: Todesfee.

Ben: Ein Berg.

Breacan: Kurzform von breacan-an-feiladh, oder echter großer Kilt.

Brollachans: Ghule.

Corries: Berge oder Hügel.

Crannóg: Hölzerne Bauten, die den Pikten als Behausung dienten und oft direkt über einem Gewässer platziert wurden.

Dwale: Ein Getränk, das aus Nachtschatten und Belladonna hergestellt wurde und oft in der Anästhesie Verwendung fand.

Keek stane: Ein Sehstein oder eine Kristallkugel.

Loch: Ein See.

Quintain: Ein Teil der Trainingsausrüstung für das Lanzenstechen, oft geformt wie ein Mensch.

Reiver: Ein Räuber oder Plünderer an der englisch-schottischen Grenze.

Scotia: Schottland, auch als Alba bekannt.

Sluag: Gott der Unterwelt.

Targe: Ein runder Schild zur Verteidigung.

The Mounth: Eine Hügelkette am südlichen Ende von Strathdee, im Nordosten Schottlands.

Trews: Enganliegende karierte Hosen.

Uisge-beatha: Whiskey; wortwörtlich bedeutet es das Wasser des Lebens.

Vin aigre: Essig oder saurer Wein.

Woad: Ein Färbemittel, das aus der Waidpflanze gewonnen wurde.

ÜBER DIE AUTORIN

Tanya Anne Crosbys Romane sind auf vielen Bestsellerlisten, einschließlich der New York Times und USA Today, zu finden. Sie ist vor allem für Geschichten voller Gefühl und Humor und nicht ganz perfekter Charaktere bekannt. Ihre Romane werden von Lesern wie auch von Kritikern in den höchsten Tönen gelobt. Sie lebt mit ihrem Mann, zwei Hunden und zwei launischen Katzen im Norden Michigans.

Weitere Informationen:
www.tanyaannecrosby.com
www.tanyaannecrosby.com

Lightning Source UK Ltd.
Milton Keynes UK
UKHW022008120122
397037UK00011B/3025

9 781947 204324